眠れる森の美女

～目覚めなかったオーロラ姫～

リズ・ブラスウェル／作
池本尚美／訳

JN172245

★小学館ジュニア文庫★

もくじ

眠《ねむ》れる森《もり》の美《び》女《じょ》
〜目《め》覚《ざ》めなかったオーロラ姫《ひめ》〜
おもな登《とう》場《じょう》人《じん》物《ぶつ》

ステファン国王《こくおう》

リア王妃《おうひ》

オーロラ姫《ひめ》の父母《ふぼ》。善良《ぜんりょう》な国王《こくおう》・王妃《おうひ》だと言《い》われていたはずが……。

親子《おやこ》

ヒューバート王《おう》

フィリップ王子《おうじ》の父《ちち》。

親子《おやこ》

オーロラ姫《ひめ》

魔女《まじょ》・マレフィセントの呪《のろ》いで眠《ねむ》りについたお姫《ひめ》さま。王子《おうじ》のキスで目覚《めざ》めるはずが、いまだに眠《ねむ》り続《つづ》けている。

フィリップ王子《おうじ》

オーロラ姫《ひめ》のために魔女《まじょ》を倒《たお》し、オーロラ姫《ひめ》にキスをするが、それと同時《どうじ》に自分《じぶん》も眠《ねむ》ってしまう。

侍女《じじょ》

味方《みかた》

敵《てき》？ 味方《みかた》？

リアンナ

オーロラ姫《ひめ》の侍女《じじょ》。そして友人《ゆうじん》。

マレフィセント

オーロラ姫《ひめ》に呪《のろ》いをかけた魔女《まじょ》。眠《ねむ》り続《つづ》けるオーロラに、今《いま》も呪《のろ》いをかけている!?

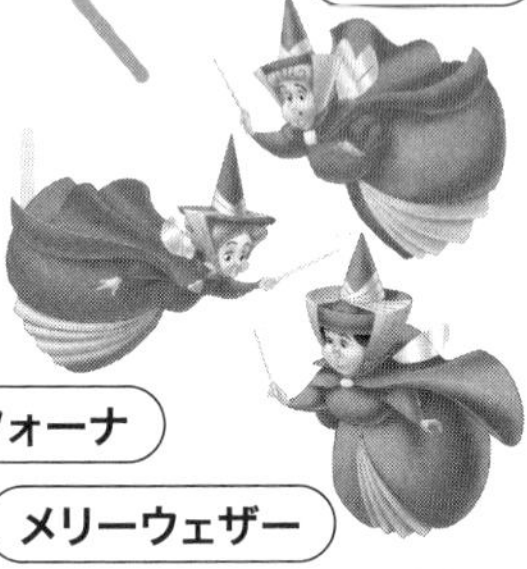

フローラ

フォーナ

メリーウェザー

オーロラ姫《ひめ》が十六歳《じゅうろくさい》になる前日《ぜんじつ》まで、森《もり》で一緒《いっしょ》に暮《く》らしてきた妖精《ようせい》。

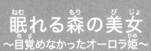

1　眠《ねむ》れる森《もり》の王子《おうじ》

ドラゴンが死《し》んだ。

ドラゴンを退治《たいじ》したのはハンサムなフィリップ王子《おうじ》。三人《さんにん》の善良《ぜんりょう》な妖精《ようせい》が力《ちから》を貸《か》してくれたおかげだ。いま王子《おうじ》は、その妖精《ようせい》たちのあとをついて歩《ある》いている。

魔法《まほう》の剣《つるぎ》をドラゴンの心臓《しんぞう》に投《な》げつけることはもちろん、そもそも剣《つるぎ》に魔法《まほう》をかけることだってできなかった。妖精《ようせい》たちがいなければ、王子《おうじ》は邪悪《じゃあく》な妖精《ようせい》・マレフィセントの魔《ま》の山《やま》の城《しろ》の地下牢《かろう》に閉《と》じこめられたまま痩《や》せおとろえ、百年《ひゃくねん》の歳月《さいげつ》が流《なが》れるのを、じりじりしながら待《ま》つしかなかっただろう。ようやく真実《しんじつ》の愛《あい》で呪《のろ》いを破《やぶ》るときには、よぼよぼの老人《ろうじん》になっていたはずだ。

けれど、王子《おうじ》はなぜだか倒《たお》したはずのドラゴンのことが気《き》になって仕方《しかた》がなかった。

そして、ドラゴンが死《し》んだとはいえ、解決《かいけつ》していない問題《もんだい》もある。たとえば炎《ほのお》。ドラゴンが吹《ふ》いた火《ひ》は、森《もり》に燃《も》えうつった。まだ、ごうごうと燃《も》えつづけているに違《ちが》いない。

ドラゴンの死骸《しがい》はどうなったのだろう。マレフィセントの姿《すがた》に戻《もど》っているのだろうか。

王子《おうじ》は、物音《ものおと》ひとつしない、まどろみに包《つつ》まれた城《しろ》の階段《かいだん》をのぼっていた。百年《ひゃくねん》の眠《ねむ》りにつくという呪《のろ》いをかけられた娘《むすめ》が、王国中《おうこくじゅう》の人《ひと》といっしょに眠《ねむ》りについてから、まだ数時間《すうじかん》しか経《た》っていない。けれど、城《しろ》のなかはすでに冷《ひ》え切《き》って、かび臭《くさ》ささえただよっていた。

妖精《ようせい》たちが羽《はね》をはばたかせるたびに、ほこりが舞《ま》う。

城《しろ》の人《ひと》たちに眠《ねむ》りの呪文《じゅもん》をかけたのは善良《ぜんりょう》な妖精《ようせい》たちだ。その呪文《じゅもん》のせいか、王子《おうじ》も眠気《ねむけ》におそわれていた。

ドラゴンを退治《たいじ》したのは、そう、まさに、太陽《たいよう》のように輝《かがや》く娘《むすめ》のためだった。

初《はじ》めて見《み》たとき、娘《むすめ》は陽光《ようこう》のなかにいた。森《もり》のなかの開《ひら》けた場所《ばしょ》で、きらめく金色《きんいろ》の髪《かみ》をゆらしながら、踊《おど》り、歌《うた》っていた。晴《は》れて澄《す》んだ空気《くうき》に響《ひび》きわたる娘《むすめ》の歌声《うたごえ》を聞《き》くと、天《てん》にものぼるような心地《ここち》になった。つま先立《さきだ》ちで踊《おど》る娘《むすめ》の動《うご》きは、日《ひ》の光《ひかり》のなかに浮《う》かぶ金色《きんいろ》のちりのように軽《かろ》やかだった。

もうすぐあの娘《むすめ》にキスをするのだ。そうすれば呪《のろ》いは解《と》かれ、娘《むすめ》は目覚《めざ》める。王国《おうこく》の民《たみ》も目《め》を覚《さ》ます。ふたりは結婚《けっこん》し、そのあとには永遠《えいえん》に続《つづ》く幸《しあわ》せな暮《く》らしが待《ま》っている。そうなるはずだ。

この城《しろ》にはなじみがあった。幼《おさな》いころに連《つ》れてこられ、まだ赤《あか》ん坊《ぼう》だった王女《おうじょ》に会《あ》ったことがある。その赤《あか》ん坊《ぼう》が自分《じぶん》の許嫁《いいなずけ》だとは、そのときはまだ知《し》らなかった。やがて、森《もり》で出会《であ》った娘《むすめ》がその王女《おうじょ》だとわかったのだが、王子《おうじ》にとってはそんなことはどうでもよかった。たとえただの森《もり》の娘《むすめ》であっても、しきたりをくつがえして結婚《けっこん》するつもりだったのだから。

王女《おうじょ》の寝室《しんしつ》へ入《はい》るや、王子《おうじ》のそんな考《かんが》えはすべて頭《あたま》の隅《すみ》へと追《お》いやられた。

なぜなら、美《うつく》しい王女《おうじょ》がそこに眠《ねむ》っていたからだ。森《もり》にいたときとは違《ちが》い、いかにも王女《おうじょ》らしい衣装《いしょう》を身《み》にまとっている。天使《てんし》の羽《はね》のような白《しろ》い襟《えり》のついた、空《そら》のように青《あお》いドレス。唇《くちびる》はゆるやかに閉《と》じられ、おだやかな表情《ひょうじょう》を浮《う》かべて眠《ねむ》っている。

フィリップ王子《おうじ》は王女《おうじょ》の美《うつく》しさにすっかり心《こころ》を奪《うば》われた。

目《め》の前《まえ》で眠《ねむ》る王女《おうじょ》にキスをし、目覚《めざ》めさせたくてしかたがなかった。

王子《おうじ》はひざまずき、王女《おうじょ》の唇《くちびる》に唇《くちびる》をそっと重《かさ》ねた。

とたんに、王子《おうじ》の膝《ひざ》が崩《くず》れた。

体《からだ》が傾《かたむ》き、ベッドのキルトの上掛《うわが》けとサテンのクッションに倒《たお》れこむ。

眠《ねむ》りに落《お》ちる直前《ちょくぜん》に王子《おうじ》が感《かん》じたのは、自分《じぶん》がだれかの夢《ゆめ》に引《ひ》きこまれようとしていることだった。

いまわしいドラゴンめ。

本当《ほんとう》に死《し》んだか、確《たし》かめるべきだった。

2　つくりかえられたおとぎ話《ばなし》

昔《むかし》むかし、あるところに王《おう》と王妃《おうひ》がいました。それまで国《くに》を治《おさ》めてきた王《おう》や王妃《おうひ》とは違《ちが》い、このふたりはあまりよい統治者《とうちしゃ》とはいえませんでした。森《もり》の奥深《おくふか》くに住《す》むユニコーンをすべて狩《か》り尽《つ》くしてしまったり、正《ただ》しい道《みち》を教《おし》え、さとしてくれる長老《ちょうろう》、魔女《まじょ》、賢者《けんじゃ》、女司祭《おんなしさい》、まじない師《し》たちを、うっとうしいからと追《お》いはらってしまったり……。さらには、近隣《きんりん》の国《くに》から王族《おうぞく》を招《まね》いては晩餐会《ばんさんかい》をくりかえし、城《しろ》のお金《かね》が尽《つ》きると、貧《まず》しい人々《ひとびと》から厳《きび》しく税《ぜい》をとりたてたのです。

王《おう》と王妃《おうひ》は、よその王国《おうこく》をうらやんでばかりいました。けれど、戦《たたか》いとはずっと縁《えん》のない国《くに》でしたので、この王国《おうこく》には軍隊《ぐんたい》がありませんでした。

数年《すうねん》の時《とき》が流《なが》れ、王《おう》と王妃《おうひ》は女《おんな》の子《こ》を授《さず》かりました。ゆくゆくは王《おう》となって国《くに》を治《おさ》める男《おとこ》の子《こ》が欲《ほ》しかったふたりは、がっかりしました。とはいえ、幼《おさな》い王女《おうじょ》は、それはそれはかわいらしくおだやかで、金色《きんいろ》に輝《かがや》く髪《かみ》はまるで天使《てんし》のようでしたから、だれでも、ひと目《め》で王女《おうじょ》を好《す》きになってしまうのでした。

王女《おうじょ》はオーロラ姫《ひめ》と名《な》づけられました。王女《おうじょ》の命名式《めいめいしき》のパーティに、王《おう》と王妃《おうひ》は知人《ちじん》をみんな招待《しょうたい》しました。そのなかには、王国《おうこく》の薄暗《うすぐら》い場所《ばしょ》に住《す》む、三人《さんにん》の邪悪《じゃあく》な妖精《ようせい》たちもいました。温《あたた》かいまま食《た》べられるようにと、豪華《ごうか》なごちそうには金《きん》の丸《まる》いディッシュカバーがかぶされています。テーブルに並《なら》んでいるのは金《きん》のフォークとナイフです。その金《きん》のカバーも、食器類《しょっきるい》も、年代《ねんだい》物《もの》の貴重《きちょう》なワインの入《はい》った、宝石《ほうせき》を散《ち》りばめたゴブレットも、客《きゃく》は持《も》ち帰《かえ》っていいことになっていました。

招待客《しょうたいきゃく》は幼《おさな》い王女《おうじょ》に順番《じゅんばん》に贈《おく》り物《もの》を渡《わた》していきました。雪《ゆき》のように白《しろ》いポニー、ベルベットとシルクの枕《まくら》、器用《きよう》なこびとにつくらせたおもちゃ……。

そしてついに、三人《さんにん》の邪悪《じゃあく》な妖精《ようせい》の番《ばん》になりました。

「わが娘《むすめ》だ」と王《おう》が紹介《しょうかい》しました。

「あなたたちの贈《おく》り物《もの》はなに？」と王妃《おうひ》が尋《たず》ねました。

ひとり目《め》の妖精《ようせい》は意地悪《いじわる》く笑《わら》って言《い》いました。

「そうねえ。美《うつく》しさはどうだい？　この娘《むすめ》があたしらに永遠《えいえん》に仕《つか》えてくれるようになったとき、見《み》た目《め》はいいにこしたことはないからね」

ふたり目《め》の妖精《ようせい》はこう言《い》いました。

「歌《うた》と踊《おど》りの才能《さいのう》を授《さず》けようかね。あたしらを楽《たの》しませてくれるようにさ」

最後《さいご》に、三人目《さんにんめ》の妖精《ようせい》が言《い》いました。

「王《おう》と王妃《おうひ》に、欲望《よくぼう》を叶《かな》える魔力《まりょく》と軍隊《ぐんたい》を与《あた》えてやろう。その代《か》わり、十六歳《じゅうろくさい》の誕生日《たんじょうび》を迎《むか》える日《ひ》、この娘《むすめ》はあたしらのものになる。いいかね、それが条件《じょうけん》だ」

三人《さんにん》の邪悪《じゃあく》な妖精《ようせい》たちは、不気味《ぶきみ》な笑《わら》い声《ごえ》をあげました。

「いけません！」

招待客《しょうたいきゃく》のなかから、善良《ぜんりょう》な妖精《ようせい》が現《あらわ》れました。王国《おうこく》に善良《ぜんりょう》な妖精《ようせい》はもうひとりしか残《のこ》っていませんでした。この妖精《ようせい》は、王《おう》と王妃《おうひ》による追放《ついほう》が始《はじ》まってから、人目《ひとめ》につかないように暮《く》らしていたのです。

「陛下《へいか》」見《み》るからに感《かん》じがよく、若《わか》く、整《ととの》った顔立《かおだ》ちの妖精《ようせい》が前《まえ》に進《すす》み出《で》て言《い》いました。「そんなことをしてはなりません。欲望《よくぼう》を叶《かな》えるためにわが子《こ》を売《う》るなんて」

この妖精《ようせい》の名《な》はマレフィセントといいました。

王《おう》が不機嫌《ふきげん》な声《こえ》で言《い》い返《かえ》します。

「ぜんぶ追《お》い出《だ》したと思《おも》っていたが、まだひとり残《のこ》っていたとはな。国王《こくおう》のなすことに干渉《かんしょう》するのは許《ゆる》さん。とっとと消《き》えるがよい」

マレフィセントは悲《かな》しげな顔《かお》で無力《むりょく》な赤《あか》ん坊《ぼう》を見下《みお》ろしました。赤《あか》ん坊《ぼう》は何《なに》が起《お》こっているかも知《し》らず笑《え》みを浮《う》かべています。マレフィセントはささやきました。

「かわいそうに。いまのわたしには、この恐《おそ》ろしい取《と》り引《ひ》きを防《ふせ》ぐほどの力《ちから》はないの。だから、いまここでできることは何《なに》もない。でも、命《いのち》にかけて誓《ちか》うわ。必《かなら》ず戻《もど》ってきて、すべてを正《ただ》すと。あなたの十六歳《じゅうろくさい》の誕生日《たんじょうび》に、この不幸《ふこう》な王国《おうこく》をやさしさと気高《けだか》さにあふれた国《くに》に戻《もど》すと」

緑《みどり》の煙《けむり》がぱっと出《で》たかと思《おも》うと、マレフィセントは姿《すがた》を消《け》しました。

時《とき》は流《なが》れ、オーロラ姫《ひめ》は美《うつく》しく気品《きひん》のある娘《むすめ》に成長《せいちょう》し、そのすばらしい歌声《うたごえ》と踊《おど》りで、まわりの人《ひと》を喜《よろこ》ばせるようになりました。

一方《いっぽう》、オーロラ姫《ひめ》の両親《りょうしん》は、妖精《ようせい》から与《あた》えられた魔獣《まじゅう》の軍隊《ぐんたい》と恐《おそ》ろしい魔術《まじゅつ》を好《す》き放題《ほうだい》に使《つか》い、近隣《きんりん》の国々《くにぐに》に戦争《せんそう》をしかけていました。それはそれはむごい戦争《せんそう》で、多《おお》くの人《ひと》が殺《ころ》されたばかりでなく、豊《ゆた》かな土地《とち》も痩《や》せ、水《みず》も空気《くうき》も汚《きたな》くなってしまいました。王《おう》と王妃《おうひ》の軍隊《ぐんたい》が通《とお》ったあとには、黒《くろ》くねじれた醜《みにく》い木《き》しか生《は》えてきませんでした。

のどかな谷《たに》も、みずみずしい果樹園《かじゅえん》も、輝《かがや》く川《かわ》も、雪《ゆき》を頂《いただ》く山《やま》も、不気味《ぶきみ》な風《かぜ》の吹《ふ》く荒《あ》れ地《ち》になり、いまわしい魔獣《まじゅう》がはびこるようになりました。

そして、すべてを食《く》いつくした魔獣《まじゅう》が、次《つぎ》に目《め》を向《む》けたのは、主《あるじ》の住《す》む城《しろ》だったのです。

こんなありさまでしたから、幼《おさな》い王女《おうじょ》は、両親《りょうしん》にほとんどかまわれずに育《そだ》ちました。王《おう》と王妃《おうひ》は気《き》まぐれに王女《おうじょ》に王族《おうぞく》らしい服《ふく》を着《き》せることもあり、そんなときは城中《しろじゅう》の人《ひと》が王女《おうじょ》の美《うつく》しさに見《み》とれましたが、たいていいつも、ぼろをまとっていました。

オーロラ姫《ひめ》は、こんなひどい扱《あつか》いを受《う》けながらも、驚《おどろ》くほど清《きよ》らかな心《こころ》を持《も》った娘《むすめ》に成長《せいちょう》しました。城壁《じょうへき》のなかにいるネコ、ネズミ、イヌ、リス、鳥《とり》といった動物《どうぶつ》がオーロラ姫《ひめ》の友《とも》だちでした。城《しろ》に残《のこ》っている人《ひと》たちは、そんなオーロラ姫《ひめ》を心《こころ》から慕《した》っていましたけれど、だれもがそれ以上《いじょう》に王《おう》と王妃《おうひ》を恐《おそ》れていました。

オーロラ姫《ひめ》は十六歳《じゅうろくさい》の誕生日《たんじょうび》を迎《むか》えました。でも、大地《だいち》は荒《あ》れ、魔獣《まじゅう》がはびこり、世界《せかい》が終《お》わりを迎《むか》えようとしているいま、自分《じぶん》の誕生《たんじょう》パーティなど開《ひら》かれるわけがない、とあきらめていました。これまでだって誕生日《たんじょうび》を祝《いわ》ってもらったことなどないのです。

それでも、持《も》っているなかで一番《いちばん》いいドレスを着《き》て、生《う》まれながらの上品《じょうひん》さとほがらかさをたたえて待《ま》っていました。もしかしたら、オーロラ姫《ひめ》の誕生日《たんじょうび》を覚《おぼ》えていてくれる人《ひと》がいて、両親《りょうしん》に聞《き》こえないようにこっそり「おめでとう」とささやいてくれるかもしれない、と。

時計《とけい》が正午《しょうご》を打《う》つと、三人《さんにん》の邪悪《じゃあく》な妖精《ようせい》が現《あらわ》れました。

「約束《やくそく》を果《は》たしに来《き》たよ」

ひとり目《め》の妖精《ようせい》が言《い》いました。

王《おう》は訴《うった》えました。

「われわれでは、もう魔力《まりょく》をおさえることができない！」

「悪魔《あくま》と取《と》り引《ひ》きしたのが悪《わる》いのだ」

ふたり目《め》の妖精《ようせい》が言《い》いました。

王妃《おうひ》が叫《さけ》びます。

「わたしたちを助《たす》けなさい！」

「だめだ。その娘《むすめ》を引《ひ》きわたせ」

三人目《さんにんめ》の妖精《ようせい》が言《い》いました。

わけがわからず、オーロラ姫《ひめ》は両親《りょうしん》と妖精《ようせい》に視線《しせん》をさまよわせました。

「これは……どういうことなの？」

オーロラ姫《ひめ》が問《と》いかけます。

「行《い》きなさい」

王妃《おうひ》は妖精《ようせい》たちのほうへ手《て》を向《む》けながら、投《な》げやりに言《い》いました。

「そうはさせないわ！」

十六年前《じゅうろくねんまえ》と同《おな》じように、緑《みどり》の煙《けむり》がぱっと出《で》たかと思《おも》うと、マレフィセントが姿《すがた》を現《あらわ》しました。けれど、以前《いぜん》とはだいぶようすが変《か》わっています。杖《つえ》にもたれ、美《うつく》しかった顔《かお》はやつれ、頬《ほお》はこけています。黒《くろ》いローブをまとったその姿《すがた》は、長《なが》い旅《たび》を終《お》えた遠《とお》い昔《むかし》の巡礼者《じゅんれいしゃ》のようでした。

「ここへ来《こ》られるようになるまでに十六年《じゅうろくねん》かかってしまった。でも、もうこれ以上《いじょう》、この王国《おうこく》に悪《あく》をはびこらせないよう、全力《ぜんりょく》をかけて戦《たたか》うわ」

マレフィセントは大《おお》きく張《は》りのある声《こえ》でそう告《つ》げると、杖《つえ》を振《ふ》りあげました。すると、杖《つえ》の先《さき》についた小《ちい》さな水晶玉《すいしょうだま》が緑色《みどりいろ》に光《ひか》りました。

「おまえには、そんな力《ちから》などなかったはず――」

ひとり目《め》の妖精《ようせい》が声《こえ》をあげます。

「消《き》えよ！」

マレフィセントが叫《さけ》び、両腕《りょううで》を空《そら》に向《む》かって高《たか》くかかげるや、体《からだ》から緑《みどり》の炎《ほのお》が放《はな》たれました。炎《ほのお》を浴《あ》びた三人《さんにん》の妖精《ようせい》は悲鳴《ひめい》をあげ、みるみるうちに溶《と》けていき、その魂《たましい》は闇《やみ》の世界《せかい》へと戻《もど》っていきました。

マレフィセントが王《おう》と王妃《おうひ》に向《む》かって言《い》いました。

「なんて愚《おろ》かな王《おう》と王妃《おうひ》なのでしょう。あなたたちのしでかしたことは、もうとりかえしがつかないわ。この国《くに》は、あなたたちのせいでできた傷《きず》に永遠《えいえん》に耐《た》えていくことになるでしょう。でも、どんなにわずかだろうと、残《のこ》ったものはわたしが守《まも》る」

マレフィセントがふたたび両腕《りょううで》をあげて呪文《じゅもん》を唱《とな》えると、指先《ゆびさき》から緑色《みどりいろ》の霧《きり》がわきでて、城《しろ》の窓《まど》のすきまから外《そと》へ流《なが》れていきました。すると、地面《じめん》から蔓《つる》やイバラの芽《め》が出《で》てきたではありませんか。蔓《つる》とイバラは城《しろ》の壁《かべ》に向《む》かってぐんぐん伸《の》びて、布《ぬの》の縦糸《たていと》と横糸《よこいと》のように絡《から》み合《あ》いながら、たちまち城全体《しろぜんたい》をおおってしまいました。

不毛《ふもう》な大地《だいち》に、魔獣《まじゅう》の怒《いか》り狂《くる》ったような声《こえ》が響《ひび》きわたりました。

マレフィセントはうしろへふらつきました。疲《つか》れきった顔《かお》は、さらに青《あお》ざめています。

「もう大丈夫《だいじょうぶ》よ」

マレフィセントが言《い》いました。

王《おう》は礼《れい》を述《の》べようとしましたが、声《こえ》が出《で》ません。

マレフィセントが呪文《じゅもん》で王《おう》を黙《だま》らせていたからです。マレフィセントは冷《ひ》ややかに言《い》いました。

「あなたたちは罰《ばつ》を受《う》けなければならない。しでかした罪《つみ》の大《おお》きさにくらべれば、生《なま》ぬるい罰《ばつ》だけれど。わが子《こ》を悪魔《あくま》に売《う》って、城《しろ》の外《そと》の世界《せかい》をめちゃくちゃにしてしまったのよ。本当《ほんとう》だったら死《し》に値《あたい》するわ。でも、この城《しろ》の新《あたら》しい女王《じょおう》として、情《なさ》けをかけてあげましょう。城《しろ》の地下牢《ちかろう》へ入《はい》りなさい。そこで、自分《じぶん》たちの行《おこな》いについてよく考《かんが》え、悔《く》い改《あらた》めるのです。死《し》ぬまでずっと」

城《しろ》の衛兵《えいへい》も、召《め》し使《つか》いも、だれひとりとして止《と》める者《もの》はいませんでした。そして、マレフィセントの言《い》うとおり、王《おう》と王妃《おうひ》を地下牢《ちかろう》へ引《ひ》っ張《ぱ》っていきました。

「わたしを売《う》ったって、どういうこと……？」

オーロラ姫《ひめ》はぽつりとつぶやきました。

マレフィセントは、オーロラ姫《ひめ》の頭《あたま》にそっと手《て》を置《お》きました。

「かわいそうに。本当《ほんとう》に痛《いた》ましいことだわ。けれど、いま、あなたもここにいる人《ひと》たちも生《い》きている。これからも、ここでいっしょに生《い》きていくのよ」

そのあと、マレフィセント女王《じょおう》と、オーロラ姫《ひめ》と、生《い》き残《のこ》った人《ひと》たちは、城《しろ》で幸《しあわ》せに暮《く》らしました。けれど、城《しろ》の外《そと》の世界《せかい》は荒《あ》れたままでした。

3　悲《かな》しい歌《うた》

　オーロラ姫《ひめ》は、くるくると回《まわ》った。

　この広《ひろ》い廊下《ろうか》へ来《く》ると踊《おど》らずにはいられない。

　蔓《つる》におおわれた窓《まど》のすきまから太陽《たいよう》の光《ひかり》が差《さ》しこみ、廊下《ろうか》の床《ゆか》に光《ひかり》の帯《おび》ができていると、本物《ほんもの》の森《もり》にいるかのような気《き》がしてくる。やわらかなじゅうたんにできる光《ひかり》と影《かげ》の模様《もよう》も、まるで草《そう》原《げん》のようだ。そんなとき、いつもオーロラ姫《ひめ》は歌《うた》い、踊《おど》る。

　ときには、ここで金色《きんいろ》の靴《くつ》を脱《ぬ》いで裸足《はだし》になることもある。

　そのときの気分《きぶん》に合《あ》わせて歌《うた》も歌《うた》った。吟遊詩人《ぎんゆうしじん》が教《おし》えてくれたお気《き》に入《い》りの曲《きょく》だったり、音《おん》楽《がく》の家庭教師《かていきょうし》が教《おし》えてくれた正式《せいしき》なバラッドだったり、うろ覚《おぼ》えの子守歌《こもりうた》だったり、自分《じぶん》でつくった歌《うた》だったり。

　城《しろ》の南側《みなみがわ》、大広間《おおひろま》のちょうど真上《まうえ》にあるこの廊下《ろうか》には、城《しろ》の外《そと》で強《つよ》い風《かぜ》が吹《ふ》くと、陽光《ようこう》が差《さ》しこむことがあった。廊下《ろうか》の端《はし》から続《つづ》く階段《かいだん》も、踊《おど》りに華《はな》やかさを加《くわ》えてくれる。オーロラ姫《ひめ》は軽《かろ》やかに体《からだ》を動《うご》かして左《ひだり》の手《て》すりに、右《みぎ》の手《て》すりにと指先《ゆびさき》をそわせて踊《おど》りながら階段《かいだん》をおりた。確《たし》か、シカはこんなふうに楽《たの》しげに滝《たき》を駆《か》けおりるんじゃなかったかしら、とオーロラ姫《ひめ》は思《おも》った。いいえ、魚《さかな》だったかもしれない。

じつはオーロラ姫《ひめ》は、シカも魚《さかな》もよく覚《おぼ》えていなかった。

下《した》の階《かい》にたどり着《つ》くと、オーロラ姫《ひめ》は脚《あし》をすばやく交差《こうさ》させてみた。動《うご》くたびに、オーロラ姫《ひめ》の金色《きんいろ》の髪《かみ》が、高価《こうか》な生地《きじ》が波打《なみう》つように左右《さゆう》にゆれる。オーロラ姫《ひめ》はドレスのすそを持《も》ちあげて、足《あし》が思《おも》うとおりに動《うご》いているか確《たし》かめた。そんなしぐさでさえ優雅《ゆうが》だった。

オーロラ姫《ひめ》は小広間《しょうひろま》のテーブルの横《よこ》をつま先立《さきだ》ちで回転《かいてん》しながら進《すす》み、ぱっと跳《と》びはねてそのまま食器室《しょっきしつ》へ入《はい》り、給仕係《きゅうじがかり》の少年《しょうねん》の前《まえ》をすり足《あし》で踊《おど》りながら通《とお》りすぎてぎょっとさせ、かつて温《おん》室《しつ》だった場所《ばしょ》をステップを踏《ふ》みながら突《つ》き進《すす》んだ。昔《むかし》はオレンジを栽培《さいばい》していた温室《おんしつ》も、いまは城《しろ》のほかの場所《ばしょ》と同《おな》じように、蔓《つる》で厚《あつ》くおおわれている。

そして、地下牢《ちかろう》へ続《つづ》く大《おお》きな鉄《てつ》の扉《とびら》の前《まえ》まで来《く》ると、オーロラ姫《ひめ》は歌《うた》と踊《おど》りをぴたりとやめた。扉《とびら》の向《む》こうの冷《つめ》たい石《いし》のらせん階段《かいだん》をおりていくと、スズメバチの巣《す》のように並《なら》ぶ小《ちい》さな部屋《へや》がある。地下牢《ちかろう》だ。けれど、使《つか》われている牢《ろう》はひとつだけ。

いま、この地下牢《ちかろう》にいるのは、世界《せかい》を荒《あ》れ地《ち》に変《か》えてしまったステファン国王《こくおう》とリア王妃《おうひ》、すなわちオーロラ姫《ひめ》の父《ちち》と母《はは》だけだ。

前《まえ》に一度《いちど》、オーロラ姫《ひめ》は自分《じぶん》の父《ちち》と母《はは》をひと目見《めみ》たくて、地下牢《ちかろう》へ忍《しの》びこんだことがある。オーロラ姫《ひめ》を養女《ようじょ》にしてくれた義理《ぎり》のおばマレフィセントに、地下牢《ちかろう》へ行《い》くのを禁《きん》じられたことはない。なのに、なぜうしろめたい気持《きも》ちになるのか、オーロラ姫《ひめ》は自分《じぶん》でもわからなかった。けれどそのとき、オーロラ姫《ひめ》は、地下牢《ちかろう》へおりたマレフィセントが戻《もど》ってくるのを待《ま》った。マレフィセントが行《い》ったすぐあとなら、たいまつがまだ燃《も》えていて、通路《つうろ》が真《ま》っ暗《くら》ではないとわかっていたからだ。

王《おう》と王妃《おうひ》は独房《どくぼう》の硬《かた》い長椅子《ながいす》に、うつろな目《め》をしてただじっと座《すわ》っていた。その顔《かお》にはなんの表情《ひょうじょう》も浮《う》かんでいなかった。

あまりの恐《おそ》ろしさに、オーロラ姫《ひめ》はわき目《め》もふらず階段《かいだん》を駆《か》けあがった。そしてマレフィセントを見《み》つけ、ぎゅっと抱《だ》きついた。マレフィセントは、本当《ほんとう》はそんなふうに抱《だ》きつかれるのが好《す》きではなかったけれど、養女《ようじょ》となったわが娘《むすめ》のために我慢《がまん》していた。

いまふたたび鉄《てつ》の扉《とびら》の前《まえ》に来《き》たオーロラ姫《ひめ》は、そのときのことを思《おも》い出《だ》して身《み》ぶるいし、すぐにその場《ば》を離《はな》れた。

父《ちち》と母《はは》は、世界《せかい》が荒《あ》れ果《は》てても踊《おど》っていた、と聞《き》いたことがある。

身勝手《みがって》で強欲《ごうよく》で冷《つめ》たい人間《にんげん》だ。そんな父《ちち》と母《はは》と同《おな》じ血《ち》が、わたしにも流《なが》れている。

マレフィセントは王座《おうざ》に座《すわ》っていた。上品《じょうひん》だけれどけっして気《き》どってはいない。オーロラ姫《ひめ》は自分《じぶん》もこんなふうになりたいといつも思《おも》っていた。マレフィセントは長《なが》い指《ゆび》を優雅《ゆうが》に動《うご》かしながら指図《さしず》している。今夜《こんや》は月《つき》に一度《いちど》の舞踏会《ぶとうかい》が開《ひら》かれる。部屋《へや》は、王族《おうぞく》と召《め》し使《つか》いであふれかえっていた。「衣装《いしょう》を魔法《まほう》で直《なお》してほしい」とか「献立《こんだて》を追加《ついか》したいのですが」とか「舞曲《ぶきょく》の内容《ないよう》の確認《かくにん》をしてください」とか、王座《おうざ》の前《まえ》にはあとからあとから人《ひと》がやってくる。

召《め》し使《つか》いのなかには、人間《にんげん》ではないものも混《ま》じっていた。鼻《はな》がブタの形《かたち》をしていたり、口《くち》の代《か》わりにくちばしがついていたり、さらには口《くち》のないものまでいる。足《あし》がウマのひづめのようだったり、ニワトリの蹴爪《けづめ》のようだったり。ブタの足《あし》をしているものもいた。

彼《かれ》らは女王《じょおう》の手先《てさき》だった。城《しろ》の外《そと》の世界《せかい》から侵入《しんにゅう》しようとする汚《けが》らわしい魔獣《まじゅう》を城《しろ》に寄《よ》せつけないために、マレフィセントが、ここは別《べつ》の世界《せかい》の土《つち》や霊魂《れいこん》を使《つか》って魔法《まほう》で創《つく》りだしたのだ。手先《てさき》たちはあまり賢《かしこ》くなかったので、「必要《ひつよう》なとき以外《いがい》、口《くち》をきいてはならぬ」と女王《じょおう》に厳《きび》しく命令《めいれい》されていた。思《おも》いやりにあふれるオーロラ姫《ひめ》は、女王《じょおう》の好《す》きなようにこき使《つか》われる手先《てさき》たちに同情《どうじょう》していた。

けれど、手先《てさき》たちを見《み》ていると、オーロラ姫《ひめ》の心《こころ》はいつもざわつくのだった。

そのとき、オーロラ姫《ひめ》に気《き》づいたマレフィセントが笑《え》みをこぼした。

「さあ、こっちへいらっしゃい。ちょうど準備《じゅんび》にうんざりしてきたところだったのよ」

「はい」オーロラ姫《ひめ》は、王座《おうざ》まで歩《ある》いていくと、女王《じょおう》のそばに立《た》った。王国《おうこく》の救世主《きゅうせいしゅ》のそばにいるだけで、恐《おそ》れや不安《ふあん》は鎮《しず》まってしまう。ついさっきまで感《かん》じていた心《こころ》のざわつきも消《き》えていた。

「ここまでなさることないわ。女王《じょおう》として国《くに》のためにやるべきことが山《やま》ほどあるのだもの！」

「そうね。でも、これも、城《しろ》のみんなの気分《きぶん》を高《たか》めるのに欠《か》かせないことなのよ」マレフィセントは弓形《ゆみがた》の眉《まゆ》を片方《かたほう》だけあげてほほえんだ。「世界《せかい》が安全《あんぜん》な場所《ばしょ》に戻《もど》るまで、城《しろ》から出《で》ることはできない。だから、ときには気分《きぶん》が華《はな》やぐようなことをしなくてはね」マレフィセントが長《なが》い指《ゆび》を伸《の》ばして、オーロラ姫《ひめ》の金色《きんいろ》の髪《かみ》を耳《みみ》にかけてやる。「それに……あなたの両親《りょうしん》は十六年《じゅうろくねん》ものあいだ、あなたのことをほったらかしにしてきたでしょう。王女《おうじょ》だというのに、舞踏会《ぶとうかい》も誕生日《たんじょうび》パーティも知《し》らずに十六年《じゅうろくねん》も過《す》ごしたなんて！」

「ありがとう」

オーロラ姫《ひめ》はうつむき、小《ちい》さな声《こえ》で言《い》った。自分《じぶん》の面倒《めんどう》を見《み》てくれるマレフィセントに、オーロラ姫《ひめ》は心《こころ》の底《そこ》から感謝《かんしゃ》していた。けれど、なぜだかマレフィセントの黄色《きいろ》い瞳《ひとみ》をまっすぐに見《み》ることができなかった。どこにも焦点《しょうてん》が合《あ》っていなくて、なんの表情《ひょうじょう》も浮《う》かんでいないのだ。言《こと》葉《ば》がない限《かぎ》り、マレフィセントが何《なに》を考《かんが》えているのか、オーロラ姫《ひめ》にはわからなかった。

「あなたが決《き》めた今度《こんど》の舞踏会《ぶとうかい》のテーマ、すてきね」マレフィセントの唇《くちびる》の端《はし》に笑《え》みが浮《う》かぶ。

「〝空《そら》と水《みず》の青《あお》〟だなんて、とてもロマンチックだわ」

「想像力《そうぞうりょく》を思《おも》いきり働《はたら》かせたのよ。だって、海《うみ》も川《かわ》も見《み》たことないんですもの」

オーロラ姫《ひめ》は言《い》った。

夢《ゆめ》のなかでなら、水面《すいめん》がきらきらと光《ひか》る小川《おがわ》を何度《なんど》か見《み》たことがある。けれど、知識《ちしき》が乏《とぼ》しいせいか、川全体《かわぜんたい》がぼんやりとかすんでいることもあった。

「いい子《こ》ね」マレフィセントはオーロラ姫《ひめ》の頭《あたま》をなでたが、それはまるでペットをなでるような手《て》つきだった。オーロラ姫《ひめ》は、マレフィセントのこんなところにも違和感《いわかん》を覚《おぼ》えていた。「さあ、舞踏会《ぶとうかい》が始《はじ》まるのは今夜遅《こんやおそ》くよ。一度部屋《いちどへや》へ戻《もど》って、少《すこ》しお昼寝《ひるね》をしたらどうかしら。そのほうが、夜《よる》に思《おも》い切《き》り踊《おど》れるでしょう」

「でも、わたしにも何《なに》か手伝《てつだ》わせて……」

「またの機会《きかい》にね」マレフィセントはオーロラ姫《ひめ》の頰《ほお》をなでながら言《い》った。「これから、いくらでも機会《きかい》はあるはずよ」

「わかったわ。そうします」

オーロラ姫《ひめ》は素直《すなお》にしたがった。そして、体《からだ》を寄《よ》せてマレフィセントのこけた頬《ほお》にそっとキスをした。

マレフィセントの瞳《ひとみ》が、落《お》ちつきなくさっとゆれた。

マレフィセントは、王国《おうこく》に残《のこ》った人々《ひとびと》の救世主《きゅうせいしゅ》になりたかったわけではない。そもそも、世界《せかい》が破壊《はかい》されることなど望《のぞ》んではいなかった。

それに、ほったらかしにされていたプリンセスの後見人《こうけんにん》になりたかったわけでもない。

魔力《まりょく》を生《い》かして、城《しろ》で平和《へいわ》に暮《く》らしていきたいだけなのだろう。

オーロラ姫《ひめ》は自分《じぶん》の部屋《へや》へ向《む》かってゆっくりと歩《ある》いた。

わたしって、だれの役《やく》にも立《た》てないのね……。

「王女《おうじょ》さま」

だれかの手《て》が、うしろからオーロラ姫《ひめ》の肩《かた》をつかんだ。

オーロラ姫《ひめ》が振《ふ》りかえると、そこにいたのは年老《としお》いた吟遊詩人《ぎんゆうしじん》だった。顔《かお》は青白《あおじろ》く、服《ふく》はあちこち裂《さ》けてボロボロだ。目《め》の横《よこ》にある傷《きず》のせいで、まるで血《ち》の涙《なみだ》を流《なが》しているように見《み》える。

「いったいどうしたの？　マスター・トミンズ」

オーロラ姫《ひめ》はやさしく言《い》った。今日《きょう》はめずらしくお酒《さけ》のにおいがしない。トミンズは農民《のうみん》たちが自分《じぶん》でつくった安《やす》ウイスキーにまで手《て》を出《だ》すことがあったが、そのにおいもしない。

「外《そと》の世界《せかい》はある！　ちゃんとあるのだよ！」吟遊詩人《ぎんゆうしじん》はうしろをさっと振《ふ》りかえってだれもいないのを確《たし》かめると、両手《りょうて》でオーロラ姫《ひめ》の手《て》を包《つつ》みこんだ。「王女《おうじょ》さま、わしはこの城《しろ》から抜《ぬ》けだしたのだ！」

「手《て》を放《はな》してちょうだい。具合《ぐあい》が悪《わる》いの？」

オーロラ姫《ひめ》は吟遊詩人《ぎんゆうしじん》の突飛《とっぴ》なふるまいに少《すこ》し驚《おどろ》いたものの、それ以上《いじょう》に詩人《しじん》の体《からだ》の具合《ぐあい》が心配《しんぱい》だった。それに、王女《おうじょ》にこんなふうに触《ふ》れている場面《ばめん》をだれかに見《み》られたら、どんなおとがめを受《う》けるかわからない。

そのとき、耳慣《みみな》れた、不気味《ぶきみ》でふぞろいな足音《あしおと》が聞《き》こえてきた。吟遊詩人《ぎんゆうしじん》がふるえあがる。オーロラ姫《ひめ》は手《て》を伸《の》ばし、詩人《しじん》の肩《かた》にそっと置《お》いた。

「少《すこ》し横《よこ》になったほうがいいわ……」

足音《あしおと》は、すでにすぐそこまで迫《せま》っていた。女王《じょおう》の手先《てさき》だ。ふたりいる。

手先《てさき》に気《き》づいた吟遊詩人《ぎんゆうしじん》は目《め》を大《おお》きく見開《みひら》き、おびえた表情《ひょうじょう》を浮《う》かべたが、オーロラ姫《ひめ》から注意《ちゅうい》をそらさなかった。

「王女《おうじょ》さま……」

「王女《おうじょ》さまから離《はな》れろ、歌《うた》う人間《にんげん》」ブタのような姿《すがた》の手先《てさき》が鼻《はな》を鳴《な》らしながらどなった。「マレフィセントさまからの命令《めいれい》だ。酔《よ》いをさませ。女王《じょおう》の跡継《あとつ》ぎに触《ふ》れてはならない」

吟遊詩人《ぎんゆうしじん》はオーロラ姫《ひめ》の耳《みみ》に唇《くちびる》が触《ふ》れるほど身《み》を寄《よ》せてささやいた。「あなただけが頼《たよ》りです！城《しろ》の外《そと》の世界《せかい》は崩壊《ほうかい》などしていない」吟遊詩人《ぎんゆうしじん》から体《からだ》を離《はな》そうとしていたオーロラ姫《ひめ》は思《おも》わず動《うご》きを止《と》めた。

「吟遊詩人《ぎんゆうしじん》！」

ニワトリのとさかと悪魔《あくま》のような黄色《きいろ》い目《め》を持《も》つ手先《てさき》が言《い》った。手先《てさき》たちはかぎ爪《づめ》のついた手《て》で吟遊詩人《ぎんゆうしじん》の肩《かた》をぐいっとつかむと、まるでゴミでも投《な》げるように空中《くうちゅう》へ放《ほう》りなげた。

「王女《おうじょ》さま！」

吟遊詩人《ぎんゆうしじん》は叫《さけ》んだ。

手先《てさき》たちが笑《わら》い声《ごえ》をあげる。

「おれたちのために歌《うた》え。そうすれば、地下牢《ちかろう》へ連《つ》れていくまでのあいだ、おまえを傷《きず》つけないでいてやろう！」

オーロラ姫《ひめ》は訴《うった》えた。

「お願《ねが》いだから、もっとやさしくしてあげて。具合《ぐあい》が悪《わる》いのよ。お医者《いしゃ》さまに診《み》てもらったほうがいいわ。乱暴《らんぼう》しないで……」

「歌《うた》え！」オーロラ姫《ひめ》の言葉《ことば》を無視《むし》して、ニワトリのほうが命《めい》じた。どちらの手先《てさき》もオーロラ姫《ひめ》にはあいさつすらしようとしない。「歌《うた》うのだ！」

吟遊詩人《ぎんゆうしじん》は血《ち》だらけの顔《かお》に涙《なみだ》を流《なが》し、恐怖《きょうふ》に肩《かた》をふるわせながら声《こえ》を絞《しぼ》りだした。

「やさしい《ドゥース》……やさしい《ドゥース》、すてきなあなた《ダムジョリ》……」

オーロラ姫《ひめ》は、悲《かな》しみと恐《おそ》れの入《い》り交《ま》じった表情《ひょうじょう》で吟遊詩人《ぎんゆうしじん》を見送《みおく》った。

彼《かれ》らの姿《すがた》が見《み》えなくなっても、歌声《うたごえ》は煙《けむり》がたなびくように廊下《ろうか》をただよっていた。

「神を思うな《プールデューヌパンス》　愛しい人よ《ミー》　いかなるものも支配はできぬ《クニュルエシニョーリー》　あなたを裁くのはわたしだけ《シュールモアフォルスヴースールマン》……」

そのときオーロラ姫《ひめ》は、吟遊詩人《ぎんゆうしじん》につかまれたときのまま、自分《じぶん》の手《て》がぎゅっと握《にぎ》られているのに気《き》づいた。そっと手《て》を開《ひら》き、目《め》をみはった。手《て》のひらの上《うえ》に何《なに》かある。

つかんで高《たか》くかかげてみる。

それは、色鮮《いろあざ》やかな青《あお》い羽根《はね》だった。

4　不思議《ふしぎ》な青《あお》い羽根《はね》

オーロラ姫《ひめ》は、親指《おやゆび》の爪《つめ》を羽根《はね》の真《ま》ん中《なか》の羽軸《うじく》に沿《そ》わせて、本物《ほんもの》かどうかを確《たし》かめた。やっぱり本物《ほんもの》だ。羽根《はね》をつまんで、くるくると回《まわ》しながら考《かんが》える。

城《しろ》の中庭《なかにわ》には、ハトならまだたくさんいる。でも、ハトの羽根《はね》はこんなふうじゃない。

ニワトリとカモもいくらかいるけれど、そのなかでも一番《いちばん》きれいな、光《ひかり》の当《あ》たりぐあいによって虹色《にじいろ》にきらめく翼《つばさ》を持《も》つ雄《おす》ガモでさえ、こんな真《ま》っ青《さお》な羽根《はね》はしていない。

その昔《むかし》、ジャングルから連《つ》れてこられて何代《なんだい》にもわたって飼《か》われてきた外国《がいこく》の鳥《とり》も、金色《きんいろ》のかごに数羽《すうわ》いる。青《あお》い鳥《とり》もいるけれど、その羽根《はね》は薄《うす》い青《あお》で、こんな濃《こ》い青《あお》ではない。

オーロラ姫《ひめ》は羽根《はね》を顔《かお》の前《まえ》に持《も》ってくると、自分《じぶん》の部屋《へや》のなかをうろうろと歩《ある》きはじめた。

きれいに飾《かざ》りつけられたオーロラ姫《ひめ》の部屋《へや》は、城《しろ》の二階《にかい》にあった。生《い》き残《のこ》った王族《おうぞく》や貴族《きぞく》、それに、外《そと》の世界《せかい》が崩壊《ほうかい》したせいで城《しろ》から出《で》られなくなってしまった外国《がいこく》の高官《こうかん》たちは、城《しろ》のなかで暮《く》らしていた。農民《のうみん》や召《め》し使《つか》いなどの平民《へいみん》は、城壁《じょうへき》の内側《うちがわ》の広《ひろ》い中庭《なかにわ》に急《きゅう》ごしらえで建《た》てた小《こ》屋《や》に住《す》んでいる。

蔓《つる》でおおわれた窓《まど》を見《み》なければ、そして、もっと部屋《へや》を明《あか》るく照《て》らしてくれるランタンがあったなら、ここもふつうの王女《おうじょ》の部屋《へや》に見《み》えるかもしれない。台座《だいざ》に置《お》かれたベッドはリボンがついたピンクの薄《うす》い生地《きじ》の天蓋《てんがい》でおおわれ、金《きん》メッキされたクローゼットには驚《おどろ》くほどの数《かず》のドレスがつるされている。銀《ぎん》の水差《みずさ》しとボウルの置《お》かれた化粧台《けしょうだい》に、シルクのクッションのある小《ちい》さな長椅子《ながいす》。暖炉《だんろ》のそばには、長《なが》くほっそりとした脚《あし》のついた、しゃれたデザインの小《ちい》さなテーブルもあった。

本棚《ほんだな》には本《ほん》がずらりと並《なら》んでいたが、世界《せかい》が崩壊《ほうかい》してからは、本《ほん》とは呼《よ》べないものになっていた。ほとんどの本《ほん》は、文字《もじ》も挿絵《さしえ》も大部分《だいぶぶん》が消《き》えているのだ。まったく白紙《はくし》の本《ほん》も多《おお》い。かろうじて文字《もじ》が残《のこ》っているものも、並《なら》んでいるのは見《み》たことのない文字《もじ》だったりする。マレフィセントによると、ステファン国王《こくおう》とリア王妃《おうひ》が使《つか》った邪悪《じゃあく》な魔法《まほう》のせいらしい。その魔法《まほう》のせいで、王国《おうこく》だけでなく、人間《にんげん》の生《う》みだした知識《ちしき》も道具《どうぐ》もめちゃくちゃになってしまったのだ。マレフィセントには、それを完全《かんぜん》にもとに戻《もど》すだけの力《ちから》はなく、残《のこ》った人《ひと》たちの暮《く》らしをなんとか維持《いじ》するので精一杯《せいいっぱい》だという。

メイドが整《ととの》えてくれたベッドはきれいでふかふかで、オーロラ姫《ひめ》は、いますぐここで眠《ねむ》りたい、という衝動《しょうどう》にかられた。なんといっても踊《おど》るのが大好《だいす》きだから、今夜《こんや》は遅《おそ》くまで起《お》きていることになるだろう。

それに、踊《おど》ることに負《ま》けないくらい、ベッドに横《よこ》になってぼんやり過《す》ごすのも好《す》きだった。ふとんをかぶり、薄暗《うすぐら》いなかで一日中《いちにちじゅう》過《す》ごすことだってできる。そうしていれば、いずれ夜《よる》が来《く》る。たとえその夜《よる》におもしろいことが何《なに》もなくたって、とにかくベッドに寝《ね》ころんでいれば、たいくつな一日《いちにち》をやり過《す》ごすことができる。

オーロラ姫《ひめ》は、ふかふかの羽毛《うもう》ぶとんの上《うえ》に仰向《あおむ》けに寝《ね》ころがった。青《あお》い羽根《はね》をくるくる回《まわ》しながら、とりとめもなく考《かんが》える。吟遊詩人《ぎんゆうしじん》はたいてい、部屋《へや》のすみや人《ひと》のあまり来《こ》ない暗《くら》がりにいる。お酒《さけ》の飲《の》みすぎのせいで目《め》を悪《わる》くして、明《あか》るい光《ひかり》が苦手《にがて》なのだ。

城《しろ》から抜《ぬ》けだしたなんて言《い》っていたけれど、そんなのでたらめにきまってる。

オーロラ姫《ひめ》はため息《いき》をつくと、青《あお》い羽根《はね》を飾《かざ》り鎖《ぐさり》でベルトにつけた銀色《ぎんいろ》のポーチに入《い》れた。しばらく肌身離《はだみはな》さず持《も》ち歩《ある》くことにしたのだ。

そのとき、また別《べつ》の羽根《はね》のことを思《おも》い出《だ》し、オーロラ姫《ひめ》はため息《いき》をついた。

ベッドから起《お》きあがり、小《ちい》さなテーブルに腰《こし》をおろす。それから、白鳥《はくちょう》の羽根《はね》ペンを手《て》にとり、上等《じょうとう》な羊皮紙《ようひし》に書《か》かれた数学《すうがく》の問題《もんだい》を解《と》きはじめた。

マレフィセントは、城《しろ》の防備《ぼうび》を固《かた》め、生《い》き残《のこ》った者《もの》の住《す》む場所《ばしょ》を整《ととの》え、食《た》べ物《もの》の問題《もんだい》も魔法《まほう》でなんとか解決《かいけつ》すると、オーロラ姫《ひめ》の教育《きょういく》にとりかかったのだ。息子《むすこ》が欲《ほ》しかったステファン国王《こくおう》とリア王妃《おうひ》は、娘《むすめ》になんの教育《きょういく》もほどこしていなかった。基本的《きほんてき》な読《よ》み書《か》きも、刺《し》しゅうのような王族《おうぞく》の娘《むすめ》が習《なら》う実践的《じっせんてき》な趣味《しゅみ》も、地理学《ちりがく》も、礼儀作法《れいぎさほう》でさえも。そこでマレフィセントは、すぐさま六人《ろくにん》もの家庭教師《かていきょうし》を集《あつ》めた。

オーロラ姫《ひめ》は数学《すうがく》が苦手《にがて》だった。歌《うた》とか、縦笛《たてぶえ》の演奏《えんそう》とか、思《おも》いやりの心《こころ》とか、礼儀作法《れいぎさほう》なんかは、苦労《くろう》なくすんなりと習得《しゅうとく》できる。針《はり》の使《つか》い方《かた》が十二歳《じゅうにさい》のレベルまで到達《とうたつ》するにはまだ時間《じかん》がかかりそうだし、刺《し》しゅうをしているときに、しょっちゅう針《はり》で指《ゆび》を刺《さ》してしまうので、マレフィセントに「尖《とが》った針《はり》のついた糸車《いとぐるま》を使《つか》えるようになるには、まだまだ時間《じかん》がかかりそうね」と笑顔《えがお》で言《い》われたこともある。けれど裁縫《さいほう》に必要《ひつよう》な根気《こんき》はあるほうだろう。

でも、数字《すうじ》は……数字《すうじ》に関係《かんけい》するものはなんでも……ちっとも頭《あたま》に入《はい》ってこない。城《しろ》の財務官《ざいむかん》が足《た》し算《ざん》や引《ひ》き算《ざん》を根気強《こんきづよ》く教《おし》えてくれているときも、城《しろ》の大工《だいく》が紐《ひも》と重《おも》りを使《つか》って測量法《そくりょうほう》を教《おし》えてくれているときも、必死《ひっし》になって理解《りかい》しようとした。

それなのに、問題《もんだい》をひとりで解《と》こうとすると、さっぱりわからなくなってしまう。数字《すうじ》が目《め》の前《まえ》でちらつくときもあるし、割《わ》り符《ふ》の刻《きざ》み目《め》がいつのまにか増《ふ》えているような気《き》がするときもある。線《せん》を引《ひ》くのも得意《とくい》じゃなく、正方形《せいほうけい》を書《か》こうとしても、ゆがんでしまうことが多《おお》かった。

でも、せっかく家庭教師《かていきょうし》までつけてもらったのだからと、オーロラ姫《ひめ》は密《ひそ》かに勉強《べんきょう》を続《つづ》けていた。問題《もんだい》が解《と》けるようになったときの、マレフィセントの驚《おどろ》く顔《かお》を想像《そうぞう》しながら。

しかし、いや気《け》がさして、オーロラ姫《ひめ》はベッドの上《うえ》に寝《ね》そべった。

マレフィセントのように賢《かしこ》くて、強《つよ》くて、上品《じょうひん》になんてなれっこないわ。

心地《ここち》よいベッドで寝《ね》ていると、心《こころ》の奥深《おくふか》くにこんな考《かんが》えが浮《う》かぶことがあった。〝マレフィセントは、本当《ほんとう》にわたしのためを思《おも》ってくれているの？〟

どうしてわたしは城《しろ》の運営《うんえい》にかかわらせてもらえないのだろう？　城《しろ》の外《そと》の世界《せかい》が崩壊《ほうかい》したのに、わたしたちが、飲《の》んだり、食《た》べたり、贅沢《ぜいたく》な品《しな》を手《て》にしたりできるのは、マレフィセントの魔法《まほう》のおかげ。でも、魔法《まほう》で必要《ひつよう》なものを出《だ》す方法《ほうほう》を教《おし》えてもらったことなんてないし、出《だ》しているのを見《み》せてもらったことすらない。

だいたい、あとどのくらいこの城《しろ》に閉《と》じこもっていればいいの？　いったいいつになったら、外《そと》の世界《せかい》は安全《あんぜん》になるの？

吟遊詩人《ぎんゆうしじん》は、本当《ほんとう》に外《そと》の世界《せかい》までたどり着《つ》いて、戻《もど》ってきたのだろうか？

これまでに、城《しろ》から追《お》いだされた人間《にんげん》がひとりだけいる。その追放者《ついほうしゃ》は、けっきょく城《しろ》には戻《もど》ってこなかった……。けれどそれは、激怒《げきど》した女王《じょおう》に会《あ》うのが恐《おそ》ろしかったからかもしれない。追放者《ついほうしゃ》は追《お》いだされる前《まえ》、女王《じょおう》にはむかった。「おまえに、この城《しろ》を支配《しはい》する権利《けんり》などない。わたしこそ真《しん》の王《おう》だ。この、思《おも》いあがった自信過剰《じしんかじょう》の忌《い》まわしい妖精《ようせい》め」と。

よく考《かんが》えてみると、あの追放者《ついほうしゃ》が追《お》いだされたのは幸運《こううん》だったのかもしれない。その場《ば》でマレフィセントに消《け》されずにすんだのだから。

オーロラ姫《ひめ》は、むすっとした顔《かお》で寝《ね》がえりを打《う》ち、枕《まくら》で顔《かお》をおおった。またこんなことを考《かんが》えるなんて、わたしはなんて恩知《おんし》らずなんだろう。生《い》き残《のこ》った人《ひと》たちを救《すく》ってくれた人《ひと》のことをこんなふうに思《おも》ってしまうなんて。わたしには、あの父《ちち》と母《はは》の血《ち》が流《なが》れている。人《ひと》が当《あ》たり前《まえ》に持《も》っている感謝《かんしゃ》の心《こころ》が、わたしには欠《か》けているのかもしれない。

わたしも魔法《まほう》が使《つか》えるようになりたい。

でも……。オーロラ姫《ひめ》の心《こころ》の声《こえ》がすぐさま否定《ひてい》した。父《ちち》と母《はは》が授《さず》かったような力《ちから》はいや。マレフィセントみたいに強《つよ》くなくてもいい。ほんの少《すこ》しの力《ちから》でいい。城《しろ》の外《そと》の世界《せかい》がどうなっているか確《たし》かめられるくらいの力《ちから》。外《そと》の世界《せかい》はどうなっているんだろう。だんだんもとに戻《もど》ってきているんだろうか……前《まえ》みたいに、動物《どうぶつ》がいて、人《ひと》もいて、きちんとした本《ほん》もある、そんな世界《せかい》に。魔法《まほう》が使《つか》えたら……。そのとき突然《とつぜん》、一冊《いっさつ》の本《ほん》がオーロラ姫《ひめ》の頭《あたま》に落《お》ちてきた。

5 トランプの謎《なぞ》

オーロラ姫《ひめ》が驚《おどろ》いて起《お》きあがると、小《ちい》さな羊皮紙《ようひし》の束《たば》がぱらぱらと床《ゆか》に落《お》ちた。これは、本《ほん》じゃない。トランプだ。カードはどれも色《いろ》とりどりで、絵《え》や数字《すうじ》が消《き》えているものなど一枚《いちまい》もない。

オーロラ姫《ひめ》は、カードをおそるおそる持《も》ちあげた。

最初《さいしょ》に手《て》に取《と》った何枚《なんまい》かには見覚《みおぼ》えがあった。王《おう》が描《か》いてあるカード。城《しろ》に閉《と》じこもったきりで時間《じかん》を持《も》てあましている人《ひと》たちが、退屈《たいくつ》しのぎにしているゲームで見《み》たことがある。それから、剣《つるぎ》の3、聖杯《せいはい》の9、ハートの2、椅子《いす》の8、人形《にんぎょう》の13、城《しろ》の0。カードの周囲《しゅうい》には王国《おうこく》の紋章《もんしょう》が色鮮《いろあざ》やかに描《えが》かれている。

金色《きんいろ》の細長《ほそなが》い数字《すうじ》が美《うつく》しい。数学《すうがく》の問題《もんだい》が楽々《らくらく》と解《と》けるとき、オーロラ姫《ひめ》が空中《くうちゅう》に書《か》く数字《すうじ》に似《に》ている。

そのとき、さっきカードが当《あ》たったところが、変《へん》なふうにずきずきと痛《いた》んだ。金色《きんいろ》の数字《すうじ》？　数学《すうがく》の問題《もんだい》が簡単《かんたん》に解《と》けるとき？　そんなことあったかしら。いいえ、ない。夢《ゆめ》のなか以外《いがい》では。

オーロラ姫《ひめ》は身《み》ぶるいすると、次《つぎ》のカードをめくった。

ジョーカーだ。

思《おも》わず顔《かお》をしかめる。にやっと笑《わら》うジョーカーは、道化師《どうけし》のようなカラフルな服《ふく》を着《き》ている。だが、その服《ふく》はぼろぼろだ。顔《かお》は細長《ほそなが》く、なぜか杖《つえ》の代《か》わりにリュート（撥弦楽器《はつげんがっき》）を持《も》っている。その姿《すがた》は、どことなく吟遊詩人《ぎんゆうしじん》に似《に》ていた。

その次《つぎ》のカードは、これよりももっと変《か》わっていた。

太陽《たいよう》の絵《え》が描《か》いてある。オーロラ姫《ひめ》はカードを顔《かお》に近《ちか》づけて、細《こま》かいところまでよく見《み》てみた。青《あお》い空《そら》も描《か》いてあったらよかった。そうすれば、空《そら》がどんなふうだったか思《おも》い出《だ》せたのに。太陽《たいよう》には半円形《はんえんけい》の目《め》と小《ちい》さな点《てん》の口《くち》が描《えが》かれ、うれしそうな表情《ひょうじょう》をしている。

本当《ほんとう》の太陽《たいよう》にも顔《かお》があったかしら？

オーロラ姫《ひめ》にはわからなかった。思《おも》い出《だ》せないのだ。

太陽《たいよう》の下《もと》では、裸《はだか》の子《こ》どもがうれしそうにポニーに乗《の》っている。ポニーは白《しろ》と黒《くろ》のぶちだ。角《つの》が一本生《いっぽんは》えていて、あごひげもある。城《しろ》にはこんなポニーはいない。

次《つぎ》のカードを手《て》に取《と》る。そこに描《えが》かれた少女《しょうじょ》を見《み》た瞬間《しゅんかん》、オーロラ姫《ひめ》は自分《じぶん》に似《に》ていると思《おも》った。少女《しょうじょ》は愛《いと》おしそうにライオンの首《くび》に抱《だ》きついている。

次《つぎ》のカードの少女《しょうじょ》もオーロラ姫《ひめ》に似《に》ていた。少女《しょうじょ》は、さっきのカードとは違《ちが》う動物《どうぶつ》の鼻《はな》に手《て》のひらをあてている。なんの動物《どうぶつ》なのかはわからなかった。リスに似《に》ているけれど、やわらかそうな耳《みみ》は驚《おどろ》くほど長《なが》い。オーロラ姫《ひめ》は感激《かんげき》で胸《むね》がいっぱいになった。こんな動物《どうぶつ》にさわれたらいいのに。この少女《しょうじょ》みたいに。

次《つぎ》のカードには、木《き》に囲《かこ》まれた原《はら》っぱに、動物《どうぶつ》が一頭《いっとう》だけ描《か》いてあった。ウマに少《すこ》し似《に》ているけれど、ウマよりは小《こ》ぶりで脚《あし》がほっそりしている。たてがみはなく、しっぽが短《みじか》い。

そのとき、ふと不安《ふあん》になったオーロラ姫《ひめ》は、あたりを見《み》まわした。城《しろ》には絵《え》がぜんぶ残《のこ》っている本《ほん》など一冊《いっさつ》もない。なのに、このトランプだけはぜんぶ完全《かんぜん》な形《かたち》で残《のこ》っている。どうして？なぜいま現《あらわ》れたの？

「王女《おうじょ》さま？　殿下《でんか》？」

扉《とびら》の外《そと》から声《こえ》が聞《き》こえた。オーロラ姫《ひめ》はあわててカードを寄《よ》せあつめ、さっとあたりを見《み》まわして小《ちい》さなベルベットのバッグを見《み》つけると、そこにカードをつっこんだ。今夜《こんや》、舞踏会《ぶとうかい》へ持《も》っていくために用意《ようい》してあったバッグだ。

返事《へんじ》を待《ま》たずに声《こえ》の主《ぬし》が入《はい》ってきた。丸顔《まるがお》で小柄《こがら》で、華奢《きゃしゃ》な体型《たいけい》をしている。

レディ・リアンナはオーロラ姫《ひめ》の侍女《じじょ》であり、親友《しんゆう》だ。リアンナにはオーロラ姫《ひめ》しか友《とも》だちがいない。外交使節団《がいこうしせつだん》の一員《いちいん》としてこの国《くに》へ来《き》たのだが、世界《せかい》が崩壊《ほうかい》したとき、母国《ぼこく》も両親《りょうしん》も、愛《あい》するものすべてを失《うしな》ってしまったのだ。

身《み》なりはいつも完璧《かんぺき》だし、器用《きよう》に編《あ》んだ漆黒《しっこく》の髪《かみ》をゆるく上品《じょうひん》に結《ゆ》いあげているけれど、大《おお》きな黒《くろ》い目《め》と灰色《はいいろ》がかった肌《はだ》は、だれが見《み》ても外国人《がいこくじん》だとすぐわかる。城《しろ》の王族《おうぞく》のなかには、リアンナを避《さ》ける者《もの》もいた。

「まだ、まったくお着替《きが》えをしていないのですね」

リアンナはとがめるような口調《くちょう》で言《い》ったが、ほかの人《ひと》のように、舌打《したう》ちしたりはしなかった。流《なが》れるような動《うご》きで、部屋《へや》のあちこちから舞踏会《ぶとうかい》へ行《い》くのに必要《ひつよう》なものを集《あつ》めてくる。ブラシ、リボン、ペティコート、金色《きんいろ》のティペット（ひじから垂《た》らす細長《ほそなが》い布《ぬの》の飾《かざ》り）、金色《きんいろ》の靴《くつ》。

「ええ、まあ」

オーロラ姫《ひめ》は口《くち》ごもった。ほんの少《すこ》し前《まえ》まで、舞踏会《ぶとうかい》は間違《まちが》いなく人生《じんせい》になくてはならない――少《すく》なくとも胸躍《むねおど》る――ことだった。毎月《まいつき》これほど楽《たの》しみにしている催《もよお》しはない。けれど、いまオーロラ姫《ひめ》は、リアンナに部屋《へや》を出《で》ていってもらいたくて仕方《しかた》がなかった。そうすれば、またベッドに寝《ね》ころんで、トランプを一枚一枚《いちまいいちまい》眺《なが》めることができる。

リアンナはオーロラ姫《ひめ》のうしろに立《た》ち、ふだん着《ぎ》のドレスの背《せ》の紐《ひも》を解《と》きはじめた。

「はとこのローラお嬢《じょう》さまは、王女《おうじょ》さまがせっかくお贈《おく》りになったドレスを、お召《め》しにならないようです」

「本当《ほんとう》？」オーロラ姫《ひめ》は、一瞬《いっしゅん》、注意《ちゅうい》を引《ひ》かれて尋《たず》ねた。「あの淡《あわ》い青緑色《あおみどりいろ》は、ローラの瞳《ひとみ》の色《いろ》とよく合《あ》って、あの娘《こ》の魅力《みりょく》が引《ひ》き立《た》つと思《おも》ったのだけれど」

「色《いろ》が問題《もんだい》なのではなく、だれが選《えら》んだかが問題《もんだい》なのです」

リアンナがきっぱりと言《い》った。紐《ひも》を解《と》き終《お》えると、有無《うむ》を言《い》わさず、けれどやさしくオーロラ姫《ひめ》の向《む》きを変《か》え、袖《そで》にずらりと並《なら》んだボタンをはずしはじめた。

「まったくもう、生意気《なまいき》なんだから！　まだ子《こ》どものくせに」

オーロラ姫《ひめ》は首《くび》を振《ふ》り、袖《そで》を脱《ぬ》ごうと腕《うで》も振《ふ》った。

「ローラお嬢《じょう》さまは十五歳《じゅうごさい》ですよ、殿下《でんか》」リアンナがかろうじて聞《き》きとれるぐらいの小《ちい》さな声《こえ》で続《つづ》けた。「あの方《かた》が王女《おうじょ》さまに横柄《おうへい》なふるまいをなさらないよう、わたしが目《め》を光《ひか》らせておきます。この先何年《さきなんねん》も、この城《しろ》であの方《かた》と、そしてあの方《かた》のとりまきと共《とも》に過《す》ごすのですから」

オーロラ姫《ひめ》は笑《え》みを浮《う》かべながら首《くび》を振《ふ》った。

「リアンナ、ここはあなたのいた宮殿《きゅうでん》とは違《ちが》うのよ。陰謀《いんぼう》とか策略《さくりゃく》なんかとは無縁《むえん》なの。ローラはきっと、『未来《みらい》の女王《じょおう》に選《えら》んでもらわなくても、ドレスくらい自分《じぶん》で選《えら》ぶ』って言《い》いたいだけ。

でもその気持《きも》ちもわかるわ。わたしだって、だれかに指図《さしず》されるのは好《す》きじゃないもの」

少《すこ》しのあいだ沈黙《ちんもく》が流《なが》れた。最後《さいご》の言葉《ことば》は、オーロラ姫《ひめ》が自分《じぶん》で思《おも》っていたより強《つよ》い口調《くちょう》になってしまった。

リアンナの大《おお》きな瞳《ひとみ》には、いつものようになんの感情《かんじょう》も浮《う》かんでいない。

「ええ、そうでしょうとも。あの追放者《ついほうしゃ》だって、〝隣国《りんごく》の友好的《ゆうこうてき》な国王《こくおう》〟だったのですよね」

「それは違《ちが》うわ」オーロラ姫《ひめ》の脳裏《のうり》に不愉快《ふゆかい》な記憶《きおく》がよみがえる。「あの人《ひと》は城《しろ》を乗《の》っとろうとした。クーデターの計画《けいかく》だって立《た》ててたんだから」

「あの騒動《そうどう》だって、言葉《ことば》から始《はじ》まりました。あの男《おとこ》はマレフィセント女王《じょおう》さまに、『おまえにこの城《しろ》を支配《しはい》する権利《けんり》はない。自分《じぶん》のほうがふさわしい』と言《い》ったのです。それで、城《しろ》から追放《ついほう》されることになりましたよね。ローラお嬢《じょう》さまのためを思《おも》うなら、きちんとお伝《つた》えするべきです。『文句《もんく》を言《い》わず、口《くち》をつつしんで上《うえ》の者《もの》にはしたがいなさい』と」

オーロラ姫《ひめ》は黙《だま》りこんだ。心《こころ》がかき乱《みだ》されたあの日《ひ》のことを忘《わす》れたりはしない。白《しろ》いあごひげの、怒《いか》り狂《くる》った小太《こぶと》りな男《おとこ》。それとは対照的《たいしょうてき》に、冷静《れいせい》な表情《ひょうじょう》のマレフィセント。あの男《おとこ》がいくらどなりちらしても、マレフィセントの冷《ひ》ややかな態度《たいど》は、みじんも崩《くず》れなかった。

思《おも》いつめた顔《かお》のオーロラ姫《ひめ》を見《み》て、リアンナはやさしく言《い》った。

「さあ、その服《ふく》をお脱《ぬ》ぎになってください。舞踏会《ぶとうかい》のドレスをお召《め》しにならないと」

リアンナがさっと洋服《ようふく》ダンスのほうを向《む》いた。オーロラ姫《ひめ》が体《からだ》をゆするとドレスがストンと床《ゆか》に落《お》ちた。このうえなくわくわくする瞬間《しゅんかん》だ。でもオーロラ姫《ひめ》は礼儀作法《れいぎさほう》をよくわきまえているのでそのままにしたりせず、すぐにドレスを拾《ひろ》い、しわを伸《の》ばした。そう、きちんと教《おし》えてもらったとおりに。

えっ？　待《ま》って……そんなこと教《おし》えてもらったことなんてないわ。

おかしいわね……。オーロラ姫《ひめ》は片手《かたて》で頭《あたま》を押《お》さえた。

「今夜《こんや》のお召《め》しものはこちらです」リアンナが新品《しんぴん》のドレスをオーロラ姫《ひめ》に広《ひろ》げてみせた。「きっとお似合《にあ》いですよ」

すてき！　オーロラ姫《ひめ》は思《おも》わずほほえんだ。スカートとコルセットは海《うみ》を思《おも》わせるような深《ふか》い青《あお》だ。そこに、金色《きんいろ》の糸《いと》で小《ちい》さな丸《まる》がいくつも刺《し》しゅうしてある。まるで日光《にっこう》に反射《はんしゃ》してきらめく水面《すいめん》のようだった。ベルトとティペットも、前《まえ》の女王《じょおう》が着《き》ていたドレスの生地《きじ》を使《つか》って、同《おな》じ金色《きんいろ》でそろえてある。

王女《おうじょ》さまに舞踏会《ぶとうかい》で着《き》てもらおうと、城《しろ》のお針子《はりこ》たちが、何日《なんにち》もかけて仕上《しあ》げてくれたドレス。

「このドレスをつくるのは、大変《たいへん》だったでしょうね」

オーロラ姫《ひめ》がつぶやいた。

「王女《おうじょ》さまも、マレフィセント女王《じょおう》さまも、城《しろ》の女《おんな》たちにすることを与《あた》えてくださって、本当《ほんとう》におやさしいと思《おも》っています」

リアンナは強《つよ》い口調《くちょう》で言《い》った。

「どういう意味《いみ》？　これを仕上《しあ》げるのに数週間《すうしゅうかん》はかかったはずよ」

オーロラ姫《ひめ》はきれいな縫《ぬ》い目《め》を見《み》せながら言《い》った。

「お針子《はりこ》たちは縫《ぬ》わずにはいられません。ご婦人《ふじん》がたは踊《おど》らずにはいられません。みな、何《なに》かをせずにはいられないのです。そうしないと、ここではおかしくなってしまいます」リアンナはそう言《い》うと、オーロラ姫《ひめ》が着《き》やすいようにスカートを広《ひろ》げた。

「侍女《じじょ》もそうなの？」

オーロラ姫《ひめ》が少《すこ》しからかうような笑《え》みを浮《う》かべて言《い》った。

「ええ」

リアンナはまじめな顔《かお》で答《こた》えた。

「でも、〝しなければならない〟わけではないでしょう。もちろん、あなたがわたしのお世話《せわ》をしてくれるのはありがたいし、わたしはあなたを友《とも》だちとして大切《たいせつ》に思《おも》ってる。でも、あなたはほかにやりたいことはないの？」

リアンナは、まばたきもせず、大《おお》きな黒《くろ》い瞳《ひとみ》でオーロラ姫《ひめ》を見《み》つめながら言《い》った。

「わたしがここにいられるのは、おやさしい女王《じょおう》さまのおかげです。こうしてここに存在《そんざい》していられることに、わたしは心《こころ》から感謝《かんしゃ》しています」

オーロラ姫《ひめ》は唇《くちびる》をかんだ。いままで、リアンナはなんの感情《かんじょう》も持《も》たずにただ淡々《たんたん》と仕事《しごと》をしているだけだと思《おも》っていた。けれど、リアンナはただ生《い》きているだけで恵《めぐ》まれていると感《かん》じている。仕事《しごと》ができるのは、本当《ほんとう》に喜《よろこ》ばしいことだと感謝《かんしゃ》しているのだ。

「ごめんなさい」オーロラ姫《ひめ》はリアンナの手《て》をとり静《しず》かに言《い》った。「あなたの仕事《しごと》を侮辱《ぶじょく》するつもりなんてなかったのよ。ただ、こう言《い》いたかっただけなの……もし、何《なに》かしたいことがあるなら……たとえばだれかと結婚《けっこん》するとか……もしそうなって、あなたがいつもそばにいてくれなくなったら寂《さび》しいけれど……心《こころ》から応援《おうえん》するわって」

リアンナがまばたきをした。

「あ、ありがとうございます。王女《おうじょ》さま」でも、リアンナはすぐにいつもの表情《ひょうじょう》に戻《もど》って言《い》った。

「さあ、髪《かみ》の毛《け》にブラシをかけないと。わたしがすてきな髪型《かみがた》にしてさしあげます。ここにお座《すわ》りください」

オーロラ姫《ひめ》はピンクのクッションつきの椅子《いす》にそっと腰《こし》かけた。銀色《ぎんいろ》の曇《くも》った鏡《かがみ》をのぞきこむ。リアンナがオーロラ姫《ひめ》の髪《かみ》に何度《なんど》もブラシをかけてくれている。そのうちに、髪《かみ》がだんだん輝《かがや》いてきた。

「王女《おうじょ》さまの髪《かみ》は、なんておきれいなんでしょう。まるで金《きん》の糸《いと》のよう」

リアンナがため息《いき》をついた。

リアンナは、いつも心《こころ》を込《こ》めてこう言《い》ってくれる。オーロラ姫《ひめ》は鏡《かがみ》を見《み》つめながらほほえんだ。そこには美《うつく》しい王女《おうじょ》が映《うつ》っている。これから舞踏会《ぶとうかい》が始《はじ》まるのだ。城《しろ》での暮《く》らしのなかで心《こころ》が躍《おど》ることなどほかにはあまりない。今夜《こんや》は思《おも》いきり楽《たの》しもう、とオーロラ姫《ひめ》は思《おも》った。

6　青《あお》の舞踏会《ぶとうかい》

月《つき》に一度《いちど》の舞踏会《ぶとうかい》には、イバラの城《しろ》のすべての人《ひと》が集《つど》う。農民《のうみん》は、王族《おうぞく》や貴族《きぞく》とは別《べつ》の広間《ひろま》だし、召《め》し使《つか》いは給仕《きゅうじ》をするけれど、だれもがワインやりんご酒《しゅ》やごちそうを満喫《まんきつ》し、音楽家《おんがくか》の演《えん》奏《そう》を楽《たの》しむ。

今日《きょう》は、さまざまな色合《いろあ》いの青《あお》いシルクの布《ぬの》が、壁《かべ》と天井《てんじょう》を波打《なみう》つようにおおっていて、まるで青《あお》い空《そら》と海《うみ》のなかにいるようだ。青銅《せいどう》でできた魔法《まほう》の噴水《ふんすい》からあふれる水《みず》も、ほのかに青《あお》い。真《ま》ん中《なか》の大《おお》きなテーブルに置《お》かれた水槽《すいそう》には、人工《じんこう》の小川《おがわ》の水《みず》が流《なが》れ落《お》ちている。

三《みっ》つのテーブルは青《あお》と緑《みどり》の古《ふる》いタペストリーでおおわれている。模様《もよう》がかすれたり、なくなったりしている部分《ぶぶん》は、見《み》た人《ひと》が落《お》ちつかない気分《きぶん》にならないよう、料理《りょうり》を盛《も》った青《あお》い皿《さら》や、金《きん》の取《と》り皿《ざら》で隠《かく》してある。舞踏会《ぶとうかい》で使《つか》う取《と》り皿《ざら》はいつも金《きん》と決《き》まっていた。マレフィセントがこれだけは譲《ゆず》らないのだ。

シャンデリアとろうそくと壁《かべ》にかかったたいまつの炎《ほのお》も、魔法《まほう》で青《あお》くしてある。炎《ほのお》はどれも、踊《おど》るようにちらちらとゆれていた。

三《みっ》つのテーブルの前《まえ》には音楽家《おんがくか》たちが座《すわ》っていた。船《ふね》に見立《みた》てた木製《もくせい》の巨大《きょだい》な桶《おけ》のなかで楽器《がっき》を奏《かな》でている。トランペットにもマンドリンにも長《なが》い青《あお》いリボンが結《むす》んであった。

吟遊詩人《ぎんゆうしじん》の姿《すがた》もあった。でも、金《きん》の鎖《くさり》で近《ちか》くの柱《はしら》につながれ、近《ちか》くには見張《みは》り役《やく》の手先《てさき》がひとりいる。舞踏会《ぶとうかい》の夜《よる》なので、特別《とくべつ》に地下牢《ちかろう》から出《で》るお許《ゆる》しがもらえたのだろう。吟遊詩人《ぎんゆうしじん》は目《め》を真《ま》っ赤《か》にして涙《なみだ》を浮《う》かべているけれど、なめらかに指《ゆび》を動《うご》かしてリュートをつま弾《び》いている。評判《ひょうばん》どおり、とても見事《みごと》な演奏《えんそう》だ。すっかり酔《よ》いはさめているように見《み》える。

オーロラ姫《ひめ》はほっとしてため息《いき》をついたが、そこには失望《しつぼう》もいくらか混《ま》ざっていた。こうして演奏《えんそう》している姿《すがた》はすっかりまともに戻《もど》ったようで、外《そと》の世界《せかい》に出《で》たと言《い》ったのは、やはり酔《よ》っていたからなのだ、と思《おも》えてくる。結局《けっきょく》は、この城《しろ》で、このままずっとこの退屈《たいくつ》な暮《く》らしを続《つづ》けていくしかないのね……。

オーロラ姫《ひめ》は、浮《う》かれ騒《さわ》ぐ人《ひと》たちに目《め》を向《む》けた。城《しろ》の貴族《きぞく》たちは、さまざまな青《あお》の衣装《いしょう》をまとっている。

オーロラ姫《ひめ》は王座《おうざ》の隣《となり》で、満足《まんぞく》そうな笑《え》みを浮《う》かべながら舞踏会《ぶとうかい》のようすを眺《なが》めた。ここはほかより高《たか》くなっているので、部屋全体《へやぜんたい》が見《み》わたせる。

マレフィセントは、いつものように全身黒《ぜんしんくろ》ずくめの服装《ふくそう》だ。けれど、舞踏会《ぶとうかい》のテーマに合《あ》わせて、角《つの》のついたかぶりものは、わずかに青《あお》く光《ひか》るものに変《か》えているし、ブレスレットも同《おな》じ色《いろ》でそろえてある。

オーロラ姫《ひめ》は、もぞもぞと脚《あし》を動《うご》かした。腕《うで》にかけているバッグがいつもより重《おも》い。ふと見下《みお》ろすと、ベルベットのバッグの口《くち》からトランプの角《かど》が飛《と》びだしていた。

「どうかしたの？」

マレフィセントがゆったりとした口調《くちょう》で言《い》った。

「いいえ。あの……」オーロラ姫《ひめ》はバッグをたぐり寄《よ》せると、紐《ひも》をゆるめた。「さっき、こんなものを見《み》つけたの。それで……これについて、聞《き》いてみようと思《おも》って……」

オーロラ姫《ひめ》は一組《ひとくみ》のトランプをバッグのなかから取《と》りだし、マレフィセントに手《て》わたした。でも、そのとたんに後悔《こうかい》した。見《み》せなければ、ずっと隠《かく》し持《も》っていられたかもしれないのに。

「まあ」マレフィセントの目《め》が一瞬《いっしゅん》、大《おお》きく見開《みひら》かれたが、出《で》てきた言葉《ことば》はゆっくりと落《お》ちついていた。「この世界《せかい》は、昔《むかし》はこんなふうだったのよ。あなたの両親《りょうしん》が破壊《はかい》してしまうまではね。いい？　これは太陽《たいよう》。それから、ユニコーン、ライオン、ウサギ、シカ……」

女王《じょおう》がそれぞれのカードに描《えが》かれているものの名前《なまえ》を言《い》うたびに、オーロラ姫《ひめ》も、その名前《なまえ》を覚《おぼ》えようとくりかえした。

「こんなもの、見《み》ないほうがよかったわね。あなたを悲《かな》しませるだけだもの。どれもこの世界《せかい》からなくなってしまって、もう戻《もど》ってはこないわ」

マレフィセントの手《て》から、カードが床《ゆか》にばらばらと落《お》ちた。

オーロラ姫《ひめ》の目《め》から涙《なみだ》があふれる。

「女王《じょおう》の魔法《まほう》の力《ちから》でも、もとには戻《もど》せないの……？」

オーロラ姫《ひめ》が消《き》え入《い》りそうな声《こえ》で尋《たず》ねた。

「完全《かんぜん》に死《し》に絶《た》えたものをもとに戻《もど》す魔法《まほう》は、この世《よ》にないのよ。残念《ざんねん》だけれどね。このトランプのことは忘《わす》れなさい。悲《かな》しくなるだけでしょう」

オーロラ姫《ひめ》は、涙《なみだ》をこらえながら黙《だま》ってうなずいた。

マレフィセントは、うつむくオーロラ姫《ひめ》のあごに指《ゆび》をあて、そっと持《も》ちあげた。

「せっかくのすばらしい舞踏会《ぶとうかい》がだいなしね。そんなものを見《み》てしまったから」

オーロラ姫《ひめ》は気持《きも》ちを落《お》ちつかせようと深呼吸《しんこきゅう》した。涙《なみだ》のせいで視界《しかい》はぼやけているけれど、床《ゆか》に散《ち》らばったカードの金《きん》の数字《すうじ》がかすかに光《ひか》っているのが見《み》える。

同《おな》じようにじっとカードを見《み》つめていたマレフィセントは、黒《くろ》く長《なが》い爪《つめ》で王座《おうざ》の肘《ひじ》かけをこつこつと叩《たた》きはじめた。

「ところで、どこでこのトランプを見《み》つけたのかしら？」

マレフィセントがさりげなく尋《たず》ねた。

オーロラ姫《ひめ》は肩《かた》をすくめた。

「本棚《ほんだな》から突然《とつぜん》、落《お》ちてきたの。こんなものがあるなんて、いままでぜんぜん気《き》づかなかったわ。だって本《ほん》はどれも、文字《もじ》や絵《え》が欠《か》けていたり、白紙《はくし》だったりするでしょう」

「そうね」マレフィセントは、ほっとしたようにうなずいた。「気《き》をつけなさい、オーロラ。外《そと》の世界《せかい》の悪《あく》が、城《しろ》に侵入《しんにゅう》しようとしているんだわ。わたしの力《ちから》では、魔獣《まじゅう》とか、目《め》に見《み》えるものの侵入《しんにゅう》を食《く》い止《と》めることしかできないのよ。けれど悪《あく》は、心《こころ》のすきまからもこっそり入《はい》りこむことができるの。〝願《ねが》い〟には、強《つよ》い力《ちから》がある。じつはとても危険《きけん》なものなのよ。これからは、この世界《せかい》にないものを欲《ほ》しいと願《ねが》うのはやめなさい」

「わかりました」

とオーロラ姫《ひめ》は答《こた》えた。マレフィセントは、精《せい》いっぱいやさしく言《い》おうとしていたし、けっして怖《こわ》い言《い》い方《かた》ではなかった。けれど、オーロラ姫《ひめ》はまた、いたたまれない気持《きも》ちになった。子《こ》どもみたいに、もう手《て》に入《はい》らないものを願《ねが》ってしまうなんて。しかも、ずっと前《まえ》に自分《じぶん》の両親《りょうしん》が破《は》壊《かい》したものを。両親《りょうしん》の邪悪《じゃあく》な願《ねが》いがすべてを壊《こわ》したのだ。

「まあ、そんな顔《かお》しないで。舞踏会《ぶとうかい》を楽《たの》しみましょう！　ほら、みんなあんなに楽《たの》しそうじゃないの。あなたの考《かん》えたすてきなテーマのおかげよ！」

マレフィセントが笑顔《えがお》で言《い》った。

マレフィセントは優雅《ゆうが》な動《うご》きで人々《ひとびと》のほうを指《ゆび》さした。女王《じょおう》がそちらを向《む》いているすきに、オーロラ姫《ひめ》は足《あし》をさっと動《うご》かして、カードを数枚《すうまい》スカートのなかへ隠《かく》し、すぐさまマレフィセントのさすほうに目《め》を向《む》けた。

部屋《へや》の奥《おく》にリアンナがいて、手拍子《てびょうし》をしている。リアンナはけっして踊《おど》らない。オーロラ姫《ひめ》の視線《しせん》に気《き》づいたリアンナは、あごの先《さき》で何《なに》かをさし示《しめ》した。その方向《ほうこう》へ目《め》をやると、そこには厩舎番《きゅうしゃばん》の若者《わかもの》、カーエルがいた。すりきれたベルベットのジャケットを着《き》ているが、借《か》り物《もの》に違《ちが》いない。カーエルがメイドの言葉《ことば》に頭《あたま》をのけぞらせて笑《わら》うと、髪《かみ》がライオンのたてがみのようにふわっとなびいた。そのあいだもずっとオーロラ姫《ひめ》のことを見《み》つめている。目《め》が合《あ》うと、カーエルはにかっと笑《わら》った。

オーロラ姫《ひめ》は、カーエルのことをとくに気《き》に入《い》っているわけではなかったが、とりあえず笑顔《えがお》を返《かえ》した。そのときふと、あのことをだれかに話《はな》してみようかしら、と思《おも》った。

ブローダー伯爵《はくしゃく》はほめ上手《じょうず》で、いつもオーロラ姫《ひめ》の目《め》をまっすぐに見《み》てにこやかに話《はな》す。あの話《はなし》をするなら、経験豊富《けいけんほうふ》で思慮深《しりょぶか》い大人《おとな》のほうがいい。

オーロラ姫《ひめ》はスカートを持《も》ちあげ、気《き》づかれないようにカードを拾《ひろ》うと、伯爵《はくしゃく》のほうへ駆《か》けよった。

「これはこれは、殿下《でんか》」

オーロラ姫《ひめ》に気《き》づくと伯爵《はくしゃく》は深《ふか》く上品《じょうひん》なお辞儀《じぎ》をし、オーロラ姫《ひめ》の手《て》の甲《こう》にキスをした。灰色《はいいろ》の口《くち》ひげが触《ふ》れる。

「少《すこ》しお話《はな》ししたいことがあるのですけれど、いいかしら？」

オーロラ姫《ひめ》はくすぐったくて笑《わら》いそうになるのをこらえようとしたけれど、がまんできずに唇《くちびる》の端《はし》に笑《え》みを浮《う》かべた。そして、手《て》もとを見《み》ないように苦労《くろう》しながら、こっそりカードをバッグにしまった。

「もちろんですとも。いつでもご遠慮《えんりょ》なく、殿下《でんか》」伯爵《はくしゃく》は大《おお》げさに目《め》を輝《かがや》かせた。「ただし、まずはダンスをごいっしょ願《ねが》いたい」

伯爵《はくしゃく》が腕《うで》をさしだし、オーロラ姫《ひめ》がドレスのすそを持《も》ちあげる。伯爵《はくしゃく》のリードで、ふたりはダンスフロアへすべるように進《すす》み出《で》た。ふたりの指《ゆび》と指《ゆび》が重《かさ》なり合《あ》う。くるりと回《まわ》ったとき、カーエルが自分《じぶん》の心臓《しんぞう》に矢《や》が刺《さ》さったようなしぐさをし、泣《な》いているふりをしているのが見《み》えた。

「お尋《たず》ねしたいことがあるんです、ブローダー伯爵《はくしゃく》。ほかの人《ひと》には秘密《ひみつ》で」

オーロラ姫《ひめ》はカーエルが視界《しかい》に入《はい》らないよう向《む》きを変《か》えた。

「喜《よろこ》んで！　殿下《でんか》」伯爵《はくしゃく》が顔《かお》を輝《かがや》かせる。「陰謀《いんぼう》ですか？　それとも策略《さくりゃく》？　ここでの退屈《たいくつ》な暮《く》らしの憂《う》さ晴《ば》らしができるようなことならなんでも大歓迎《だいかんげい》です」

ブローダー伯爵《はくしゃく》は、いつも憂《う》さ晴《ば》らしの種《たね》を探《さが》しているといううわさを聞《き》いたことがある。

「まさか陰謀《いんぼう》だなんて。でも、ご興味《きょうみ》は持《も》っていただけるかもしれません」オーロラ姫《ひめ》は銀色《ぎんいろ》のポーチから青《あお》い羽《は》根《ね》を取《と》りだした。「これを見《み》て、どう思《おも》われますか……？」

伯爵《はくしゃく》は目《め》を細《ほそ》めて羽《は》根《ね》を見《み》た。明《あき》らかにがっかりした表情《ひょうじょう》をしている。

「ただの羽《は》根《ね》じゃないですか。これがどうしたというのですか？」

オーロラ姫《ひめ》は伯爵《はくしゃく》の冷《さ》めた反応《はんのう》に驚《おどろ》き、唇《くちびる》をかんだ。

「でも……どう見《み》てもハトの羽《は》根《ね》じゃないわ。それに、スズメのでもないし……」

「もしかして、これはタカ狩《が》りゲームのために用意《ようい》したものじゃありませんか？」伯爵《はくしゃく》はふたたび顔《かお》を輝《かがや》かせた。「だれかが、またタカ狩《が》りゲームを計画《けいかく》しているのでは？」

オーロラ姫《ひめ》は眉《まゆ》をしかめた。タカ狩《が》りゲーム？　そんなゲームをしていたの？　王女《おうじょ》のわたしを誘《さそ》いもせずに？

オーロラ姫《ひめ》がじれったそうに言《い》った。

「違《ちが》います。吟遊詩人《ぎんゆうしじん》は、外《そと》の世界《せかい》から持《も》ち帰《かえ》ったと……」

「外《そと》の世界《せかい》だと？」

伯爵《はくしゃく》は踊《おど》るのをやめ、オーロラ姫《ひめ》の肩《かた》を乱暴《らんぼう》につかんだ。

「やめてください」

オーロラ姫《ひめ》は、そわそわとあたりを見《み》まわしながら声《こえ》を荒《あら》らげないようにして言《い》った。

「いつ行《い》ったんだ？　戻《もど》ってこられたのか？　どうやってこの城《しろ》から出《で》たんだ？　外《そと》で何《なに》か見《み》たのか？」

伯爵《はくしゃく》がかみつくような勢《いきお》いで問《と》いかける。

「わからないわ。吟遊詩人《ぎんゆうしじん》はいつも酔《よ》っぱらっているんですもの。嘘《うそ》をついているのかもしれません」

オーロラ姫《ひめ》は口《くち》ごもりながら答《こた》えた。

「外《そと》の世界《せかい》へ行《い》ったというのは本当《ほんとう》なのか？　外《そと》の空気《くうき》は澄《す》んでいたのか？　やつは生《い》きて帰《かえ》ってきたのか？　教《おし》えてくれ！」

伯爵《はくしゃく》はオーロラ姫《ひめ》を激《はげ》しくゆさぶった。

「痛《いた》いわ。手《て》を放《はな》してください」

オーロラ姫《ひめ》は涙《なみだ》をこらえた。みんながこっちを見《み》ている。王女《おうじょ》に、それも人前《ひとまえ》で乱暴《らんぼう》を働《はたら》いた人《ひと》はこれまでひとりもいない。

マレフィセントの手先《てさき》がふたり、すぐさまオーロラ姫《ひめ》の両《りょう》わきを固《かた》め、青銅製《せいどうせい》の槍《やり》をかまえた。

伯爵《はくしゃく》は青《あお》ざめ、オーロラ姫《ひめ》からさっと手《て》を放《はな》した。

「もうしわけございません。殿下《でんか》」伯爵《はくしゃく》は胸《むね》に手《て》をあてて深《ふか》くお辞儀《じぎ》をした。「気《き》が動転《どうてん》してしまったものですから……あまりの美《うつく》しさに」

伯爵《はくしゃく》の顔《かお》は上気《じょうき》し、瞳《ひとみ》は落《お》ちつきなくゆれている。

広間中《ひろまじゅう》の人《ひと》が注目《ちゅうもく》していた。

マレフィセントもまばたきもせず、黄色《きいろ》い瞳《ひとみ》でオーロラ姫《ひめ》がどうするか見《み》つめている。

オーロラ姫《ひめ》は、本当《ほんとう》は逃《に》げだしたかった。

けれど、イバラの城《しろ》の王女《おうじょ》が、そんなことをするわけにはいかない。

それに、ほんの少《すこ》しでも言《い》い方《かた》を間違《まちが》えば、この愚《おろ》かな男《おとこ》は死《し》へと追《お》いやられてしまうかもしれないのだ。

オーロラ姫《ひめ》は背筋《せすじ》を伸《の》ばし、マレフィセントになったつもりで言《い》った。

「なんでもありません。伯爵《はくしゃく》は、少《すこ》し気持《きも》ちがたかぶっただけだと言《い》っています。あなたたちは持《も》ち場《ば》へ戻《もど》りなさい」

その声《こえ》はふるえていた。

手先《てさき》たちは肩《かた》を落《お》とし、命令《めいれい》にしたがった。暴力《ぼうりょく》をふるいそこない、残念《ざんねん》なようだった。人々《ひとびと》もまた、楽《たの》しい余興《よきょう》が終《お》わってがっかりしながら、その場《ば》から去《さ》っていった。

伯爵《はくしゃく》は顔《かお》をしかめたまま、ぎこちないお辞儀《じぎ》をした。オーロラ姫《ひめ》はとにかくすぐに伯爵《はくしゃく》のそばを離《はな》れたかった。はとこのローラがいるのに気《き》づき、急《いそ》ぎ足《あし》でそこへ向《む》かう。ローラは、オーロラ姫《ひめ》が選《えら》んだ淡《あわ》い青緑色《あおみどりいろ》ではなく、目《め》の覚《さ》めるようなオレンジ色《いろ》のドレスを着《き》ていた。

それ以降《いこう》、オーロラ姫《ひめ》は、青《あお》い羽根《はね》のことも吟遊詩人《ぎんゆうしじん》のことも、自分《じぶん》の胸《むね》だけにしっかりとしまいこんだ。城《しろ》に閉《と》じこめられている自分《じぶん》たちのように。

7 誰《た》がために歌《うた》う

それからおよそひと月《つき》が過《す》ぎた。

次《つぎ》の舞踏会《ぶとうかい》も近《ちか》い。今度《こんど》のテーマは「金《きん》」。

オーロラ姫《ひめ》がイメージしたのは太陽《たいよう》の色《いろ》だ。

オーロラ姫《ひめ》は太陽《たいよう》のことを考《かんが》えないように、日光《にっこう》を浴《あ》びたいと願《ねが》わないようにしていた。この世界《せかい》にいられることに感謝《かんしゃ》しているリアンナのように、オーロラ姫《ひめ》も、この空《そら》のどこかに太陽《たいよう》がある、ただそのことだけに感謝《かんしゃ》しようと努《つと》めた。城《しろ》に閉《と》じこめられていることに不満《ふまん》を持《も》たず、現状《げんじょう》に満足《まんぞく》しようともした。でも、そう思《おも》うには、そうとうの努力《どりょく》が必要《ひつよう》だった。このごろは、ベッドで横《よこ》になり、宙《ちゅう》をぼんやりと見《み》つめながら過《す》ごすことが増《ふ》えている。

丸《まる》い光《ひかり》がゆっくりと床《ゆか》を動《うご》き、壁《かべ》に移《うつ》り、やがては消《き》えていくのを、飽《あ》きることなく何時間《なんじかん》も眺《なが》めている日《ひ》もあった。

レディ・アストリドは、オーロラ姫《ひめ》の父方《ちちかた》のはとこで、退屈《たいくつ》な城《しろ》の暮《く》らしのなかで、ささいなことに楽《たの》しみを見《み》つけられる数少《かずすく》ない貴族《きぞく》のひとりだ。

ある日《ひ》の昼下《ひるさ》がり、背《せ》が低《ひく》く、ふっくらとした年《とし》かさの女性《じょせい》がオーロラ姫《ひめ》の部屋《へや》を訪《おとず》れた。レディ・アストリドだ。針《はり》と刺《し》しゅう用《よう》のフレームを手《て》にして、意《い》を決《けっ》したような顔《かお》をしている。

「殿下《でんか》、手《て》を動《うご》かせば、元気《げんき》が出《で》てきて有意義《ゆういぎ》に過《す》ごせるようになりますよ」

レディ・アストリドは言《い》った。

「ありがとう、でも、今日《きょう》はやめておくわ、レディ・アストリド。いまはそんな気分《きぶん》じゃないの」

「殿下《でんか》」アストリドは強《つよ》い口調《くちょう》で言《い》った。「いけません。いつまでもごろごろしてないで、王女《おうじょ》らしくふるまいなさい。駄々《だだ》っ子《こ》みたいにだらだらせずに」

その言葉《ことば》にオーロラ姫《ひめ》がぎょっとして起《お》きあがった。

「王女《おうじょ》にそんな口《くち》のききかたをしているのを女王《じょおう》の手先《てさき》に聞《き》かれたら、地下牢《ちかろう》へ投《な》げこまれてしまうわよ」

「地下牢《ちかろう》だってどこだって、ここととさほど変《か》わりないじゃありませんか」アストリドはにこやかに言《い》う。「ここにだって、たいしたものがあるわけじゃないですし。けれど、いまあるものには感謝《かんしゃ》しませんとね。さあ、始《はじ》めましょう。あらまあ、この部屋《へや》には、年《とし》を重《かさ》ねてふっくらとしたこのお尻《しり》に合《あ》う椅子《いす》はないようね」

オーロラ姫《ひめ》は何《なに》もしたくなかったけれど、うまい言《い》いわけも思《おも》いつかなかったので、言《い》われるままにアストリドのあとについて書斎《しょさい》へ移《うつ》った。

いざ刺《し》しゅうを始《はじ》めてみると、確《たし》かに、ただぼんやりしているよりは楽《たの》しいといえた。

「毎日《まいにち》、刺《し》しゅうをしているの？」

布《ぬの》のうしろ側《がわ》から針《はり》を突《つ》き刺《さ》そうとしていたオーロラ姫《ひめ》が、眉間《みけん》にしわを寄《よ》せながら尋《たず》ねた。

「ええ、午後《ごご》はいつも」アストリドは、はきはきとした口調《くちょう》で答《こた》えた。暖炉《だんろ》のそばのゆったりとした椅子《いす》に腰《こし》かけたアストリドは、弓形《ゆみがた》の美《うつく》しい眉《まゆ》を、ふくよかで少《すこ》したるんだ顔《かお》の真《ま》ん中《なか》にぎゅっと寄《よ》せている。複雑《ふくざつ》な部分《ぶぶん》を縫《ぬ》っているのだ。「昼食《ちゅうしょく》のあと、午後三時《ごごさんじ》のお祈《いの》りの前《まえ》に」

「いつも何《なに》をするか決《き》めているの？」

「もちろんですよ。心《こころ》と体《からだ》は、いつも忙《いそが》しく動《うご》かしているほうがいいんです。朝《あさ》、目《め》が覚《さ》めたら、着替《きが》えて、手足《てあし》を伸《の》ばして体《からだ》をほぐし、夜明《よあ》けのお祈《いの》りをして、朝食《ちょうしょく》をいただきます。消化《しょうか》を助《たす》けるために城《しろ》の中庭《なかにわ》を散歩《さんぽ》し、朝《あさ》のお祈《いの》りをして、軽《かる》くおやつをいただくときもあれば、城《しろ》のお年寄《としよ》りのようすを見《み》に行《い》くときもありますよ。それから、メイドが洗濯《せんたく》をきちんとしているか確《たし》かめたり、繕《つくろ》い物《もの》をしたり。午前九時《ごぜんくじ》のお祈《いの》りをしたら、レディ・カーライルやベロク侯爵《こうしゃく》と礼《れい》拝《はい》について議論《ぎろん》することもあります。そして、この城《しろ》に閉《と》じこもってから命《いのち》を落《お》とした人《ひと》たちのためにお祈《いの》りして、昼食《ちゅうしょく》をいただきます。そのあとは貯蔵品《ちょぞうひん》の点検《てんけん》をしたり、召《め》し使《つか》いの仕事《しごと》ぶりを見《み》たり、中庭《なかにわ》の畑《はたけ》の細々《ほそぼそ》とした作物《さくもつ》を眺《なが》めにいったり。整理整頓《せいりせいとん》したり、飾《かざ》りつけしたり……」

「まあ、分刻《ふんきざ》みのスケジュールなのね」

オーロラ姫《ひめ》が言《い》った。

アストリドは声《こえ》をひそめて言《い》った。「そうしないと、頭《あたま》がおかしくなってしまいますもの」そして、声《こえ》をとがらせてこうつけくわえる。「この城《しろ》には、もっと有意義《ゆういぎ》に過《す》ごせる人《ひと》が大勢《おおぜい》いますよ」

オーロラ姫《ひめ》は手《て》を止《と》め、唇《くちびる》をかみ、目《め》の前《まえ》にいる小柄《こがら》な女性《じょせい》を見《み》つめた。この飾《かざ》り気《け》のない女《じょ》性《せい》は、ここでの暮《く》らしになじめるよう精《せい》いっぱい努力《どりょく》し、いつでも人《ひと》の役《やく》に立《た》とうと努《つと》めている。

オーロラ姫《ひめ》は飾《かざ》り鎖《くさり》でベルトにつけたポーチに指《ゆび》を触《ふ》れた。舞踏会《ぶとうかい》でのブローダー伯爵《はくしゃく》との一件《いっけん》があってから、青《あお》い羽根《はね》のことはもうだれにも言《い》わないと心《こころ》に決《き》めていた。でも、分別《ふんべつ》があって思慮深《しりょぶか》いこの人《ひと》なら、きっとブローダー伯爵《はくしゃく》のように騒《さわ》ぎ立《た》てたりはしないだろう。

ひと呼吸置《こきゅうお》くと、オーロラ姫《ひめ》は青《あお》い羽根《はね》をポーチからとりだした。

「レディ・アストリッド……これ……これを見《み》てどう思《おも》う？」

アストリッドの日《ゆ》が大《おお》きく見開《みひら》かれた。初《はじ》めはいつくしむようにその羽根《はね》を見《み》つめていたが、やがて考《かんが》えこむように眉間《みけん》にしわを寄《よ》せた。

アストリッドがささやき声《ごえ》で言《い》った。

「まだ……新《あたら》しいわね。何年《なんねん》も昔《むかし》のものというわけではなさそう。それに……魔法《まほう》でこんなに完璧《かんぺき》につくるのは無理《むり》よ。まるで外《そと》の世界《せかい》から……」アストリッドは青《あお》い羽根《はね》に触《ふ》れようと指《ゆび》を伸《の》ばしたが、触《ふ》れる寸前《すんぜん》で指《ゆび》を丸《まる》めた。「どこでこれを手《て》に入《い》れたのです？」

「言《い》えないわ」オーロラ姫《ひめ》はブローダー伯爵《はくしゃく》の反応《はんのう》を思《おも》い出《だ》していた。「これはなんの羽根《はね》だと思《おも》う？　なんていう鳥《とり》かわかる？」

だんだん落《お》ちつきをとり戻《もど》してきたアストリッドがきっぱりと言《い》った。

「わたしが鳥《とり》とか翼《つばさ》のある生《い》き物《もの》の専門家《せんもんか》に見《み》えます？　外《そと》の世界《せかい》のものだなんてありえません

もの……きっとハトか何《なに》かでしょう。それとも城《しろ》の中庭《なかにわ》に空飛《そらと》ぶネズミでもいるのかしら」

アストリドはふたたび手《て》を動《うご》かしはじめた。

オーロラ姫《ひめ》はがっかりして羽根《はね》を見《み》つめた。

しばらくしてからアストリドが声《こえ》を落《お》として言《い》った。

「その羽根《はね》のことは、だれにも言《い》ったりしませんよ。城《しろ》のなかの人《ひと》たちは、外《そと》に出《で》られないせいでピリピリしていますからね……それに、どこでだれが聞《き》いているかわかりませんから、気《き》をつけないと。女王《じょおう》はわたしたちを救《すく》ってくださった寛大《かんだい》なお人《ひと》です。けれど、外《そと》の世界《せかい》のこととなると、とても神経質《しんけいしつ》で、ちょっとしたことでもすぐお怒《いか》りになる。それも、当然《とうぜん》のことだとは思《おも》いますけれどね。秘密《ひみつ》はけっして口外《こうがい》しませんよ……知《し》ればだれも黙《だま》ってはいられませんもの」

オーロラ姫《ひめ》は、暗《くら》い顔《かお》のままうなずいた。ブローダー伯爵《はくしゃく》は、もうだれかに話《はな》してしまっただろうか？

オーロラ姫《ひめ》は羽根《はね》をしまい、針《はり》を動《うご》かしはじめた。

何《なに》もしないよりは、何《なに》かしているほうが気《き》がまぎれる。

舞踏会《ぶとうかい》が終《お》わると、誰《だれ》もが次《つぎ》の舞踏会《ぶとうかい》の日《ひ》を心待《こころま》ちにしながら、気《き》の滅入《めい》る日々《ひび》をやり過《す》ごす。

けれど、その日《ひ》がいったいいつなのか、はっきりと確《たし》かめるのは難《むずか》しかった。太陽《たいよう》の光《ひかり》をほとんど感《かん》じられず、月《つき》はまったく見《み》えず、時計《とけい》も正常《せいじょう》に動《うご》かないのだから無理《むり》もない。

だが……時間《じかん》の経過《けいか》を知《し》る術《すべ》はいくつかあった。

たとえば、毎年《まいとし》、年《とし》の初《はじ》めになると、奇妙《きみょう》な鐘《かね》の音《ね》が国中《くにじゅう》に鳴《な》りひびく。その鐘《かね》は、いったん鳴《な》ると数時間《すうじかん》鳴《な》りやまず、それどころかどんどん音《おと》が大《おお》きくなって廊下《ろうか》に響《ひび》きわたった。それが一日《いちにち》に一度《いちど》か二度《にど》、数日間《すうじつかん》続《つづ》いた。

週《しゅう》の経過《けいか》は、慎重《しんちょう》に記録《きろく》をつけていればなんとかわかった。それに女王《じょおう》が元気《げんき》になったり、弱《よわ》ったりするのを見《み》ていれば、だいたいの時間《じかん》の流《なが》れは把握《はあく》できた。舞踏会《ぶとうかい》が終《お》わったばかりのときは生《い》き生《い》きとして顔色《かおいろ》もよく、魔法《まほう》の力《ちから》もこのころが一番強《いちばんつよ》い。しばらくは、凝《こ》った料理《りょうり》や豪《ごう》華《か》な料理《りょうり》がテーブルに並《なら》び、新《あたら》しい娯楽《ごらく》が考《かん》えられ、衣装《いしょう》も一新《いっしん》されて、貯蔵品《ちょぞうひん》も補充《ほじゅう》される。

しかし、しばらくすると、女王《じょおう》の目《め》の下《した》にくまができ、疲《つか》れているのが目《め》に見《み》えてわかるようになる。月《つき》の真《ま》ん中《なか》あたりが一番《いちばん》ひどい。

料理《りょうり》は一応《いちおう》、出《だ》されるが、全体的《ぜんたいてき》に灰色《はいいろ》で食《た》べても味《あじ》がない。ひどいときには忘《わす》れられることもある。魔法《まほう》の燃料《ねんりょう》で燃《も》えているろうそくやランタンやたいまつの炎《ほのお》も、だんだん弱《よわ》くなる。

この時期《じき》になると、だれかが姿《すがた》を消《け》してしまうこともよくあり、ようやく発見《はっけん》されたときには、耐《た》え切《き》れなくなって自《みずか》ら命《いのち》を絶《た》ったのか、死体《したい》となっていることも多《おお》かった。

城《しろ》の住人《じゅうにん》のやる気《き》もこのころが一番下《いちばんさ》がる。そんなとき、マレフィセントはきまってこう言《い》う。

「オーロラ、歌《うた》を歌《うた》ってちょうだい」と。

みんなのために。

そして、大広間《おおひろま》に城中《しろじゅう》の人《ひと》が集《あつ》まってくる。オーロラ姫《ひめ》が歌《うた》いはじめると、だれもが飢《う》えも、城《しろ》に閉《と》じこめられていることも、頭《あたま》が変《へん》になりそうになっていることも一瞬《いっしゅん》にして忘《わす》れてしまう。

オーロラ姫《ひめ》は、みんなのために何時間《なんじかん》も歌《うた》いつづける。だれの顔《かお》も見《み》たくなく、人前《ひとまえ》で歌《うた》うなんて、いやでいやでたまらない気分《きぶん》のときでさえ。

「今夜《こんや》はとても歌《うた》えないわ、リアンナ」

オーロラ姫《ひめ》はピンクのクッションつきの椅子《いす》にぐったりと身《み》を沈《しず》めた。

リアンナは、無表情《むひょうじょう》な目《め》でオーロラ姫《ひめ》をじっと見《み》つめた。だれもがふさぎこむこの期間《きかん》、リアンナだけはふつうにしていて、やる気《き》のなくなった人《ひと》たちにいらついているように見《み》える。

リアンナはきっぱりと言《い》った。

「歌《うた》わなければいけません。みんなが心《こころ》から楽《たの》しみにしているひまつぶしなのですから」

「ひまつぶしですって？」

オーロラ姫《ひめ》は、さっと上体《じょうたい》を起《お》こした。

リアンナはいらだたしげに肩《かた》をすくめ、ブラシを手《て》にとりオーロラ姫《ひめ》の髪《かみ》をとかしはじめた。

「なぜみんながこれほどふさぎこみ、やる気《き》をなくすのか、わたしにはわかりません。でも、王《おう》女《じょ》さまが歌《うた》えばみんなが元気《げんき》になるのです。それに女王《じょおう》さまの命令《めいれい》には、喜《よろこ》んでしたがわなければいけません」

「そんなの、わかってるわ」オーロラ姫《ひめ》はため息《いき》をつき、力《ちから》なく椅子《いす》の背《せ》にもたれた。「ただ……いやなのよ。みんなの前《まえ》で歌《うた》うのが……歌《うた》はわたしにとって大切《たいせつ》なものなの。自分《じぶん》のために歌《うた》いたいのよ。大広間《おおひろま》であアして歌《うた》っていると、まるで自分《じぶん》が見《み》せものになったような気分《きぶん》になるんだもの」

リアンナはいつものように率直《そっちょく》に言《い》った。

「見《み》せものでいいじゃないですか。あなたはみんなの美《うつく》しい王女《おうじょ》なのです。輝《かがや》く希《き》望《ぼう》の光《ひかり》なのです。王族《おうぞく》として、美《うつく》しさと歌声《うたごえ》と……そしてこのすばらしい髪《かみ》を与《あた》えられて生《う》まれてきた。見《み》せものになるのは王女《おうじょ》としての務《つと》めです」

リアンナは金色《きんいろ》の髪《かみ》をつかみ、てきぱきととかしはじめた。

「なにも自分《じぶん》で望《のぞ》んだわけじゃないわ」

オーロラ姫《ひめ》がつぶやいた。飾《かざ》り鎖《くさり》でベルトにつけたポーチから青《あお》い羽根《はね》をとりだし、くるくると回《まわ》す。

「それは王女《おうじょ》さまだけではありません。ほとんどの人《ひと》がそうでしょう。あなたは、召《め》し使《つか》いとして生《う》まれ、一日《いちにち》じゅう床《ゆか》を磨《みが》いているほうがよかったとでもいうのですか？　もしくは農民《のうみん》として生《う》まれたかったとでも？　あの人《ひと》たちは、あんな小《ちい》さな畑《はたけ》の世《せ》話《わ》をして、大地《だいち》で作物《さくもつ》を育《そだ》てている気《き》になっている。あのお粗末《そまつ》な動物園《どうぶつえん》のような場所《ばしょ》で、マヌケなヒツジやウマをどうにか繁《はん》殖《しょく》させようと話《はな》し合《あ》っているのを見《み》たこともあります」

オーロラ姫《ひめ》は苦笑《にがわら》いした。

「リアンナは、動物《どうぶつ》があまり好《す》きではないの？」

リアンナは肩《かた》をすくめた。

「役《やく》に立《た》つとは思《おも》います」

「わたしは大好《だいす》きよ。もっといたらいいのに。もっと……」オーロラ姫《ひめ》はふと、何《なに》かを願《ねが》ってはいけないとマレフィセントから言《い》われたことを思《おも》い出《だ》し、そこで言葉《ことば》を止《と》め、話題《わだい》を変《か》えた。

「あなたが昔《むかし》、暮《く》らしていたところで、何《なに》か動物《どうぶつ》を飼《か》ったことある？」

リアンナは手《て》を止《と》め、遠《とお》くを見《み》つめるような目《め》つきになった。オーロラ姫《ひめ》がこれまでに見《み》たことのない表情《ひょうじょう》だ。やわらかい顔《かお》つきをしている。

「鳥《とり》を飼《か》っていたことがあります……ワタリガラスを」

カラス？　オーロラ姫《ひめ》は驚《おどろ》いてまばたきをした。

「巣《す》から落《お》ちていたんです。羽《はね》の生《は》えそろったばかりの、オスのひな鳥《どり》でした。翼《つばさ》はまだ小《ちい》さくて。拾《ひろ》って家《いえ》へ持《も》ち帰《かえ》りました。ひな鳥《どり》のころから育《そだ》てたんです」

リアンナは無意識《むいしき》に両手《りょうて》を丸《まる》め、目《め》に見《み》えない鳥《とり》を持《も》ちあげ、やわらかい布《ぬの》の上《うえ》にそっと運《はこ》ぶしぐさをした。

「大《おお》きく立派《りっぱ》に成長《せいちょう》したんですよ。漆黒《しっこく》の羽《はね》に色鮮《いろあざ》やかなくちばし。目《め》はきらきらと輝《かがや》いていて！　わたしの肩《かた》にとまって、どこへ行《い》くにもいっしょでした。食事《しょくじ》のときは、わたしの椅子《いす》の背《せ》にとまって。わたしのそばを離《はな》れることなんてなかったのに……」

リアンナの声《こえ》がだんだん小《ちい》さくなった。

オーロラ姫《ひめ》は、さえぎりたくないと思《おも》いながらも、がまんできず口《くち》を開《ひら》いた。

「そのカラスに……何《なに》かあったの？」

リアンナは体《からだ》をふるわせた。

「石《いし》に変《か》えられてしまいました。妖精《ようせい》に。いまいましい愚《おろ》かな妖精《ようせい》に。わたしが心《こころ》から愛《あい》したたったひとつの命《いのち》を、わたしから奪《うば》ったんです」

オーロラ姫《ひめ》は手《て》を伸《の》ばしてリアンナの手《て》を握《にぎ》りしめた。

「つらかったでしょう。妖精《ようせい》って、悪《わる》いことしかしないのかしら」

リアンナは、自分《じぶん》の手《て》を握《にぎ》るオーロラ姫《ひめ》の手《て》を見《み》つめ、それから顔《かお》を上《あ》げ、オーロラ姫《ひめ》の顔《かお》に見入《みい》った。

オーロラ姫《ひめ》が明《あか》るい声《こえ》で言《い》った。

「ワタリガラスの歌《うた》を知《し》ってるわ。今夜《こんや》、あなたのために歌《うた》うわね。あなたの大切《たいせつ》な友《とも》だちを追悼《ついとう》して」

「ありがとうございます、殿下《でんか》」

リアンナが小《ちい》さく言《い》い、笑顔《えがお》になった。偽《いつわ》りのない心《こころ》からの笑顔《えがお》だ。リアンナが心《こころ》の底《そこ》から笑《わら》うことなどめったにない。

わたしが歌《うた》うことでリアンナは喜《よろこ》んでくれている。わたしの歌《うた》でささやかでもみんなが幸《しあわ》せを感《かん》じてくれるなら、マレフィセントに言《い》われたときはいつでも歌《うた》おう。気持《きも》ちを込《こ》めて、明《あか》るく陽気《ようき》に。

たとえどんなに歌《うた》うのがいやでも、みんなのためになるのなら。

8　幸《しあわ》せの青《あお》い鳥《とり》

　オーロラ姫《ひめ》の独唱会《どくしょうかい》は大成功《だいせいこう》だった。美《うつく》しい歌《うた》を歌《うた》えば、みなため息《いき》をもらし、悲《かな》しい歌《うた》を歌《うた》えば涙《なみだ》を流《なが》す。ちょっと下品《げひん》でおかしな歌《うた》を歌《うた》ったときは、思《おも》いきり笑《わら》いころげた。『エヴァクリフスのワタリガラス』を歌《うた》うとき、オーロラ姫《ひめ》はリアンナのほうを向《む》いていた。リアンナはまばたきもせず、最後《さいご》までずっと目《め》を見開《みひら》いて聴《き》き入《い》っていた。

　一夜《いちや》かぎりではあったが、みんなが幸《しあわ》せな気分《きぶん》になり、マレフィセントでさえ元気《げんき》づけられたようだった。イバラの城《しろ》がふたたび希望《きぼう》に包《つつ》まれた。次《つぎ》の舞踏会《ぶとうかい》までなんとか持《も》ちこたえられるくらいの、ささやかな希望《きぼう》ではあったけれど。

　リサイタルの大成功《だいせいこう》をきっかけに、オーロラ姫《ひめ》はあることを決心《けっしん》した。いまよりいい人間《にんげん》になろうと決《き》めたのだ。

　いい人間《にんげん》になるために自分《じぶん》に欠《か》けているもの。ひとつ目《め》は〝感謝《かんしゃ》の気持《きも》ち〟。ふたつ目《め》は〝辛《しん》抱強《ぼうづよ》さ〟。そして三《みっ》つめは〝思《おも》いやりの心《こころ》〟。それぞれをひと月《つき》にひとつずつ身《み》につけることを目《もく》標《ひょう》にし、それを実現《じつげん》するために必要《ひつよう》なことを紙《かみ》に書《か》きだしてリストをつくった。

感謝《かんしゃ》の気持《きも》ちを身《み》につけるために、まずは、次《つぎ》の舞踏会《ぶとうかい》で女王《じょおう》に感謝《かんしゃ》のスピーチをすることにした。もちろん当日《とうじつ》まで女王《じょおう》には内緒《ないしょ》だ。

「わたしたちは、寛大《かんだい》なる女王《じょおう》に感謝《かんしゃ》いたします……」

オーロラは一字一字《いちじいちじ》ていねいに原稿《げんこう》を書《か》いた。

「わたしたちの身《み》の安全《あんぜん》と、健康《けんこう》と、幸福《こうふく》と、命《いのち》をお守《も》りくださっていることに！　女王《じょおう》の先《さき》を見通《みとお》す力《ちから》とやさしい心《こころ》がなければ、わたしたちは外《そと》の世界《せかい》が滅亡《めつぼう》したのと同《おな》じように、そして絶《ぜっ》滅《めつ》したウサギの……」

オーロラ姫《ひめ》はそこで言葉《ことば》を止《と》めた。トランプに描《か》いてあったウサギが頭《あたま》に浮《う》かんだのだ。

オーロラ姫《ひめ》は深呼吸《しんこきゅう》をすると、ふたたび原稿《げんこう》に向《む》かった。「絶滅《ぜつめつ》したウサギの……」

そのとき、視界《しかい》の隅《すみ》のほうで何《なに》かが動《うご》いた。机《つくえ》の下《した》に何《なに》かいる。机《つくえ》の長《なが》い脚《あし》のすぐ横《よこ》だ。

ウサギだわ、とオーロラ姫《ひめ》は思《おも》った。なぜだか見《み》る前《まえ》からわかった。心臓《しんぞう》が破裂《はれつ》するかと思《おも》うほどどきどきし、息《いき》が苦《くる》しくなってくる。

そのウサギは、トランプの絵《え》とそっくりなようにも、ぜんぜん似《に》ていないようにも見《み》えた。茶《ちゃ》色《いろ》の大《おお》きな瞳《ひとみ》はきらきらと輝《かがや》いているけれど、ガラス玉《だま》のようにうつろだ。身《み》を乗《の》りだし、ひげと耳《みみ》をうしろへ倒《たお》し、机《つくえ》の脚《あし》をくんくん嗅《か》いでいる。そのとき、ウサギが頭《あたま》を動《うご》かし、まっすぐにオーロラ姫《ひめ》を見《み》た。

「本物《ほんもの》じゃないわよね。絶滅《ぜつめつ》したはずだもの」

オーロラ姫《ひめ》は言《い》った。本物《ほんもの》だったらうれしいけれど、そんなことあるはずない。

ウサギはぴんと首《くび》を立《た》て、耳《みみ》をぴくぴくと動《うご》かしている。警戒《けいかい》しているのだ。

ああ、あのウサギにさわれたらどんなにいいだろう。でも、オーロラ姫《ひめ》はマレフィセントの言《こと》葉《ば》を思《おも》い出《だ》した。外《そと》の世界《せかい》の悪《あく》は、心《こころ》のすきまからも入《はい》りこむことができる。

オーロラ姫《ひめ》は目《め》を閉《と》じた。

「このウサギは本物《ほんもの》じゃない」

目《め》を開《ひら》くと、ウサギは消《き》えていた。

すると、まるで力《ちから》や希望《きぼう》や幸《しあわ》せが一気《いっき》に体《からだ》から流《なが》れでてしまったような気持《きも》ちになった。手《て》からスピーチの原稿《げんこう》が落《お》ち、悲《かな》しげに舞《ま》って床《ゆか》に落《お》ちる。オーロラ姫《ひめ》はベッドに横《よこ》になった。あまりにむなしくて、何《なに》もする気《き》が起《お》こらなかった。

リアンナはそんなオーロラ姫《ひめ》を心配《しんぱい》した。

それで、厩舎番《きゅうしゃばん》のカーエルとオーロラ姫《ひめ》を逢《あ》い引《び》きさせる計画《けいかく》を立《た》てた。でもうまくいかなかった。カーエルはリアンナの送《おく》ったメモを読《よ》めなかったからだ。けれど、オーロラ姫《ひめ》はそんなことなどどうでもよかった。

「それに、厩舎番《きゅうしゃばん》など王女《おうじょ》には似《に》つかわしくないでしょう」オーロラ姫《ひめ》はマレフィセントの芝居《しばい》がかった話《はな》し方《かた》をまねて言《い》った。オーロラ姫《ひめ》は部屋《へや》でひとり机《つくえ》に向《む》かい、数学《すうがく》の問題《もんだい》にも自分《じぶん》でつくったリストにもとり組《く》まず、三枚《さんまい》のカードと青《あお》い羽根《はね》をもてあそんでいた。

そのとき、オーロラ姫《ひめ》はふと思《おも》った。厩舎番《きゅうしゃばん》に会《あ》うというのはいい考《かんが》えかもしれないわ。だって厩舎番《きゅうしゃばん》なら動物《どうぶつ》にくわしいはずだもの。

オーロラ姫《ひめ》は青《あお》い羽根《はね》を手《て》にとり、じっと見《み》つめた。われながらいい考《かんが》えだ。でも、この考《かんが》えを実行《じっこう》に移《うつ》すには、行動《こうどう》を起《お》こさなければならない。

オーロラ姫《ひめ》は頭《あたま》をからっぽにして、さっとベッドからおりると、青《あお》い羽根《はね》を入《い》れたポーチを飾《かざ》り鎖《くさり》でベルトにつけ、急《いそ》いでリアンナを捜《さが》した。ぐずぐずしていると、いつまたやる気《き》がなくなってしまうかわからない。

リアンナは、暖炉《だんろ》の前《まえ》に座《すわ》り、薪《まき》がなくても燃《も》える魔法《まほう》の炎《ほのお》を見《み》つめ、手《て》をあたためていた。季節《きせつ》はいま夏《なつ》だ。リアンナが南《みなみ》の国《くに》から来《き》たと知《し》らなければ、オーロラ姫《ひめ》は驚《おどろ》いたに違《ちが》いない。

「やっぱり……カーエルと話《はなし》がしてみたくなって」

オーロラ姫《ひめ》は言《い》った。話《はなし》がしたいというのは嘘《うそ》ではない。

でも、いつも冷静《れいせい》なリアンナがすぐさま立《た》ちあがり、大《おお》きな黒《くろ》い瞳《ひとみ》にうれしそうな、ちょっといたずらっぽい表情《ひょうじょう》を浮《う》かべたのを見《み》て、オーロラ姫《ひめ》はリアンナにもうしわけないような気持《きも》ちになった。

リアンナはオーロラ姫《ひめ》の手《て》を握《にぎ》りしめた。

「厨房《ちゅうぼう》を通《とお》って行《い》きましょう。中庭《なかにわ》に着《つ》いたら、わたしが先《さき》に行《い》って確《たし》かめてきます。動物《どうぶつ》を見《み》にいく、ということにしておきましょう。王女《おうじょ》さまは動物《どうぶつ》と触《ふ》れ合《あ》うのがお好《す》きですからね」

リアンナとオーロラ姫《ひめ》は、手《て》をつないだまま廊下《ろうか》を駆《か》けた。

「ここでお待《ま》ちください。来《き》ていただいても大丈夫《だいじょうぶ》なようでしたら、厩舎《きゅうしゃ》とつながった酪農室《らくのうしつ》の窓《まど》から手《て》を振《ふ》りますから」厨房《ちゅうぼう》に着《つ》くと、リアンナが中庭《なかにわ》へ続《つづ》く扉《とびら》の前《まえ》で言《い》った。取《と》っ手《て》に手《て》をかけたとき、リアンナはオーロラ姫《ひめ》のほうを振《ふ》りむいた。「あの……王女《おうじょ》の名《な》に恥《は》じるようなことだけは、けっしてなさらないでください。カーエルはただの厩舎番《きゅうしゃばん》なのですから」

オーロラ姫《ひめ》はほほえんだ。

「ただ話《はなし》をするだけよ。でも、心配《しんぱい》してくれてありがとう」オーロラ姫《ひめ》はリアンナの手《て》を握《にぎ》った。

「あなたみたいな友《とも》だちがいてうれしいわ」

リアンナは首《くび》をかしげ、ガラス玉《だま》のようになんの表情《ひょうじょう》も浮《う》かんでいない目《め》でオーロラ姫《ひめ》を見《み》た。その目《め》を見《み》て、あのウサギのことが一瞬《いっしゅん》、頭《あたま》をよぎった。リアンナは黒《くろ》みがかった緑色《みどりいろ》の蔓《つる》におおわれた薄暗《うすぐら》い中庭《なかにわ》へ出《で》ていった。まもなく中庭《なかにわ》の奥《おく》のほうから、リアンナがまるで子《こ》どものように、ちぎれるほど手《て》を振《ふ》っているのが見《み》えた。

オーロラ姫《ひめ》は手《て》を振《ふ》りかえし、中庭《なかにわ》へ足《あし》を踏《ふ》みいれた。

オーロラ姫《ひめ》は城《しろ》を出《で》るのが好《す》きではなかった。出《で》るのは動物《どうぶつ》たちをさわりにいくときだけだ。城《しろ》のなかにいれば、外《そと》の世界《せかい》で起《お》こったことを忘《わす》れていられるからだ。

しかし、中庭《なかにわ》にいたらそうはいかない。中庭《なかにわ》は、城壁《じょうへき》の外《そと》から城《しろ》まで伸《の》びる巨大《きょだい》な蔓《つる》に頭上《ずじょう》をおおわれている。蔓《つる》のなかには人間《にんげん》の体《からだ》と同《おな》じくらい太《ふと》いものまであり、それが互《たが》いに絡《から》み合《あ》い、うねり、目《め》をそむけたくなるような不気味《ぶきみ》な模様《もよう》を描《えが》いている。しかも、その蔓《つる》にイバラが巻《ま》きつき、剣《つるぎ》ほどもある大《おお》きなとげを突《つ》き刺《さ》しているのだ。

だから、中庭《なかにわ》はどこも薄暗《うすぐら》かった。天気《てんき》がいい日《ひ》は、蔓《つる》のすきまから日光《にっこう》が突《つ》きぬけてくることもある。けれど、弱々《よわよわ》しい光《ひかり》が地面《じめん》にようやく届《とど》くだけだった。農民《のうみん》はかろうじて日《ひ》の当《あ》たるわずかな場所《ばしょ》に、粗末《そまつ》な畑《はたけ》をつくって耕《たがや》していた。

オーロラ姫《ひめ》は目《め》をつぶりたくなるのをこらえながら厩舎《きゅうしゃ》へ急《いそ》いだ。身《み》を守《まも》るようにショールをきつく巻《ま》く。

オーロラ姫《ひめ》は、厩舎《きゅうしゃ》のひさしの下《した》までたどり着《つ》いた。そして、深呼吸《しんこきゅう》をした。気分《きぶん》が落《お》ちついてくると、老馬《ろうば》のファラに近《ちか》づき、毛《け》をなでた。ファラは世界《せかい》が崩壊《ほうかい》したとき、もうすでに老《お》いていた。いまはもう目《め》も見《み》えない。けれど、だれも安楽死《あんらくし》させようとは思《おも》わなかった。オーロラ姫《ひめ》はファラのあたたかい鼻《はな》にキスすると、その鼻《はな》づらをやさしくなでた。それから、おそるおそる厩舎《きゅうしゃ》へ足《あし》を踏《ふ》み入《い》れた。

強烈《きょうれつ》なにおいがつんと鼻《はな》をつく。でも、オーロラ姫《ひめ》はこのにおいがいやではなかった。

「殿下《でんか》！」

カーエルが薄暗《うすくら》がりのなかから出《で》てきた。今日《きょう》は借《か》り物《もの》のきれいな服《ふく》は着《き》ていない。だぼっとした膝丈《ひざたけ》のチュニックと古《ふる》びたレギンス姿《すがた》だ。そんな格好《かっこう》でも、カーエルはハンサムだった。自分《じぶん》の居慣《いな》れた場所《ばしょ》にいるからか、舞踏会《ぶとうかい》のときより態度《たいど》が大《おお》きい。

「カーエル」

オーロラ姫《ひめ》はくいっとあごを上《あ》げた。けっして許《ゆる》されることではないけれど、これが本当《ほんとう》の逢《あ》い引《び》きだったら、このあとどうなるんだろう？　男《おとこ》が女《おんな》にキスをしようとする？

カーエルが顔《かお》を輝《かがや》かせて言《い》った。

「何《なに》かご用《よう》でしょうか？　いっしょに王国《おうこく》をウマで駆《か》けまわりたいところですが、あいにく、いまや城《しろ》の外《そと》は荒《あ》れ果《は》て、魔獣《まじゅう》がはびこっておりますから」

「外《そと》の世界《せかい》がいまどんな状況《じょうきょう》かは、わたしもわかっているつもりよ。それより、今日《きょう》は聞《き》きたいことがあって来《き》たの。これ、なんだと思《おも》う？」

オーロラ姫《ひめ》は、ポーチから青《あお》い羽根《はね》をとりだし、カーエルに見《み》せた。

「何《なに》って、羽根《はね》じゃないですか、殿下《でんか》」カーエルはおかしそうに言《い》ったが、ふと真顔《まがお》になり、羽根《はね》をまじまじと見《み》つめた。オーロラ姫《ひめ》に断《ことわ》りもせず、勝手《かって》に羽根《はね》をとりあげる。「こいつは驚《おどろ》いた。ブルーバード（青《あお》い鳥《とり》）の羽根《はね》だ。どこで手《て》に入《い》れたんです？」

「ブルーバード？　どうしてブルーバードの羽根《はね》だってわかったの？」

オーロラ姫《ひめ》がカーエルの質問《しつもん》を無視《むし》して尋《たず》ねた。

「ぼくのほうが、少《すこ》し年上《としうえ》なんですけどねえ」カーエルは帽子《ぼうし》のつばの代《か》わりに自分《じぶん》の前髪《まえがみ》に触《ふ》れて話《はな》しはじめた。「ぼくの記憶《きおく》は、みんなと同《おな》じであいまいです。けれど、まだ小《ちい》さいころ、兄《あに》や姉《あね》といっしょに家《いえ》の外《そと》で遊《あそ》んだことは覚《おぼ》えてます。お昼用《ひるよう》にいつもパンをひと切《き》れ親《おや》からわたされてね。ぼくの食《た》べこぼしを、いつも鳥《とり》たちがつつきに来《き》たんです。この羽根《はね》のように青《あお》い鳥《とり》もよく来《き》てたんですよ」

オーロラ姫《ひめ》は話《はなし》に聞《き》き入《い》った。なんてすてきなんだろう、鳥《とり》と友《とも》だちになれるなんて。

「それより、どこでこれを手《て》に入《い》れたんですか？　帽子《ぼうし》やブローチやマントについていたんじゃなさそうだ。ずいぶんと小《ちい》さいし、どこも傷《いた》んでないし」

「それは話《はな》せないわ」

オーロラ姫《ひめ》は落《お》ちついた声《こえ》で言《い》うと、カーエルから羽根《はね》をとり戻《もど》した。

カーエルがゆっくりとつぶやいた。

「でももしも……外《そと》の世界《せかい》から……」

オーロラ姫《ひめ》はカーエルをきっとにらみつけた。

「すみません」とぼそっと言《い》ってカーエルはうつむいた。なんだか急《きゅう》に幼《おさな》くなったように見《み》える。

「でももし……ブルーバードがまだいるのだとしたら……奇跡《きせき》だ……天《てん》からの贈《おく》り物《もの》だ……」

この若者《わかもの》はわたしと違《ちが》って人生《じんせい》のほとんどを外《そと》の世界《せかい》で暮《く》らしてきた。たとえいまははっきりと覚《おぼ》えていなくても、わたしより多《おお》くのものを知《し》っていた。だから、わたしなんかより、はるかにたくさんのものを失《うしな》ったのだ。

オーロラ姫《ひめ》はカーエルの手《て》を握《にぎ》りしめた。

カーエルが驚《おどろ》いて、オーロラ姫《ひめ》を見《み》た。

「この羽《は》根《ね》の謎《なぞ》を解決《かいけつ》したら、すぐにあなたに打《う》ち明《あ》けるわ。そしてもし、外《そと》の世界《せかい》へ安全《あんぜん》に出《で》る方法《ほうほう》がわかったら、かならずあなたに知《し》らせにくる。約束《やくそく》するわ」

「あ、ありがとう、ございます。殿下《でんか》」

カーエルはぎくしゃくとお辞儀《じぎ》をした。

「さようなら、カーエル」

オーロラ姫《ひめ》は王女《おうじょ》らしく優雅《ゆうが》にうなずきながら言《い》った。

カーエルがまじめな顔《かお》で返《かえ》した。

「さようなら。殿下《でんか》は、美《うつく》しいだけでなく、賢《かしこ》くて、やさしいんですね」

オーロラ姫《ひめ》は頰《ほお》を上気《じょうき》させ、胸《むね》にあたたかいものを感《かん》じながら城《しろ》へ向《む》かった。

どこからか、シーッという奇妙《きみょう》な音《おと》が聞《き》こえてきて、オーロラ姫《ひめ》は顔《かお》を上《あ》げた。

厨房《ちゅうぼう》の扉《とびら》のそばに、リアンナが身《み》じろぎもせず立《た》っている。片手《かたて》にバスケットをひとつぶらさげて、いかにも厨房《ちゅうぼう》に用事《ようじ》があるといった感《かん》じだ。近《ちか》くに、あの生意気《なまいき》なローラと、ローラより少《すこ》し年上《としうえ》でいつもローラにくっついているレディ・マルダーがいる。うわさ好《ず》きなこのふたりに見《み》つかったら厄介《やっかい》だけれど、ふたりともまだオーロラ姫《ひめ》に気《き》づいていない。

リアンナは首《くび》をわずかに横《よこ》に振《ふ》った。こっちから城《しろ》へ戻《もど》るのは無理《むり》だ。

オーロラ姫《ひめ》は唇《くちびる》をかみ、あわてて石壁《いしかべ》のほうへ駆《か》け寄《よ》ると、服《ふく》を汚《よご》さないよう気《き》をつけながら壁伝《かべづた》いに歩《ある》きはじめた。もうひとつの入《い》り口《ぐち》は壁沿《かべぞ》いをずっと行《い》って角《かど》を曲《ま》がったところにある。

角《かど》を曲《ま》がると、マレフィセントの手先《てさき》が入《い》り口《ぐち》のそばをうろついていた。

非番《ひばん》なのかしら？　でも、マレフィセントの手先《てさき》に非番《ひばん》なんてあったかしら？

すると、その手先《てさき》は獣《けもの》のように四《よ》つんばいになり、ごみの山《やま》に鼻《はな》を突《つ》っこんだ。

手先《てさき》がごみの山《やま》から内臓《ないぞう》を口《くち》にくわえて引《ひ》っ張《ぱ》りだし、余計《よけい》なものを振《ふ》りおとして食《た》べはじめたのを見《み》て、オーロラ姫《ひめ》は思《おも》わず顔《かお》を背《そむ》けた。

手《て》で口《くち》と鼻《はな》をおおって吐《は》き気《け》をこらえながら、オーロラ姫《ひめ》は手先《てさき》のうしろをそっと通《とお》りすぎた。

この入《い》り口《ぐち》は、敵《てき》に侵略《しんりゃく》されたときの脱出用《だっしゅつよう》につくられた秘密《ひみつ》の通路《つうろ》とつながっている。使《つか》う人《ひと》はめったにいない。階段《かいだん》がつるつる滑《すべ》るし、地下道《ちかどう》は暗《くら》くてじめじめしているからだ。それに、地下道《ちかどう》の突《つ》きあたりには、ステファン国王《こくおう》とリア王妃《おうひ》が監禁《かんきん》されている地下牢《ちかろう》がある。

オーロラ姫《ひめ》は雨水《あまみず》をためる大《おお》きな樽《たる》をよけ、おそるおそる足《あし》を踏《ふ》み入《い》れた。天井《てんじょう》から、ぽとりぽとりと水滴《すいてき》が落《お》ちてくる。

行《い》く手《て》は真《ま》っ暗《くら》だ。でも、迷《まよ》う心配《しんぱい》はないわ。道《みち》は一本《いっぽん》しかないのだから。

オーロラ姫《ひめ》は、心《こころ》のなかでそうくりかえしながら、転《ころ》ばないようぬるぬるとした壁《かべ》に片手《かたて》を添《そ》え、ゆっくりと前《まえ》に進《すす》んだ。

気分《きぶん》を紛《まぎ》らわそうと、さっきカーエルと話《はな》したことを考《かんが》えた。青《あお》い羽根《はね》はブルーバードのものだとカーエルは言《い》った。ブルーバードは外《そと》の世界《せかい》にしか存在《そんざい》しない……。外《そと》の世界《せかい》では命《いのち》あるものはすべて死《し》に絶《た》え、空気《くうき》は濁《にご》り、いまや魔獣《まじゅう》がはびこる荒《あ》れ地《ち》となっている。そう、教《おし》えられてきた。

でも、青《あお》い羽根《はね》が本当《ほんとう》に吟遊詩人《ぎんゆうしじん》が外《そと》の世界《せかい》から持《も》ち帰《かえ》ったものなら、そうではないということになる。

ただ、吟遊詩人《ぎんゆうしじん》が酔《よ》っぱらっていただけだという可能性《かのうせい》も捨《す》てきれない。もしそうなら、ここでの暮《く》らしはこのままずっと続《つづ》いていく。

オーロラ姫《ひめ》はスカートのすそを持《も》ちあげ、泥水《どろみず》の溜《た》まったところをそっとまたぎ、地下牢《ちかろう》とは反対側《はんたいがわ》の壁沿《かべぞ》いを階段《かいだん》へ向《む》かって目立《めだ》たないように歩《ある》いた。

そのとき、声《こえ》が聞《き》こえた。マレフィセントの声《こえ》だ。それと……あれは父《ちち》と母《はは》の声《こえ》？

オーロラ姫《ひめ》は冷《つめ》たい壁《かべ》に体《からだ》を寄《よ》せ、地下牢《ちかろう》に目《め》をこらし、耳《みみ》をそばだてた。

「もういいかげんしろ」マレフィセントが両腕《りょううで》を大《おお》きく広《ひろ》げ、うんざりしたように言《い》った。「おまえたちは一生《いっしょう》ここから出《で》られない。ここで死《し》ぬのだ。けれどわたしはふたたび生《い》きかえる」

「でもわたしたちの娘《むすめ》は……」

リア王妃《おうひ》がよろよろと前《まえ》へ進《すす》み、鉄格子《てつごうし》をつかんだ。

「わたしたちの娘《むすめ》？」マレフィセントは驚《おどろ》いたように言《い》った。「十六年《じゅうろくねん》ものあいだ、妖精《ようせい》に預《あず》けておいたくせに、娘《むすめ》だなんてよくも言《い》えたものだ」

オーロラ姫《ひめ》は眉《まゆ》をひそめた。〝十六年《じゅうろくねん》ものあいだ〟？　変《へん》ね。わたしは〝十六歳《じゅうろくさい》の誕生日《たんじょうび》に〟妖精《ようせい》に引《ひ》きわたされたのよ。

「娘《むすめ》を守《まも》ろうとしたのだ！」

ステファン国王《こくおう》が言《い》いかえす。

「守《まも》るだと？」マレフィセントはさっと国王《こくおう》のほうを向《む》き、前《まえ》かがみになって黄色《きいろ》い瞳《ひとみ》で王《おう》と王《おう》妃《ひ》をにらみつけた。「娘《むすめ》を〝守《まも》る〟方法《ほうほう》は、ほかにいくらでもあったはずだろう。衛兵《えいへい》を増《ふ》やす。城壁《じょうへき》を高《たか》くする。城《しろ》に呪文《じゅもん》をかける。そんなことすらせず、それで守《まも》ったつもりでいたというのか？　ひとつ教《おし》えてやろう」

マレフィセントが歯《は》のすきまから絞《しぼ》りだすような声《こえ》で言《い》った。

「おまえたちは、わたしのことをこの世界《せかい》にいるどんな悪魔《あくま》よりも邪悪《じゃあく》な存在《そんざい》だと思《おも》っているだろう。それは間違《まちが》いではない。だが、もしわたしに娘《むすめ》がいたら、いつもそばに置《お》き、わが身を自《じ》分《ぶん》で守《まも》れるくらいの強《つよ》さを持《も》てるよう、よい教育《きょういく》を施《ほどこ》し、魔術《まじゅつ》を教《おし》えるだろう。けっしてほかの者《もの》に任《まか》せたりしない」

オーロラ姫《ひめ》は戸惑《とまど》いを覚《おぼ》えた。これほど感情《かんじょう》をあらわにし、怒《いか》りを爆発《ばくはつ》させているマレフィセントはいままで見《み》たことがない。

「結局《けっきょく》のところ」マレフィセントは冷静《れいせい》さをとりもどし、上体《じょうたい》を起《お》こしてローブを整《ととの》えた。「娘《むすめ》のことなどどうでもよかったのだろう。いいかげん認《みと》めたらどうだ。本当《ほんとう》は息子《むすこ》が欲《ほ》しかったのだと」

そう言《い》い残《のこ》すと、マレフィセントは王《おう》たちに背《せ》を向《む》け、さっそうと地下牢《ちかろう》から出《で》た。

オーロラ姫《ひめ》は混乱《こんらん》のあまりとっさに身《み》を隠《かく》すことができず、出《で》てきたマレフィセントとぶつかって転《ころ》びそうになった。

「オーロラ」マレフィセントの話《はな》し方《かた》はいつものように戻《もど》っていたが、その声《こえ》にはわずかに驚《おどろ》きの色《いろ》が混《ま》じっていた。「こんなところで何《なに》をしているの？」

「あの……かくれんぼをしていたの。召《め》し使《つか》いの子《こ》どもたちと」

オーロラ姫《ひめ》は口《くち》ごもりながら答《こた》えた。

マレフィセントに嘘《うそ》をつくのはこれが初《はじ》めてだった。いま聞《き》いてしまった会話《かいわ》のせいでオーロラ姫《ひめ》はすっかり動揺《どうよう》していた。

「まあ、そうなの」マレフィセントは、一応納得《いちおうなっとく》したそぶりを見《み》せたが、顔《かお》には疑《うたが》いの表情《ひょうじょう》が浮《う》かんでいる。「子《こ》どもたちといっしょに遊《あそ》んであげるなんて……やさしいのね。けれど、こんなところで遊《あそ》ぶのはやめたほうがいいわ。あなたの両親《りょうしん》に悪《わる》い魔法《まほう》で何《なに》かされたらどうするの」

「でも、吟遊詩人《ぎんゆうしじん》のことも気《き》になって」

オーロラ姫《ひめ》は嘘《うそ》をついた罪悪感《ざいあくかん》から一刻《いっこく》も早《はや》く逃《のが》れたくて言《い》った。

「吟遊詩人《ぎんゆうしじん》？　あの男《おとこ》はここにはいないわ」

「でも、中庭《なかにわ》の囲《かこ》いに鎖《くさり》でつながれていなかったから、てっきり……」

「まあ」マレフィセントが悲《かな》しげな表情《ひょうじょう》になった。「あの男《おとこ》は消《き》えたわ。いつものようにただ酔《よ》っぱらってどこかをうろついているだけだと思《おも》っていたけれど、どうやら外《そと》の世界《せかい》へ出《で》る方法《ほうほう》を見《み》つけたようなのよ」

「えっ？」

オーロラ姫《ひめ》はそのあとの言葉《ことば》をかろうじて呑《の》みこんだ。やっぱり本当《ほんとう》だったのね……。

マレフィセントはなんの表情《ひょうじょう》も浮《う》かんでいない目《め》でじっとオーロラ姫《ひめ》を見《み》つめている。

「ひと月前《つきまえ》くらいに、一度外《いちどそと》の世界《せかい》へ行《い》って、城《しろ》へ戻《もど》ってきたらしいの。それは事実《じじつ》のようだわ。どうやって出《で》たのかはまったく見当《けんとう》がつかないのだけれど。どこかに防衛《ぼうえい》の穴《あな》があるのね。守《まも》りの呪文《じゅもん》をかけ直《なお》さないと。外《そと》から何《なに》か持《も》ち帰《かえ》ったかどうかはわからないわ……」

「吟遊詩人《ぎんゆうしじん》は、いまどこにいるの？」

オーロラ姫《ひめ》の頭《あたま》には青《あお》い羽根《はね》のことが浮《う》かんでいた。

「外《そと》の世界《せかい》へ行《い》ったのでしょう。あの男《おとこ》が行《い》きたくてたまらなかった場所《ばしょ》へ。今度《こんど》は永遠《えいえん》にね。わたしは……止《と》めなかったわ」

オーロラ姫《ひめ》は急《きゅう》に吐《は》き気《け》におそわれた。頭《あたま》もずきずきと痛《いた》む。わたしは青《あお》い羽根《はね》を持《も》っている。マレフィセントに打《う》ち明《あ》けたほうがいい？　どうしたらいいかわからず、目《め》に涙《なみだ》があふれてくる。

マレフィセントは涙《なみだ》の意味《いみ》をとり違《ちが》え、手《て》を伸《の》ばしてオーロラ姫《ひめ》の肩《かた》を軽《かる》く叩《たた》いた。

「悲《かな》しむのは、おやめなさい。あんなふうに酒《さけ》におぼれていたら、どうせこの城《しろ》にいても長《なが》くは生《い》きられなかったわ。でも、これだけは覚《おぼ》えておいてね。このことはだれにも言《い》ってはだめ。城《しろ》の人《ひと》たちが誤解《ごかい》して、動揺《どうよう》したら大変《たいへん》だから。外《そと》の世界《せかい》には、もう何《なに》もないの。あそこでは長《なが》くは生《い》きられないわ。変《へん》なうわさが流《なが》れたら困《こま》るのよ」

マレフィセントがローブをひるがえし、立《た》ち去《さ》ろうとした。

「待《ま》って……」

オーロラ姫《ひめ》が、何《なに》を言《い》ったらいいかわからないままマレフィセントを引《ひ》きとめた。思《おも》いもしなかった言葉《ことば》が口《くち》から出《で》る。

「魔法《まほう》が使《つか》えるようになりたいの。わたしに魔法《まほう》を教《おし》えて。わたしも魔法《まほう》を使《つか》えるようになれば、ふたりで世界《せかい》を治《おさ》めることができるわ。ふたりでやれば、世界《せかい》をもとに戻《もど》すことだってできるかもしれないでしょう。わたしの両親《りょうしん》が壊《こわ》す前《まえ》の世界《せかい》に」

マレフィセントは目《め》を閉《と》じ、ゆっくりと開《ひら》いた。皮肉《ひにく》や、大《おお》げさな言《い》い回《まわ》しや、意味《いみ》のないお世辞《せじ》ではなく、マレフィセントがオーロラ姫《ひめ》に本音《ほんね》を言《い》ったのは、おそらくこのときが初《はじ》めてだったろう。

マレフィセントは、いらだちの表情《ひょうじょう》を浮《う》かべながら、肩《かた》をぐいっと引《ひ》いて胸《むね》をそらすとこう言《い》った。

「無理《むり》よ。あなたにそんな力《ちから》はない」

マレフィセントはオーロラ姫《ひめ》に背《せ》を向《む》けると、ローブをひるがえして階段《かいだん》をのぼっていった。

オーロラ姫《ひめ》は冷《つめ》たい石《いし》の床《ゆか》にしゃがみこんだ。両親《りょうしん》のところへ行《い》きもせず、起《お》きあがりもせず、ただ暗闇《くらやみ》にじっとしていた。涙《なみだ》があとからあとからあふれてきた。

9　夢《ゆめ》のなか

金《きん》がテーマの舞踏会《ぶとうかい》の日《ひ》の朝《あさ》。オーロラ姫《ひめ》は相変《あいか》わらず、ベッドに寝《ね》ころがっていた。吟遊詩人《ぎんゆうしじん》がいなくなってしまったいま、真実《しんじつ》を確《たし》かめる方法《ほうほう》はもう何《なに》もない。オーロラ姫《ひめ》はうつぶせに寝《ね》そべり、真《ま》っ白《しろ》な本《ほん》のページをけだるそうにめくっていた。ありったけの力《ちから》を出《だ》して体《からだ》を起《お》こしたが気分《きぶん》がすぐれない。やっぱりベッドに横《よこ》になり、眠《ねむ》ってしまおうか。リアンナが来《き》たら、また起《お》きればいい……。

そのとき、視界《しかい》の隅《すみ》で何《なに》かがチカチカと光《ひか》った。わたしったら、本当《ほんとう》に病気《びょうき》なのかもしれない。めまいがするなんて……。

けれど、ふつうめまいがするときは、金《きん》や銀《ぎん》の光《ひかり》が一瞬《いっしゅん》チカチカしてすぐに消《き》える。でも、その光《ひかり》は赤《あか》と緑《みどり》と青《あお》だった。しかも、それぞれの色《いろ》をした三《みっ》つの光《ひかり》の玉《たま》が宙《ちゅう》を飛《と》んでいるのだ。オーロラ姫《ひめ》は息《いき》を呑《の》んだ。

小《ちい》さな光《ひかり》の玉《たま》は、意志《いし》を持《も》って動《うご》いているようだった。まるでだれかを捜《さが》しているかのように、または、どこか隠《かく》れるところを探《さが》しているかのように。

オーロラ姫《ひめ》は、ベッドの真《ま》ん中《なか》まで這《は》って戻《もど》り、そこで光《ひかり》の玉《たま》を観察《かんさつ》した。光《ひかり》の球《たま》が室内《しつない》のものに近《ちか》づくたび、ものの表面《ひょうめん》が淡《あわ》い光《ひかり》で照《て》らされ、影《かげ》が落《お》ちる。本物《ほんもの》の光《ひかり》だ。幻覚《げんかく》じゃない。

光《ひかり》の玉《たま》は、ここは安全《あんぜん》だと判断《はんだん》したのだろう。ついに、三《みっ》ついっしょになってオーロラ姫《ひめ》の目《め》の前《まえ》まで飛《と》んできた。

オーロラ姫《ひめ》は、あまりのまぶしさに思《おも》わずまばたきをした。けれど、その明《あか》るさに目《め》が慣《な》れてくると、光《ひかり》のなかに何《なに》かいるのに気《き》づいた。

それぞれの玉《たま》のなかにひとりずつ、小《ちい》さな女《おんな》の人《ひと》がいる。

「嘘《うそ》でしょう」

オーロラ姫《ひめ》は気《き》を落《お》ちつかせようと声《こえ》に出《だ》して言《い》った。

光《ひかり》の玉《たま》のひとつが何《なに》か言《い》ったようだ。でも声《こえ》が甲高《かんだか》く小《ちい》さすぎて聞《き》きとれない。

オーロラ姫《ひめ》は耳《みみ》を指《ゆび》さし、首《くび》を横《よこ》に振《ふ》った。

そのとき、光《ひかり》の玉《たま》がぱっと大《おお》きくふくらんだ。

目《め》の前《まえ》に現《あらわ》れたのは、光《ひかり》に包《つつ》まれて宙《ちゅう》に浮《う》く、三人《さんにん》の小柄《こがら》な女《おんな》の人《ひと》たちだった。

オーロラ姫《ひめ》はうろたえた。信《しん》じられない。妖精《ようせい》だわ。

けれど、それよりもっと気《き》になることがあった。三人《さんにん》の姿《すがた》を見《み》たとたん、手《て》を伸《の》ばして抱《だ》きしめたくなったのだ。三人《さんにん》のことが懐《なつ》かしくてたまらない。

どうして？

「ここは、あなたのいるべき場所《ばしょ》じゃないのよ」

緑《みどり》の妖精《ようせい》が言《い》った。声《こえ》は甲高《かんだか》いままだったけれど、今度《こんど》はなんとか聞《き》きとれた。

青《あお》の妖精《ようせい》が目《め》をくるりと動《うご》かした。

「ぐずぐずしている時間《じかん》はないわ。この世界《せかい》は向《む》こうの世界《せかい》とは時間《じかん》の流《なが》れが違《ちが》うけれど、とにかく時間《じかん》がないの。あなた自身《じしん》と、あなたの愛《あい》する人《ひと》たちを救《すく》いたいのなら、ここから出《で》る方法《ほうほう》を見《み》つけだしなさい」

赤《あか》の妖精《ようせい》が金切《かなき》り声《ごえ》で言《い》った。

「目覚《めざ》めなさい。ここはあなたの居場所《いばしょ》じゃない。起《お》きるのよ。いますぐ！　行動《こうどう》を起《お》こして！」

廊下《ろうか》から足音《あしおと》が聞《き》こえた。あの変《か》わったリズムはリアンナの足音《あしおと》だ。

待《ま》って！　行《い》かないで！　オーロラ姫《ひめ》の心《こころ》はもどかしさに乱《みだ》れた。

「入浴《にゅうよく》のお時間《じかん》です」

リアンナが手《て》にタオルとブラシを持《も》って現《あらわ》れた。

妖精《ようせい》はあとかたもなく消《き》えていた。まるで、初《はじ》めから存在《そんざい》などしなかったかのように。

入浴《にゅうよく》しているあいだ、オーロラ姫《ひめ》はずっと考《かんが》えこんでいた。何《なに》か起《お》こればいいのにとうっかり願《ねが》ってしまったら……本当《ほんとう》に何《なに》か起《お》こってしまったわ。


金《きん》のドレスを着《き》たオーロラ姫《ひめ》は、輝《かがや》くように美《うつく》しかった。リアンナは、「いままで見《み》たなかで一番《いちばん》おきれいです」と心《こころ》からほめたたえた。お針子《はりこ》たちが苦労《くろう》して縫《ぬ》いあげたドレスは、オーロラ姫《ひめ》の髪《かみ》よりも明《あか》るい金色《きんいろ》で、オーロラ姫《ひめ》が動《うご》くたびにきらめいた。床《ゆか》につくほど長《なが》いティペットとスカートも輝《かがや》きを放《はな》っている。編《あ》んだ髪《かみ》をきれいに結《ゆ》いあげ、その上《うえ》に冠《かんむり》をのせた姿《すがた》は、まさに太陽《たいよう》のイメージそのままだった。

オーロラ姫《ひめ》はマレフィセントに感謝《かんしゃ》のスピーチをした。最初《さいしょ》はあまり気持《きも》ちがこもらなかったが、話《はな》しているうちにスピーチの原稿《げんこう》を書《か》いたときと同《おな》じ気持《きも》ちになってきた。

スピーチのあいだ、女王《じょおう》は控《ひか》えめに目《め》をふせ、スピーチが終《お》わると、オーロラ姫《ひめ》にやさしくお礼《れい》を言《い》った。拍手喝采《はくしゅかっさい》がいつまでも鳴《な》りやまなかった。その晩《ばん》、城《しろ》の人《ひと》たちはいつもより興奮《こうふん》しているようだった。ダンスはいつにもまして速《はや》くて激《はげ》しかった。吟遊詩人《ぎんゆうしじん》を失《うしな》って悲《かな》しむ音楽隊《おんがくたい》の鬼気迫《ききせま》る演奏《えんそう》が、さらにそれを急《せ》きたてた。大広間《おおひろま》にはけたたましい笑《わら》い声《ごえ》が響《ひび》きわたり、みんな浴《あ》びるように酒《さけ》をのんだ。いつ終《お》わるとも知《し》れぬ城《しろ》での暮《く》らしが、とうとう人々《ひとびと》の心《こころ》を蝕《むしば》みはじめたのかもしれない。

しかしオーロラ姫《ひめ》には、人々《ひとびと》のそんなようすはほとんど目《め》に入《はい》っていなかった。心《こころ》ここにあらずだったのだ。

もしも、あの妖精《ようせい》たちの正体《しょうたい》が外《そと》の世界《せかい》から侵入《しんにゅう》しようとしている魔獣《まじゅう》だとしたら？　わたしの心《こころ》が酒《さけ》におぼれていた吟遊詩人《ぎんゆうしじん》のように弱《よわ》っているのに気《き》づいたのかもしれない。とりつくのに格好《かっこう》の餌食《えじき》だと思《おも》われたのだろうか。

でも、わたしのような人《ひと》がほかにもいるとしたら？　心《こころ》が弱《よわ》っていて、ひどいことを想像《そうぞう》してしまう人《ひと》がいるとしたら？

オーロラ姫《ひめ》は金色《きんいろ》にきらめく人々《ひとびと》に目《め》を向《む》けた。心《こころ》が弱《よわ》っていそうな人《ひと》、よこしまな気持《きも》ちを抱《かか》えていそうな人《ひと》がいないかどうか、あちこちに目《め》を走《はし》らせる。でも、ぱっと見《み》ただけではわからない。ヒステリックな笑《わら》い声《ごえ》をあげていても、それもつかの間《ま》、羽目《はめ》を外《はず》しているだけで舞踏《ぶとう》会《かい》が終《お》われば、いつものように戻《もど》るのだ。

「あなたも踊《おど》ってきたらどうなの？」

マレフィセントが口《くち》を開《ひら》いた。手《て》にした金《きん》のグラスには、どろっとした黒《くろ》いワインが入《はい》っている。目《め》の下《した》にはくまができ、動《うご》きもゆっくりだ。でも、あと数時間《すうじかん》もすれば元気《げんき》になるだろう。いつものように……。オーロラ姫《ひめ》は唇《くちびる》をかんだ。前《まえ》にもこんな場面《ばめん》があった。一度《いちど》や二度《にど》じゃない。次《つぎ》の舞踏会《ぶとうかい》でも、きっと同《おな》じことがくりかえされる。その次《つぎ》も、その次《つぎ》も……いったいいつまでくりかえされるの！

オーロラ姫《ひめ》は思《おも》わず叫《さけ》びだしそうになった。

「行《い》きなさい」

そのとき、マレフィセントが追《お》いはらうように手首《てくび》を動《うご》かして言《い》った。オーロラ姫《ひめ》はうなずくと、言《い》われるままにダンスホールへ出《で》た。

けれど、踊《おど》っていても心《こころ》では別《べつ》のことを考《かんが》えていた。妖精《ようせい》のこと、この城《しろ》を出《で》ていった人《ひと》たちのこと……。吟遊詩人《ぎんゆうしじん》とマレフィセントのあいだに何《なに》があったのか。マレフィセントは青《あお》い羽根《はね》のことを吟遊詩人《ぎんゆうしじん》から聞《き》いたのだろうか。オーロラ姫《ひめ》はただ足《あし》を動《うご》かしているにすぎなかった。でも、生《う》まれながらの気品《きひん》と美《うつく》しさと踊《おど》りの才能《さいのう》のおかげで、ほかのだれよりオーロラ姫《ひめ》のダンスが一番輝《いちばんかがや》いていた。金《きん》のドレスのひだに金《きん》のたいまつが何度《なんど》も反射《はんしゃ》し、金《きん》の靴《くつ》がろうそくの炎《ほのお》のようにきらめいた。

ブローダー伯爵《はくしゃく》は、まるで疫病《えきびょう》を避《さ》けるかのようにオーロラ姫《ひめ》には近《ちか》づかなかった。

オーロラ姫《ひめ》は踊《おど》りつづけながら、マレフィセントが席《せき》を立《た》ち、広間《ひろま》から出《で》ていくのを見《み》た。ひと休《やす》みするには、ちょうどいい時間《じかん》かもしれない。りんご酒《しゅ》でも飲《の》んで、頭《あたま》をすっきりさせたいのだろう。ポンチの入《はい》ったボウルのそばに、ぶどう酒《しゅ》入《い》りのグラスを手《て》にしたレディ・アストリドがいる。隣《となり》には年老《としお》いたディシィビル伯爵夫人《はくしゃくふじん》がいて、アストリドは苦笑《にがわら》いしながらも、自分《じぶん》の耳《みみ》もとで大《おお》きな声《こえ》で話《はな》す伯爵夫人《はくしゃくふじん》にうなずいている。

アストリドには、吟遊詩人《ぎんゆうしじん》に何《なに》が起《お》こったのか、あの青《あお》い羽根《はね》がどこにあったものなのかを知《し》らせたほうがいい気《き》がする。

そのとき、マレフィセントの手先《てさき》がふたり、アストリドに近《ちか》づいてきた。片方《かたほう》は頭《あたま》にとさかがついていて、もう片方《かたほう》はイヌのような姿《すがた》をしている。両側《りょうがわ》からアストリドをはさむと、ひと言《こと》ふた言《ことなに》何か言《い》い、槍《やり》で前《まえ》へ進《すす》むよう促《うなが》した。アストリドは戸惑《とまど》いの表情《ひょうじょう》を浮《う》かべている。

オーロラ姫《ひめ》は踊《おど》っている人《ひと》たちをかきわけて、急《いそ》いでアストリドのいるほうへ向《む》かった。でもようやくたどり着《つ》いたときには、アストリドも手先《てさき》たちも消《き》えていた。気《き》づいている人《ひと》はいないようだ。ディシィビル伯爵夫人《はくしゃくふじん》は立《た》ったままうなずき、小《ちい》さな声《こえ》で何《なに》か口《くち》ずさんでいる。

「レディ・アストリドがどこへ行《い》ったか知《し》りませんか？」

オーロラ姫《ひめ》はゆっくりと大《おお》きな声《こえ》で尋《たず》ねた。この夫人《ふじん》は耳《みみ》が遠《とお》いのだ。

伯爵夫人《はくしゃくふじん》が大《おお》きな声《こえ》で答《こた》えた。

「とても親切《しんせつ》で、やさしいご夫人《ふじん》よ。毎日《まいにち》わたしの部屋《へや》へ顔《かお》を出《だ》してくれて。わたしが元気《げんき》にしているか、いつも見《み》にきてくれるの」

「どこへ行《い》ったか知《し》りませんか？」

オーロラ姫《ひめ》は乱暴《らんぼう》な言《い》い方《かた》にならないよう気《き》をつけながらくりかえした。

「どこかそのへんにいるんじゃないかしら。夫婦《ふうふ》そろって散歩《さんぽ》するのがお好《す》きだから。わたしと違《ちが》って」

オーロラ姫《ひめ》は一番近《いちばんちか》くの階段《かいだん》を駆《か》けあがった。

マレフィセントの手先《てさき》は、レディ・アストリドをどこへ連《つ》れていったのだろう？　廊下《ろうか》を走《はし》りまわって、いそうな場所《ばしょ》をあちこちのぞいても、レディ・アストリドの姿《すがた》はなかった。

胃《い》がねじれるようにきゅっと痛《いた》む。青《あお》い羽根《はね》に関係《かんけい》があるのかもしれない。青《あお》い羽根《はね》のことを話《はな》したのは、ブローダー伯爵《はくしゃく》とレディ・アストリド……羽根《はね》は外《そと》の世界《せかい》から持《も》ちこまれた……。

吟遊詩人《ぎんゆうしじん》は姿《すがた》を消《け》してしまい、ブローダー伯爵《はくしゃく》もおびえている。アストリドも、青《あお》い羽根《はね》のことは慎重《しんちょう》に扱《あつか》わなければ危険《きけん》だと言《い》っていた。

自分《じぶん》の考《かんが》えが間違《まちが》っていることを祈《いの》りながら、オーロラ姫《ひめ》は最上階《さいじょうかい》へ続《つづ》く階段《かいだん》を駆《か》けあがった。

のぼりきったところにある部屋《へや》は、もともとオーロラ姫《ひめ》の父親《ちちおや》が私室《ししつ》として使《つか》っていたのだが、いまはマレフィセントの寝室《しんしつ》になっている。マレフィセントは女王《じょおう》の座《ざ》についても、オーロラ姫《ひめ》の気持《きも》ちを考《かんが》えて、両親《りょうしん》の寝室《しんしつ》は使《つか》わないことにしたのだ。

オーロラ姫《ひめ》は部屋《へや》の扉《とびら》の前《まえ》で立《た》ち止《ど》まると、深《ふか》く息《いき》を吸《す》った。そして、足《あし》を踏《ふ》み入《い》れようとしたとき、目《め》に飛《と》びこんできた光景《こうけい》を見《み》て、思《おも》わず立《た》ちすくんだ。

レディ・アストリドはさるぐつわをかまされ、ロープで縛《しば》られていた。そばにはマレフィセントがいる。アストリドは手先《てさき》たちに両《りょう》わきを押《お》さえつけられ、無理《むり》やり立《た》たされている。肉《にく》に食《く》いこむほど巻《ま》かれたロープのせいで、金《きん》のドレスもめちゃくちゃだ。金《きん》と白《しろ》のベールをかぶったその顔《かお》は血《ち》の気《け》が失《う》せ、汗《あせ》がにじんでいる。

「いいのを選《えら》んできたじゃないか。上出来《じょうでき》だ」マレフィセントがしわがれた笑《わら》い声《ごえ》をあげた。おぞましい姿《すがた》をした手先《てさき》の肩《かた》を叩《たた》こうとして手《て》を伸《の》ばしたが、触《ふ》れる直前《ちょくぜん》で引《ひ》っこめ、指《ゆび》を丸《まる》めた。

「この女《おんな》は健康《けんこう》そうだ。それに純血《じゅんけつ》の王族《おうぞく》ほどいいものはない。やつらの血《ち》は最強《さいきょう》だ。あの追放《ついほう》者《しゃ》を城《しろ》の外《そと》に追《お》いだしたのは惜《お》しいことをした。だが、この女《おんな》のおかげで当分《とうぶん》は大丈夫《だいじょうぶ》だろう」

マレフィセントはローブのなかから黒《くろ》い石《いし》の短剣《たんけん》をとりだした。何《なに》に使《つか》うのだろうとオーロラ姫《ひめ》が思《おも》う間《ま》もなく、マレフィセントはアストリドの胸《むね》に短剣《たんけん》を突《つ》き刺《さ》した。

アストリドは悲鳴《ひめい》をあげたが、さるぐつわをかまされているせいでくぐもった声《こえ》しか出《で》ない。

手先《てさき》たちが口笛《くちぶえ》を吹《ふ》き、声《こえ》をあげ、はやしたてる。

マレフィセントはぐいっとあごを引《ひ》き、短剣《たんけん》を引《ひ》き抜《ぬ》いた。

アストリドの胸《むね》からどっと血《ち》が流《なが》れでる。

オーロラ姫《ひめ》はこぶしを口《くち》にあて、叫《さけ》びだしそうになるのを必死《ひっし》でこらえた。

マレフィセントが呪文《じゅもん》を唱《とな》えはじめた。


「黒《くろ》い闇《やみ》の魔力《まりょく》よ、さらなる時間《じかん》をわれに授《さず》けたまえ。われは汝《なんじ》に眠《ねむ》れる者《もの》の血《ち》を差《さ》しだそう。わが肉体《にくたい》は滅《ほろ》びたが、わが魂《たましい》は娘《むすめ》の夢《ゆめ》のなかで生《い》きつづける。なれど娘《むすめ》にとっては、この夢《ゆめ》の世《せ》界《かい》が現実《げんじつ》の世界《せかい》。われはふたたび生《い》きかえる。そしてわが思《おも》いは遂《と》げられる」

マレフィセントは、杖《つえ》をとりだすと、杖《つえ》の先《さき》についた水晶玉《すいしょうだま》をアストリドの胸《むね》からあふれでる血《ち》にそっと浸《ひた》した。すると水晶玉《すいしょうだま》の周囲《しゅうい》がぼうっとかすみ、そのなかにどんどん血《ち》が吸《す》いこまれていった。赤《あか》い血《ち》は、渦《うず》まき泡立《あわだ》ちながら、水晶玉《すいしょうだま》を満《み》たしていく。

水晶玉《すいしょうだま》がいっぱいになると、マレフィセントは杖《つえ》を大《おお》きく一回転《いっかいてん》させた。なかの血《ち》が激《はげ》しく泡《あわ》立《だ》ち光《ひかり》を放《はな》つ。すると、赤《あか》い血《ち》が鮮《あざ》やかに輝《かがや》く緑《みどり》に変《か》わった。マレフィセントの魔法《まほう》の色《いろ》である緑《みどり》に。

マレフィセントはふっと息《いき》をつくと、長《なが》い安《やす》らかな眠《ねむ》りから目覚《めざ》めたときのように、そして熱《あつ》い湯《ゆ》からあがったときのように肩《かた》をほぐし、腕《うで》を伸《の》ばした。目《め》の下《した》のくまは消《き》え、肌《はだ》には張《は》りが戻《もど》っている。けれど、満足《まんぞく》しきっているようには見《み》えなかった。

「まだ十分《じゅうぶん》ではない。愚《おろ》かな貴族《きぞく》どもから、もっと血《ち》を集《あつ》めなければならない。一分《いっぷん》でも長《なが》く、わたしの魂《たましい》を生《い》き永《なが》らえさせるために……」

手先《てさき》たちが手《て》を放《はな》すと、アストリドは前《まえ》のめりに倒《たお》れた。血《ち》が床《ゆか》に広《ひろ》がっていく。手先《てさき》たちは主人《しゅじん》に仕《つか》えることも忘《わす》れてアストリドの死体《したい》へ近《ちか》づいた。物欲《ものほ》しそうに舌《した》を出《だ》し、よだれを垂《た》らしている。オーロラ姫《ひめ》はアストリドの苦《くる》しみがすでに終《お》わっていることを願《ねが》わずにはいられなかった。

マレフィセントが杖《つえ》をぐるりと回《まわ》した。

「闇《やみ》の魔力《まりょく》よ、もうひとつの王国《おうこく》の窓《まど》を開《あ》けよ！」

水晶玉《すいしょうだま》が空中《くうちゅう》に銀色《ぎんいろ》の四角《しかく》い窓《まど》を描《えが》きだす。すると、かすかに光《ひか》りゆらめく銀《ぎん》の窓《まど》のなかに、ぼんやりと映像《えいぞう》が浮《う》かびあがってきた。ここと同《おな》じ部屋《へや》だ。銀《ぎん》の窓《まど》のなかの部屋《へや》は、ここよりもの輪郭《りんかく》がくっきりしていて色彩《しきさい》も鮮《あざ》やかだ。

銀《ぎん》の窓《まど》のなかのマレフィセントのベッドで、だれかが眠《ねむ》っている。それがだれだか気《き》づいたとき、オーロラ姫《ひめ》は思《おも》わず息《いき》を呑《の》んだ。眠《ねむ》っているのはオーロラ姫《ひめ》自身《じしん》だったのだ。

オーロラ姫《ひめ》はよろめいて壁《かべ》にぶつかった。彫像《ちょうぞう》や絵《え》なんかじゃない。本物《ほんもの》だ。自分《じぶん》の左手《ひだりて》の小《こ》指《ゆび》の内側《うちがわ》にほくろがひとつあることも、なぜだかはっきりとわかった。

もうひとりのわたし……眠《ねむ》っている……。

眠《ねむ》れるオーロラ姫《ひめ》。

〝なれど娘《むすめ》にとっては、この夢《ゆめ》の世界《せかい》が現実《げんじつ》の世界《せかい》〟。

ここは……本当《ほんとう》は夢《ゆめ》の世界《せかい》……。

そう思《おも》ったとたん、確《たし》かにそれが真実《しんじつ》だとオーロラ姫《ひめ》にはわかった。銀《ぎん》の窓《まど》のなかに映《うつ》っている色鮮《いろあざ》やかな世界《せかい》こそが現実《げんじつ》なのだ。

マレフィセントはベッドで眠《ねむ》るオーロラ姫《ひめ》をじっと見《み》つめている。

「なんとかもう少《すこ》し持《も》ちこたえなければ。夜中《よなか》の十二時《じゅうにじ》の鐘《かね》が鳴《な》り、この娘《むすめ》の十六歳《じゅうろくさい》の誕生日《たんじょうび》が終《お》わるまでは……」

マレフィセントの視線《しせん》は眠《ねむ》っているオーロラ姫《ひめ》の金色《きんいろ》の髪《かみ》、きゃしゃな体《からだ》、細《ほそ》い足《あし》、つんと上《うえ》を向《む》いた鼻《はな》に注《そそ》がれている。

「この娘《むすめ》もあと少《すこ》しで用済《ようず》みだな」マレフィセントが少《すこ》しだけ残念《ざんねん》そうに肩《かた》をすくめた。「だが、そのときが来《く》れば、王国《おうこく》をわが意《い》のままに支配《しはい》できるのだ」

意識《いしき》を失《うしな》ってはだめ。

オーロラ姫《ひめ》の頭《あたま》のなかで、小《ちい》さな声《こえ》がしつこいくらいにそうささやいている。意識《いしき》を失《うしな》っても何《なに》も解決《かいけつ》しないわ。いまどうすべきか考《かんが》えるのよ。

そう、まずは逃《に》げなくちゃ。

「陛下《へいか》、オーロラ王女《おうじょ》の姿《すがた》が見当《みあ》たりま……」

階段《かいだん》を駆《か》けあがってきたリアンナが、暗《くら》がりにいるオーロラ姫《ひめ》に気《き》づいて立《た》ち止《ど》まった。ふたりの目《め》と目《め》が合《あ》う。

オーロラ姫《ひめ》はリアンナの顔《かお》から足《あし》もとへと視線《しせん》を移《うつ》した。

リアンナは階段《かいだん》を駆《か》けあがりやすいようにスカートを持《も》ちあげていた。リアンナのスカートのすその下《した》に見《み》えたのは……。

ブタの足《あし》だ。不格好《ぶかっこう》な醜《みにく》いブタの足《あし》。

リアンナもマレフィセントの手先《てさき》だったんだわ。

「王女《おうじょ》さま」

リアンナがオーロラ姫《ひめ》のほうを向《む》いてささやいた。

その声《こえ》を聞《き》いたとたん、頭《あたま》にかっと血《ち》がのぼったオーロラ姫《ひめ》は階段《かいだん》のほうへ駆《か》けだした。リアンナの横《よこ》を通《とお》りすぎるとき肩《かた》と肩《かた》がぶつかった。

「ずっとだましてたのね！」

オーロラ姫《ひめ》は、マレフィセントのように、歯《は》のすきまから声《こえ》を絞《しぼ》りだすように言《い》った。

どこへ行《い》こう？

オーロラ姫《ひめ》は恐怖《きょうふ》のあまり立《た》ちすくんだ。行《い》くところなんてない。

行《い》けるとしたらただひとつ。

外《そと》の世界《せかい》だけだ。

オーロラ姫《ひめ》は階段《かいだん》を駆《か》けおり、勝手口《かってぐち》から外《そと》へ出《で》ると、城《しろ》の城門塔《じょうもんとう》をめざした。一番近《いちばんちか》い塔《とう》へ急《いそ》いで駆《か》けこむ。ぶあつい石《いし》でできているが、追《お》っ手《て》の叫《さけ》び声《ごえ》や足音《あしおと》などは聞《き》こえるだろう。

幼《おさな》いころ、よく遊《あそ》んだなじみのある階段《かいだん》を上《うえ》へ上《うえ》へと駆《か》けあがる。小《ちい》さいころは城《しろ》のあちこちを自由気《じゆうき》ままに歩《ある》きまわった。

足《あし》を踏《ふ》みだすたびに、ドレスが脚《あし》に絡《から》みつく。オーロラ姫《ひめ》は立《た》ち止《ど》まり、ドレスのすそを引《ひ》き裂《さ》いた。布《ぬの》を織《お》った老女《ろうじょ》たち、その布《ぬの》でドレスを縫《ぬ》ってくれたお針子《はりこ》たちを思《おも》うと胸《むね》が痛《いた》んだが、脚《あし》を自由《じゆう》に動《うご》かせるようになると、数段《すうだん》ぬかしで階段《かいだん》をのぼっていった。

城《しろ》の衛兵《えいへい》が詰《つ》めている部屋《へや》のある階《かい》では、スピードを倍《ばい》にした。長椅子《ながいす》に座《すわ》って剣《つるぎ》を研《と》いだり、かぶとを磨《みが》いたりしている衛兵《えいへい》たちがオーロラ姫《ひめ》に気《き》づいた。でも、子《こ》どものころはよくここで遊《あそ》んでいたから、この城《しろ》の衛兵《えいへい》は、王女《おうじょ》がこんなところにいるのを見《み》てもそれほどおかしいとは思《おも》わないかもしれない。

塔《とう》のてっぺんまでのぼると、必死《ひっし》であたりを見《み》まわした。めざすは城《しろ》の城門塔《じょうもんとう》。城門塔《じょうもんとう》にある落《お》とし格子門《こうしもん》をくぐり、はね橋《ばし》をわたれば外《そと》へ出《で》られる。

けれど、いまオーロラ姫《ひめ》のいる場所《ばしょ》から城門塔《じょうもんとう》まで走《はし》るとなると、見《み》つかる危険《きけん》が大《おお》いにある。。中庭《なかにわ》を見下《みお》ろすと、女王《じょおう》の醜《みにく》い手先《てさき》たちが弓《ゆみ》や投石器《とうせきき》を手《て》に、ちょうど城《しろ》から出《で》てきたところだった。五《ご》、六人《ろくにん》はいる。手先《てさき》のひとりがオーロラ姫《ひめ》に気《き》づいた。

「あそこにいるぞ！」

おぞましいかぎ爪《づめ》でオーロラ姫《ひめ》を指《ゆび》さす。

オーロラ姫《ひめ》は頭《あたま》を引《ひ》っこめ、走《はし》りだした。

マレフィセントは城《しろ》の塔《とう》のアーチ形《がた》の窓《まど》から、そのようすを見《み》つめていた。怒《いか》りの形相《ぎょうそう》を浮《う》かべ、手《て》を激《はげ》しく動《うご》かして叫《さけ》ぶ。

「わがしもべよ、王女《おうじょ》を捕《つか》まえよ！　王女《おうじょ》は自《みずか》ら命《いのち》を絶《た》とうとしている！」

そう叫《さけ》ぶと同時《どうじ》にマレフィセントは杖《つえ》をかかげ、呪文《じゅもん》を唱《とな》えはじめた。

もっと速《はや》く足《あし》が動《うご》けばいいのに！　オーロラ姫《ひめ》はそう願《ねが》わずにはいられなかった。古《ふる》い石壁《いしかべ》が視界《しかい》の両側《りょうがわ》を流《なが》れ去《さ》っていく。城門塔《じょうもんとう》のてっぺんには、城《しろ》の若者《わかもの》や酔《よ》った召《め》し使《つか》いがたまに息抜《いきぬ》きに来《く》るくらいなので、いまならだれもいないかもしれない。

でもそのとき、残念《ざんねん》なことに、よく磨《みが》かれたかぶとをかぶった衛兵《えいへい》たちが、階段《かいだん》の入《い》り口《ぐち》から顔《かお》を出《だ》した。

「殿下《でんか》！」

ひとりがそう叫《さけ》ぶや、オーロラ姫《ひめ》をつかまえようと駆《か》けだした。

オーロラ姫《ひめ》は城壁《じょうへき》の外《そと》から伸《の》びる蔓《つる》のそばにいた。頭上《ずじょう》に迫《せま》るほど高《たか》く伸《の》びている蔓《つる》もある。何年《なんねん》も前《まえ》の古《ふる》い蔓《つる》はすっかり茶色《ちゃいろ》に変色《へんしょく》し、その上《うえ》にほこりが積《つ》もり、いやなにおいを放《はな》っている。

衛兵《えいへい》が突進《とっしん》してきたのと同時《どうじ》に、オーロラ姫《ひめ》はみっしりと絡《から》み合《あ》う蔓《つる》に向《む》かって飛《と》びおりた。太《ふと》い蔓《つる》に、バンッと体《からだ》を打《う》ちつける。思《おも》っていたより強《つよ》い衝撃《しょうげき》に、息《いき》がつまり咳《せき》が出《で》る。肋骨《あばらぼね》を打《う》ち、胸《むね》も痛《いた》む。でも、それだけで済《す》んだ。

絡《から》み合《あ》う蔓《つる》に体《からだ》をはさまれた状態《じょうたい》でオーロラ姫《ひめ》は考《かんが》えた。蔓《つる》に足《あし》をかけておりていけばいいのよ。思《おも》ったよりも簡単《かんたん》かもしれない。

衛兵《えいへい》たちが頭上《ずじょう》で叫《さけ》んでいる声《こえ》が聞《き》こえる。

「王女《おうじょ》さま!」

「王女《おうじょ》さまを追《お》え!」

「マレフィセント女王《じょおう》さま、どうすればよろしいでしょう?」

思《おも》わず笑《え》みがこぼれる。オーロラ姫《ひめ》は下《した》へおりはじめた。

すると蔓《つる》がもぞもぞと動《うご》いた。

茶色《ちゃいろ》く変色《へんしょく》した古《ふる》くて太《ふと》い蔓《つる》ではない。キュウリの蔓《つる》のように渦巻《うずま》く緑《みどり》の若《わか》い蔓《つる》が、オーロラ姫《ひめ》の脚《あし》や腕《うで》を叩《たた》いたり引《ひ》っ張《ぱ》ったりしはじめたのだ。

「やめて!」

オーロラ姫《ひめ》は叫《さけ》んだ。がむしゃらに腕《うで》を振《ふ》りまわし蔓《つる》を足《あし》で蹴《け》とばすと、緑《みどり》の蔓《つる》はあっさりとちぎれた。

オーロラ姫《ひめ》はふたたび下《した》へ向《む》かった。

すると、今度《こんど》は蔓《つる》に絡《から》んでいたイバラが急《きゅう》にぐんぐん伸《の》びだした。イバラのとげが針《はり》のようにオーロラ姫《ひめ》の肌《はだ》を刺《さ》す。手《て》を置《お》く場所《ばしょ》を狙《ねら》っているかのように、あとからあとからとげが現《あらわ》れ、あっという間《ま》にオーロラ姫《ひめ》は傷《きず》だらけになった。体《からだ》のあちこちから血《ち》が流《なが》れでる。

イバラは、オーロラ姫《ひめ》を突《つ》き刺《さ》すたびにうれしそうに金切《かなき》り声《ごえ》をあげた。

さらに、伸《の》びたイバラは人《ひと》の顔《かお》のようなものを描《えが》きだした。面長《おもなが》でしわのある老人《ろうじん》のようだ。

だが、その顔《かお》が発《はっ》した声《こえ》はマレフィセントの声《こえ》に似《に》ていた。

「行《い》ってはならぬ……」

「外《そと》には、お前《まえ》の望《のぞ》むものなどない……」

「城《しろ》へ戻《もど》るのだ……」

オーロラ姫《ひめ》は唇《くちびる》をかみ、泣《な》くのをこらえた。とがったとげに囲《かこ》まれ身動《みうご》きができない。

「消《き》えて！」オーロラ姫《ひめ》は怒《いか》りと悔《くや》しさのあまり叫《さけ》んだ。「ここから消《き》えてちょうだい！」

すると、イバラがすっと消《き》えた。

オーロラ姫《ひめ》はまばたきをした。どういうことだろう。けれど、いまはそんなことを考《かんが》えている場合《ばあい》ではない。オーロラ姫《ひめ》はなりふりかまわず蔓《つる》から蔓《つる》へと足《あし》をかけ、おりていった。

やがて、硬《かた》い地面《じめん》につきあたった。衝撃《しょうげき》で頭《あたま》を蔓《つる》に打《う》ちつけ、視界《しかい》がぼんやりとかすむ。しかも、ほこりっぽくて空気《くうき》がかすんでいるうえに、頭上《ずじょう》で絡《から》み合《あ》う蔓《つる》のせいで薄暗《うすぐら》い。

けれど、そんななかでも、蔓《つる》の向《む》こうでかすかな黄色《きいろ》い光《ひかり》がちらついているのが見《み》えた。

血《ち》だらけの金《きん》のドレスをまとったオーロラ姫《ひめ》は、胸《むね》を張《は》り足《あし》を踏《ふ》みだした。黄色《きいろ》く輝《かがや》く光《ひかり》に向《む》かって。

10　眠《ねむ》れる城《しろ》

城《しろ》が眠《ねむ》っている。ここは夢《ゆめ》ではなく〝現実《げんじつ》の世界《せかい》〟。王国中《おうこくじゅう》が眠《ねむ》っている。人《ひと》も、ウマも、ネズミも、蚊《か》も、噴水《ふんすい》でさえも眠《ねむ》りについている。城《しろ》のまわりでは眠《ねむ》れる人《ひと》たちを守《まも》るように茂《しげ》った野《の》バラが、ところどころに美《うつく》しいピンクの花《はな》を咲《さ》かせ、甘《あま》い香《かお》りを放《はな》っている。静《しず》けさがたちこめ、一見《いっけん》したところ心地《ここち》よい平和《へいわ》な空気《くうき》に包《つつ》まれているようだ。

けれど、何《なに》もかも眠《ねむ》りについている城《しろ》で、眠《ねむ》っていないものもいた。亡《な》くなった人《ひと》と三人《さんにん》の妖《よう》精《せい》だ。

妖精《ようせい》たちは心配《しんぱい》そうな顔《かお》つきで城中《しろじゅう》を飛《と》びまわり、眠《ねむ》っている人《ひと》たちを見守《みまも》っていた。なかでも一番気《いちばんき》にかけていたのは、オーロラ姫《ひめ》のことだ。

オーロラ姫《ひめ》は、まるで永遠《えいえん》の祈《いの》りを捧《ささ》げているかのように胸《むね》の下《した》で両手《りょうて》の指《ゆび》を組《く》み合《あ》わせて眠《ねむ》っている。その姿《すがた》はこのうえなく美《うつく》しい。でもいま、その唇《くちびる》はわずかに開《ひら》き、まぶたがぴくぴくしている。夢《ゆめ》のなかで何《なに》かが起《お》こっているのだ。

オーロラ姫《ひめ》のベッドの横《よこ》で、だらりと横《よこ》たわっているのはフィリップ王子《おうじ》。本当《ほんとう》は、この王子《おうじ》がオーロラ姫《ひめ》を目覚《めざ》めさせ、すべてを終《お》わらせるはずだった。

ところが、その王子《おうじ》までもが眠《ねむ》りについてしまうなんて……。

それに、眠《ねむ》っている人《ひと》が死《し》にはじめた。それも予期《よき》せぬことだった。

オーロラ姫《ひめ》を見《み》つめていた妖精《ようせい》フローラは、疲《つか》れたように片手《かたて》で頭《あたま》を押《お》さえた。身《み》にまとうゆったりとした赤《あか》いローブが、もやのように悲《かな》しげにゆれる。

そこへ、青《あお》いローブを着《き》たふっくらとした小妖精《しょうようせい》と、緑《みどり》のローブを着《き》た木《き》の妖精《ようせい》が見《み》まわりから戻《もど》ってきた。

「ほんとに静《しず》かね。といってもみんな寝《ね》てるんだから、静《しず》かなのは当《あ》たり前《まえ》だけど」

青《あお》の妖精《ようせい》メリーウェザーが皮肉《ひにく》っぽく言《い》った。

「また夢《ゆめ》のなかで何《なに》か起《お》きているみたいなのよ」

フローラがオーロラ姫《ひめ》の顔《かお》を指《ゆび》さした。ほんのいっとき、王女《おうじょ》の美《うつく》しい顔《かお》がゆがみ、やがてもとに戻《もど》った。

緑《みどり》の妖精《ようせい》フォーナが、もうやりきれないというように言《い》った。

「こんなことになってしまうなんて信《しん》じられない。わたしたちは王女《おうじょ》と城《しろ》の人《ひと》たちを救《すく》うはずだったのよ。それが、マレフィセントの思《おも》うままになっているなんて。王国中《おうこくじゅう》の人《ひと》が夢《ゆめ》の世界《せかい》にいるのかしら？」

「おそらくね」

「マレフィセントは初《はじ》めからこうするつもりだったと思《おも》う？」

メリーウェザーが言《い》った。

「そんなつもりはなかったと思《おも》うけれど」フローラはそう言《い》って、ため息《いき》をついた。「追《お》いつめられて苦肉《くにく》の策《さく》に出《で》たんじゃないかしら。きっと、うまくいかなかったときのことを考《かんが》えて、抜《ぬ》かりなく手《て》を打《う》っておいたのよ。完全《かんぜん》に死《し》んでしまわないためにね」

「もし、わたしが死《し》んだら、あなたたちが生《い》きかえらせてちょうだいよ。まったくマレフィセントに友《とも》だちがいれば、こんなことにならずにすんだでしょうに」

メリーウェザーはふんと鼻《はな》を鳴《な》らした。

「まだ打《う》つ手《て》はあるわ」

フローラが鋭《するど》く言《い》いかえした。

「そうね、あなたがだれかにキスしてみるとか？」

メリーウェザーが皮肉《ひにく》っぽく言《い》う。

フローラはメリーウェザーをきっとにらんだ。

そのとき、耳《みみ》をつんざくような恐《おそ》ろしい叫《さけ》び声《ごえ》が城中《しろじゅう》に響《ひび》きわたった。

「ああ、なんてこと。またわ！」

フォーナがおびえた声《こえ》をあげた。

たちまち、三人《さんにん》の妖精《ようせい》は赤《あか》と青《あお》と緑《みどり》の光《ひかり》の玉《たま》に変《か》わった。三《みっ》つの光《ひかり》の玉《たま》が猛《もう》スピードで飛《と》んでいく。中庭《なかにわ》、寝室《しんしつ》、礼拝堂《れいはいどう》を抜《ぬ》け、ついに叫《さけ》び声《ごえ》のした場所《ばしょ》にたどり着《つ》いた。針仕事《はりしごと》の途中《とちゅう》で眠《ねむ》ってしまったレディ・アストリッドの顔《かお》に、恐怖《きょうふ》の表情《ひょうじょう》が浮《う》かんでいた。

三《みっ》つの光《ひかり》の玉《たま》はあっという間《ま》にもとの姿《すがた》に戻《もど》ると、すぐさまアストリッドを腕《うで》に抱《かか》えた。フォーナはアストリッドの頭《あたま》を支《ささ》え、メリーウェザーは自分《じぶん》のローブをぎゅっとつかんでいる。フローラは冷静《れいせい》な目《め》でアストリッドを見《み》つめていた。

しばらくは何《なに》も起《お》こらなかった。

すると突然《とつぜん》、赤黒《あかぐろ》い血《ち》がアストリッドの心臓《しんぞう》のあたりから染《し》みでてきた。

メリーウェザーがローブで傷口《きずぐち》をおおい、両手《りょうて》でぎゅっと押《お》さえつけた。木《き》の妖精《ようせい》のフォーナは目《め》を閉《と》じ、古《いにしえ》から伝《つた》わる木《き》の癒《いや》しの呪文《じゅもん》を唱《とな》えた。フローラは薬指《くすりゆび》で金色《きんいろ》に光《ひか》る立体《りったい》の記号《きごう》を空中《くうちゅう》に描《えが》いた。

けれど、どれもむだだった。

レディ・アストリドは叫《さけ》びつづけている。夢《ゆめ》と現実《げんじつ》の世界《せかい》の両方《りょうほう》に身《み》を置《お》きながらも、自分《じぶん》の死《し》が近《ちか》づいていることがわかっているのだ。

そして、やがて心臓《しんぞう》が動《うご》きを止《と》めた。

眠《ねむ》れる城《しろ》が、ふたたび水《みず》を打《う》ったような静《しず》けさに包《つつ》まれる。

メリーウェザーが血《ち》だらけのローブを手《て》から落《お》とした。渦巻《うずま》く悲《かな》しみを隠《かく》すように、うんざりした表情《ひょうじょう》をする。

アストリドのベールからはみでた髪《かみ》をもとに戻《もど》してやっているフォーナの目《め》には銀色《ぎんいろ》の涙《なみだ》が浮《う》かんでいる。

フローラは、やり場《ば》のない怒《いか》りを抱《かか》え、こぶしを握《にぎ》りしめている。

「ちきしょう！」フローラは人間《にんげん》の使《つか》う汚《きたな》い言葉《ことば》でののしった。「これほどひどいやつだとは思《おも》わなかった。マレフィセントは人殺《ひとごろ》しよ。命《いのち》を吸《す》いとるヒルのようなやつね」

メリーウェザーが考《かんが》えこむような顔《かお》で言《い》った。

「でも、選《えら》ぶ基準《きじゅん》がわからないわね。この罪《つみ》のなさそうな女《おんな》の人《ひと》はおそらく王族《おうぞく》よ。でも、この前殺《まえころ》された、人《ひと》のよさそうなあの男《おとこ》の人《ひと》は平民《へいみん》だった。おかしいと思《おも》わない？」

「そう言《い》われればそうね。でも、貴族《きぞく》だろうとなんだろうと、ふたりとも死《し》んでしまったのよ。これでマレフィセントの魂《たましい》が、また少《すこ》し生《い》きのびたってことになるわ」

フォーナが静《しず》かな声《こえ》で答《こた》えた。

「これ以上《いじょう》犠牲者《ぎせいしゃ》を増《ふ》やさないためにも、ローズを早《はや》く目覚《めざ》めさせなければ。つまり、オーロラを」

メリーウェザーが言《い》った。

フローラが言《い》った。

「またやってみるしかないわね。あのとき、何《なに》かできていたらよかったのに。あともう少《すこ》しのところで侍女《じじょ》が来《き》てしまったのが悔《く》やまれるわ」

「そうね、やってみましょう。わたしたちにできるのはそれしかない」

フォーナがうなずいた。

三人《さんにん》の妖精《ようせい》たちは手《て》をとり合《あ》い目《め》を閉《と》じた。夢《ゆめ》の世界《せかい》へ向《む》かうために。

11 もうひとつの記憶《きおく》

オーロラ姫《ひめ》は蔓《つる》のあいだを慎重《しんちょう》な足《あし》どりで進《すす》んでいた。さっきよりは気持《きも》ちもだいぶ落《お》ちついてきた。城《しろ》ははるか頭上《ずじょう》にある。中庭《なかにわ》での騒《さわ》ぎ声《ごえ》もここまでは届《とど》かない。姿《すがた》が見《み》えなければ、マレフィセントもオーロラ姫《ひめ》に呪文《じゅもん》をかけることはできない。

まわりで絡《から》み合《あ》う巨大《きょだい》な蔓《つる》が行《い》く手《て》を阻《はば》もうとすることもなかった。蔓《つる》を指先《ゆびさき》でなぞると、枯《か》れた葉《は》がぽろぽろと崩《くず》れた。

ふと立《た》ち止《ど》まり、あたりを見《み》まわす。オーロラ姫《ひめ》は、ためらいながらも叫《さけ》んだ。

「吟遊詩人《ぎんゆうしじん》！　マスター・トミンズ！　追放者《ついほうしゃ》！　いたら返事《へんじ》をして」

返事《へんじ》はない。

歩《ある》きながら足《あし》もとに目《め》を向《む》ける。長年《ながねん》のあいだ蔓《つる》におおわれ、からからに乾《かわ》ききった土《つち》に人間《にんげん》の足跡《あしあと》などない。まわりのどこにも、だれかがここから外《そと》の世界《せかい》へ出《で》ていった形跡《けいせき》はなかった。

オーロラ姫《ひめ》は思《おも》わず身《み》ぶるいした。

ずんずん歩《ある》いていくと、さっきかすかに見《み》えていた黄色《きいろ》い光《ひかり》が、しだいに大《おお》きくなってきた。行《い》く手《て》のアーチ形《がた》の穴《あな》から光《ひかり》がもれている。さらに進《すす》んでいくと、目《め》を開《あ》けていられないほどまばゆい金色《きんいろ》の光《ひかり》が差《さ》しこんできた。光《ひかり》のせいで、その向《む》こうに何《なに》があるのかは見《み》えない。

額《ひたい》に手《て》をかざしながら、アーチの向《む》こうへ足《あし》を踏《ふ》みだした。

オーロラ姫《ひめ》は一瞬《いっしゅん》、息《いき》を止《と》めた。どんなにおいがするかわからないし、毒《どく》の充満《じゅうまん》する空気《くうき》を吸《す》ってしまうかもしれないと恐《おそ》ろしかったのだ。けれど、肌《はだ》はあたたかさに包《つつ》まれ、かざした手《て》のすきまから見《み》える光《ひかり》はうっとりするほど美《うつく》しい。

ゆっくりと額《ひたい》から手《て》をどかす。

これは、まぼろし？

空気《くうき》は澄《す》みわたっている。目《め》が慣《な》れてくるにつれ、金色《きんいろ》の光《ひかり》もやわらいできた。午後《ごご》の強《つよ》い日《ひ》差《ざ》しだ。そこへ、小《ちい》さなふわふわとしたものが飛《と》んできた。腕《うで》を伸《の》ばし、手《て》のひらにのせてみる。頭《あたま》の部分《ぶぶん》は白《しろ》い綿毛《わたげ》のようで、茎《くき》の先《さき》には涙《なみだ》の形《かたち》をした茶色《ちゃいろ》い種《たね》がついている。

それをふっと吹《ふ》いて飛《と》ばした。

オーロラ姫《ひめ》は、あたり一面《いちめん》緑《みどり》の草地《くさち》に立《た》っていた。幹《みき》が薄《うす》い灰色《はいいろ》で、驚《おどろ》くほど鮮《あざ》やかな緑《みどり》の葉《は》をつけた木々《きぎ》が、その先《さき》にある森《もり》へと誘《いざな》うようにぽつんぽつんと立《た》っている。木《き》の根《ね》もとには濃《こ》い緑色《みどりいろ》と琥珀色《こはくいろ》の茂《しげ》みがあり、小《ちい》さな水色《みずいろ》の花《はな》が美《うつく》しく咲《さ》き誇《ほこ》っている。

そよ風《かぜ》が木《こ》の葉《は》や草《くさ》をそよそよとゆらしている。

オーロラ姫《ひめ》はひざまずき、両手《りょうて》で土《つち》に触《ふ》れた。

目《め》を閉《と》じ、あたたかい土《つち》の感触《かんしょく》を確《たし》かめる。そして、草《くさ》と木《き》と土《つち》の香《かお》りを思《おも》いきり吸《す》いこんだ。

どこからか水《みず》の香《かお》りもただよってくる。湿《しめ》ったような金属《きんぞく》の混《ま》ざっているような複雑《ふくざつ》なにおい。

もう二度《にど》と城《しろ》には戻《もど》らないわ。オーロラ姫《ひめ》は心《こころ》からそう誓《ちか》った。

目《め》を開《ひら》いても、同《おな》じ景色《けしき》がそこには広《ひろ》がっていた。

目《め》の前《まえ》に広《ひろ》がるこの世界《せかい》は、もともとずっとここにあったのだ。

城《しろ》に閉《と》じこめられているあいだもずっと……。

イバラのとげで城《しろ》をおおうこと。光《ひかり》の差《さ》さない薄暗《うすぐら》い城《しろ》に閉《と》じこめられること。魔獣《まじゅう》に襲《おそ》われないよう、イヌやネコを隠《かく》すこと。

何《なに》もかも必要《ひつよう》なかったのだ。

なぜ、マレフィセントはみんなを城《しろ》に閉《と》じこめたりしたの？　わたしの両親《りょうしん》が世界《せかい》を崩壊《ほうかい》させていないのなら、いったい何《なに》があったというの？　マレフィセントはなぜ嘘《うそ》をついていたの？

そのとき、カー、カーという鳴《な》き声《ごえ》が空《そら》から聞《き》こえてきて、オーロラ姫《ひめ》はどきりとした。

見《み》あげると、ワタリガラスが翼《つばさ》を大《おお》きく広《ひろ》げ、青《あお》い空《そら》をゆっくりと舞《ま》っていた。本物《ほんもの》の鳥《とり》だわ。ハトやインコでもない。

きっとブルーバードもいるはず。

オーロラ姫《ひめ》は立《た》ちあがると、木《き》のあるほうへ駆《か》けだした。急《きゅう》に、あの木《き》の皮《かわ》に触《ふ》れたい、という感情《かんじょう》がわきあがってきたのだ。

でも、茂《しげ》みをまたいだとき、目《め》の奥《おく》のほうがちかちかしだした。そして、木《き》の皮《かわ》に指《ゆび》で触《ふ》れたとたん、頭《あたま》のなかで何《なに》かがはじけたような気《き》がした。

前《まえ》にもここへ来《き》たことがある。

この草地《くさち》のことは覚《おぼ》えていない。けれど、なぜだか懐《なつ》かしい気《き》がするのだ。花《はな》の名前《なまえ》も、カラスと呼《よ》ぶには大《おお》きいこの鳥《とり》をワタリガラスと呼《よ》ぶことも知《し》っている。葉《は》の生《お》い茂《しげ》ったこの木《き》の向《む》こうには、濃《こ》い緑《みどり》の葉《は》をつけた節《ふし》くれだった木《き》が生《は》えているはず。そして、さらにその向《む》こうには松《まつ》の木《き》がある。

オーロラ姫《ひめ》は急《きゅう》にめまいにおそわれ、地面《じめん》に倒《たお》れた。

目《め》に映《うつ》る空《そら》がぐるぐると回《まわ》っている。そのときオーロラ姫《ひめ》の頭《あたま》のなかには、ある記《き》憶《おく》がよみがえっていた。

頭《あたま》のなかには、ここことは別《べつ》の草地《くさち》が浮《う》かんでいた。少女《しょうじょ》がいる。ここと同《おな》じように日《ひ》が当《あ》たり、草《くさ》の甘《あま》い香《かお》りがただよっている。でも、もっと広《ひろ》い。裸足《はだし》の小《ちい》さな足《あし》で土《つち》の上《うえ》を歩《ある》いている。あたたかい日差《ひざ》しを浴《あ》びながら、ひらひらと舞《ま》う大《おお》きな蝶《ちょう》を追《お》いかけている。少女《しょうじょ》はクスクスと笑《わら》いながら蝶《ちょう》に手《て》を伸《の》ばす。

あたたかくて、心地《ここち》よくて、なんの心配《しんぱい》もない世界《せかい》……。

少女《しょうじょ》は家《いえ》のなかにいる。テーブルには少《すこ》し傾《かたむ》いたケーキ。鮮《あざ》やかなピンクと青《あお》で、砂糖衣《さとうごろも》がたっぷりとかかっている。少女《しょうじょ》ははしゃいで小《ちい》さなふっくらとした手《て》を叩《たた》き、笑《わら》い声《ごえ》をあげ、うれしそうにケーキにかぶりつく。

そんな少女《しょうじょ》を、三人《さんにん》の女《おんな》の人《ひと》がおだやかな笑《え》みを浮《う》かべ幸《しあわ》せそうに眺《なが》めている。

待《ま》って――。

オーロラ姫《ひめ》は思《おも》わず体《からだ》を起《お》こそうとした。

あの女《おんな》の人《ひと》たち、だれかに似《に》ている……。わたしの寝室《しんしつ》に現《あらわ》れた、あの光《ひかり》の玉《たま》の妖精《ようせい》たちだわ。

でも、あの女《おんな》の人《ひと》たちは妖精《ようせい》なんかじゃない。両親《りょうしん》が亡《な》くなったとき、わたしを養女《ようじょ》にしたおばだもの。森《もり》でわたしを育《そだ》ててくれて――。

違《ちが》うわ。世界《せかい》を崩壊《ほうかい》させた両親《りょうしん》を地下牢《ちかろう》へ閉《と》じこめて、わたしを養女《ようじょ》にしたのはマレフィセントよ。

ふたつの矛盾《むじゅん》する記憶《きおく》が頭《あたま》のなかで交差《こうさ》する。オーロラ姫《ひめ》は胃《い》がきゅっと痛《いた》くなり、体《からだ》をくの字《じ》に折《お》り曲《ま》げた。


今度《こんど》は、さっきよりもう少《すこ》し大《おお》きくなった少女《しょうじょ》が、王女《おうじょ》のふりをして遊《あそ》んでいる。なんで王女《おうじょ》のふりをするの？　もともと王女《おうじょ》なのに……。

三人《さんにん》のおばが、少女《しょうじょ》にドレスを着《き》せている。ドレスには羽根《はね》や花《はな》びらや緑《みどり》の葉《は》っぱがたくさんついていて、腰《こし》にはアシを編《あ》んだベルトが巻《ま》いてある。そんな自然《しぜん》の素材《そざい》とはちぐはぐな、おばたちがどこかで見《み》つけてきた光《ひか》る大《おお》きな青《あお》い石《いし》がひとつ胸《むね》についている。髪《かみ》はゆるい三《み》つ編《あ》みで、頭《あたま》にはアシでつくった冠《かんむり》。少女《しょうじょ》がくるりと回《まわ》ると、羽根《はね》や葉《は》っぱがぱらぱらと落《お》ちた。少女《しょうじょ》が言《い》った「わたしは森《もり》の女王《じょおう》よ」と。

いいえ、女王《じょおう》はマレフィセントただひとり。そして暮《く》らしているのは森《もり》ではなくて城《しろ》。豪華《ごうか》な寝室《しんしつ》にふかふかのベッド――。

「もうとめて！」オーロラ姫《ひめ》は身《み》もだえしながら叫《さけ》んだ。

けれど、記憶《きおく》はオーロラ姫《ひめ》の頭《あたま》のなかで流《なが》れつづけた。

もっと大《おお》きくなった少女《しょうじょ》が森《もり》で寝《ね》そべっている。苔《こけ》むした地面《じめん》の上《うえ》を日《ひ》の光《ひかり》がゆっくりと動《うご》いていくのを、もう何時間《なんじかん》も眺《なが》めている。ゆっくりと動《うご》きつづける光《ひかり》を見《み》ながら、少女《しょうじょ》は少《すこ》しうとうとする。木漏《こも》れ日《び》の落《お》ちる草《くさ》や松葉《まつば》のじゅうたんの上《うえ》で踊《おど》るのも楽《たの》しい。でも、もっと胸《むね》がときめくようなすてきなことが起《お》こればいいのに、と少女《しょうじょ》は願《ねが》っていた。

やがて、頭《あたま》のなかで流《なが》れていた記憶《きおく》がようやく止《と》まった。目《め》の奥《おく》の焼《や》けつくような痛《いた》みももうない。オーロラ姫《ひめ》はこめかみを押《お》さえた。頭《あたま》はまだぼうっとしている。ふと、自分《じぶん》が胎児《たいじ》のようにぎゅっと体《からだ》を丸《まる》めているのに気《き》づいた。オーロラ姫《ひめ》は気《き》をつけながら足《あし》を伸《の》ばした。ゆっくりと上半身《じょうはんしん》を起《お》こす。金色《きんいろ》のドレスには、土《つち》や小枝《こえだ》やキノコまでついている。

いつだったか、あきれ顔《がお》のリアンナに聞《き》かれたことがある。

「王女《おうじょ》さまは、納屋《なや》でお育《そだ》ちになったのですか？」

虫《むし》の居《い》どころが悪《わる》かったオーロラ姫《ひめ》が、綿《わた》ぼこりの溜《た》まった部屋《へや》の隅《すみ》で体《からだ》を丸《まる》めて寝《ね》ころがっていたときのことだ。

「違《ちが》うわ。わたしは森《もり》で育《そだ》ったのよ」

オーロラ姫《ひめ》はいま、声《こえ》に出《だ》してそう言《い》い、クスッと笑《わら》った。

いま流《なが》れた記《き》憶《おく》の少女《しょうじょ》はわたし。そして、わたしを育《そだ》ててくれたのは……妖精《ようせい》たち。森《もり》で質素《しっそ》に暮《く》らし、粗末《そまつ》だけれど明《あか》るい色《いろ》のワンピースとエプロンを身《み》につけていた。上手《じょうず》とはいえなかったけれど、わたしのために料理《りょうり》をし、服《ふく》をつくり、たくさんの愛情《あいじょう》を注《そそ》いでくれた。ときには失敗《しっぱい》もしたけれど、いつも一生懸命《いっしょうけんめい》で、愛情《あいじょう》が途切《とぎ》れることなんてなかった。もしまだいっしょにいたら、いまもずっと愛《あい》してくれていたはず。

オーロラ姫《ひめ》は、妖精《ようせい》たちのこしらえた、おかしなドレスを思《おも》いうかべた。

どうして、妖精《ようせい》たちは魔法《まほう》を使《つか》わなかったのかしら。マレフィセントのように。

わたしを養女《ようじょ》にしたのは……マレフィセントじゃない。

王女《おうじょ》ではないわたし。森《もり》で育《そだ》ったわたし。

オーロラ姫《ひめ》ではないわたし。

そう、ローズ。ブライア・ローズ。わたしはそう呼《よ》ばれていた。強《つよ》くて美《うつく》しいバラ《ローズ》にちなんでそう名付《なづ》けられた。とげと鮮《あざ》やかな緑《みどり》の葉《は》を持《も》ち、甘《あま》い香《かお》りを放《はな》つ白《しろ》とピンクの花《はな》。

わたしは十六年間《じゅうろくねんかん》、ブライア・ローズと呼《よ》ばれ、あの風変《ふうがわ》りな三人《さんにん》の妖精《ようせい》たちと森《もり》で暮《く》らしていた。

王女《おうじょ》ではなく。ふつうの娘《むすめ》として。

ぴんと背筋《せすじ》を伸《の》ばす。

とにかく森《もり》へ行《い》ってみよう。このままじっとしていたら頭《あたま》がおかしくなってしまいそうだもの。

またうっかり木《き》の皮《かわ》に触《ふ》れてしまわないように気《き》をつけながら、ゆっくりと歩《ある》き出《だ》す。

森《もり》で暮《く》らした十六年《じゅうろくねん》が本当《ほんとう》の記憶《きおく》なんだわ。じゃあ、世界《せかい》が崩壊《ほうかい》してしまうまで、両親《りょうしん》にほったらかしにされて薄汚《うすよご》れたネズミのように城《しろ》を歩《ある》きまわっていたあの十六年間《じゅうろくねんかん》の記憶《きおく》はなんだったのだろう。……ああ、そうか。城《しろ》での十六年間《じゅうろくねんかん》の記憶《きおく》はマレフィセントが魔法《まほう》でうえつけたものなのね。

でも……森《もり》での記憶《きおく》が本当《ほんとう》だとして、いまいるこの森《もり》がわたしが育《そだ》った森《もり》なの？　どこか違《ちが》う気《き》がする。

城《しろ》で最後《さいご》に見《み》た光景《こうけい》が脳裏《のうり》に浮《う》かびあがってきた。マレフィセントが魔法《まほう》で出《だ》した銀《ぎん》の窓《まど》のなかで、わたしはベッドで眠《ねむ》っていた。

あの窓《まど》を開《ひら》く前《まえ》、マレフィセントはなんと言《い》っていた？

〝われは汝《なんじ》に眠《ねむ》れる者《もの》の血《ち》を差《さ》しだそう。わが肉体《にくたい》は滅《ほろ》びたが、わが魂《たましい》は娘《むすめ》の夢《ゆめ》のなかで生《い》きつづける。なれど娘《むすめ》にとっては、この夢《ゆめ》の世界《せかい》が現実《げんじつ》の世界《せかい》〟


ということは……これはぜんぶ夢《ゆめ》なの？　いまわたしがいるこの森《もり》も？

オーロラ・ローズは頭《あたま》をかきむしった。

左手《ひだりて》を広《ひろ》げ、小指《こゆび》の内側《うちがわ》にほくろがひとつあるのを確《たし》かめる。銀《ぎん》の窓《まど》のなかで眠《ねむ》っていたわたしと同《おな》じだわ。そよ風《かぜ》が指先《ゆびさき》にそっと触《ふ》れる。

「わたしにとっては、いまのわたしが本物《ほんもの》のわたしよ」オーロラ・ローズは声《こえ》に出《だ》して言《い》った。

心《こころ》で思《おも》っているのではなく、耳《みみ》で聞《き》いて確《たし》かめたかった。「わたしがこの手《て》で触《ふ》れたもの、この鼻《はな》でかいだにおい、この目《め》で見《み》たもの。それがわたしにとってのすべて。それがわたしの現実《げんじつ》。これからは、そう思《おも》うことにするわ」

歩《ある》きながら、おそるおそる手《て》を伸《の》ばして木《き》に触《ふ》れてみる。今度《こんど》はさっきのように記憶《きおく》があふれてくることはなかった。木《き》の心地《ここち》よい感触《かんしょく》だ。

城《しろ》での暗《くら》い記憶《きおく》が少《すこ》しずつ薄《うす》れていく。そのときオーロラ・ローズはとっさにマレフィセントのことを考《かんが》えた。


マレフィセントは偉大《いだい》なる女王《じょおう》。救世主《きゅうせいしゅ》として城《しろ》をさっそうと歩《ある》いていた。わたしを養女《ようじょ》にした。そして、女王《じょおう》として城《しろ》の人《ひと》たちの暮《く》らしを守《まも》り、両親《りょうしん》にほったらかしにされておびえていたわたしに手《て》を差《さ》しのべてくれた。

いっしょに暮《く》らした数年《すうねん》のあいだ、いつも欲《ほ》しくてたまらなかったもの。それはマレフィセントがたまにしか見《み》せない心《こころ》からの笑顔《えがお》だった。どうすれば、美《うつく》しく堂々《どうどう》とした女王《じょおう》の気《き》を引《ひ》くことができるのか。何《なに》をすれば女王《じょおう》に感心《かんしん》してもらい、感謝《かんしゃ》してもらえるのか……不安《ふあん》にさいなまれているときや、どうしてもやる気《き》が出《で》ないとき以外《いがい》は、いつもそのことばかり考《かんが》えていた。

オーロラ姫《ひめ》はマレフィセントが大好《だいす》きだった。心《こころ》の底《そこ》からマレフィセントを慕《した》っていた。

そのとき、オーロラ・ローズの脳裏《のうり》に、城《しろ》から逃《に》げだすときの光景《こうけい》がありありと浮《う》かんだ。城《しろ》へ戻《もど》りなさい、と王女《おうじょ》に命令《めいれい》するマレフィセントの姿《すがた》だ。あのとき、マレフィセントの顔《かお》はゆがみ、唇《くちびる》はひん曲《ま》がり、瞳《ひとみ》には憎《にく》しみが浮《う》かんでいた。わたしへの愛情《あいじょう》なんて、これっぽっちもなかったんだわ。

オーロラ・ローズは目《め》を閉《と》じた。閉《と》じた目《め》からとめどなく涙《なみだ》が流《なが》れる。

最悪《さいあく》なのは、マレフィセントが何《なに》をしても、わたしは許《ゆる》していただろうということ。マレフィセントがレディ・アストリドにしたことさえも。マレフィセントがもっともらしい嘘《うそ》をつき、オーロラ姫《ひめ》を抱《だ》きしめて「大丈夫《だいじょうぶ》、もうすんだことよ。あなたを愛《あい》しているわ」と言《い》いさえすれば。

「わたしは……なんて愚《おろ》かな……情《なさ》けない人間《にんげん》なの！」

オーロラ・ローズはわきあがる感情《かんじょう》をおさえきれず、獣《けもの》のように吠《ほ》え、体《からだ》をふるわせた。

目《め》を開《ひら》いたオーロラ・ローズは思《おも》わず目《め》を見張《みは》った。小《ちい》さな鳥《とり》が枝《えだ》にとまり、こっちを不思議《ふしぎ》そうに見《み》つめている。

とっさにあたりを見《み》まわしたが、だれもいない。

小《ちい》さな鳥《とり》がせかすようにピッと鳴《な》き、胸《むね》をふくらませて翼《つばさ》を広《ひろ》げると、明《あか》るい日差《ひざ》しに照《て》らされて、きれいな空色《そらいろ》の羽《はね》があらわになった。

オーロラ・ローズは息《いき》を呑《の》んだ。吟遊詩人《ぎんゆうしじん》のくれた羽根《はね》と比《くら》べてみようと腰《こし》に手《て》を伸《の》ばす。けれどトランプや青《あお》い羽根《はね》を入《い》れたポーチはなくなっていた。きっと城《しろ》から逃《に》げるときに飾《かざ》り鎖《くさり》がちぎれてしまったのだろう。

鳥《とり》の餌《えさ》になりそうな物《もの》がないかとぼろぼろのドレスのポケットを探《さぐ》ってみたけれど、何《なに》もない。

鳥《とり》は、じれったそうにまたピッと鳴《な》いた。

オーロラ・ローズは弱々《よわよわ》しくほほえみ肩《かた》をすくめた。

「ごめんなさい。何《なに》も持《も》ってないわ」


〝ブルーバード〟という鳥《とり》の種類《しゅるい》を表《あらわ》す呼《よ》び名《な》ではなく、この鳥《とり》にも、人間《にんげん》と同《おな》じように名前《なまえ》があるとオーロラ・ローズは知《し》っていた。幼《おさな》いころ、妖精《ようせい》のフォーナに「これはなんていう種類《しゅるい》の鳥《とり》？」と聞《き》いたとき、「鳥《とり》にだってそれぞれ名前《なまえ》があるのよ」と教《おし》えられたのだ。

近《ちか》くの木《き》の根《ね》もとにミントの茂《しげ》みを見《み》つけ、茎《くき》を折《お》り、口《くち》にくわえてかみながら、また歩《ある》きはじめた。ここはなんて美《うつく》しいのだろう。行《い》く手《て》に古《ふる》い樫《かし》の木《き》が一本《いっぽん》立《た》っている。森《もり》に近《ちか》づいている証拠《しょうこ》だ。木《き》の根《ね》もとにはキノコが生《は》えている。あのキノコはイノシシの好物《こうぶつ》だったはず。

イノシシ？　もしイノシシがここにいるなら、ユニコーンだっている？

目《め》を閉《と》じ、幼《おさな》いころにユニコーンを見《み》たことがあったかどうか記憶《きおく》をたどる。金色《きんいろ》の枝角《えだつの》をつけた白《しろ》いりっぱなオスのシカなら覚《おぼ》えがある。でも、ユニコーンは見《み》たことがなかった。

ここは……こんなところで暮《く》らしたい、とイバラの城《しろ》でいつも願《ねが》っていた世界《せかい》そのものだ。ここでずっと幸《しあわ》せに暮《く》らせたらいいのに、とオーロラ・ローズは願《ねが》った。

12 フィリップ王子《おうじ》との出会《であ》い

けれど、ここは夢《ゆめ》のなかの世界《せかい》。すべては夢《ゆめ》。ここでずっと暮《く》らすなんてできはしないのだ。オーロラ・ローズはうろ覚《おぼ》えの歌《うた》を口《くち》ずさみながら、曲《ま》がりくねった道《みち》を歩《ある》いていた。そのとき、まるでタペストリーに織《お》られた絵《え》のような光景《こうけい》に出《で》くわした。

シカがいる。メスだ。大《おお》きくて引《ひ》き締《し》まった体《からだ》に、小《ちい》さなひづめ。その上品《じょうひん》な立《た》ち姿《すがた》は、おとぎ話《ばなし》に出《で》てくるどんな生《い》き物《もの》よりも美《うつく》しい。

そのシカから少《すこ》し離《はな》れたところに、息《いき》を呑《の》むほどハンサムな若者《わかもの》が立《た》っている。いままで見《み》たなかで一番《いちばん》だといっていい。

若者《わかもの》はシカに負《ま》けないほど堂々《どうどう》としていた。背《せ》が高《たか》く、がっしりしていて、肌《はだ》に張《は》りがある。つやのある茶色《ちゃいろ》の髪《かみ》は動物《どうぶつ》のたてがみのようにふさふさだ。若者《わかもの》はその髪《かみ》をさっと振《ふ》りあげた。筋《すじ》の通《とお》った鼻《はな》、がっしりしたあご、高《たか》い頬骨《ほおぼね》。やわらかそうな頬《ほお》にはうっすらと赤《あか》みが差《さ》している。長《なが》いまつげ。きらきらと輝《かがや》く茶色《ちゃいろ》の瞳《ひとみ》。

若者《わかもの》は手《て》のひらを上《うえ》に向《む》けてシカに手《て》を伸《の》ばした。

そのとき、オーロラ・ローズは気《き》づいた。若者《わかもの》の腰《こし》には剣《つるぎ》があり、柄《つか》は手《て》のすぐ届《とど》くところにある。

シカ狩《が》りね。シカを殺《ころ》そうとしてるんだわ。

「やめて！」オーロラ・ローズは思《おも》わず若者《わかもの》のほうへ駆《か》けだした。草《くさ》や木《き》や花《はな》にあふれ、動物《どうぶつ》たちのいる美《うつく》しい世界《せかい》をやっと見《み》つけたというのに、もうそれを壊《こわ》そうとする人《ひと》に出《で》くわすなんて。

「だめよ！　やめて！」オーロラ・ローズは叫《さけ》んだ。

若者《わかもの》がはっとしたように顔《かお》をあげた。

シカは首《くび》をかしげ、弾《はず》むようにして去《さ》っていく。

若者《わかもの》はまばたきをすると、うれしそうに顔《かお》をほころばせた。

「やっと会《あ》えた！」

オーロラ・ローズがこぶしで若者《わかもの》を殴《なぐ》ろうとしたとき、若者《わかもの》は大《おお》きく腕《うで》を広《ひろ》げてオーロラ・ローズをぎゅっと抱《だ》きしめた。

「何《なに》するの！」驚《おどろ》いたオーロラ・ローズは必死《ひっし》に若者《わかもの》の腕《うで》を振《ふ》りはらおうとした。「手《て》を放《はな》して！あっちへ行《い》って！」

「ああ、本当《ほんとう》にきみなんだね。信《しん》じられないよ」

若者《わかもの》はかまわず言《い》った。目《め》を閉《と》じ、クマみたいに力強《ちからづよ》く抱《だ》きしめてくる。オーローズは一瞬《いっしゅん》、抵抗《ていこう》するのをやめた。

われに返《かえ》ったオーロラ・ローズが言《い》った。「あなたは、いったいだれなの？」力《ちから》のかぎり背《せ》をそらせ、自由《じゆう》が利《き》くほうの手《て》で若者《わかもの》の頬《ほお》をぴしゃりと打《う》つ。

若者《わかもの》もびっくりしただろうが、オーロラ・ローズも自分《じぶん》のしたことに驚《おどろ》いた。記憶《きおく》にあるかぎり、だれかを叩《たた》いたことなんてないのだ。

若者《わかもの》は腕《うで》の力《ちから》をゆるめた。おもちゃが壊《こわ》れて戸惑《とまど》っている少年《しょうねん》のような表情《ひょうじょう》を浮《う》かべている。

若者《わかもの》は少《すこ》しだけ体《からだ》を離《はな》し、オーロラ・ローズを見《み》つめた。髪《かみ》はもつれ、ドレスはぼろぼろで、頬《ほお》についた赤《あか》い指《ゆび》の跡《あと》が痛々《いたいた》しい。

顔《かお》には血《ち》と松《まつ》やにがこびりつき、口《くち》の端《はし》からはミントの茎《くき》が飛《と》びだしている。

「城《しろ》から逃《に》げてきたんだろう？　大丈夫《だいじょうぶ》かい？」

「そう……逃《に》げてきたのよ」

若者《わかもの》が次《つぎ》の言葉《ことば》を待《ま》った。けれどオーロラ・ローズは黙《だま》ったまま若者《わかもの》をじっと見《み》あげている。

「ぼくを覚《おぼ》えてないのか？」

若者《わかもの》はできるかぎりやさしく言《い》おうとした。

「頭《あたま》のなかがたくさんの記憶《きおく》でいっぱいなのよ。でも、どれもわからないことばかり。あなたのことはよく覚《おぼ》えてないわ。頭《あたま》が混乱《こんらん》してるのよ」

若者《わかもの》が明《あか》るい声《こえ》で言《い》った。

「そういうことなら気《き》にしなくて大丈夫《だいじょうぶ》だ。でもぼくはきみを覚《おぼ》えてる。ぼくたちは前《まえ》にも会《あ》ったことがあるんだ。けれどきちんと自己紹介《じこしょうかい》をしたわけではないからね。きみがぼくの名前《なまえ》を覚《おぼ》えてなくて当然《とうぜん》だ。もともと知《し》らないんだから」

「わかったわ」

オーロラ・ローズはゆっくりと言《い》った。最初《さいしょ》は信用《しんよう》できないと思《おも》ったけれど、若者《わかもの》の気《き》さくさに触《ふ》れ、陽気《ようき》な笑《え》みを見《み》ていたら心《こころ》がなごんできた。

「ぼくはフィリップ。フィリップ王子《おうじ》だ」

フィリップは優雅《ゆうが》にお辞儀《じぎ》をすると、少年《しょうねん》のようににっと笑《わら》った。

オーロラ・ローズもつられて笑《え》みをこぼした。

「わたしはオーロラ姫《ひめ》よ」膝《ひざ》を折《お》って会釈《えしゃく》した。「それと……たぶん……森《もり》で暮《く》らしていたブライア・ローズでもあるの。まだ混乱《こんらん》していて、よくわからないんだけど」

フィリップは考《かんが》えこむようにしていたが、ひとつうなずくとこう言《い》った。

「きっと、そのうちだんだんわかってくるよ」

「そうね。だれかさんのことも思《おも》い出《だ》せたらいいけれど」

オーロラ・ローズはからかうように言《い》った。

「ローズのほうが好《す》きだな。甘《あま》い香《かお》りのするきれいなバラ《ローズ》と違《ちが》って、オーロラは手《て》が届《とど》かないところにあって、自分《じぶん》のものにならないような気《き》がするから。ローズって呼《よ》んでいいかい？」

「お好《す》きにどうぞ。なんなら、ヘンリーって呼《よ》んでもいいわよ」

オーロラ・ローズは冗談《じょうだん》めかして言《い》った。

「ヘンリーは、あんまり好《す》きじゃないな。なんだか発音《はつおん》しづらいし」フィリップも冗談《じょうだん》で返《かえ》す。

「オーロラはどうだろう。オーロラ、オーロラ……やっぱり、オーロラも発音《はつおん》しにくい」

ほんの少《すこ》し前《まえ》まで、これまでの記憶《きおく》がふたつになって、どっちが本当《ほんとう》なのか途方《とほう》に暮《く》れていたというのに……それが突然《とつぜん》、こんなふうに冗談《じょうだん》を言《い》い合《あ》うなんて。この王子《おうじ》といると、なんだか調子《ちょうし》が狂《くる》ってしまうわ。

そうだ、王子《おうじ》はわたしが見《み》つけたこの理想《りそう》の世界《せかい》で、シカを狩《か》ろうとしていたんだったわ。

「どうしてシカを殺《ころ》そうとしたの？」

オーロラ・ローズはさっきの怒《いか》りを思《おも》い出《だ》して問《と》いつめた。

「殺《ころ》す？」フィリップはきょとんとした顔《かお》をした。「殺《ころ》そうとなんてしてないさ。話《はな》しかけようとしていただけだよ」

「えっ？　話《はな》しかける？」

「ぼくはきみを救《すく》いだそうとしていたんだ。あの城《しろ》からね」

王子《おうじ》が城《しろ》を指《ゆび》さした。王女《おうじょ》もその方向《ほうこう》を見《み》つめる。その瞬間《しゅんかん》、胸《むね》がずきんと痛《いた》んだ。あの城《しろ》のなかには、まだ大勢《おおぜい》の人《ひと》が閉《と》じこめられているのだ。

「でも、どうしても城《しろ》のなかに入《はい》れなかった」

フィリップが顔《かお》をしかめた。

「イバラのとげのせいね」

オーロラ・ローズが言《い》った。

「いや、それだけじゃない」フィリップが弱々《よわよわ》しい笑《え》みを浮《う》かべた。「蔓《つる》を切《き》りつけるたびに、蔓《つる》がもっと太《ふと》くなってしまうんだ。でも、きみが森《もり》の動物《どうぶつ》たちと仲良《なかよ》くしていたのを思《おも》い出《だ》してね。ぼくもきみと同《おな》じことをすれば、きみを助《たす》ける手立《てだ》てがわかるかもしれないと思《おも》って。それでシカに話《はな》しかけてみようとしたんだ」

「シカに……話《はな》しかけようとした。わたしを助《たす》けたくて」

オーロラ・ローズはフィリップの言《い》ったことを確《たし》かめるようにゆっくりとくりかえした。

「うん、まあ」フィリップはぼそっと言《い》うと、顔《かお》を赤《あか》らめた。「初《はじ》めてきみと出会《であ》ったとき、きみはまるで動物《どうぶつ》と話《はなし》ができるみたいだったんだ。野生《やせい》の動物《どうぶつ》たちに囲《かこ》まれて。ぼくにもできるんじゃないかと思《おも》って……」

「あなたって……本当《ほんとう》に……」

オーロラ・ローズは思《おも》わず噴《ふ》きだしそうになり、必死《ひっし》でこらえた。

「それで話《はな》しかけようとするなんて……その、なんだかすてきね」

フィリップは困《こま》ったように肩《かた》をすくめ、また笑《え》みを浮《う》かべた。そんなフィリップにオーロラ・ローズは親《した》しみを感《かん》じた。

「フィリップ王子《おうじ》、あなたがわたしを助《たす》けようとしていたことはわかったわ。じゃあ、わたしのことを知《し》っていたのはなぜ？」

フィリップは、ため息《いき》まじりに言《い》った。

「ただ知《し》っていたんじゃない。愛《あい》していたんだ。ぼくらは愛《あい》し合《あ》っていたんだよ」

「愛《あい》し合《あ》っていた？」

オーロラ・ローズはびっくりしてまばたきをした。

フィリップは、がっかりしたような表情《ひょうじょう》を浮《う》かべた。

「本当《ほんとう》に何《なに》も覚《おぼ》えてないのかい？」

オーロラ・ローズは首《くび》を横《よこ》に振《ふ》った。

「というより、さっきも言《い》ったように頭《あたま》のなかがたくさんの記憶《きおく》でいっぱいで混乱《こんらん》してるのよ。わたしたちのことを教《おし》えて。いつ、どこで出会《であ》ったの？」

「ぼくは森《もり》の奥深《おくふか》くの空《あ》き地《ち》で、偶然《ぐうぜん》きみと出会《であ》った。ウマに乗《の》って城《しろ》へ行《い》く途中《とちゅう》だった。許嫁《いいなずけ》の王女《おうじょ》に初《はじ》めて会《あ》うことになっていてね。王女《おうじょ》との結婚《けっこん》は、子《こ》どものころから決《き》まっていた」

オーロラ・ローズはフィリップをじっと見《み》つめた。たくさんの情報《じょうほう》を整理《せいり》するために、フィリップの言《い》ったことを、もう一度《いちど》くりかえさなければならなかった。

「あの城《しろ》ね」オーロラ・ローズは、ふたりの背後《はいご》にある、蔓《つる》におおわれた城《しろ》を指《ゆび》さしながら言《い》った。

「そう、あの城《しろ》だ」

「ウマに乗《の》って、あの城《しろ》へ行《い》くところだったのね」

「厳密《げんみつ》に言《い》うと、現実《げんじつ》の世界《せかい》の城《しろ》だけどね」

フィリップが答《こた》えた。

「あの城《しろ》に住《す》む王女《おうじょ》と結婚《けっこん》するために」

「そう」

「それで」オーロラ・ローズは髪《かみ》に指《ゆび》をからめながら尋《たず》ねた。「その王女《おうじょ》っていうのはだれだったの？」

「きみだよ！」フィリップがいらついた声《こえ》で言《い》った。「でも、そのときはまだ、きみがぼくの許嫁《いいなずけ》の王女《おうじょ》だとは知《し》らなかったんだ」

「でも、わたしは城《しろ》にはいなかったはずよ。あなたとは森《もり》の空《あ》き地《ち》で出会《であ》ったんだから」

「そう、そのとおり」フィリップはふさふさの前髪《まえがみ》をかきあげ、そのまま満足《まんぞく》そうに頭《あたま》をかいた。

「どうやら、きみが森《もり》で暮《く》らしていたのは、きみを守《まも》るためだったらしい。十六歳《じゅうろくさい》のきみの誕生日《たんじょうび》に、城《しろ》へ戻《もど》ってぼくと結婚《けっこん》するまでのあいだね」

オーロラ・ローズは指《ゆび》にからめていた髪《かみ》をじっと見《み》つめた。現実《げんじつ》も夢《ゆめ》も、謎《なぞ》ばかりだ。

「それで……わたしたちは愛《あい》し合《あ》うようになったのよね」

「そう。森《もり》の奥深《おくふか》くの空《あ》き地《ち》で出会《であ》って……」フィリップが勢《いきお》いこんで言《い》った。「出会《であ》った瞬間《しゅんかん》、ぼくらは恋《こい》に落《お》ちたんだ！」

「すてきね」

自分《じぶん》の身《み》に起《お》きたこととは思《おも》えないけれど、とてもすてき。

本当《ほんとう》のところ、いまでも記憶《きおく》のほとんどはイバラの城《しろ》で暮《く》らしていたときのものなのだ。あの城《しろ》では、まわりは赤《あか》ちゃんのころから知《し》っている人《ひと》ばかり。そんな顔《かお》ぶれのなかで、出会《であ》った瞬間《しゅんかん》に見知《みし》らぬ人《ひと》と恋《こい》に落《お》ちるなんてあるわけない。

「そう！　すてきだろう」フィリップがオーロラ・ローズの手《て》を握《にぎ》った。「きみと出会《であ》えたのは、ぼくの人生《じんせい》のなかで最高《さいこう》にすてきなことなんだ」

フィリップが、オーロラ・ローズの顔《かお》にかかった汚《よご》れた髪《かみ》を耳《みみ》のうしろにかけながらささやいた。

「ぼくらが出会《であ》ったときに、きみが歌《うた》っていた歌《うた》を覚《おぼ》えてるかい？　子守歌《こもりうた》だったかな。『いつか夢《ゆめ》で』っていう曲《きょく》だったと思《おも》う」

オーロラ・ローズは平手《ひらて》で打《う》たれたようによろめいた。

その歌《うた》なら知《し》っている。歌詞《かし》が記憶《きおく》のなかをさっとかすめた。

オーロラ・ローズは片手《かたて》で頭《あたま》を押《お》さえた。ある光景《こうけい》がぱあっとよみがえったのだ。木漏《こも》れ日《び》のゆれる森《もり》に、ウマのいななく声《こえ》が響《ひび》き、木々《きぎ》のあいだを抜《ぬ》けて若者《わかもの》がやってくる。フィリップだ。

ブライア・ローズに気《き》づき、若者《わかもの》の澄《す》んだ茶色《ちゃいろ》の瞳《ひとみ》がやさしくほほえむ。若者《わかもの》がローズを抱《だ》きしめようと腕《うで》を伸《の》ばし、ローズの胸《むね》は高鳴《たかな》る……。

ふとわれに返《かえ》ると、オーロラ・ローズはフィリップの腕《うで》のなかにいた。またあまいにおそわれ、地面《じめん》に倒《たお》れそうになったのだ。フィリップの大《おお》きな手《て》も、力強《ちからづよ》い腕《うで》も、肌《はだ》のぬくもりも、慣《な》れなくて戸惑《とまど》ってしまう。でも、いやな感《かん》じはしない。

オーロラ・ローズはめまいが落《お》ちつくと、そっとフィリップの腕《うで》から離《はな》れた。

「そのときのことなら、少《すこ》し覚《おぼ》えてるわ」

オーロラ・ローズはようやくかすれた声《こえ》で答《こた》えた。

フィリップの顔《かお》がほころび、瞳《ひとみ》がきらきらと輝《かがや》く。その顔《かお》を見《み》て、オーロラ・ローズはたじろいだ。覚《おぼ》えているといっても、ほんの少《すこ》しだけだと言《い》ったらどれほどがっかりするだろう。

「つまり、わたしが……その……おばたちと暮《く》らしていたころ、あなたと知《し》り合《あ》ったたってわけね」

「おばって、妖精《ようせい》のことだよね」フィリップがうれしさのあまり大《おお》きな声《こえ》をあげたので、オーロラ・ローズはどきりとした。フィリップはオーロラ・ローズを抱《だ》きあげ、くるりと回《まわ》した。「そうさ！　あの妖精《ようせい》たちのおかげで、ぼくはドラゴンを打《う》ち負《ま》かすことができたんだ！　これからだってぼくらを助《たす》けてくれるよ！」

「妖精《ようせい》……」フィリップに地面《じめん》におろされながら、オーロラ・ローズはためらいがちに口《くち》にした。

「そう。わたしを育《そだ》ててくれたのは妖精《ようせい》……。でもそれを知《し》ったのは、ついさっきよ」

オーロラ・ローズは片手《かたて》で頭《あたま》を押《お》さえた。

「いっしょに暮《く》らしていたときは知《し》らなかったわ」

「妖精《ようせい》と暮《く》らしていたと知《し》らなかっただって？」

フィリップが戸惑《とまど》った顔《かお》で尋《たず》ねた。

「そうよ」オーロラ・ローズは少《すこ》し不機嫌《ふきげん》な声《こえ》で答《こた》えた。「だって、魔法《まほう》を使《つか》ったところを見《み》たことなかったもの……」

オーロラ・ローズの両腕《りょううで》をつかみ、その目《め》をのぞきこむ。

「そうか、まあ、気《き》にすることないさ。過去《かこ》のことだし。いま、ぼくらがすべきなのは、ここから出《で》て、あっちへ戻《もど》り、今度《こんど》こそマレフィセントの息《いき》の根《ね》を止《と》めることだ」

フィリップはオーロラ・ローズの肩《かた》をやさしく抱《だ》いた。

日差《ひざ》しが金色《きんいろ》にきらめくなかを、ふたりはいっしょに歩《ある》きはじめた。捜《さが》していた人《ひと》にふたたび会《あ》え、目標《もくひょう》がはっきりしたフィリップは満足《まんぞく》そうな表情《ひょうじょう》を浮《う》かべている。茶色《ちゃいろ》い髪《かみ》が日光《にっこう》に照《て》らされ、トパーズのようにきらめいた。

「待《ま》って」しばらく歩《ある》いたあと、オーロラ・ローズはふと思《おも》い出《だ》して言《い》った。「さっき、ドラゴンって言《い》ってなかった？」

13 本当《ほんとう》のおとぎ話《ばなし》

昔《むかし》むかし、遠《とお》い国《くに》に、王《おう》と美《うつく》しい王妃《おうひ》が住《す》んでいました。ふたりは長《なが》いあいだ赤《あか》ちゃんの誕生《たんじょう》を待《ま》ちのぞんでいましたが、ようやく願《ねが》いが叶《かな》い、女《おんな》の子《こ》が生《う》まれました。幼《おさな》い王女《おうじょ》はオーロラと名《な》づけられました。オーロラは〝夜明《よあ》けの光《ひかり》〟という意味《いみ》です。ふたりにとってオーロラ姫《ひめ》はまさに人生《じんせい》に希望《きぼう》をもたらす光《ひかり》のような存在《そんざい》でした。幼《おさな》い王女《おうじょ》の命名式《めいめいしき》のパーティに、王《おう》と王妃《おうひ》は身分《みぶん》を問《と》わず国中《くにじゅう》の人《ひと》を招待《しょうたい》しました。

そのなかのひとりに、隣国《りんごく》の王《おう》であるヒューバート国王《こくおう》がいました。善良《ぜんりょう》なステファン国王《こくおう》とリア王妃《おうひ》は、長年《ながねん》の友人《ゆうじん》でもあるヒューバート国王《こくおう》をことのほか歓迎《かんげい》していました。なぜなら、この日《ひ》、ヒューバート国王《こくおう》の息子《むすこ》であり跡継《あとつ》ぎでもあるフィリップ王子《おうじ》と、オーロラ姫《ひめ》の婚約《こんやく》を発表《はっぴょう》することになっていたからです。ふたりが結婚《けっこん》すれば、ふたつの国《くに》の結《むす》びつきはさらに強《つよ》くなるでしょう。幼《おさな》い王子《おうじ》はそうとは知《し》らずに、ゆりかごのなかで眠《ねむ》る未来《みらい》の花嫁《はなよめ》を見《み》つめていました。

命名式《めいめいしき》には三人《さんにん》の善良《ぜんりょう》な妖精《ようせい》も招待《しょうたい》されました。ひとり目《め》の妖精《ようせい》フローラは、美《うつく》しさと気品《きひん》を、ふたり目《め》の妖精《ようせい》フォーナは美《うつく》しい歌声《うたごえ》を王女《おうじょ》に贈《おく》りました。

けれど、三人目《さんにんめ》の妖精《ようせい》メリーウェザーの番《ばん》になったとき、邪悪《じゃあく》な妖精《ようせい》マレフィセントが姿《すがた》を現《あらわ》しました。その瞳《ひとみ》は怒《いか》りでぎらぎら燃《も》えています。命名式《めいめいしき》に招待《しょうたい》されなかったからです。マレフィセントも王女《おうじょ》に〝贈《おく》り物《もの》〟を授《さず》けましたが、それは恐《おそ》ろしい呪《のろ》いでした。「王女《おうじょ》の十六歳《じゅうろくさい》の誕《たん》生日《じょうび》の日《ひ》が沈《しず》むまでに、王女《おうじょ》は糸車《いとぐるま》の針《はり》に指《ゆび》を刺《さ》して死《し》ぬだろう」と、マレフィセントが憎々《にくにく》しげな表情《ひょうじょう》を浮《う》かべて言《い》いました。

これを聞《き》いて、王《おう》と王妃《おうひ》は悲《かな》しみにくれました。でも、まだ望《のぞ》みはありました。メリーウェザーの贈《おく》り物《もの》が残《のこ》っていたからです。メリーウェザーは言《い》いました。

「愛《あい》らしい王女《おうじょ》さま、邪悪《じゃあく》な妖精《ようせい》の呪《のろ》いどおりに糸車《いとぐるま》の針《はり》に指《ゆび》を刺《さ》しても、希《き》望《ぼう》の光《ひかり》がひと筋《すじ》差《さ》すような贈《おく》り物《もの》をさしあげましょう。死《し》ぬのではなく、眠《ねむ》るだけ。そして心《こころ》から愛《あい》する人《ひと》のキスで呪《のろ》いは解《と》け、眠《ねむ》りから目覚《めざ》めるのです」

娘《むすめ》の身《み》を案《あん》じたステファン国王《こくおう》は家臣《かしん》に命《めい》じ、その日《ひ》のうちに国中《くにじゅう》の糸車《いとぐるま》をひとつ残《のこ》らず焼《や》き捨《す》てさせました。

さらに邪悪《じゃあく》な呪《のろ》いから王《おう》と王妃《おうひ》の愛《いと》しい娘《むすめ》を守《まも》るため、妖精《ようせい》たちは王女《おうじょ》を自分《じぶん》たちで育《そだ》てることにしました。人間《にんげん》になりすまし、人目《ひとめ》につかない森《もり》の奥深《おくふか》くで密《ひそ》かに育《そだ》てようというのです。

こうして王《おう》と王妃《おうひ》は大切《たいせつ》なひとり娘《むすめ》が夜《よる》の闇《やみ》に消《き》えていくのを、胸《むね》の張《は》りさける思《おも》いで見送《みおく》りました。

王女《おうじょ》が十六歳《じゅうろくさい》の誕生日《たんじょうび》を迎《むか》える日《ひ》まで、マレフィセントに王女《おうじょ》の居場所《いばしょ》を知《し》られるわけにはいきません。三人《さんにん》の妖精《ようせい》たちは、王女《おうじょ》をブライア・ローズと呼《よ》び、森《もり》の奥深《おくふか》くの木《き》こりの小屋《こや》で、自分《じぶん》たちの養女《ようじょ》として、わが子同然《こどうぜん》に育《そだ》てました。

それから何年《なんねん》も過《す》ぎたある日《ひ》のこと。ブライア・ローズが森《もり》で歌《うた》を口《くち》ずさみ、動物《どうぶつ》たちと遊《あそ》んでいると、道《みち》に迷《まよ》ったハンサムな若者《わかもの》がやってきました。若者《わかもの》は隣国《りんごく》のフィリップ王子《おうじ》。王子《おうじ》は、十六年前《じゅうろくねんまえ》に婚約《こんやく》した王女《おうじょ》と結婚《けっこん》するため城《しろ》へ向《む》かっているところでした。その王女《おうじょ》の名《な》はオーロラといいました。

でも森《もり》で美《うつく》しい娘《むすめ》を見《み》たとたん、王女《おうじょ》と結婚《けっこん》するという考《かんが》えはフィリップ王子《おうじ》の頭《あたま》から消《き》えさってしまいました。王子《おうじ》はブライア・ローズにすっかり夢中《むちゅう》になりました。ブライア・ローズも王子《おうじ》に魅《み》せられました。ブライア・ローズは恥《は》ずかしさのあまりシカのように軽《かろ》やかに王子《おうじ》から離《はな》れましたが、去《さ》っていく前《まえ》に、その日《ひ》の晩《ばん》、森《もり》の小屋《こや》で会《あ》う約束《やくそく》をしました。

でも、かわいそうなことに、その日《ひ》はブライア・ローズの十六歳《じゅうろくさい》の誕生日《たんじょうび》でした。夜《よる》までには城《しろ》へ戻《もど》らなければなりません。おばたちは、自分《じぶん》たちがじつは妖精《ようせい》であること、ブライア・ローズが王女《おうじょ》であること、そして、隣国《りんごく》の王子《おうじ》と翌日《よくじつ》の朝《あさ》には結婚《けっこん》する予定《よてい》であることを打《う》ち明《あ》けました。

城《しろ》に着《つ》いたオーロラ姫《ひめ》が、新《あたら》しいドレスとティアラを身《み》に着《つ》け涙《なみだ》を流《なが》していると、マレフィセントの声《こえ》がどこからともなく聞《き》こえてきました。その声《こえ》に誘《さそ》われるようにしてオーロラ姫《ひめ》が秘密《ひみつ》の扉《とびら》を開《あ》けると、そこには魔法《まほう》の糸車《いとぐるま》がありました。王国《おうこく》にただひとつ残《のこ》っていた糸車《いとぐるま》です。マレフィセントの邪悪《じゃあく》な魔法《まほう》に操《あやつ》られ、オーロラ姫《ひめ》は糸車《いとぐるま》の針《はり》に指《ゆび》を刺《さ》しました。すぐさま、オーロラ姫《ひめ》は倒《たお》れ、まるで死《し》んでしまったかのような深《ふか》い眠《ねむ》りにつきました。

三人《さんにん》の善良《ぜんりょう》な妖精《ようせい》たちは、オーロラ姫《ひめ》が目覚《めざ》めたときに戸惑《とまど》い、寂《さび》しくないように、城《しろ》のみんなを魔法《まほう》で眠《ねむ》らせました。

眠《ねむ》りの魔法《まほう》をかける直前《ちょくぜん》、妖精《ようせい》たちは、ヒューバート国王《こくおう》がステファン国王《こくおう》にこう話《はな》しているのを耳《みみ》にしました。「じつは息子《むすこ》のフィリップが恋《こい》に落《お》ち、結婚《けっこん》すると言《い》いだしてな。相手《あいて》は森《もり》の娘《むすめ》で……」妖精《ようせい》たちは、すぐさま、これがどういうことなのかを理解《りかい》しました。フィリップ王《おう》子《じ》こそオーロラ姫《ひめ》の真《しん》の恋人《こいびと》で、オーロラ姫《ひめ》にかけられた呪《のろ》いを解《と》くことができる人物《じんぶつ》だったのです。妖精《ようせい》たちは、森《もり》の小屋《こや》へ急《いそ》いで戻《もど》りました。ブライア・ローズに会《あ》うために、フィリップ王子《おうじ》が待《ま》っているはずです。

ところが残念《ざんねん》なことに、フィリップ王子《おうじ》は小屋《こや》へ先回《さきまわ》りしたマレフィセントに、すでに連《つ》れ去《さ》られていました。フィリップ王子《おうじ》はマレフィセントの魔《ま》の山《やま》の城《しろ》の地下牢《ちかろう》へ放《ほう》りこまれていたのです。

こっそり忍《しの》びこんだ三人《さんにん》の妖精《ようせい》たちに魔法《まほう》で地下牢《ちかろう》から助《たす》けだされたフィリップ王子《おうじ》は、妖精《ようせい》たちのくれた魔法《まほう》の剣《つるぎ》と盾《たて》で、火《ひ》を噴《ふ》くドラゴンに変身《へんしん》したマレフィセントを退治《たいじ》しました。三人《さんにん》の妖精《ようせい》たちは勝利《しょうり》を勝《か》ちとった王子《おうじ》をオーロラ姫《ひめ》の眠《ねむ》る部屋《へや》へ連《つ》れていきました。ベッドで眠《ねむ》る王女《おうじょ》がブライア・ローズだと気《き》づいたとたん、フィリップ王子《おうじ》はひざまずき、真《しん》の恋人《こいびと》にキスをしました。

目《め》を覚《さ》ましたオーロラ姫《ひめ》は、王子《おうじ》が森《もり》で会《あ》った若者《わかもの》だと知《し》り、心《こころ》から喜《よろこ》びました。ふたりは次《つぎ》の日《ひ》、みんなに祝福《しゅくふく》されて結婚《けっこん》し、それからずっと幸《しあわ》せに暮《く》らしました。

14　よみがえる記憶《きおく》

「でも、実際《じっさい》は、そんな終《お》わり方《かた》じゃないわよね」

じっと考《かんが》えこむようしていたオーロラ・ローズが口《くち》を開《ひら》いた。

「ああ、うん。でも、本当《ほんとう》はそうなるはずだったんだよ」

フィリップはため息《いき》をついた。

「どうしてかはわからないけれど、わたしは目覚《めざ》めず、あなたはわたしの……夢《ゆめ》のなかに入《はい》りこんだ……」

オーロラ・ローズは力《ちから》なく手《て》であたりをさし示《しめ》しながら言《い》った。

「マレフィセントの魔力《まりょく》は、ぼくらが思《おも》っているよりもずっと強《つよ》いってことだと思《おも》うんだ。ぼくと戦《たたか》って、マレフィセントの体《からだ》は死《し》んだけど、魂《たましい》は生《い》き残《のこ》り……きみの夢《ゆめ》のなかに隠《かく》れた」

オーロラ・ローズは身《み》ぶるいした。

「わたしは、マレフィセントが大好《だいす》きだった」

「まさか！」

オーロラ・ローズにじっと注《そそ》がれていたフィリップの視線《しせん》が、初《はじ》めてゆれた。今度《こんど》はオーロラ・ローズが、自分《じぶん》の記憶《きおく》のなかにある話《はなし》をした。そこにはフィリップはまったく登場《とうじょう》しない。だから、オーロラ・ローズはフィリップのことをよく覚《おぼ》えていないのだ。

「まさか！」聞《き》き終《お》わると、フィリップがまた言《い》った。「だれもが世界《せかい》は崩壊《ほうかい》して自分《じぶん》たちだけが生《い》き残《のこ》ったと信《しん》じ、あの恐《おそ》ろしげな城《しろ》にずっと閉《と》じこめられていたっていうのかい？」

「いま考《かんが》えれば、ずいぶんむちゃな話《はなし》だとは思《おも》うわ。でも、食《た》べ物《もの》だってあったし、舞踏会《ぶとうかい》までしていたのよ。はあ……なんだかばかみたいね……」

フィリップは眉《まゆ》を寄《よ》せた。

「でも、夢《ゆめ》をコントロールできるなら、世界《せかい》を崩壊《ほうかい》させることだってできたんじゃないか。なぜ、マレフィセントはこの場所《ばしょ》を、つまり、きみが逃《に》げだせる場所《ばしょ》を残《のこ》しておいたんだろう？」

オーロラ・ローズがうんざりした顔《かお》で言《い》った。

「そんなのわからないわ。それに、命名式《めいめいしき》のパーティに招待《しょうたい》されなかったからって、赤《あか》ちゃんに呪《のろ》いをかけるなんて、いくらなんでもやりすぎだと思《おも》う」

「確《たし》かに、考《かんが》えてみればそのとおりかもしれない。赤《あか》ちゃんに呪《のろ》いをかけるなんてやりすぎだ」

フィリップがうんうんとうなずいた。

そして、急《きゅう》に歯《は》を見《み》せてにっと笑《わら》った。

「なに？」

オーロラ・ローズは怪訝《けげん》な顔《かお》をした。

「いや、ちょっと前《まえ》までは名前《なまえ》さえ知《し》らなかったっていうのに、ぼくはきみの頭《あたま》のなかにいるんだなって考《かんが》えたら、つい」

フィリップはこらえきれずに、にやにやしている。

「まったく、もう」

でも、確《たし》かにそうだ。フィリップはわたしの頭《あたま》のなかにいる……。そう考《かんが》えたら、ある疑問《ぎもん》が浮《う》かんできた。

「ということは、この世界《せかい》の城《しろ》にいる人《ひと》たちも……みんな……わたしの頭《あたま》のなかにいるってことよね……そして現実《げんじつ》の世界《せかい》にもいる……」

オーロラ・ローズは片手《かたて》で頭《あたま》を押《お》さえた。

「えっ？　あの城《しろ》に住《す》んでいる人《ひと》たちが現実《げんじつ》の世界《せかい》にもいるっていうのかい？」フィリップは城《しろ》を指《ゆび》さした。「でも、現実《げんじつ》の世界《せかい》ではあんなイバラはないよ。いや、イバラは城《しろ》のいたるところにあるけど、あれよりもっと小《ちい》さくて花《はな》を咲《さ》かすふつうのイバラだ。それに、ぼくの記憶《きおく》では、このあたりも現実《げんじつ》の世界《せかい》とは少《すこ》し違《ちが》ってる。現実《げんじつ》の世界《せかい》では、あのへんに小《ちい》さな村《むら》があるし、あっちのほうには十字路《じゅうじろ》がある。だから、あそこの城《しろ》にいる人《ひと》たちも、現実《げんじつ》の世界《せかい》にはいないんじゃないかな。きみの夢《ゆめ》のなかでつくりあげられた人物《じんぶつ》なんだと思《おも》うよ。だって、きみは森《もり》で育《そだ》ったんだから、現実《げんじつ》の世界《せかい》の城《しろ》に住《す》んでいた人《ひと》たちなんて知《し》らないはずじゃないか」

オーロラ・ローズは眉《まゆ》をひそめた。レディ・アストリドが痛《いた》ましい死《し》をとげたとき、マレフィセントがレディ・アストリドのことを王族《おうぞく》だと言《い》っていたことが頭《あたま》に浮《う》かんだ。

「あなたは、〝王子《おうじ》〟として現実《げんじつ》の世界《せかい》で暮《く》らしていたわけだから、わたしより王族《おうぞく》のことにはくわしいはずよね。レディ・アストリドって名前《なまえ》、聞《き》いたことある？」

フィリップは眉《まゆ》を寄《よ》せた。

「あるような気《き》がする。ご主人《しゅじん》の名前《なまえ》は？」

「確《たし》かウォルター公爵《こうしゃく》よ」

「ああ……ウォルター公爵《こうしゃく》！　控《ひか》えめな感《かん》じの小柄《こがら》な人《ひと》だ。背《せ》はこのくらいで」フィリップが自分《じぶん》の肩《かた》の高《たか》さに手《て》を持《も》ち上《あ》げた。「思慮深《しりょぶか》い男《おとこ》だって、父上《ちちうえ》がいつも言《い》ってた。レディ・アストリドも確《たし》か小柄《こがら》だよね？　それに……ふっくらしてて。そして、とても信心深《しんじんぶか》い」

「ミストレス・ローラは？」

「ああ、ローラのことなら知《し》ってる。幼《おさな》いころは、いつもぼくのあとをついて回《まわ》ってたよ」

フィリップが苦笑《にがわら》いを浮《う》かべた。

「じゃあ、ブローダー伯爵《はくしゃく》は？」

「身勝手《みがって》で人《ひと》の陰口《かげぐち》ばかり叩《たた》いてる、役立《やくた》たずな人間《にんげん》だ。でも、悪《わる》いことはしないから害《がい》はない」

フィリップがすぐさま答《こた》えた。

オーロラ・ローズは確《たし》かめるようにゆっくりと言《い》った。

「ということは……あの城《しろ》にいる人《ひと》たちは現実《げんじつ》の世界《せかい》にもいるってことよ。森《もり》で暮《く》らしていたころには知《し》らなかった人《ひと》ばかりなのに、みんなあの城《しろ》にいた。それに……マレフィセントは、この世界《せかい》で自分《じぶん》の魂《たましい》を生《い》き永《なが》らえさせるために、本物《ほんもの》の人間《にんげん》を殺《ころ》さなければいけないみたいなの」

「まさか！　ああ、さっきから、まさかって言《い》ってばかりだな」

「マレフィセントがこの世界《せかい》のすべてを破壊《はかい》しなかったのは、ここを完全《かんぜん》にコントロールしていないからなのかもしれない。マレフィセントは自分《じぶん》の魂《たましい》を生《い》き永《なが》らえさせるために本物《ほんもの》の人間《にんげん》の命《いのち》を奪《うば》う必要《ひつよう》がある。でも、ここはあの人《ひと》の夢《ゆめ》のなかじゃない。わたしのよ。だから嘘《うそ》をつくことにしたのね。城《しろ》の人《ひと》たちが逃《に》げださないように、『城《しろ》の外《そと》の世界《せかい》は崩壊《ほうかい》して汚染《おせん》されている。だからここにいろ』って。みんなを自分《じぶん》の目《め》の届《とど》くところで監視《かんし》して利用《りよう》するために」

考《かんが》えこむようにしていたフィリップが言《い》った。

「または、マレフィセントは世界《せかい》を完全《かんぜん》に破壊《はかい》しようとしたものの、できなかったんじゃないか。きみの力《ちから》が強《つよ》すぎて」

オーロラ・ローズは、ぱちぱちとまばたきをした。そんなこと考《かんが》えたこともなかったのだ。

そうか。突然現《とつぜんあらわ》れたトランプもウサギも、魔獣《まじゅう》が外《そと》の世界《せかい》から侵入《しんにゅう》しようとしたんじゃない。わたしが現実《げんじつ》の世界《せかい》にあるものを呼《よ》び寄《よ》せたんだわ。わたしの心《こころ》が、わたしを目覚《めざ》めさせようとして。妖精《ようせい》たちは……なんと言《い》っていた？　〝目覚《めざ》めなさい。ここはあなたの居場所《いばしょ》じゃない。起《お》きるのよ。いますぐ！　行動《こうどう》を起《お》こしなさい！〟

霧《きり》がゆっくりと晴《は》れていくように、混乱《こんらん》していた頭《あたま》のなかがだんだんとはっきりしてきた。

「妖精《ようせい》たちは、あなたがわたしに……キスをしたときに、そばにいた？」

「ああ、確《たし》かにそばにいた。現実《げんじつ》の世界《せかい》の城《しろ》だけどね」

「現実《げんじつ》の世界《せかい》の城《しろ》に、夢《ゆめ》の世界《せかい》の城《しろ》……」オーロラ・ローズは必死《ひっし》に考《かんが》えをめぐらせた。「たぶん、妖精《ようせい》たちがこの世界《せかい》になかなか来《こ》られないのは、マレフィセントの呪文《じゅもん》のせいよ。でも妖精《ようせい》たちは、こっちの城《しろ》のわたしの部屋《へや》に現《あらわ》れたことがあるの。マレフィセントの手先《てさき》が来《き》たとたん、すぐに消《き》えてしまったけれど。きっとわたしに何《なに》かを告《つ》げに来《き》たんだわ。だから、妖精《ようせい》たちに会《あ》えれば何《なに》かわかると思《おも》う。わたしが育《そだ》った森《もり》の小屋《こや》を探《さが》しましょう。そこに行《い》けば、妖精《ようせい》たちがいるかもしれないわ。もしいなくても、何《なに》か手《て》がかりが見《み》つかるかもしれない」

「すばらしい考《かんが》えだよ！」

フィリップはまたオーロラ・ローズを抱《かか》えあげて、くるりと回《まわ》した。オーロラ・ローズはフィリップがアイデアを気《き》にいってくれたのがうれしくて、はにかむような笑《え》みを浮《う》かべた。

フィリップはオーロラ・ローズを下《した》へおろすと、確認《かくにん》するようにあたりを見《み》まわした。

「さっきも言《い》ったけど、ここは現実《げんじつ》の世界《せかい》とは違《ちが》うところもある。でもよく似《に》ているんだ。あそこの道《みち》を行《い》けば、森《もり》の奥深《おくふか》くへ入《はい》っていけるはずだ」

こうして、いよいよふたりの冒険《ぼうけん》が始《はじ》まった。

道《みち》は曲《ま》がりくねっていたが、歩《ある》きにくくはなかった。フィリップはときどき立《た》ち止《ど》まって木《き》にのぼり、城《しろ》の位置《いち》を確《たし》かめた。フィリップは、オーロラ・ローズがそばにいることがうれしくてしかたがないようだった。まるで恋《こい》の虜《とりこ》になっている無邪気《むじゃき》な少年《しょうねん》のように、目《め》の端《はし》でオーロラ・ローズを盗《ぬす》み見《み》たり、木《き》の実《み》やきれいな落《お》ち葉《ば》を拾《ひろ》って見《み》せたりした。

オーロラ・ローズはそんなフィリップの態度《たいど》にどぎまぎしたけれど、いやな気分《きぶん》ではなかった。

「わたしたちって、恋《こい》に落《お》ちたのよね？」

オーロラ・ローズは思《おも》いきって聞《き》いた。

「そりゃもう激《はげ》しくね。落《お》ちただけじゃなく、いまだってそうさ！」ふと、フィリップは心配《しんぱい》そうな顔《かお》でオーロラ・ローズの横顔《よこがお》を見《み》た。「少《すく》なくとも、ぼくは……」

「でも……」

「でも、なんだい？　それを証明《しょうめい》するために、ぼくに何《なに》かしてほしいのかい？　なんだってするよ！」フィリップは立《た》ち止《ど》まり、片方《かたほう》の膝《ひざ》をついた。「なんなりとお申《もう》しつけください！　はるか遠《とお》くの東《ひがし》の国《くに》へ行《い》って、この世《よ》で一番美《いちばんうつく》しいバラをとってまいりますか？　それとも、呪《のろ》われた廃墟《はいきょ》へ行《い》って、古代《こだい》のきらめく財宝《ざいほう》をとってまいりましょうか？　絶対《ぜったい》にやりとげてみせましょう！　はたまた、ドラゴンを退治《たいじ》してみせますか？　おっと、これはもうやったんだった」

オーロラ・ローズは思《おも》わず笑《わら》った。自然《しぜん》にこぼれた笑《え》みだった。イバラの城《しろ》では、こんな笑《え》みをもらすことはめったになかった。その笑顔《えがお》を見《み》て、フィリップもうれしくてほほえんだ。オーロラ・ローズは、フィリップの肩《かた》をいたずらっぽく突《つ》いた。でも。

「そうじゃなくて。わたしたち、一度《いちど》しか会《あ》ったことなかったのよね？」

「そうだよ！」

フィリップは、それがどうしたのかというように、片手《かたて》を伸《の》ばして葉《は》っぱを叩《たた》いた。

「だって……一度《いちど》しか会《あ》ってないのに……恋《こい》に落《お》ちるなんて……おかしくない？」

フィリップは、目《め》を丸《まる》くした。

「おかしくなんてないさ。そういうのをひと目《め》ぼれっていうんだ。その名《な》のとおり、ひと目見《めみ》て、ほれてしまうって意味《いみ》だよ」

オーロラ・ローズはもじもじしながら耳《みみ》のうしろをかいた。なんだか幸《しあわ》せで、妙《みょう》な感《かん》じだ。城《しろ》を出《で》て生《う》まれて初《はじ》めてひとりきりになり……突然《とつぜん》、ハンサムでユーモアがあってすてきな王子《おうじ》と出会《であ》った。その王子《おうじ》が自分《じぶん》の婚約者《こんやくしゃ》だというのだ。

「わたしを助《たす》けるために城《しろ》へ入《はい》ろうとしてたって言《い》ってたけど、どのくらいここにいるの？」

フィリップは肩《かた》をすくめた。

「うーん、わからない。ここは時間《じかん》の流《なが》れが現実《げんじつ》の世界《せかい》とは違《ちが》うんだ。いつだったか、夜《よる》、月《つき》と太陽《たいよう》がいっしょに出《で》ているのを見《み》たことがある。数《すう》か月《げつ》か、それとも数週間前《すうしゅうかんまえ》かな？　たぶん数《すう》週間《しゅうかん》だと思《おも》う。それほどお腹《なか》もすいてないし」

「数週間《すうしゅうかん》？」

時間《じかん》の流《なが》れか……またよくわからない問題《もんだい》が出《で》てきたわ。

「こっちの世界《せかい》で、わたしは生《う》まれたときからずっと城《しろ》にいたのよ……。あなたはマレフィセントの城《しろ》の地下牢《ちかろう》にどれくらいいたの？　わたしが眠《ねむ》りについてから、あなたがわたしにキスするまで、どれくらい時間《じかん》があった？」

「よくわからない。たぶん数時間《すうじかん》だと思《おも》う。妖精《ようせい》たちはすぐに助《たす》けにきてくれたし」

「そう……つまり、現実《げんじつ》の世界《せかい》のほうが時間《じかん》の流《なが》れがゆっくりってことね……もしくはこっちの世界《せかい》のほうが速《はや》いということかしら」

「そうか、それでか」フィリップがうなずきながら言《い》った。「こっちできみと会《あ》ったとき、少《すこ》し老《ふ》けたなあって思《おも》ったんだ」

「なんですって？」

フィリップはオーロラ・ローズの刺《さ》すような視線《しせん》に気《き》づき、気《き》まずそうに肩《かた》をすくめた。

「つまり、いいふうに年《とし》をとったってことだよ！　大人《おとな》びたっていうか、もっと、その……」フィリップはいい言葉《ことば》がないかと両手《りょうて》を宙《ちゅう》で動《うご》かしていたが、やがてその手《て》を得意《とくい》げに腰《こし》にあてた。

「落《お》ちついた感《かん》じになった」

オーロラ・ローズはふんと鼻《はな》を鳴《な》らした。

「落《お》ちついた……結婚《けっこん》した女《おんな》の人《ひと》のように、母親《ははおや》のように……」オーローラ・ローズはそこで言葉《ことば》を止《と》めた。頭《あたま》のなかに大《おお》きな黒《くろ》い穴《あな》がぽっかりと空《あ》いたのだ。「母親《ははおや》……ママ……」

五歳《ごさい》のころだ。メリーウェザーの膝《ひざ》で丸《まる》くなって眠《ねむ》っている。

「わたしのママはどこにいるの？　ねえ、本当《ほんとう》のパパとママはどこ？　おばさんたちがわたしのパパとママだっていうのはわかってる」ぽっちゃりとした少女《しょうじょ》は幼《おさな》いながらに気《き》を遣《つか》い、メリーウェザーのあごに触《ふ》れながら言《い》った。「でも、本当《ほんとう》のパパとママがいるはずでしょ」

メリーウェザーはフローラとフォーナを捜《さが》してそわそわとあたりを見《み》まわした。ふたりとも夕方《ゆうがた》の家事《かじ》に忙《いそが》しい。

「ええと、その……残念《ざんねん》だけれど、亡《な》くなったのよ」

メリーウェザーは言《い》った。部屋《へや》を動《うご》きまわるフローラもフォーナも、きっと顔《かお》をしかめているに違《ちが》いない。メリーウェザーはもぞもぞと体《からだ》を動《うご》かした。

「そうなの……。じゃあ、パパとママのお墓《はか》はどこ？　そこへ行《い》ってどんぐりを拾《ひろ》ったり、お花《はな》を摘《つ》んだりしてもいい？　持《も》ち帰《かえ》って、わたしのそばに置《お》いておくの」

フローラがエプロンでさっと手《て》をふき急《いそ》いでやってきた。フォーナもあとに続《つづ》く。

「お花《はな》なんて、このへんにもたくさんあるでしょう」

「じゃあ、パパとママはどんなお顔《かお》をしていたの？」

「ママはあなたに似《に》ていたわ。あなたのほうがもっとかわいいけれど」

フォーナがブライア・ローズの鼻《はな》に触《ふ》れながら言《い》った。

「パパは？　パパもわたしに似《に》ていた？」少女《しょうじょ》はくすぐったくて、クスクスと笑《わら》いながら言《い》った。

「お口《くち》のまわりに、もじゃもじゃがあったとは思《おも》うけど……」

「口《くち》ひげね」フローラが答《こた》えた。「でも、目《め》はあなたに少《すこ》し似《に》ていたかもしれないわ。大《おお》きくてやさしい目《め》よ」

ブライア・ローズがため息《いき》をついた。

「あーあ。パパとママのお顔《かお》が見《み》られたらなあ」

妖精《ようせい》たちは何《なに》も言《い》わず、ブライア・ローズをぎゅっと抱《だ》きしめた。

「大丈夫《だいじょうぶ》か？」というフィリップの声《こえ》が聞《き》こえる。

オーロラ・ローズはめまいにおそわれていたが、こめかみに手《て》をあて、必死《ひっし》に気《き》を失《うしな》わないようにしていた。

オーロラ・ローズは乾《かわ》いた喉《のど》からかすれた声《こえ》を出《だ》した。

「わたしの両親《りょうしん》は亡《な》くなってなんかいないわ。世界《せかい》を破壊《はかい》してなんかいないし、邪悪《じゃあく》な人間《にんげん》でもない。三人《さんにん》のおばたちは、十六年間《じゅうろくねんかん》ずっとわたしに嘘《うそ》をついてきた。マレフィセントだってそう。それに、ああ、なんてこと。両親《りょうしん》は、わたしや城《しろ》のほかの人《ひと》たちみたいに魔法《まほう》で嘘《うそ》の情報《じょうほう》を信《しん》じこまされることもなく、正気《しょうき》のまま何年《なんねん》も地下牢《ちかろう》に閉《と》じこめられてきたのよ！」

厩舎《きゅうしゃ》から城《しろ》へ戻《もど》ろうとしたとき、地下牢《ちかろう》で偶然聞《ぐうぜんき》いてしまった両親《りょうしん》とマレフィセントの会話《かいわ》の意味《いみ》が、いまようやくわかりかけていた。マレフィセントが、両親《りょうしん》だけは正気《しょうき》のまま地下牢《ちかろう》に閉《と》じこめたのだ。なんて残酷《ざんこく》なことをするのだろう。

「わたしは本当《ほんとう》に愚《おろ》かだわ！　城《しろ》に何年《なんねん》もいたというのに。両親《りょうしん》に話《はな》しかけてさえいれば！　どれだけの時間《じかん》をむだにしたというの！」

「きみは愚《おろ》かなんかじゃないさ。マレフィセントはとても賢《かしこ》くて強《つよ》い。きっと、きみがご両親《りょうしん》に話《はな》しかけたりしないよう、魔法《まほう》で手《て》を打《う》っていたんだよ」

フィリップがオーロラ・ローズの髪《かみ》をなでながら言《い》った。

確《たし》かにそうかもしれない。でも、それだけじゃない。

「わたしは愚《おろ》かなだけじゃなく、臆病《おくびょう》な人間《にんげん》だわ。どうしてなんの疑《うたが》いも持《も》たなかったのかしら。どうしてまわりで起《お》こっていることを、もっとよく見《み》なかったのかしら。どうして、よく考《かんが》えれば気《き》づく矛盾《むじゅん》に目《め》を向《む》けようとしなかったのかしら」

「それは、きみが見《み》た目《め》は大人《おとな》びているけれど、中身《なかみ》は純真《じゅんしん》な——お嬢《じょう》さんだからだよ」

フィリップが言《い》った。

オーロラ・ローズはフィリップをにらみつけた。

「わたしは子《こ》どもじゃないわ！　わたしは——えっ？」オーロラ・ローズはあることに思《おも》いあたってはっとした。「わたしはいったいいくつなの？　自分《じぶん》がいくつかもわからないなんて。そうよ、どうせわたしは何《なに》も知《し》らない純真《じゅんしん》なお嬢《じょう》さんよ。森《もり》の小屋《こや》や、夢《ゆめ》のなかの城《しろ》のことしか知《し》らない。三人《さんにん》のおばたちや、数人《すうにん》の村人《むらびと》、現実《げんじつ》の世界《せかい》で眠《ねむ》っている、夢《ゆめ》の世界《せかい》の城《しろ》の住人《じゅうにん》にしか会《あ》ったことがない」

新《あたら》しくわいてきた記憶《きおく》と古《ふる》い記憶《きおく》が頭《あたま》のなかで渦巻《うずま》いている。それに、さっき起《お》こっためまいもまだ消《き》えていない。いまの状態《じょうたい》が落《お》ちついて、もっと頭《あたま》がすっきりしたら、記憶《きおく》を整理《せいり》しなくてはならない。

「小屋《こや》へ近《ちか》づいてる？」

「うーん、まだだと思《おも》う」フィリップはオーロラ・ローズをがっかりさせたくなくて、ためらいがちに言《い》った。「きみと出会《であ》ったのは、森《もり》の反対側《はんたいがわ》の入《い》り口《ぐち》に近《ちか》いほうだったんだ。そう遠《とお》くないところに町《まち》があってね。ウマに乗《の》って数時間《すうじかん》かかったから、こっちの世界《せかい》でもまだ時間《じかん》がかかると思《おも》う」

また時間《じかん》か。オーロラ・ローズはいつまでこの状態《じょうたい》に耐《た》えられるかが不安《ふあん》だった。少《すこ》しでも気《き》を抜《ぬ》くと、記憶《きおく》がどんどんあふれ出《で》て、頭《あたま》のなかでぐるぐると回《まわ》りだすのだ。

「ドラゴンを退治《たいじ》したって言《い》ってたけど、本当《ほんとう》？」

また記憶《きおく》があふれ出《で》そうになり、オーロラ・ローズは気《き》をそらしたくてあわてて尋《たず》ねた。

フィリップが首《くび》をかしげ、楽《たの》しそうに言《い》った。

「本当《ほんとう》さ。まさに、英雄詩《えいゆうし》として語《かた》りつがれるべき大手柄《おおてがら》だよ！　いったいいつ以来《いらい》の快挙《かいきょ》だろう？　この先《さき》、永遠《えいえん》に語《かた》りつがれるだろう……」

フィリップはそこで言葉《ことば》を止《と》め、くやしそうに苦笑《にがわら》いした。オーロラ・ローズも思《おも》わず同《おな》じように笑《わら》った。フィリップの笑顔《えがお》には、ついつられてしまう。

「正直《しょうじき》に言《い》うとね、妖精《ようせい》たちに助《たす》けてもらったんだ。魔法《まほう》の剣《つるぎ》と盾《たて》を出《だ》してもらってね。剣《つるぎ》に導《みちび》かれるまま、マレフィセントの心臓《しんぞう》を刺《さ》したんだ。でも、魔法《まほう》の剣《つるぎ》や盾《たて》があっても、火《ひ》を噴《ふ》く巨《きょ》大《だい》なドラゴンと向《む》き合《あ》ったとき、身《み》も凍《こお》るような恐怖《きょうふ》や不安《ふあん》が消《き》えることはなかった」

「恐《おそ》ろしかった？」

「そりゃ、恐《おそ》ろしかったさ！」

「そうなの？」

オーロラ・ローズの頭《あたま》のなかには、ウマに乗《の》った輝《かがや》くようにハンサムな若者《わかもの》の記憶《きおく》がうっすらと残《のこ》っている。

でも、いま目《め》の前《まえ》にいる「恐《おそ》ろしい」と正直《しょうじき》に言《い》う若者《わかもの》も、人間味《にんげんみ》にあふれてすてきだった。

「恐《おそ》れを感《かん》じなかったら、本当《ほんとう》の意味《いみ》で勇敢《ゆうかん》とは言《い》えないと思《おも》わないかい？　恐《おそ》れを感《かん》じながらも立《た》ち向《む》かってこそ、勇敢《ゆうかん》なんだ」

だれかから教《おし》えられたことをそのまま引用《いんよう》しているようではあったけれど、フィリップがそれを心《こころ》から信《しん》じているのは伝《つた》わってきた。

フィリップの表情《ひょうじょう》が曇《くも》った。

「マレフィセントの目《め》は憎《にく》しみでいっぱいだった。それこそあふれそうなくらいに。でも……同《どう》時《じ》にからっぽだった。うつろだったたんだ。マレフィセントがまわりにはべらせていた、おぞましい姿《すがた》の怪物《かいぶつ》たちと同《おな》じようにね。ドラゴンも恐《おそ》ろしかったけれど……マレフィセントは、見《み》てると背筋《せすじ》がぞっとするような感《かん》じだったよ」

「そうでしょうね」

オーロラ・ローズがそう口《くち》にしたが、思《おも》っていたよりも心《こころ》のこもっていない言《い》い方《かた》になってしまった。

フィリップが目《め》を見開《みひら》き、傷《きず》ついたような顔《かお》をした。

「ごめんなさい。傷《きず》つけるつもりなんてなかったのよ。本当《ほんとう》に恐《おそ》ろしかったと思《おも》うわ。でも……あなたはドラゴンと対決《たいけつ》して、退治《たいじ》した。そしてそれはもう終《お》わったことよね」

「ああ。でも、本当《ほんとう》は終《お》わってなんかいなかったんだけれど……」

「そうね。でも、わたしは十数年《じゅうすうねん》のあいだ住《す》んできたこの世界《せかい》が現実《げんじつ》ではないって、いま知《し》ったばかりなの。すべて夢《ゆめ》なんだって。まさか夢《ゆめ》だなんて思《おも》いもしないでずっと暮《く》らしてきたのよ。いまだって信《しん》じられないわ。それだけじゃなく、こんどはほかの記憶《きおく》までよみがえってきた。十《じゅう》六年間《ろくねんかん》、現実《げんじつ》の世界《せかい》で暮《く》らした記憶《きおく》……」

「その記憶《きおく》は現実《げんじつ》にあったことだよ。信《しん》じていい。ぼくはずっと現実《げんじつ》の世界《せかい》で暮《く》らしてきたんだから」

「あなたにとっては現実《げんじつ》かもしれないわ。でもわたしは、自分《じぶん》がだれなのか、両親《りょうしん》はだれなのか、本当《ほんとう》にいるべき場所《ばしょ》はどこなのか、そして、本当《ほんとう》のおばはだれなのか……ずっと嘘《うそ》をつかれてきたのよ！　あなたの言《い》う現実《げんじつ》の世界《せかい》は、わたしにとっては、いままで存在《そんざい》すらしなかったの。いくら信《しん》じろと言《い》われたって、そんなに簡単《かんたん》には信《しん》じられないわ！」

オーロラ・ローズは思《おも》わず甲高《かんだか》い声《こえ》で叫《さけ》んだ。

「それだけじゃない。この夢《ゆめ》の世界《せかい》で信《しん》じていた人《ひと》も、わたしをずっとだましていたのよ！」

オーロラ・ローズは鼻《はな》をぬぐった。そんなしぐさを自分《じぶん》でも子《こ》どもっぽいと思《おも》いながら。

「どんなことがあったのか、話《はな》して」

フィリップがやさしく言《い》った。

涙《なみだ》がオーロラ・ローズの頬《ほお》を伝《つた》って流《なが》れていた。怒《おこ》っているのか、悲《かな》しいのか、もう自分《じぶん》でもよくわからなかった。

「リアンナっていう女《おんな》の子《こ》がいたの。わたしは……リアンナのことを親友《しんゆう》だと思《おも》ってた。城《しろ》に閉《と》じこめられたとき、マレフィセントが侍女《じじょ》としてわたしと年《とし》の近《ちか》い子《こ》をそばに置《お》いてくれたのよ。リアンナには少《すこ》し変《か》わったところがあったけれど、わたしとリアンナは仲良《なかよ》しだった。リアンナにはなんだって話《はな》したわ。どんなときだって。だれが好《す》きだとか、なにもかも」

オーロラ・ローズはそこで口《くち》をつぐみ、リアンナがひどく困惑《こんわく》したことを思《おも》いうかべた。三人《さんにん》のおばたちも同《おな》じように困惑《こんわく》していたけれど、いまならその理由《りゆう》がわかる。おばたちもリアンナも人間《にんげん》ではない。ましてやリアンナはマレフィセントが魔法《まほう》で創《つく》りだしたのだから。

「城《しろ》から抜《ぬ》けだすとき、リアンナの足《あし》が見《み》えたの。ブタの足《あし》だった。リアンナはマレフィセントの手先《てさき》だったのよ。女王《じょおう》にずっと尽《つ》くし、すべてを報告《ほうこく》していたんだわ。わたしの友《とも》だちであるふりをしながら」

「つらかったろう」

フィリップが悲《かな》しげに言《い》い、手《て》に松《まつ》やにがつくのも気《き》にせず、オーロラ・ローズの髪《かみ》をなでた。

オーロラ・ローズは激《はげ》しく泣《な》きはじめた。

「現実《げんじつ》の世界《せかい》のことはよく覚《おぼ》えてないわ。でも、わたしに友《とも》だちがいなかったのは確《たし》かよ。同《おな》じ年《とし》くらいの友《とも》だちなんてリアンナくらいだったのに、リアンナはわたしを裏切《うらぎ》っていた！　リアンナが悪《わる》いんじゃないのはわかってる。ああするしかなかったんだから……。でも……」

フィリップは腕《うで》を伸《の》ばし、オーロラ・ローズを抱《だ》き寄《よ》せた。フィリップの広《ひろ》い肩《かた》に顔《かお》をうずめていると、まるで自分《じぶん》がヤマネのように小《ちい》さくなったような気《き》がした。たくましい腕《うで》に心地《ここち》よく抱《だ》かれながら、オーロラ・ローズはそっと目《め》を閉《と》じ、闇《やみ》に身《み》を浸《ひた》した。そしてリアンナのことだけではなく、いろいろなことを思《おも》い、涙《なみだ》を流《なが》した。

15 マレフィセントの罠《わな》

「あのいまいましい王子《おうじ》め！」

マレフィセントは怒《いか》りのあまり、奥歯《おくば》が見《み》えるほど口《くち》を大《おお》きく開《あ》けて唇《くちびる》をわなわなと震《ふる》わせた。

空中《くうちゅう》に浮《う》かんだ映像《えいぞう》では、絵《え》に描《か》いたような恋物語《こいものがたり》がくりひろげられている。着《き》ているものはぼろだが美《うつく》しい娘《むすめ》が森《もり》のなかで王子《おうじ》に抱《だ》かれているのだ。ふたりでこれから、妖精《ようせい》の家《いえ》へ向《む》かうという。なんと不吉《ふきつ》なことだ！

「わたしの肉体《にくたい》を奪《うば》った、憎《にく》らしいやつめ」

マレフィセントが歯《は》のすきまから声《こえ》を絞《しぼ》りだすように言《い》った。

マレフィセントは無意識《むいしき》に手《て》を動《うご》かし、心臓《しんぞう》の上《うえ》にあてた。夢《ゆめ》の世界《せかい》でも、そこには剣《つるぎ》で刺《さ》された醜《みにく》い傷跡《きずあと》があった。

マレフィセントが暗黒《あんこく》の世界《せかい》にあるものを使《つか》って創《つく》りだしたおぞましい姿《すがた》の手先《てさき》たちは、黙《だま》ったまま不安《ふあん》げに足《あし》をもぞもぞさせている。少《すこ》しでも思《おも》いどおりにいかないことがあると、マレフイセントは手当《てあ》たりしだい厳《きび》しい罰《ばつ》を下《くだ》す。

そのなかに、ひとりだけ人間《にんげん》の娘《むすめ》のような姿《すがた》をした手先《てさき》が交《ま》じっていた。すりきれたスカートのすその下《した》にブタの足《あし》が見《み》える。その手先《てさき》はじっとしたまま、まばたきもせず、大《おお》きな黒《くろ》い目《め》を見開《みひら》いて空中《くうちゅう》に浮《う》かぶ映像《えいぞう》に見入《みい》っている。

マレフィセントが杖《つえ》を高《たか》くかかげた。杖《つえ》の先《さき》の水晶玉《すいしょうだま》のなかの緑色《みどりいろ》の血《ち》が明《あか》るい光《ひかり》を放《はな》つ。マレフィセントは、ゆっくりと慎重《しんちょう》に水晶玉《すいしょうだま》を回《まわ》した。すると、緑《みどり》のなかに赤《あか》い滴《しずく》が点々《てんてん》と浮《う》きあがってきた。

マレフィセントが映像《えいぞう》を横目《よこめ》で見《み》ながら言《い》った。

「戦《たたか》いのときが来《き》た。眠《ねむ》れる姫《ひめ》が糸車《いとぐるま》の針《はり》に指《ゆび》を刺《さ》したときの血《ち》はまだここにある。これを使《つか》うときが来《き》たようだ……」

16　金《きん》の靴《くつ》を脱《ぬ》ぎすてて

それは、ブライア・ローズが十三歳《じゅうさんさい》だったころの話《はなし》。〝シダの丘《おか》〟とブライア・ローズが呼《よ》ぶ場所《ばしょ》で、ひどく心配《しんぱい》そうな表情《ひょうじょう》を浮《う》かべた三人《さんにん》のおばたちは、ようやくブライア・ローズを見《み》つけた。日《ひ》は暮《く》れ、あたりは暗《くら》くなりかけている。

「ブライア・ローズ！　どれだけ捜《さが》したことか！」

フローラが厳《きび》しい口調《くちょう》で言《い》った。

ブライア・ローズは、フローラの顔《かお》が真剣《しんけん》なのに気《き》づいた。ほかのふたりのおばも同《おな》じだ。いつものようなおだやかさはまったくない。こんなときは、すぐに謝《あやま》るか、せめて不安《ふあん》げな表情《ひょうじょう》でも浮《う》かべておいたほうがいい。けれど、ブライア・ローズは何《なに》も考《かんが》えたくなかった。

メリーウェザーが怒《おこ》った声《こえ》で言《い》った。

「暗《くら》くなるまで森《もり》にいたらだめじゃないの！　オオカミやクマにおそわれたらどうするの！」

「オオカミも、クマも……わたしを、おそったりしないわ」

ブライア・ローズはゆっくりと体《からだ》を起《お》こしながら言《い》った。なめらかに言葉《ことば》が出《で》てこない。

フォーナがやさしく諭《さと》すように言《い》った。

「ウサギやフクロウとは違《ちが》うのよ。オオカミやクマは」

そのまま、おばたちのあとについて小屋《こや》へ戻《もど》った。ブライア・ローズはおばたちに謝《あやま》り、もう二度《にど》とこんなことはしません、と約束《やくそく》した。

そして、まっすぐにベッドへ行《い》き、十三時間《じゅうさんじかん》眠《ねむ》りつづけた。

オーロラ・ローズは地面《じめん》の上《うえ》で意識《いしき》をとり戻《もど》した。胃液《いえき》がせりあがってきて吐《は》きそうになる。フィリップが横《よこ》でひざまずいて肩《かた》をつかみ、心配《しんぱい》そうに顔《かお》をのぞきこんでいる。

突然《とつぜん》、また記憶《きおく》におそわれたのだ。

いま見《み》たむなしい記憶《きおく》には、なぜだか親近感《しんきんかん》を覚《おぼ》えた。きっと、城《しろ》にいたときも同《おな》じような日々《ひび》を幾日《いくにち》も過《す》ごしていたからだろう……。

「大丈夫《だいじょうぶ》よ」

頭《あたま》のなかにはまださっきの記憶《きおく》が残《のこ》っていたけれど、そのほかはめまいが少《すこ》しするくらいで、これなら歩《ある》けそうだ。立《た》ちあがろうと、手《て》を伸《の》ばして木《き》の根《ね》っこをつかむ。とたんに、また、頭《あたま》のなかで別《べつ》の記憶《きおく》が流《なが》れ出《で》そうになったけれど、フィリップの岩《いわ》のようにがっしりとした腕《うで》に包《つつ》まれた瞬間《しゅんかん》、記憶《きおく》はすっと消《き》えた。フィリップに抱《だ》きかかえられていると、とても安心《あんしん》できる。

しばらく歩《ある》くと、右側《みぎがわ》に、小《ちい》さな美《うつく》しい谷《たに》が見《み》えた。谷底《たにぞこ》には小川《おがわ》が流《なが》れていて、川沿《かわぞ》いにピンクのルピナスが列《れつ》になって咲《さ》いている。もっと川《かわ》に近《ちか》いほうでは深緑色《ふかみどりいろ》の背《せ》の高《たか》い草《くさ》が日《ひ》の光《ひかり》を浴《あ》びてきらめいている。

「少《すこ》し休憩《きゅうけい》したいわ」

オーロラ・ローズが、やわらかそうな苔《こけ》におおわれた土手《どて》の斜面《しゃめん》をうっとりと眺《なが》めながら言《い》った。心地《ここち》よいせせらぎの音《おと》も聞《き》こえてくる。

フィリップはおそるおそる谷《たに》を見《み》おろした。オーロラ・ローズはこっそり笑《わら》った。怖《こわ》いものなんて何《なに》もないのに。

「いいね」フィリップがようやく言《い》った。「ぼくも顔《かお》を洗《あら》いたいし。ほこりまみれだからね」

ふたりは、夏《なつ》をすべて一《いっ》か所《しょ》にぎゅっと集《あつ》めたようにいい香《かお》りのする、ひっそりとした谷《たに》へおりていった。オーロラ・ローズは日《ひ》の当《あ》たるやわらかい苔《こけ》の上《うえ》に寝《ね》ころがった。フィリップは用《よう》心《じん》しながら腹《はら》ばいになると、両手《りょうて》で川《かわ》の水《みず》をすくった。

「待《ま》てよ。この水《みず》、飲《の》んで大丈夫《だいじょうぶ》かな？」水《みず》を飲《の》もうとしていたフィリップがふと手《て》を止《と》めた。

「だって、ほら。おとぎ話《ばなし》だと、魔法使《まほうつか》いなんかが、食《た》べ物《もの》や飲《の》み物《もの》で罠《わな》にかけるだろう？」

「わたしたち、もうとっくに罠《わな》にかかってるじゃない。魔法《まほう》で夢《ゆめ》のなかの世界《せかい》に迷《まよ》いこんでるのよ。これ以上《いじょう》、どんな罠《わな》にかかるっていうの？」

「うーん、確《たし》かにそのとおりだ」

フィリップはごくごくと水《みず》を飲《の》んだ。

オーロラ・ローズは甘《あま》い草《くさ》の茎《くき》をかみながら、考《かんが》えにふけった。

「わたしの父《ちち》と母《はは》は……邪悪《じゃあく》な人間《にんげん》なんかじゃなかった。でも、赤《あか》ちゃんだったわたしを妖精《ようせい》たちに預《あず》けた」

オーロラ・ローズの頭《あたま》をいま一番《いちばん》悩《なや》ませているのは、この問題《もんだい》だった。

「いったい、どうして妖精《ようせい》に預《あず》けたりしたのかしら？　それに、そのことをわたしに秘密《ひみつ》にしていたのはなぜ？」

「きみを守《まも》るにはそれが最善《さいぜん》の方法《ほうほう》だと思《おも》ったんじゃないかな」フィリップはそう言《い》うと、苔《こけ》をひと塊《かたまり》つかんで水《みず》に浸《ひた》し、オーロラ・ローズに手《て》わたした。「ほら、これをスポンジ代《が》わりに使《つか》うといいよ」

オーロラ・ローズはほほえんで受《う》けとると、考《かんが》えにふけりながら苔《こけ》でゆっくりと顔《かお》をふいた。

「でも、マレフィセントのかけた呪《のろ》いが、わたしを死《し》なせるものであれ、眠《ねむ》らせるものであれ、どちらにしても、その呪《のろ》いの効果《こうか》が出《で》はじめるのはわたしの十六歳《じゅうろくさい》の誕生日《たんじょうび》なのよ。だったら、それまでは城《しろ》にいたって問題《もんだい》なかったんじゃない？」

「自分《じぶん》のかけた呪《のろ》いが弱《よわ》められたんだ。それを知《し》ったマレフィセントは、どれだけ怒《おこ》ったと思《おも》う？」フィリップは肩《かた》をすくめた。まったくフィリップの言《い》うとおりだ。「それに、マレフィセントが自分《じぶん》の兵《へい》を差《さ》しむけて、きみをおそう心配《しんぱい》だってあったかもしれない。でも、ぼくだったら、こんな方法《ほうほう》は選《えら》ばなかったと思《おも》う。娘《むすめ》をそばに置《お》き、片時《かたとき》も目《め》を離《はな》さなかったはずだ。武装《ぶそう》した衛兵《えいへい》につねに守《まも》らせ、妖精《ようせい》たちに城《しろ》のまわりの見張《みは》りをさせてね」

同《おな》じようなことを、マレフィセントが地下牢《ちかろう》で両親《りょうしん》に話《はな》していた……。

「どうしたんだい？」突然《とつぜん》、ふさぎこんだオーロラ・ローズに気《き》づいたフィリップが、声《こえ》をかけた。オーロラ・ローズの背《せ》に手《て》をあてたが、その手《て》は日差《ひざ》しよりもさらにあたたかかった。「それって、そんなに重要《じゅうよう》なことかい？　きみは、おばさんたちのことが大好《だいす》きだったんだろう？　おばさんたちだって、きみのことを心《こころ》から大切《たいせつ》に思《おも》っていたはずだ。そうだよね？」

「たぶん」

「王子《おうじ》として、城《しろ》で〝正式《せいしき》に〟育《そだ》てられた人間《にんげん》として、これだけは自信《じしん》をもって言《い》える。きみはぼくの知《し》ってるどんな王子《おうじ》や王女《おうじょ》よりも、たくさんの愛情《あいじょう》を注《そそ》がれ、自由《じゆう》を得《え》て、楽《たの》しみを味《あじ》わってきたと思《おも》う。ぼくの母上《ははうえ》はもう亡《な》くなったけど、まだ生《い》きていたころ、会《あ》うのは一日《いちにち》に一度《いちど》だけだった。夜《よる》、寝《ね》る前《まえ》に頬《ほお》に型《かた》どおりのキスをして、その日《ひ》、習《なら》ったことを母《はは》の前《まえ》で復唱《ふくしょう》する。それだけだ。父上《ちちうえ》は……偉大《いだい》な人《ひと》だよ。怒《おこ》ったときは本当《ほんとう》に怖《こわ》いけどね。でも、父《ちち》がぼくに教《おし》えてくれるのは、ぼくが将来《しょうらい》、父《ちち》の跡《あと》を継《つ》ぐのにふさわしい人間《にんげん》になるために必要《ひつよう》なことだけだ。父《ちち》がぼくと過《す》ごす時間《じかん》はすべて、そのためだけに費《つい》やされる。考《かんが》えてみて。ぼくが人生《じんせい》においてすべき一番大切《いちばんたいせつ》なことは、この世《よ》で最《もっと》も大切《たいせつ》な人《ひと》が亡《な》くなる日《ひ》のための準備《じゅんび》なんだよ。誕生日《たんじょうび》を迎《むか》えるたびに、何事《なにごと》もなく一年《いちねん》が過《す》ぎたことにほっとし、父《ちち》にもし何《なに》かあったとき、ぼくに国《くに》をちゃんと治《おさ》められるだろうかって不安《ふあん》になるんだ」

オーロラ・ローズは、黙《だま》って聞《き》いていた。

けれど、口《くち》を開《ひら》かずにはいられなかった。

「でも、少《すく》なくともあなたは自分《じぶん》の身《み》に何《なに》が起《お》こっているかは知《し》っていたでしょう？　わたしは自分《じぶん》の身《み》に何《なに》が起《お》こっているのか、いえ、何《なに》が起《お》ころうとしていたのか、ずっと知《し》らされずにいたのよ」

「そうだね。確《たし》かにそれは知《し》らされるべきだったとぼくも思《おも》う。でも、それもきみを守《まも》るためだったんだよ」

フィリップがもどかしそうに言《い》った。

オーロラ・ローズは、そのときふと、ばかげた想像《そうぞう》をした。もしもマレフィセントが、わたしのことを大切《たいせつ》に思《おも》っていたとしたら？　情《じょう》にほだされて本気《ほんき》でわたしを養女《ようじょ》にしたいと思《おも》ったのだとしたら？

けれど、そんな想像《そうぞう》も、いつだったか魔法《まほう》を教《おし》えてと言《い》ったときにマレフィセントの目《め》に浮《う》かんだいらだちの表情《ひょうじょう》を思《おも》い出《だ》すにつれ、薄《うす》らいでいった。

わたしはマレフィセントと血《ち》のつながった娘《むすめ》ではないのだし。マレフィセントみたいに強《つよ》くないし、頭《あたま》も切《き》れないし……。

「それに、数学《すうがく》も苦手《にがて》だし」

思《おも》わず声《こえ》に出《で》てしまい、オーロラ・ローズは苦笑《にがわら》いした。

「なんだって？」

フィリップが、きょとんとした顔《かお》で尋《たず》ねた。

「わたしは冴《さ》えない王女《おうじょ》ってだけでなく、いくら教《おし》えてもらっても、数学《すうがく》がぜんぜんできなかったなって、急《きゅう》に思《おも》い出《だ》して」

フィリップが困惑顔《こんわくがお》で尋《たず》ねた。

「妖精《ようせい》たちは、きみに数学《すうがく》を教《おし》えていたの？　数学《すうがく》を教《おし》える妖精《ようせい》がいるなんて聞《き》いたことないよ」

「違《ちが》うわ。マレフィセントよ」オーロラ・ローズはそう言《い》ってため息《いき》をつくと、新《あたら》しい草《くさ》を一本《いっぽん》抜《ぬ》いて、茎《くき》をかみはじめた。「わたしのために家庭教師《かていきょうし》を雇《やと》ってくれたんだけど、わたし、ぜんぜんわからなくて」

「えっ、どこで？」

「城《しろ》にきまってるじゃない。わたしの部屋《へや》か、図書室《としょしつ》で」

「ああ、それはわかってるけど、あの城《しろ》でかい？　この夢《ゆめ》の世界《せかい》で？」

「そうよ。この世界《せかい》で、マレフィセントがわたしに数学《すうがく》を身《み》につけさせようとしたの」

フィリップが思《おも》いきり笑《わら》った。

「そりゃ、ここで数学《すうがく》なんてわかるわけないさ！　夢《ゆめ》のなかでは数学《すうがく》の問題《もんだい》なんて解《と》けないんだから」

オーロラがさっと体《からだ》を起《お》こした。

「そうなの？」

フィリップは肩《かた》をすくめると、少年《しょうねん》のようないたずらっぽい表情《ひょうじょう》を浮《う》かべた。

「そんなことだれでも知《し》ってるって思《おも》ってたよ。理由《りゆう》はわからないけど、夢《ゆめ》のなかでは解《と》くことができないんだ」

やっぱり、ずっと嘘《うそ》をつかれてきたことに、一番腹《いちばんはら》が立《た》つ。数学《すうがく》も夢《ゆめ》の世界《せかい》では存在《そんざい》しないということなのね。夢《ゆめ》の世界《せかい》で生《い》きてきたこの十数年間《じゅうすうねんかん》も、ぜんぶむだだったんだわ。城《しろ》で過《す》ごした時間《じかん》も、いらだちのあまり流《なが》した涙《なみだ》も、いったいなんだったんだろう。

オーロラ・ローズは空《そら》を見《み》あげた。そこにははっとするほどきれいな青空《あおぞら》が広《ひろ》がっていた。大《おお》きな雲《くも》がゆっくりと流《なが》れ、地面《じめん》からは土《つち》のぬくもりが伝《つた》わってくる。ここにあるのはまぎれもない本物《ほんもの》の自然《しぜん》だ。あたたかいそよ風《かぜ》が、ふわりとオーロラ・ローズの髪《かみ》をなでた。

フィリップがこっちをのぞきこんできた。

「キスしてもいいかい？」

フィリップがそっとささやいた。オーロラ・ローズの顔《かお》がふわっとほころんだ。

「キスしたいのは、わたしが眠《ねむ》っているみたいだから？」

「違《ちが》うよ！」フィリップがさっと体《からだ》を引《ひ》いた。「ぼくたちは婚約《こんやく》しているし、きみがきれいで、ぼくはきみを愛《あい》しているからだよ」

「ちょっとからかっただけよ。頬《ほお》に軽《かる》くするだけならいいわ。いまのところはね」

フィリップがオーロラ・ローズに顔《かお》を近《ちか》づけ、頬《ほお》にキスをした。思《おも》っていたよりも長《なが》い時間《じかん》だった。フィリップの息《いき》づかい、唇《くちびる》の湿《しめ》ったぬくもりが伝《つた》わってくる。でもけっしていやな感《かん》じはしなかった。ふたりはそのまましばらくのあいだ、顔《かお》を寄《よ》せ合《あ》っていた。

フィリップが体《からだ》を離《はな》し、オーロラ・ローズの瞳《ひとみ》を見《み》つめた。オーロラ・ローズの顔《かお》にかかった髪《かみ》をやさしくうしろへ戻《もど》す。こんな時間《じかん》がずっと続《つづ》けばいいのに……。

フィリップが名残《なごり》惜《お》しそうに口《くち》を開《ひら》いた。

「そろそろ、行《い》ったほうがいいと思《おも》うんだ。マレフィセントがまだぼくらを見《み》つけてないのは奇《き》跡《せき》に近《ちか》い」

「マレフィセントは城《しろ》から出《で》られないんだと思《おも》うわ」

オーロラ・ローズはゆっくりと手足《てあし》を伸《の》ばした。「もし城《しろ》から出《で》られるなら、とっくにそうしているはずよ。これまでだって、いくらでもできたはずだもの」

「でも、やっぱり出発《しゅっぱつ》したほうがいいよ。マレフィセントが城《しろ》から出《で》られないんだとしても、ほかのだれかを、ぼくらに差《さ》しむけるかもしれないだろう？」

ほかのだれか？　城《しろ》の外《そと》にいるだれかを？　追放者《ついほうしゃ》。それに、吟遊詩人《ぎんゆうしじん》。

「ここで、だれかに会《あ》ったことない？　酔《よ》っぱらってて、たぶんリュートを持《も》ってるわ。もしかして知《し》ってるかしら？　城《しろ》の吟遊詩人《ぎんゆうしじん》のマスター・トミンズのこと」

フィリップは片方《かたほう》の眉《まゆ》をあげた。

「ここに来《き》てから、だれにも会《あ》ったことはないし、だれかがいる気配《けはい》を感《かん》じたことすらない。ずっとぼくひとりきりだと思《おも》ってた。ときどき、城《しろ》の中庭《なかにわ》からかすかな声《こえ》が風《かぜ》に乗《の》って運《はこ》ばれてくるくらいでね。その声《こえ》のおかげで、城《しろ》のなかには人《ひと》がいるってわかったんだ」

「だれにも？　じゃあ、白《しろ》い口《くち》ひげがある、ちょっと太《ふと》った年配《ねんぱい》の人《ひと》は？　確《たし》か王《おう》だったと思《おも》うんだけど……」

フィリップの顔《かお》が青《あお》ざめた。

「だれのことを話《はな》してるんだい？」

フィリップが感情《かんじょう》をおさえながら言《い》った。

「追放者《ついほうしゃ》よ。何年《なんねん》か前《まえ》に、マレフィセントにはむかって城《しろ》の外《そと》に追《お》い出《だ》されたの。亡《な》くなっただろうって、みんな思《おも》ってたけど、ここならきっと生《い》きてるんじゃないかと思《おも》うの」

フィリップは両手《りょうて》でオーロラ・ローズの肩《かた》をつかんだ。

「その人《ひと》の名前《なまえ》は？　このあたりで、この国《くに》と同盟《どうめい》を結《むす》んでいる国《くに》の王《おう》といったらひとりしかいない」

「その人《ひと》の名前《なまえ》を口《くち》にすることは禁《きん》じられていたのよ。ヒューなんとかだったと思《おも》うんだけど。ヒュージリー？　ヒューボルト？」

「ヒューバートだろ」

フィリップが叫《さけ》び、後《あと》ずさりした。

「そう、ヒューバートよ」オーロラ・ローズがほっとしたようにうなずいた。それから、あることにはっと思《おも》いあたった。「もしかして……」

「ぼくの父《ちち》だよ」フィリップが打《う》ち沈《しず》んだようすで言《い》った。「いままでずっと同《おな》じ場所《ばしょ》にいたのに、気《き》づかなかったなんて。うっかりしてたよ。父上《ちちうえ》だって城《しろ》にいたはずなんだ。父上《ちちうえ》ときみのご両親《りょうしん》は、みんなが眠《ねむ》りについたとき、結婚式《けっこんしき》を待《ま》ちわびて、城《しろ》の王座《おうざ》の間《ま》にいたんだから」

何《なに》かを考《かんが》えこんでいたオーロラ・ローズが言《い》った。

「あなたがお父《とう》さまに会《あ》えなかったのは残念《ざんねん》だけれど……でも、ずっと城《しろ》にいないで、ここにいたほうがお父《とう》さまにとってはよかったわ。だって城《しろ》にいたら、王族《おうぞく》の血《ち》を欲《ほ》しがっているマレフィセントに殺《ころ》されていたはずだもの」

「父上《ちちうえ》を捜《さが》さなくては。きっとどこかで道《みち》に迷《まよ》ってるんだ」

フィリップがさっと立《た》ちあがった。

「フィリップ」オーロラ・ローズも立《た》ちあがり、フィリップの腕《うで》にやさしく手《て》を置《お》いた。「いま、わたしたちが一番《いちばん》にすべきことは、この夢《ゆめ》の世界《せかい》から抜《ぬ》けだし、目《め》を覚《さ》ますことよ。そうすれば、ほかのみんなも救《すく》えることになると思《おも》うの。お父《とう》さまの体《からだ》は、まだ現実《げんじつ》の世界《せかい》で眠《ねむ》ってるのよ」

「きみの言《い》うとおりだね」フィリップはそう言《い》って深《ふか》く息《いき》を吸《す》いこんだ。胸《むね》を張《は》り、あごをぐっと引《ひ》く。「いまは、そうするべきだ。それに、そうすることを……父上《ちちうえ》も望《のぞ》んでいると思《おも》う。王《おう》たるものの務《つと》めとして」

ふたりは気《き》を引《ひ》き締《し》め、土手《どて》の斜面《しゃめん》をのぼっていった。オーロラ・ローズがフィリップの腕《うで》にそっと手《て》をのせると、フィリップはほほえみ、その手《て》をやさしく叩《たた》いた。でも、その瞳《ひとみ》に浮《う》かぶ心配《しんぱい》の色《いろ》が消《き》えることはなかった。

土手《どて》をのぼりきると、オーロラ・ローズは最後《さいご》に思《おも》いきり土手《どて》沿《ぞ》いの花《はな》の香《かお》りを吸《す》いこみ、森《もり》の奥《おく》へ続《つづ》く道《みち》へ戻《もど》った。

オーロラ・ローズはフィリップの気《き》をまぎらわそうと、何気《なにげ》ないふうをよそおって話《はな》しはじめた。

「結局《けっきょく》、わたしの人生《じんせい》って閉《と》じこめられる運命《うんめい》なのかしらね。ずっと森《もり》の小屋《こや》にいて、とくにすることもなく、会《あ》う人《ひと》も限《かぎ》られていた。でも、もしもずっと現実《げんじつ》の城《しろ》にいたとしても、十六歳《じゅうろくさい》の誕生日《たんじょうび》に結婚《けっこん》するまでは、ずっと城《しろ》からは出《で》られなかったのよね。そんな人生《じんせい》どんな意味《いみ》があるの？　ふつうはどうなのかしら？　王女《おうじょ》とか、邪悪《じゃあく》な妖精《ようせい》に呪《のろ》いをかけられた女《おんな》の子《こ》なんかじゃなく、ふつうの女《おんな》の子《こ》は？」

「うーん、どうだろう……」

フィリップは道《みち》に舞《ま》う砂《すな》ぼこりをじっと見《み》つめている。

オーロラ・ローズが軽《かる》くうなずいてから言《い》った。

「あなたにもわからないわよね」

「ローズ、見《み》て」フィリップが前《まえ》のほうを指《ゆび》さしながら言《い》った。「あれ、なんだろう？」

オーロラ・ローズは目《め》を凝《こ》らしたが、とくに変《か》わったようすはないようだった。一《いっ》か所《しょ》に砂《すな》ぼこりが舞《ま》っているだけだ。

すると突然《とつぜん》、アリジゴクの巣《す》のように、砂《すな》ぼこりの舞《ま》っているあたりの地面《じめん》が沈下《ちんか》しはじめた。

あっという間《ま》に、穴《あな》は深《ふか》く大《おお》きく広《ひろ》がっていく……。

「逃《に》げろ！」

フィリップが叫《さけ》び、オーロラ・ローズの肩《かた》を叩《たた》いてうながすと、弾《はじ》かれたように振《ふ》りかえり、穴《あな》と反対《はんたい》の方向《ほうこう》に駆《か》けだした。

気《き》が動転《どうてん》していたオーロラ・ローズは、駆《か》けだそうとしたとたん、よろめき、転《ころ》んで、城《しろ》から抜《ぬ》けだすときにぶつけたのと同《おな》じところを打《う》ちつけた。左足《ひだりあし》が体《からだ》の下《した》でねじれて動《うご》かない。

こわばった手足《てあし》を必死《ひっし》に動《うご》かそうともがいているあいだにも、穴《あな》はどんどん近《ちか》くに迫《せま》ってくる。

地面《じめん》がどんどんはがれ落《お》ちる。周囲《しゅうい》の土《つち》や石《いし》や草《くさ》を巻《ま》きこみながら、穴《あな》はさらに大《おお》きく広《ひろ》がっていく。

「ローズ!」

オーロラ・ローズがついてきていないことに気《き》づいたフィリップが振《ふ》り向《む》いて叫《さけ》んだ。

なんのためらいもなく駆《か》けもどってくると、フィリップはオーロラ・ローズの腰《こし》に手《て》を伸《の》ばし、肩《かた》の上《うえ》にかつぎあげた。

肩《かた》にのせた瞬間《しゅんかん》、その重《おも》みでよろめいたが、フィリップはすぐさま駆《か》けだした。

「おろして! 自分《じぶん》で走《はし》れるわ!」

オーロラ・ローズがわめく。

オーロラ・ローズはフィリップの肩《かた》にかつがれたまま穴《あな》が地面《じめん》を食《く》いつくしていくようすに見《み》入《い》った。深《ふか》い穴《あな》の縁《ふち》は、もう、フィリップの足《あし》もとまで迫《せま》っている。

「思《おも》っていたより速《はや》いな」

フィリップは、ハーハーあえいでいる。

「おろして！　そのほうが速《はや》く進《すす》めるわ！」

オーロラ・ローズが叫《さけ》んだ。

くそっ、と毒《どく》づきながら、フィリップは一瞬《いっしゅん》足《あし》を止《と》め、オーロラ・ローズをおろした。

フィリップはオーロラ・ローズの手《て》をしっかりと握《にぎ》った。

ふたりはそのまま駆《か》けだした。

けれど、走《はし》るにつれ、さすがに体力《たいりょく》が限界《げんかい》に近《ちか》づいてきた。

体《からだ》が悲鳴《ひめい》をあげている。もうあきらめたら？　そんな弱音《よわね》が心《こころ》の奥《おく》から聞《き》こえてくる。でも、自分《じぶん》でも驚《おどろ》いたことに、そんな弱気《よわき》は、生《い》きたいという強《つよ》い意志《いし》にすぐさま打《う》ち消《け》された。

そのときふと、オーロラ・ローズは、自分《じぶん》たちが城《しろ》の方角《ほうがく》へ走《はし》っているのに気《き》づいた。

もし、これがマレフィセントのしわざなら、城《しろ》を壊《こわ》したりはしないわよね？　城《しろ》にはマレフィセントや、その手先《てさき》や、住人《じゅうにん》たちがまだいるのだから。

オーロラ・ローズはフィリップの手《て》をぐいと引《ひ》き、ついさっきふたりが出会《であ》った場所《ばしょ》のほうへ向《む》きを変《か》え、そこをまっすぐに突《つ》き抜《ぬ》けた。城《しろ》へ行《い》くならこっちのほうが早《はや》い。前方《ぜんぽう》に灰色《はいいろ》の城《しろ》がかすんで見《み》える。

「だめだ！」

どこへ向《む》かっているのか気《き》づいたフィリップが叫《さけ》んだ。

でも、城《しろ》をおおう蔓《つる》まであともう数《すう》メートルというところで、背後《はいご》の音《おと》がぴたりと止《や》んだ。

フィリップとオーロラ・ローズは速度《そくど》を落《お》とした。足音《あしおと》が重《おも》くなり、やがて止《と》まる。

ふたりは肩《かた》で激《はげ》しく息《いき》をしながら、ゆっくりとうしろを振《ふ》り向《む》いた。

広大《こうだい》な谷《たに》が、森《もり》のほうまでずっと伸《の》びていた。

よろめく足《あし》でうしろへ下《さ》がり、遠《とお》くを見《み》わたす。谷《たに》の端《はし》から端《はし》までは、少《すく》なくとも数百《すうひゃく》メートルはあるようだった。

「これって夢《ゆめ》なのよね」

オーロラ・ローズがふるえる声《こえ》で言《い》った。

それは、信《しん》じられないほど巨大《きょだい》な峡谷《きょうこく》だった。オーロラ・ローズは絶壁《ぜっぺき》に目《め》を凝《こ》らした。あらわになった地層《ちそう》から、大《おお》きな岩《いわ》や、古代《こだい》の動物《どうぶつ》の骨《ほね》のようなものが突《つ》きでている。

オーロラ・ローズとフィリップは、無言《むごん》のまま疲《つか》れた足《あし》を引《ひ》きずって谷《たに》へ近《ちか》づくと、しゃがんでおそるおそる下《した》をのぞきこんだ。

谷《たに》はふたりの想像《そうぞう》とは違《ちが》い、谷底《たにぞこ》が見《み》えないほど深《ふか》くはなかった。でも、結構《けっこう》な深《ふか》さだし、そばにあった川《かわ》か湖《みずうみ》の水《みず》が流《なが》れこんでいるのか、谷底《たにぞこ》には水《みず》が張《は》っている。

ふたりは思《おも》わず顔《かお》を見合《みあ》わせた。

フィリップがためらいがちに言《い》った。

「向《む》こうへ戻《もど》るために下《した》へおりたら、マレフィセントはすぐに谷《たに》を閉《と》じて、ぼくらを閉《と》じこめてしまうことだってできるよね」

しかし、オーロラ・ローズにはピンとこなかった。

「でも、いますぐわたしたちを殺《ころ》したいのなら、まっさきに、わたしたちの真下《ました》の地面《じめん》を砕《くだ》いたはずでしょう？　マレフィセントは、わざとわたしたちを城《しろ》のほうへ導《みちび》いたのよ。わたしたちを――わたしを生《い》きたまま城《しろ》へ連《つ》れもどすために」

「うーん、なるほど」

「それに……谷《たに》へおりる以外《いがい》に向《む》こうへ戻《もど》る方法《ほうほう》がある？」

フィリップはため息《いき》をつき、首《くび》を横《よこ》に振《ふ》った。

「いや、ない」

フィリップはあたりの地面《じめん》が固《かた》いのを確《たし》かめてからオーロラ・ローズに手《て》を差《さ》しだした。

オーロラ・ローズはその手《て》を握《にぎ》った。こうしてフィリップと手《て》をつなぐのにもずいぶん慣《な》れてきた。もう片方《かたほう》の手《て》で根《ね》のからみあった冷《つめ》たい土《つち》を触《さわ》って体《からだ》を支《ささ》えながら下《した》へおりる。いったいどこまでが現実《げんじつ》で、どこまでがわたしのつくりだしたものなのだろう?

フィリップが口《くち》をゆがめて笑《わら》いながら言《い》った。

「あの小川《おがわ》もマレフィセントの罠《わな》だったんだ。ぼくが水《みず》を飲《の》みたくなって、小川《おがわ》のほうへ足《あし》を向《む》けるように」

「そうね」

けだるさと吐《は》き気《け》におそわれて、オーロラ・ローズは、いつものようにフィリップの笑《え》みにつられて笑《わら》うことができなかった。さっきまでみなぎっていた気力《きりょく》と決意《けつい》がだんだんしぼんでいくのがわかる。

「あの小川《おがわ》も罠《わな》だったのよね。マレフィセントには、わたしたちの居場所《いばしょ》がわかるんだわ。なんらかの方法《ほうほう》で、マレフィセントはわたしがすべてを理解《りかい》してしまったことを知《し》ったのよ。だから、わたしを止《と》めようとしてる。必要《ひつよう》とあらば、わたしを傷《きず》つけてまで……」

「そっか、そういうことか! すばらしいじゃないか!」

フィリップが突然《とつぜん》、歯《は》を見《み》せて大《おお》きく笑《わら》った。

オーロラ・ローズは目《め》をぱちくりさせた。

「どういうことかしら？」

苛立《いらだ》ちをこらえて、ていねいに言《い》う。

「ぼくたちは、正《ただ》しい方向《ほうこう》へ進《すす》んでたってことだ。そうだろう？　これからだって、マレフィセントは罠《わな》をしかけてきたり、攻撃《こうげき》したりするかもしれない。でも、それって、ぼくらが目的地《もくてきち》へ近《ちか》づいているってことじゃないか。妖精《ようせい》たちへ。この夢《ゆめ》の世界《せかい》から出《で》るための方法《ほうほう》へ！」

「ああ……」オーロラ・ローズは頭《あたま》のなかでフィリップの言《い》ったことをよく考《かんが》えた。「悪《わる》いことも、考《かんが》えようによってはいいことになるってわけね。なんだか……不思議《ふしぎ》」

「不思議《ふしぎ》？　ゲームでは当《あ》たり前《まえ》の基本的《きほんてき》な戦略《せんりゃく》だよ。たとえば、ぼくが最初《さいしょ》の騎兵《きへい》を出《だ》したあと、敵《てき》のサー・パロマーが得点《とくてん》1の斥候兵《せっこうへい》をすべて出《だ》してきたとしたら、敵《てき》が王冠《おうかん》をどこに隠《かく》しているか、ほとんどわかったようなものじゃないか」

オーロラ・ローズはフィリップをじっと見《み》つめた。

「なんの話《はなし》をしているのか、さっぱりわからないんですけど！」

「まあ要《よう》するに、ゲームの話《はなし》をしたのは、あくまでもたとえでさ。きみがマレフィセントととても危険《きけん》なゲームをしていると想像《そうぞう》してごらん。もしもきみが勝《か》ったらマレフィセントは死《し》に、きみも、王国《おうこく》の人《ひと》たちも、ぼくも目覚《めざ》め、そのあとみんな幸《しあわ》せに暮《く》らせるだろう。でも、マレフィセントが勝《か》ったらきみは殺《ころ》され、王国《おうこく》は乗《の》っとられ、血《ち》の雨《あめ》が降《ふ》る」

オーロラ・ローズは、こんどこそ本当《ほんとう》に吐《は》きそうになった。

なんだか足《あし》に力《ちから》が入《はい》らない。くらくらして谷底《たにぞこ》がずっと遠《とお》くにあるように感《かん》じられるし、上《うえ》を見《み》あげれば谷《たに》の斜面《しゃめん》は気《き》が遠《とお》くなるほど切《き》り立《た》って見《み》える。

オーロラ・ローズが立《た》ち止《ど》まったのに気《き》づいたフィリップが、オーロラ・ローズのほうを向《む》いた。その表情《ひょうじょう》を見《み》てフィリップは悲《かな》しそうにほほえんだ。

「王女《おうじょ》の人生《じんせい》なんてどんな意味《いみ》があるのかって、言《い》ってたね。でもまさにいまが、きみが王女《おうじょ》としてなすべきことをするときだ。王族《おうぞく》の一員《いちいん》であるからには、自分《じぶん》の命《いのち》よりも、国民《こくみん》の命《いのち》を大切《たいせつ》にしなければならない。敵《てき》の侵入《しんにゅう》を防《ふせ》ぐために、軍《ぐん》を指揮《しき》するのも王族《おうぞく》の役目《やくめ》だ。それに、平和《へいわ》を維持《いじ》するために、したくもない相手《あいて》と結婚《けっこん》しなきゃならないしね」フィリップは皮肉《ひにく》っぽく笑《わら》った。「いま、王国中《おうこくじゅう》の人《ひと》たちが、マレフィセントのなすがままになって眠《ねむ》りについている。みんなを救《すく》えるのはきみだけだ。そのための方法《ほうほう》をいまからきみは探《さが》しに行《い》くんだ。きみの冒険《ぼうけん》がこれから始《はじ》まるんだよ」

オーロラ・ローズは関節《かんせつ》が白《しろ》くなるほど手《て》を固《かた》く握《にぎ》りしめている。フィリップはその手《て》をぎゅっとつかむと、やさしく叩《たた》いた。

そしてまた下《した》へおりはじめた。

わたしがなすべきことはただひとつ。これまでの人生《じんせい》で、これほどわたしが必要《ひつよう》とされたことなんてない。

深《ふか》く息《いき》を吸《す》いこみ、オーロラ・ローズもあとに続《つづ》いた。

しばらく行《い》くと、だいぶ進《すす》みやすくなってきた。大《おお》きな石《いし》が転《ころ》げ落《お》ちたのか、谷《たに》の斜面《しゃめん》が広《ひろ》く平《たい》らになっていて、ふたりで並《なら》んで歩《ある》けるようになった。

「手《て》をつないでもいいかな？」

フィリップが突然《とつぜん》、切《せつ》なげな声《こえ》で言《い》った。

「もちろんよ」

フィリップは子《こ》どものようににっと笑《わら》っている。オーロラ・ローズの手《て》をとると一度《いちど》だけぎゅっと握《にぎ》りしめ、つないだ手《て》を振《ふ》りながらおりだした。さっきの恐《おそ》ろしい体験《たいけん》は、もうすっかり忘《わす》れているように見《み》える。とりあえず、危機《きき》をひとつ乗《の》り越《こ》えた。いまはめざすところへ向《む》かって進《すす》まなければならない。

しばらくおりたあと、オーロラ・ローズが言《い》った。

「さっきはありがとう。わたしをかついで助《たす》けてくれて」

「ああ、そんなの当《あ》たり前《まえ》のことだよ」フィリップはおりながら空《あ》いているほうの手《て》で土《つち》から飛《と》びでている根《ね》っこを折《お》り、いたずらっぽい表情《ひょうじょう》を浮《う》かべながらオーロラ・ローズを見《み》た。「だけどさ。こんど、きみを肩《かた》にかつがなきゃいけないようなことになったときは、もっとやわらかい靴《くつ》を履《は》いていてもらえると助《たす》かるんだけどな」

オーロラ・ローズがつんとあごをあげて言《い》った。

「さっきみたいなことには、もうならないわ。かついでもらわなくて結構《けっこう》よ。さっきはちょっと不意《ふい》をつかれただけだもの」

「でも、どうして女《おんな》の子《こ》っていうのは先《さき》のとがった靴《くつ》が好《す》きなんだい？　靴底《くつぞこ》の平《たい》らなブーツを履《は》いたらいいのに」

「城《しろ》にいたときは、色《いろ》とりどりの靴《くつ》をそろえていたけれど、森《もり》で暮《く》らしていたころは、靴《くつ》なんて履《は》いてなかったわ。いつも裸足《はだし》だったから、わたしの足《あし》の裏《うら》は獣《けもの》の皮《かわ》のように厚《あつ》いの……」

オーロラ・ローズは急《きゅう》に立《た》ち止《ど》まった。

空《あ》いているほうの手《て》を足《あし》へ伸《の》ばす。そして金《きん》の靴《くつ》を脱《ぬ》ぐと、谷底《たにぞこ》へ向《む》かって放《ほう》り投《な》げた。

17 森《もり》の妖精《ようせい》とすてきなドレス

「もう、どれくらい時間《じかん》が経《た》ったかしら？」

ふたりは森《もり》へ戻《もど》ってきていた。

さっきまで水《みず》の張《は》った谷底《たにぞこ》を歩《ある》いていたせいで、ふたりの服《ふく》は少《すこ》ししめっている。谷底《たにぞこ》の水《みず》は思《おも》っていたより深《ふか》くなかったけれど、冷《つめ》たいし、ぬかるんだ土《つち》のせいでなかなか前《まえ》へ進《すす》めなかった。フィリップのブーツも泥《どろ》で汚《よご》れている。

フィリップが答《こた》えた。

「そうだね……よくわからないけど、二《に》、三時間《さんじかん》くらいかな。木《き》が茂《しげ》っていて太陽《たいよう》がよく見《み》えないけど、もうだいぶ暗《くら》くなってきてるから、日《ひ》が沈《しず》むころかもしれない」

これが本当《ほんとう》の夕暮《ゆうぐ》れの色《いろ》なんだわ、とオーロラ・ローズは思《おも》った。イバラの城《しろ》にいたころの、すべてが灰色《はいいろ》がかっていた夕方《ゆうがた》の色《いろ》とは違《ちが》う。道《みち》のわきの森《もり》の奥《おく》のほうを見《み》やると、そこはすでに夜《よる》のように真《ま》っ暗《くら》だった。足《あし》を踏《ふ》みこむのをためらうほど暗《くら》い。

あれは何《なに》？

オーロラ・ローズはぱちぱちとまばたきをした。

小《ちい》さな青《あお》やオレンジ色《いろ》の光《ひかり》の玉《たま》が、ちらちらと動《うご》いているのがはっきりと見《み》える。

ホタル？　火《ひ》の玉《たま》？　それとも魔法《まほう》？

すると、光《ひかり》の玉《たま》のひとつが弾《はず》むような動《うご》きでこっちへ向《む》かってきた。

オーロラ・ローズは、光《ひかり》の玉《たま》があっちへ行《い》ったり、こっちへ行《い》ったりしながら進《すす》んでくるのを目《め》で追《お》っていたが、やがてそれは目《め》の前《まえ》で止《と》まった。

思《おも》ったとおり、光《ひかり》の玉《たま》のなかには小《ちい》さな人《ひと》の姿《すがた》をしたものがいた。でも、城《しろ》で見《み》たのとは違《ちが》い、いま目《め》の前《まえ》にいるのはもっと若《わか》くて少女《しょうじょ》のような体《からだ》つきをしている。向《む》こうもこっちを見《み》ているのに気《き》づき、オーロラ・ローズは目《め》を見開《みひら》いた。

「妖精《ようせい》なの？」

オーロラ・ローズはまるで自分《じぶん》に言《い》い聞《き》かせるように言《い》った。

「あなたは王女《おうじょ》でしょ！　おとぎ話《ばなし》に出《で》てくるみたいに、とってもきれい！　本物《ほんもの》よね！」　光《ひかり》の玉《たま》のなかの妖精《ようせい》がキーキー声《ごえ》で言《い》った。

すると、光《ひかり》の玉《たま》がピンの頭《あたま》くらいに小《ちい》さく縮《ちぢ》んだかと思《おも》うと、突然《とつぜん》ふくらんでポンという音《おと》とともに一瞬《いっしゅん》消《き》えた。オーロラ・ローズは思《おも》わず目《め》をつぶった。そっと目《め》を開《ひら》くと、目《め》の前《まえ》に人間《にんげん》とほとんど同《おな》じくらいの大《おお》きさになった妖精《ようせい》がいた。つま先《さき》は地面《じめん》から浮《う》いている。隠《かく》したほうがいいところだけ布《ぬの》を巻《ま》いているような姿《すがた》で、栗色《くりいろ》の髪《かみ》は波打《なみう》つように長《なが》く、鼻《はな》の先《さき》がツンととがっている。

「ほんとにきれいだわ！」

妖精《ようせい》はふわふわと浮《う》きながらオーロラ・ローズのまわりを回《まわ》った。オーロラ・ローズもその動《うご》きに合《あ》わせて体《からだ》を回転《かいてん》させる。

「現実《げんじつ》の世界《せかい》から来《き》たの？　だれかにここへ来《く》るように言《い》われたの？　森《もり》の小屋《こや》から来《き》たの？」

オーロラ・ローズがたたみかけた。

妖精《ようせい》は、オーロラ・ローズの服《ふく》や髪《かみ》をあちこち引《ひ》っぱるのにいそがしくて答《こた》えない。

「あれ、ローズ、きみの友《とも》だちかい？」

フィリップが愛想《あいそ》よく言《い》った。

オーロラ・ローズは困《こま》ったように肩《かた》をすくめた。でも、かわいらしくて、楽《たの》しげで、金《きん》の光《ひかり》の粉《こな》をふりまきながら動《うご》きまわっている妖精《ようせい》を見《み》ていたら、思《おも》わず笑《え》みがこぼれた。

「ねえ、フローラか、フォーナか、メリーウェザーに、ここへ来《く》るように言《い》われたの？」

見《み》とれるように王女《おうじょ》の金色《きんいろ》の髪《かみ》の先《さき》をついていた妖精《ようせい》が答《こた》えた。

「違《ちが》うわ。わたしたちは人間《にんげん》が困《こま》ったときに助《たす》けに現《あらわ》れる妖精《ようせい》よ。わたしたちは森《もり》の精《せい》。森《もり》の妖《よう》精《せい》なの。フィアラ、リヴィナ、メイレイリアレイラ！」

森《もり》の精《せい》がおかしな名前《なまえ》を呼《よ》ぶや、たちまち鳥《とり》のさえずりや、カエルの鳴《な》き声《ごえ》のような声《こえ》が聞《き》こえてきた。

木々《きぎ》のあいだから、光《ひかり》の玉《たま》があとからあとから弾《はず》むようにこっちへ向《む》かってくる。

フィリップとオーロラ・ローズは目《め》を丸《まる》くした。光《ひかり》の玉《たま》がふたりのまわりで、次《つぎ》から次《つぎ》へと人《にん》間《げん》の大《おお》きさに変《か》わっていく。

森《もり》の精《せい》のひとりが言《い》った。

「わあ！　あなたの髪《かみ》すてきね！　まるで金《きん》の糸《いと》みたい！　でもすごく汚《よご》れてるわ！」

「まあ、あなたの指《ゆび》、とっても細《ほそ》いのね！」

別《べつ》の森《もり》の精《せい》が言《い》った。その森《もり》の精《せい》の指《ゆび》も細《ほそ》かったが、ただ細《ほそ》いだけではなく指《ゆび》の先《さき》が細《ほそ》くとがっていた。

「お肌《はだ》もとってもすべすべ」

三人目《さんにんめ》の森《もり》の精《せい》が宙《ちゅう》に浮《う》きながらオーロラ・ローズの頬《ほお》に近《ちか》づいて言《い》った。

「あなたは王子《おうじ》なの？」

四人目《よにんめ》の森《もり》の精《せい》がフィリップを見《み》あげながら、うっとりした顔《かお》で尋《たず》ねた。

「ああ、うん。そうだよ」

「どうしてわたしが王女《おうじょ》だって知《し》ってるの？」

オーロラ・ローズが尋《たず》ねた。

「だって、王女《おうじょ》に見《み》えるから！」

森《もり》の精《せい》が声《こえ》をあげて笑《わら》った。

「ほんとにハンサムねえ」

別《べつ》の森《もり》の精《せい》が両手《りょうて》をぎゅっと握《にぎ》り合《あ》わせて、フィリップをうっとりと眺《なが》めた。

「いや、そんな照《て》れるな……」

フィリップが顔《かお》を赤《あか》らめる。

森《もり》の精《せい》が悲鳴《ひめい》をあげた。

「ああドレスが！　きれいな金色《きんいろ》のドレスがぼろぼろよ！　そんな汚《きたな》いドレス、王女《おうじょ》にはふさわしくないわ！」

「それに靴《くつ》がないわ！　靴《くつ》はどうしたの？」

「わたしたちといっしょに来《き》てちょうだい！　髪《かみ》をとかしてあげる！　魔法《まほう》で新《あたら》しい服《ふく》をつくりましょう！　それに、爪《つめ》もきれいにしなくっちゃ」

最初《さいしょ》に現《あらわ》れた森《もり》の精《せい》が、あちこち裂《さ》け、よれよれになったドレスを汚《けが》らわしいものでも見《み》るような目《め》つきで眺《なが》めている。

「だめだ。もう二度《にど》と寄《よ》り道《みち》はしない」フィリップが断固《だんこ》とした口調《くちょう》で言《い》った。「時間《じかん》がないんだ」

「ほんの少《すこ》しだけよ。すぐにまた出発《しゅっぱつ》できる。さっぱりしたら元気《げんき》も出《で》るわ。それに冒険《ぼうけん》にふさわしい服《ふく》を用意《ようい》するわよ」

森《もり》の精《せい》が訴《うった》えた。

別《べつ》の森《もり》の精《せい》が大《おお》きな目《め》をフィリップに向《む》けて何食《なにく》わぬ顔《かお》で言《い》った。

「あなたのすりむいた肩《かた》を手当《てあ》てすることだってできるわ」

「まあ、そこまで言《い》うなら……」

「ハンサムな王子《おうじ》に、きれいな王女《おうじょ》！　わたしたち、なんて運《うん》がいいのかしら！」

最初《さいしょ》の森《もり》の精《せい》が金切《かなき》り声《ごえ》で言《い》い、手《て》を叩《たた》いた。

するとまわりにいた森《もり》の精《せい》たちがいっせいに木《き》の下《した》へ移動《いどう》しはじめた。そして金《きん》の光《ひかり》の粉《こな》で木《き》の下《した》を照《て》らすと、その一画《いっかく》が部屋《へや》のような空間《くうかん》に様変《さまが》わりした。そのほかにも、別《べつ》の森《もり》の精《せい》たちが、あっという間《ま》に松《まつ》の葉《は》を長椅子《ながいす》に、露《つゆ》の滴《しずく》を鏡《かがみ》に、木《き》の枝《えだ》を衝立《ついたて》に変《か》えた。

「あなたはいっしょについていってはだめよ！　こっちこっち！」

森《もり》の精《せい》がからかうように叱《しか》って、フィリップを衝立《ついたて》の反対側《はんたいがわ》へと引《ひ》っ張《ぱ》った。

いつのまにか、オーロラ・ローズは森《もり》の精《せい》たちに囲《かこ》まれていた。やがて森《もり》の精《せい》たちはぼろぼろのドレスに手《て》を伸《の》ばすとオーロラ・ローズの体《からだ》からやさしくはぎとり、ぽんと放《ほう》り投《な》げた。

「ここに座《すわ》って……」

オーロラ・ローズは松《まつ》の葉《は》の長椅子《ながいす》に腰《こし》かけた。そばにはかごを手《て》にした森《もり》の精《せい》が控《ひか》えている。

「頭《あたま》をうしろに傾《かたむ》けて」

かごを手《て》にした森《もり》の精《せい》が言《い》った。

オーロラ・ローズは言《い》われたとおりにした。魔法《まほう》で現《あらわ》れた小《ちい》さな滝《たき》のような水《みず》が髪《かみ》を濡《ぬ》らしていく。滝《たき》の水《みず》はあたたかく、かゆいところにも行《い》きわたり、まるで天《てん》にも昇《のぼ》る心地《ここち》だった。手《て》も松《まつ》ぼっくりのようなもので、だれかがやさしくこすってくれている。

「あなたの王子様《おうじさま》は自分《じぶん》がどれだけ運《うん》がいいのか、ぜんぜんわかってないわね」

爪《つめ》を磨《みが》いてくれている森《もり》の精《せい》が、体《からだ》を前《まえ》に傾《かたむ》けて耳《みみ》もとでささやいた。

「わたしの王子《おうじ》じゃないわ」

オーロラ・ローズは生返事《なまへんじ》をした。だれかにきれいにしてもらうって、なんて気持《きも》ちいいのだろう。

だれかが髪《かみ》をていねいにくしけずり、松《まつ》やにをこそぎとって、もつれをほどいてくれている。

「ほんとにきれい。まるで金《きん》の糸《いと》のようだわ」

森《もり》の精《せい》がうっとりと言《い》った。

あれ……いまの台詞《せりふ》、前《まえ》にも聞《き》いたことがあるような……。

けれど、オーロラ・ローズが思《おも》い出《だ》す前《まえ》に、別《べつ》の森《もり》の精《せい》がぺらぺらとしゃべりだした。

「松《まつ》の葉《は》のような緑《みどり》の服《ふく》をつくってあげる。靴《くつ》もおそろいでね！」

何人《なんにん》かの森《もり》の精《せい》たちが、松《まつ》の若木《わかぎ》に魔法《まほう》をかけて布《ぬの》に変《か》え、それをそばにあるマネキン代《が》わりの木《き》に巻《ま》きつけた。

これと似《に》たような光景《こうけい》を前《まえ》にも見《み》たことがあるような気《き》がする……オーロラ・ローズはなんだか落《お》ちつかない気分《きぶん》になった。

「どうして服《ふく》のことにくわしいの？　森《もり》の精《せい》って人間《にんげん》の服《ふく》にくわしいものなの？」

「とくにくわしくなんかないわ。でも人間《にんげん》は服《ふく》を着《き》るでしょ。それにあなたはとってもきれいなんだから、きれいな服《ふく》を着《き》なくちゃいけないのよ」

「でも、ここは森《もり》よ。それに夢《ゆめ》のなかの世界《せかい》。本当《ほんとう》だったら裸《はだか》だっていいんじゃない？　夢《ゆめ》を見《み》ている本人《ほんにん》が裸《はだか》でいたからって、だれが気《き》にするかしら？」

森《もり》の精《せい》がオーロラ・ローズの髪《かみ》を前《まえ》からうしろへとかしながら言《い》った。

「変《へん》なこと言《い》わないでちょうだい。あなたの美《うつく》しさは妖精《ようせい》の魔法《まほう》のおかげよね？　妖精《ようせい》からの贈《おく》り物《もの》。だったら、きっと世界《せかい》で一番美《いちばんうつく》しくなれるわ。なんて運《うん》がいいのかしら！」

「運《うん》がいい？」

オーロラ・ローズは森《もり》の精《せい》の言《い》ったことについて考《かんが》えた。現実《げんじつ》の世界《せかい》でも夢《ゆめ》の世界《せかい》でも、とくに運《うん》がいいと思《おも》ったことはない。それも美《うつく》しいからといって……。

でも、イバラの城《しろ》の舞踏会《ぶとうかい》で、みんながわたしをうっとりと眺《なが》めているのを見《み》るのは好《す》きだった。

森《もり》の小屋《こや》にいたときは、おばたちの手《て》づくりの風変《ふうがわ》りな衣装《いしょう》で着飾《きかざ》ってよく遊《あそ》んだ。現実《げんじつ》の世《せ》界《かい》でも一度《いちど》だけ、美《うつく》しく正装《せいそう》して鏡《かがみ》の前《まえ》に立《た》ったことがあった。あれはいつだっただろう。確《たし》か……。どこかへ出《で》かける前《まえ》で……。

記憶《きおく》がまた突然《とつぜん》おそってきて、オーロラ・ローズは痛《いた》みに顔《かお》をしかめた。

そう、森《もり》で若者《わかもの》に出会《であ》い、おばたちにそのことを話《はな》そうとした日《ひ》だった。

その日《ひ》が自分《じぶん》の誕生日《たんじょうび》だということをブライア・ローズはすっかり忘《わす》れていた。森《もり》で暮《く》らしていると、時間《じかん》の流《なが》れをはっきり意識《いしき》するときもあれば、そうでないときもある。

ブライア・ローズが小屋《こや》へ駆《か》けこむと、そこにはそれまで想像《そうぞう》したこともないほどきれいなドレスが待《ま》っていた。いつものドレスのように縫《ぬ》い目《め》がふぞろいだったり、布《ぬの》があててあったり、クモの巣《す》や木《こ》の葉《は》がついたりしていない。大《おお》きさも見《み》るからにローズにぴったりで、輝《かがや》くばかりに美《うつく》しく、まるで夢《ゆめ》の世界《せかい》から現《あらわ》れたかのようだった。

青《あお》なのかピンクなのかよくわからない、あいまいな色《いろ》をしている。

このドレスはどうしたんだろう。数少《かずすく》ない付《つ》き合《あ》いのある村人《むらびと》やきこりが、こんなドレスを持《も》っているはずがないし、つくるにしてもまず生地《きじ》が手《て》に入《はい》らないだろう。

でも、そんな疑問《ぎもん》も、あふれる喜《よろこ》びに打《う》ち消《け》された。誕生日《たんじょうび》にこんなにきれいなドレスをプレゼントしてもらった喜《よろこ》び、これからの人生《じんせい》を森《もり》で出会《であ》った若者《わかもの》と過《す》ごすのだという喜《よろこ》び、まるで夢《ゆめ》のようにおいしそうなケーキを目《め》の前《まえ》にした喜《よろこ》び。

けれど、そのあと、自分《じぶん》にとって十六歳《じゅうろくさい》の誕生日《たんじょうび》が何《なに》を意味《いみ》し、このプレゼントがどういう意《い》味《み》を持《も》つのかわかったときに、喜《よろこ》びは悲《かな》しみに変《か》わった。

きれいなドレスがあるのは、ブライア・ローズが本当《ほんとう》は王女《おうじょ》で、一度《いちど》も会《あ》ったことのない王子《おうじ》と結婚《けっこん》するためだったのだ。

幼《おさな》いころからずっとかわいがってくれていた三人《さんにん》の〝おば〟は、ブライア・ローズが城《しろ》の寝室《しんしつ》に入《はい》ると、姿《すがた》を消《け》した。身《み》の安全《あんぜん》のためにひとりで部屋《へや》へ残《のこ》されたブライア・ローズの心《こころ》のなかには、虚《むな》しさと悲《かな》しみと絶望《ぜつぼう》しかなかった。

オーロラ・ローズは思《おも》いきり深《ふか》く息《いき》を吸《す》った。悲《かな》しい記《き》憶《おく》に押《お》し流《なが》されて意識《いしき》を失《うしな》わないようにするために。

森《もり》の精《せい》たちが魔法《まほう》で服《ふく》を出《だ》すのを見《み》ていたら、十六歳《じゅうろくさい》の誕生日《たんじょうび》のときのドレスとケーキがどうやって出《で》てきたのか、ようやくわかった。

オーロラ・ローズの胸《むね》の奥《おく》のほうから、だんだん不安《ふあん》がこみあげてきた。

「どうしたの？　心配《しんぱい》することなんて何《なに》もないのよ」

森《もり》の精《せい》がオーロラ・ローズの手首《てくび》をさすりながら言《い》った。

衝立《ついたて》の向《む》こう側《がわ》からフィリップが大《おお》きな声《こえ》をあげて子《こ》どものように笑《わら》うのが聞《き》こえてくる。

「ほら、見《み》て！」

森《もり》の精《せい》が言《い》った。

魔法《まほう》のドレスが踊《おど》るようにこっちへ飛《と》んでくる。なんとなくいやな予感《よかん》がしたけれど、立《た》ちあがって受《う》けとめた。ドレスはひとりでにオーロラ・ローズの体《からだ》に巻《ま》きついた。深緑色《ふかみどりいろ》のベルベットのスカートは生地《きじ》をたっぷり使《つか》ってあってやわらかく、足首《あしくび》のあたりで裾《すそ》がゆれている。コルセットと、ほっそりした袖《そで》についた金色《きんいろ》のボタンが勝手《かって》に次々《つぎつぎ》と留《と》まっていく。深緑色《ふかみどりいろ》の細長《ほそなが》いティペットがひじから地面《じめん》のほうまで垂《た》れている。同《おな》じ素材《そざい》でできた襟《えり》とケープもとても上品《じょうひん》だ。

「世界《せかい》で一番美《いちばんうつく》しい王女《おうじょ》だわ」

森《もり》の精《せい》がため息《いき》をついた。

オーロラ・ローズは露《つゆ》の滴《しずく》の鏡《かがみ》で自分《じぶん》を見《み》た。森《もり》の精《せい》の言《い》うとおり、これまで見《み》たなかで一番《いちばん》きれいな姿《すがた》が映《うつ》っていた。すらりと伸《の》びた首《くび》、金色《きんいろ》の髪《かみ》、大《おお》きなすみれ色《いろ》の瞳《ひとみ》、くびれた腰《こし》、ピンクのバラのような唇《くちびる》。

違《ちが》う角度《かくど》からも見《み》たくて、少《すこ》し体《からだ》を斜《なな》めにした。すると、緑《みどり》のベルベットのスカートのひだが優雅《ゆうが》に波打《なみう》ち、さらさらときれいな音《おと》を立《た》てた。城《しろ》のお針子《はりこ》たちの腕《うで》も確《たし》かだったけれど、こんなにすばらしいドレスを着《き》るのは生《う》まれて初《はじ》めてだった。

「ああ、そんなのだめよ！　こっちを着《き》てみて！」

別《べつ》の森《もり》の精《せい》がキーキー声《ごえ》で言《い》う。

気《き》づくと、森《もり》の精《せい》たちにあちこち引《ひ》っ張《ぱ》られたり、押《お》されたり、髪《かみ》をいじくられたりしていた。

そしてもう一度《いちど》、鏡《かがみ》のほうを向《む》いたとき、鏡《かがみ》に映《うつ》ったオーロラ・ローズは黄色《きいろ》いドレスをまとっていた。肩《かた》の部分《ぶぶん》はむきだしになっていて、胸《むね》のあたりから爪先《つまさき》まで流《なが》れる布《ぬの》は、日《ひ》の光《ひかり》がきらめいているかのようだ。少《すこ》し変《か》わったデザインだけれど、繊細《せんさい》で、品《ひん》があって、言葉《ことば》にならないほど美《うつく》しい。髪《かみ》はゆるく編《あ》んで片方《かたほう》の肩《かた》に垂《た》らし、先《さき》のほうを黄色《きいろ》いリボンで結《むす》んである。

森《もり》の精《せい》たちは息《いき》を呑《の》んだ。

「とーっても美《うつく》しいわ！」

「さっきよりも、もっときれい！」

「この世《よ》のものとは思《おも》えない」

「これも見《み》て」

別《べつ》の森《もり》の精《せい》が真剣《しんけん》な表情《ひょうじょう》で杖《つえ》をひと振《ふ》りし、また王女《おうじょ》を変身《へんしん》させた。こんどは髪《かみ》を頭《あたま》のてっぺんで上品《じょうひん》なシニヨンにまとめリボンを巻《ま》いてある。明《あか》るい青《あお》のドレスは雲《くも》のようにふんわりとしたデザインだ。肩《かた》のほうまでおおう手袋《てぶくろ》はこれまでつけたなかで一番上等《いちばんじょうとう》だし、きらきらとした靴《くつ》はひんやりとして心地《ここち》いい。

手《て》を伸《の》ばしてスカートを持《も》ちあげ、体《からだ》を左右《さゆう》にひねってみる。ダンスをするのにぴったりだ！

きっと妖精《ようせい》みたいに見《み》えるに違《ちが》いない。もしくは花嫁《はなよめ》に。

「なんてきれいなの」

森《もり》の精《せい》が王女《おうじょ》の髪《かみ》に触《ふ》れながら言《い》った。

「こんどはわたしの番《ばん》よ！」

別《べつ》の森《もり》の精《せい》が言《い》った。

小《ちい》さな手《て》が王女《おうじょ》をつかんだ。急《きゅう》につかまれてどきっとしたけれど、つかみ方《かた》はやさしかった。

そのときふとリアンナのことを思《おも》い出《だ》した。リアンナは、わたしが舞踏会《ぶとうかい》のために着飾《きかざ》るのをいつも手伝《てつだ》ってくれた。ドレスを着《き》たわたしを鏡《かがみ》の前《まえ》に立《た》たせ、うっとりと見《み》とれながら、きまって「おきれいです。なんてお美《うつく》しいんでしょう。王女《おうじょ》のなかの王女《おうじょ》ですわ」と言《い》っていた。

けれど、あの舞踏会《ぶとうかい》は、わたしや城《しろ》のみんなが自分《じぶん》の置《お》かれている状況《じょうきょう》に疑《うたが》いを持《も》たないよう、気《き》をそらせるのが目的《もくてき》だった。

「そういうことだったのね。こんなところにいつまでもいたらいけない。もう行《い》かなくちゃ」

これも罠《わな》なんだわ。そう気《き》づいたオーロラ・ローズはくるりと鏡《かがみ》に背《せ》を向《む》けた。すると森《もり》の精《せい》があちこちからこっちをめがけて突進《とっしん》してきた。

オーロラ・ローズは衝立《ついたて》をわきへどかし、フィリップの手《て》をつかんで引《ひ》っ張《ぱ》った。

フィリップはオーロラ・ローズに呆然《ぼうぜん》と見《み》とれている。

「ローズ！　きみは……きみは、なんて……」

「美《うつく》しいんだって言《い》いたいんでしょう。そんなのわかってるわ。さあ行《い》くわよ」オーロラ・ローズは、ふたりが行《い》くのをやんわりと阻止《そし》しようとする森《もり》の精《せい》を押《お》しのけた。「ドレスを用意《ようい》してくれたり、髪《かみ》を洗《あら》ってくれたり、いろいろとありがとう。でも、まだ冒険《ぼうけん》の途中《とちゅう》なのよ。ここでずいぶん時間《じかん》をむだにしてしまったみたいだし」

「行《い》かないで！　ただあなたを眺《なが》めていたいだけなの！」

森《もり》の精《せい》がすすり泣《な》く。

「本当《ほんとう》にきれいだわ！」

別《べつ》の森《もり》の精《せい》がオーロラ・ローズの髪《かみ》に先《さき》のとがった指《ゆび》をからませながら言《い》った。

「ありがとう。でも、行《い》かなくちゃ」

オーロラ・ローズは痛《いた》みに顔《かお》をしかめ、頭《あたま》をぐいっと引《ひ》っぱった。小《ちい》さな手《て》がどんどん伸《の》びてきて、ドレスや腕《うで》を爪《つめ》でひっかいてくる。

「ここにいて！　わたしたちの王女《おうじょ》になって！」

「なんて美《うつく》しいの！」

「行《い》っちゃだめ！」

フィリップの顔《かお》がだんだん曇《くも》ってきた。

「剣《つるぎ》を抜《ぬ》いたほうがいいかい？」

次々《つぎつぎ》とまつわりついてくる森《もり》の精《せい》を押《お》しのけて進《すす》みながら、フィリップが耳《みみ》もとでささやいた。

「だめよ……いまはまだ……」

森《もり》の精《せい》たちが泣《な》き叫《さけ》びはじめた。

「ここに残《のこ》って！　あなたを王女《おうじょ》として扱《あつか》うわ！　大事《だいじ》にする！」

「ここにいれば、わたしたちの美《うつく》しいお人形《にんぎょう》になれるわよ！」

「いつも着飾《きかざ》らせてあげるし、おいしい食《た》べ物《もの》だってあげるわ！」

オーロラ・ローズはずんずん歩《ある》きながら目《め》を閉《と》じた。欲深《よくぶか》い小《ちい》さなかぎ爪《づめ》がオーロラ・ローズの髪《かみ》やドレスを引《ひ》っ掻《か》きはじめた。

「おい！　やめろ！」

フィリップが叫《さけ》び、森《もり》の精《せい》を手《て》の甲《こう》で払《はら》いのけた。

「おまえたちを行《い》かせはしない」

恐《おそ》ろしい声《こえ》に、オーロラ・ローズは思《おも》わず振《ふ》り向《む》いた。

すると、森《もり》の精《せい》が姿《すがた》を変《か》えているところだった。細《ほそ》い体《からだ》が液体《えきたい》のようにじわじわと広《ひろ》がり、色《いろ》もどろりとした灰色《はいいろ》とぬらぬらとした緑色《みどりいろ》と気味《きみ》の悪《わる》いオレンジ色《いろ》に変《か》わっていく。目《め》は奥《おく》へ引《ひ》っこみ、黄色《きいろ》く光《ひか》りだした。

「ここにいろ!」

やがて、かぎ爪《づめ》、先《さき》が矢《や》のようにとがった尾《お》、曲《ま》がった牙《きば》、醜《みにく》い角《つの》が現《あらわ》れた。足《あし》は消《き》え、代《か》わりにぎざぎざの翼《つばさ》が生《は》えている。その生《い》き物《もの》は空中《くうちゅう》に舞《ま》いあがり、フィリップとオーロラ・ローズを強《つよ》く叩《たた》いたり、つかんだりしはじめた。

「剣《つるぎ》を抜《ぬ》ける?」

オーロラ・ローズが尋《たず》ねた。

「もう抜《ぬ》いてある」

フィリップは、鋭《するど》く言《い》いかえした。

フィリップはきらりと光《ひか》る剣《つるぎ》を魔獣《まじゅう》たちめがけて振《ふ》りかざした。確《たし》かに肉《にく》を切《き》った手《て》ごたえを感《かん》じ、その魔獣《まじゅう》が悲鳴《ひめい》をあげて離《はな》れるときもあった。けれど、たいていは、剣《つるぎ》は煙《けむり》のような魔獣《まじゅう》の体《からだ》をまっすぐに突《つ》きぬけるだけだった。

「それって魔法《まほう》の剣《つるぎ》じゃなかったの！」

オーロラ・ローズが顔《かお》や頭《あたま》を手《て》でかばいながら叫《さけ》ぶ。

「現実《げんじつ》の世界《せかい》ではそうだったんだよ！」

フィリップが叫《さけ》びかえした。かぎ爪《づめ》のついた六本《ろっぽん》の手《て》と三《みっ》つの目《め》を持《も》つ魔獣《まじゅう》がフィリップの顔《かお》をめがけておそいかかり、傷《きず》ひとつなかったフィリップの頬《ほお》に六《むっ》つの血《ち》の筋《すじ》が流《なが》れだす。

オーロラ・ローズは悲鳴《ひめい》をあげた。ヘビのようなものが腰《こし》に巻《ま》きつき、腰《こし》をぐいぐい締《し》めつけてくる。

魔獣《まじゅう》がオーロラ・ローズに群《むら》がり、服《ふく》を引《ひ》き裂《さ》く。

オーロラ・ローズはもがきながら甲高《かんだか》い声《こえ》で泣《な》き叫《さけ》んだ。

そのとき、フィリップがオーロラ・ローズにまつわりつく野獣《やじゅう》を素手《すで》でつかんで投《な》げ飛《と》ばした。

魔獣《まじゅう》がフィリップの後頭部《こうとうぶ》にしがみつき、鋭《するど》い歯《は》で頭《あたま》に噛《か》みつく。

フィリップは思《おも》わず痛《いた》みに息《いき》を呑《の》んだが、かまわずオーロラ・ローズにとりつく魔獣《まじゅう》を引《ひ》きはがしつづけた。

ほとんどの魔獣《まじゅう》をむしりとると、フィリップは荒々《あらあら》しくオーロラ・ローズを引《ひ》っぱった。

「走《はし》れ！」

フィリップがおそってくる魔獣《まじゅう》をやっつけようとうしろを向《む》きながら叫《さけ》んだ。

「あなたを置《お》いていけないわ！」

オーロラ・ローズが叫《さけ》びかえした。

「ぼくもいっしょだよ。さあ！」

ふたりは森《もり》へ向《む》かって駆《か》けだした。魔獣《まじゅう》たちが、こぞってあとを追《お》いかけた。

18　歌《うた》うかごの鳥《とり》

これまで走《はし》るといったら、イバラの城《しろ》にいたときは城《しろ》のなかや中庭《なかにわ》を走《はし》るくらい、森《もり》の小屋《こや》で暮《く》らしていたときはウサギと追《お》いかけっこをするくらいしかなかった。だから、オーロラ・ローズは自分《じぶん》がこれほど速《はや》く走《はし》れるとは知《し》らなかった。同《おな》じ日《ひ》に二度《にど》もこんなに走《はし》るなんて。

フィリップはすぐうしろにいて、頭《あたま》にしがみついた魔獣《まじゅう》と格闘《かくとう》している。

フィリップがあえぎながら言《い》った。

「左《ひだり》だ！　左《ひだり》の道《みち》をまっすぐに行《い》くと農場《のうじょう》があるんだ！　少《すく》なくとも現実《げんじつ》の世界《せかい》では……」

思《おも》わずフィリップのほうを振《ふ》りかえったオーロラ・ローズは、魔獣《まじゅう》が地面《じめん》をするすると滑《すべ》るように進《すす》んでいるのを見《み》た。まるで腐《くさ》ったものを地面《じめん》いっぱいにこぼしてしまったかのように醜《みにく》い光景《こうけい》だった。

森《もり》の木《き》がだんだん少《すく》なくなってきた。日《ひ》は沈《しず》み、地平線《ちへいせん》に残《のこ》る金色《きんいろ》の光《ひかり》が、まばらな木《き》のあいだからわずかに行《い》く手《て》を照《て》らしている。

追《お》いかけてくる魔獣《まじゅう》の数《かず》もだんだん少《すく》なくなってきて、小《ちい》さい魔獣《まじゅう》の姿《すがた》はもう見《み》えない。

でも、もっと大《おお》きくて強《つよ》い魔獣《まじゅう》は、あたりが暗《くら》かろうがまったく動《どう》じず、荒《あら》い鼻息《はないき》を立《た》てながらふたりを執拗《しつよう》に追《お》いかけてくる。

一番近《いちばんちか》くにいるのはウマと同《おな》じくらい大《おお》きかった。不気味《ぶきみ》な角《つの》の下《した》の黄色《きいろ》い目《め》が獲物《えもの》をじっとにらんでいる。この魔獣《まじゅう》はあともう少《すこ》しでふたりに追《お》いつきそうなところまできていた。

「あの門《もん》だ！」

フィリップがそう叫《さけ》んで指《ゆび》さした。指《ゆび》の先《さき》のほうには簡素《かんそ》なつくりの門《もん》がある。農場《のうじょう》の入《い》り口《ぐち》らしい。門《もん》とつながった柵《さく》にはおかしなものがつるしてあった。ニンニクとトリカブトとルーン文字《もじ》の書《か》かれたぼろぼろの布《ぬの》。

フィリップはオーロラ・ローズを抱《かか》えあげるや門《もん》の横《よこ》からなかへ放《ほう》り投《な》げ、自分《じぶん》もあとから飛《と》びこんだ。

あとを追《お》ってきた大《おお》きな魔獣《まじゅう》は、門《もん》の前《まえ》でぴたりと止《と》まった。

オーロラ・ローズは、まさか、と目《め》を疑《うたが》った。魔獣《まじゅう》が、ニンニクやぼろきれをつるした粗末《そまつ》な柵《さく》の外《そと》で、なすすべもなくうろついているのだ。

そのうち魔獣《まじゅう》がゆっくりと首《くび》を垂《た》れ、すうーっと薄《うす》れはじめ、やがて完全《かんぜん》に姿《すがた》を消《け》した。

けれど、フィリップの頭《あたま》には、まだ魔獣《まじゅう》がしがみついている。フィリップは、くそっ、と毒《どく》づくと、手《て》を伸《の》ばして魔獣《まじゅう》を引《ひ》きはがし、地面《じめん》に投《な》げつけた。顔《かお》がほぼ真《ま》っぷたつに裂《さ》け、魔獣《まじゅう》が泣《な》きわめいた。魔獣《まじゅう》の頭《あたま》には歯形《はがた》がたくさんついている。

フィリップは剣《つるぎ》を鞘《さや》から引《ひ》き抜《ぬ》くと、魔獣《まじゅう》の頭《あたま》に突《つ》き刺《さ》した。魔獣《まじゅう》は絶叫《ぜっきょう》し、身《み》をくねらせた。血《ち》のような白《しろ》い膿《うみ》が流《なが》れでて、やがてゆらゆらと立《た》ちのぼるひと筋《すじ》の煙《けむり》とともに消《き》えた。

黙《だま》ったままそれを見《み》つめていたオーロラ・ローズは、つめていた息《いき》を吐《は》きだした。

フィリップが髪《かみ》をかきあげた。手《て》にべったりと血糊《ちのり》がつく。それを眺《なが》めながら言《い》った。

「なんてこった。ドラゴンのほうがまだましだったよ。ほんとにいまいましいやつらだ」

フィリップは地面《じめん》に剣《つるぎ》をなでつけ、刃《やいば》をきれいにぬぐった。

「どうして……魔獣《まじゅう》はあんな小《ちい》さな門《もん》に近《ちか》づけなかったの？」

オーロラ・ローズが尋《たず》ねた。

「魔除《まよ》けのせいだよ。柵《さく》にぶらさがっているだろう？」フィリップが色鮮《いろあざ》やかなトリカブトやニンニクやぼろきれを指《ゆび》さした。「農村《のうそん》ではよく見《み》かけるよ。本当《ほんとう》に効《き》くかどうか半信半疑《はんしんはんぎ》だったんだけどね」

「さあ、だれかお湯《ゆ》を分《わ》けてくれそうな人《ひと》を探《さが》しに行《い》こう。それに包帯《ほうたい》と。できれば夕食《ゆうしょく》も」

フィリップが言《い》った。

オーロラ・ローズは片手《かたて》で頭《あたま》を押《お》さえた。

「でも……この世界《せかい》のものはどれも本物《ほんもの》じゃないのよ。わたしたちって、本当《ほんとう》はけがもしてないし、お腹《なか》もすいてないいんじゃないかしら？」

フィリップが肩《かた》をすくめた。

「ぼくらがここにいるあいだは、すべて本物《ほんもの》ってことでいいんじゃないかな。ぼくらがもしこの世界《せかい》で殺《ころ》されたら、現実《げんじつ》の世界《せかい》のぼくらの身《み》に何《なに》が起《お》こるのかはわからない。でも、この世界《せかい》からの抜《ぬ》け道《みち》を見《み》つけだすまでは、そういうルールでいこうよ」

オーロラ・ローズが納得《なっとく》してうなずいた。

ふたりは村《むら》に向《む》かって歩《ある》きだした。

「さっきのも……罠《わな》だったんだね。最初《さいしょ》のよりも、ずいぶんと手《て》がこんでいたけど」

フィリップが言《い》った。

「そうね。まさかこんな結末《けつまつ》が待《ま》っているとは思《おも》いもしなかったわ」

オーロラ・ローズがため息《いき》をついた。

「だけど、罠《わな》だって気《き》づいて、あの場《ば》から立《た》ちさろうとしたのは、きみのお手柄《てがら》だよ」

「そうかもしれないわね」

オーロラ・ローズが言《い》った。

「かもしれない？　かもしれないじゃなくて、完全《かんぜん》にきみのおかげだよ。まったくお見事《みごと》だ！」

フィリップが本気《ほんき》でそう思《おも》って気持《きも》ちを高《たか》ぶらせているのが伝《つた》わってくる。フィリップの言葉《ことば》には嘘《うそ》がなく心《こころ》がこもっていた。

何《なに》かあたたかいものが、オーロラ・ローズのつま先《さき》から頬《ほお》まで波《なみ》のように押《お》し寄《よ》せてくる。フィリップ――わたしの王子《おうじ》――はわたしのしたことに素直《すなお》に感動《かんどう》している。そう思《おも》うと、胸《むね》にくすぶっている不安《ふあん》がだいぶ薄《うす》らいだ。

「どうしたんだい？　ぼくらは勝《か》ったんだよ。何《なに》か気《き》にかかることでもあるのかい？」

オーロラ・ローズは気持《きも》ちを整理《せいり》しようと深《ふか》く息《いき》を吸《す》った。

「現実《げんじつ》の世界《せかい》で起《お》こったことをあなたが話《はな》してくれたとき、妖精《ようせい》がわたしに贈《おく》り物《もの》をくれたって言《い》ったでしょう？　……さっき衝立《ついたて》のうしろにいたとき、森《もり》の精《せい》に言《い》われたのよ。あなたの美《うつく》しさは妖精《ようせい》からの贈《おく》り物《もの》でしょうって。そのとき、ようやく気《き》づいたの。わたしの美《うつく》しさは持《も》って生《う》まれたものじゃない。与《あた》えられたものなんだって」

「ああ、ローズ、何《なに》をばかなこと言《い》ってるんだ。それはそうかもしれないけど、でも――」

「違《ちが》うの。わたしの美《うつく》しさが妖精《ようせい》がくれたものであれ、生《う》まれつきのものであれ、どちらにしても森《もり》で暮《く》らしていたころは、わたしは自分《じぶん》の美《うつく》しさを気《き》にかけたことなんてなかった。イバラの城《しろ》にいたときもね。でも、さっき鏡《かがみ》の前《まえ》で、さかんに森《もり》の精《せい》たちに、きれいだ、きれいだって言《い》われているとき、ふと思《おも》ったのよ。イバラの城《しろ》でわたしの侍女《じじょ》をしていたリアンナが言《い》っていたこととそっくりだわって。でも、リアンナはマレフィセントのスパイだったのよ」

フィリップは顔《かお》をしかめた。

「うーん……マレフィセントは、イバラの城《しろ》でも、さっきも、きみにきれいなドレスを着《き》せて、きみの気《き》をそらそうとしたってわけか。マレフィセントはきみが美《うつく》しいことを鼻《はな》にかけてると思《おも》ってて、その虚栄心《きょえいしん》を利用《りよう》しようとしたってことだよね。ぼくは、きみが美《うつく》しいことを鼻《はな》にかけてるなんて思《おも》ってないよ。でもマレフィセントも、また同《おな》じ手《て》を使《つか》うなんて変《へん》だな」

「きっと……わたしのことを見《み》くびってるのよ。マレフィセントの頭《あたま》のなかのわたしのイメージは、きれいなだけのばかな王女《おうじょ》なの。わたしのことなんて、なんにもわかってないんだわ」

「ぼくは、きっと、きみのことをなんでもわかってると思《おも》うな」

フィリップがにっと笑《わら》い、オーロラ・ローズの手《て》をぎゅっと握《にぎ》った。

オーロラ・ローズが苦笑《にがわら》いした。

「あなたが？　わたし自身《じしん》だって自分《じぶん》のことをどれだけわかってるか自信《じしん》がないのに」

そのとき風《かぜ》の向《む》きが変《か》わり、フィドル（バイオリン）の澄《す》んだ軽《かろ》やかな音《おと》とともに、おいしそうなにおいと笑《わら》い声《ごえ》がこっちまで運《はこ》ばれてきた。

「この先《さき》に小《ちい》さな村《むら》があるはずだ」

フィリップが前《まえ》のほうを指《ゆび》さしながら言《い》った。

ふたりは足《あし》を速《はや》めた。

たどり着《つ》いたのは、小《ちい》さな家《いえ》が集《あつ》まった、こぢんまりとした集落《しゅうらく》だった。わらぶき屋根《やね》の石《いし》の煙突《えんとつ》からは煙《けむり》が立《た》ちのぼっている。

村《むら》の中央《ちゅうおう》にある広場《ひろば》で、赤《あか》とオレンジ色《いろ》の大《おお》きなかがり火《び》がパチパチと心地《ここち》よい音《おと》を立《た》てて燃《も》えている。フィドルを演奏《えんそう》している人《ひと》がふたり、口《くち》の狭《せま》い水差《みずさ》しを笛代《ふえが》わりにして演奏《えんそう》している人《ひと》がひとりいて、元気《げんき》の出《で》る明《あか》るい曲《きょく》を楽《たの》しげに奏《かな》でている。ラズベリーやブルーベリーを食《た》べ、口《くち》のまわりを赤《あか》や紫色《むらさきいろ》にした子《こ》どもたちが、裸足《はだし》で走《はし》りまわっている。大人《おとな》たちは手拍子《てびょうし》を打《う》ち、ダンスに夢中《むちゅう》だ。くるりと回《まわ》ったときにふわりとなる、布《ぬの》をたっぷり使《つか》ったスカートをはいたり、古《ふる》い麦《むぎ》わら帽子《ぼうし》にリボンを巻《ま》いたりして、みんな、それぞれおめかしをしている。

真《ま》っ白《しろ》なテーブルクロスを広《ひろ》げたテーブルには、いろいろな種類《しゅるい》のパイやタルトに、濃《こ》い紫色《むらさきいろ》のジャムの入《はい》った瓶《びん》が並《なら》んでいる。その近《ちか》くで火《ひ》にかけられている大《おお》きな鍋《なべ》からは、ワインのような香《かお》りがただよってくる。老女《ろうじょ》がひとり、それをひしゃくですくってマグカップによそい分《わ》けていた。

オーロラ・ローズは、目《め》の前《まえ》に広《ひろ》がる光景《こうけい》を見《み》て、うれしさのあまり目《め》を大《おお》きく見開《みひら》いた。

「『月夜《つきよ》のベリー祭《まつ》り』だよ」とフィリップが教《おし》えてくれた。「こっちの世界《せかい》も現実《げんじつ》の世界《せかい》と同《おな》じならね。夏《なつ》の終《お》わりの収穫《しゅうかく》を祝《いわ》うお祭《まつ》りだ。あそこにあるのは、ほかほかのラズベリーのマッシュだと思《おも》うな」

「そのお祭《まつ》りなら知《し》ってるわ！　毎年開《まいとしひら》かれていたもの。わたしは一度《いちど》も行《い》かせてもらえなかったけれど」

オーロラ・ローズが懐《なつ》かしそうに言《い》った。

「ああ、また――」

フィリップがため息《いき》をつき、ふらつきはじめたオーロラ・ローズを両手《りょうて》で支《ささ》えた。またもや記《き》憶《おく》がオーロラ・ローズをおそったのだ。

けれど、今回《こんかい》の記憶《きおく》は時間《じかん》も短《みじか》く、めまいもそれほどひどくなかった。懐《なつ》かしい場面《ばめん》が次《つぎ》から次《つぎ》へと浮《う》かんでくる。夏《なつ》の終《お》わり、森《もり》の奥《おく》のめったに人《ひと》が来《こ》ないところで暮《く》らすブライア・ローズのところにも、祭《まつ》りの興奮《こうふん》が運《はこ》ばれてくる。ブライア・ローズは、「お祭《まつ》りに行《い》きたい」とおばたちにせがんだ。風《かぜ》の向《む》きが右《みぎ》に変《か》われば、ラズベリーを煮《に》るおいしそうなにおいがここへも届《とど》くはずだ。

「だめよ、危《あぶ》ないから」

フローラが言《い》った。

「残念《ざんねん》だけれど、もう少《すこ》し大《おお》きくなったらね」

フォーナが言《い》った。

メリーウェザーが言《い》った。

「お祭《まつ》りといったって、何《なに》がそんなに楽《たの》しいっていうの？　にんげ——いやあの、田舎者《いなかもの》たちが歌《うた》に合《あ》わせてダンスをして、パイを食《た》べるだけよ……」

「いつも、なんにもさせてくれない！」

ブライア・ローズはそう叫《さけ》ぶと、小屋《こや》を飛《と》びだした。十三歳《じゅうさんさい》になっても、十四歳《じゅうよんさい》になっても、十五歳《じゅうごさい》になっても、祭《まつ》りには行《い》かせてもらえなかった……。

オーロラ・ローズはまだ頭《あたま》がずきずきしていたけれど、今回《こんかい》は倒《たお》れずにすんだ。それに、ある考《かんが》えがひらめいたとたん、元気《げんき》が出《で》た。

「今度《こんど》こそ、お祭《まつ》りに行《い》けるわ！」

オーロラ・ローズはにこりと笑《わら》い、うれしそうに歩《ある》きだした。

フィリップがあとを追《お》いかけながら言《い》った。

「ローズ、ここは現実《げんじつ》の世界《せかい》じゃないんだよ。また罠《わな》だったらどうす――」

オーロラ・ローズはうしろへ振《ふ》り向《む》くと、フィリップの唇《くちびる》へ指《ゆび》をあてた。

「大丈夫《だいじょうぶ》よ。それにたとえそうだとしてもかまわないわ。だって、これはわたしの夢《ゆめ》なのよ。だから楽《たの》しむことに決《き》めたのよ」

けれど、マレフィセントの罠《わな》かもしれないという疑《うたが》いは、そのあとすぐに薄《うす》らいだ。村人《むらびと》たちはふたりの姿《すがた》に気《き》づくと、冷《ひ》ややかな視線《しせん》を向《む》けたのだ。音楽《おんがく》がだんだん静《しず》まり、ついにはみんなダンスをやめた。

オーロラ・ローズは戸惑《とまど》った表情《ひょうじょう》を浮《う》かべながら、片手《かたて》で頭《あたま》を押《お》さえた。ふたりはさぞかし変《へん》なふうに見《み》えていることだろう。剣《つるぎ》を持《も》った王子《おうじ》とぼろぼろのドレスを着《き》た王女《おうじょ》。しかもふたりとも泥《どろ》にまみれて血《ち》だらけなのだ。

「あの、初《はじ》めまして」

オーロラ・ローズがおずおずと手《て》を振《ふ》った。オーロラ・ローズは必死《ひっし》に自分《じぶん》に言《い》い聞《き》かせた。舞踏会《ぶとうかい》の日《ひ》に大広間《おおひろま》へ入《はい》っていくとき、いつもみんながどんなふうにわたしを見《み》つめていたか思《おも》い出《だ》して。わたしは王女《おうじょ》なのよ。少《すく》なくともイバラの城《しろ》では。

「お邪魔《じゃま》をしてしまってごめんなさい」

「日《ひ》も暮《く》れたというのに、あんたらはどこから来《き》たんだね？」

年老《としお》いた農民《のうみん》が強《つよ》い口調《くちょう》で問《と》いつめた。声《こえ》にこもった疑《うたが》いの色《いろ》を隠《かく》そうともしない。

「ちょっと、じいさん、やめなさいよ」農民《のうみん》より若《わか》い、といってもそれほど若《わか》くはない女《おんな》の人《ひと》が目《め》をむいて言《い》った。「さっき来《き》た、あの流《なが》れ者《もの》のオズリーには、あんた、そんなこと聞《き》かなかったじゃないのさ」

農民《のうみん》は鼻《はな》をふんと鳴《な》らした。

「オズリーのことはみんな知《し》っとるじゃろ。だが、こいつらは初《はじ》めて見《み》る顔《かお》だ」

何人《なんにん》かの村人《むらびと》たちが、そうだ、そうだ、とささやきうなずいた。

オーロラ・ローズがおだやかな声《こえ》で言《い》った。

「わたしたちは魔法《まほう》にかけられた城《しろ》から逃《に》げてきたのよ。城《しろ》にずっととらわれていて、邪悪《じゃあく》な女《じょ》王《おう》とその手先《てさき》から逃《のが》れてきたの」

フィリップが付《つ》け足《た》した。

「女王《じょおう》がよこした魔獣《まじゅう》に追《お》われ、ようやくここへたどり着《つ》いたんだ。ぼくの頭《あたま》に噛《か》みついていた最後《さいご》の一匹《いっぴき》をさっきやっつけた。これを見《み》て」フィリップは頭《あたま》を傾《かたむ》け、血《ち》だらけの傷跡《きずあと》を見《み》せた。

ふたりの話《はなし》を聞《き》いているうちに、村人《むらびと》たちの表情《ひょうじょう》がだんだんやわらいできた。

「あんたたちは王族《おうぞく》でしょ」

別《べつ》の女《おんな》の人《ひと》が、したり顔《がお》でうなずきながら言《い》った。

「だから、魔除《まよ》けをつるしとるんじゃよ」老婆《ろうば》が話《はなし》に割《わ》りこんだ。「魔女《まじょ》やその手先《てさき》どもをこの村《むら》へ寄《よ》せつけないようにね」

「おかげさまで助《たす》かりました。なんとお礼《れい》を言《い》ってよいのやら」

そう言《い》って、フィリップは優雅《ゆうが》にお辞儀《じぎ》した。

「城《しろ》にはほかにもたくさんの人《ひと》がとらわれているのかい？」

別《べつ》の女《おんな》の人《ひと》が心配《しんぱい》そうな顔《かお》で尋《たず》ねた。

「ええ……わたしたち、みんなを救《すく》い出《だ》すつもりです」

すべてを話《はな》す必要《ひつよう》はないかもしれない。この人《ひと》たちは、現実《げんじつ》の世界《せかい》ではみんな眠《ねむ》っているのだろうし、もしかしたら、夢《ゆめ》のなかにしか存在《そんざい》しない人《ひと》たちなのかもしれないのだから。

大《おお》きな鍋《なべ》のそばにいた老女《ろうじょ》が、がらがら声《ごえ》で言《い》った。

「それじゃあ、お若《わか》い英雄《えいゆう》たちよ。ふたりとも祭《まつ》りに加《くわ》わったらどうだい？」

「はい、もちろん喜《よろこ》んで」

オーロラ・ローズがうれしそうにため息《いき》をついた。

ふたたび音楽《おんがく》が流《なが》れだし、みんなそれぞれ、手拍子《てびょうし》を打《う》ったり、ダンスをしたり、おしゃべりをしたりしはじめた。飛《と》び入《い》りのふたりを露骨《ろこつ》にじろじろと眺《なが》める者《もの》もいる。ぶあついマグカップに入《はい》ったあたたかいラズベリーのワインを手《て》わたされ、飲《の》んでみる。甘《あま》くてとろりとしていて、飲《の》んだとたん、足《あし》の先《さき》まであたたまったような気《き》がした。足《あし》が勝手《かって》に動《うご》きだし、リズムを刻《きざ》む。

子《こ》どもたちが輪《わ》になり、びっくりするほど複雑《ふくざつ》なステップを踊《おど》りはじめた。

「ねえ、いっしょにやろう！」

小《ちい》さな女《おんな》の子《こ》が駆《か》けよってきて、オーロラ・ローズの手《て》をつかんだ。女《おんな》の子《こ》はうっとりとした目《め》で王女《おうじょ》を見《み》あげている。ドレス姿《すがた》のこんなにきれいな人《ひと》を見《み》るのは初《はじ》めてなのだろう。

オーロラ・ローズはフィリップに視線《しせん》を移《うつ》した。

「また罠《わな》だよ、きっと」

フィリップが言《い》った。

「罠《わな》だなんて思《おも》えないのよ」

オーロラ・ローズはにっこりすると、女《おんな》の子《こ》に手《て》を引《ひ》かれていった。

「さっきのふたつの罠《わな》だって、最初《さいしょ》は罠《わな》だなんて思《おも》わなかったじゃないか！」

フィリップがうしろから呼《よ》びかけた。

人々《ひとびと》が歓声《かんせい》をあげ、大人《おとな》たちは子《こ》どもたちの輪《わ》のまわりにさらに大《おお》きい輪《わ》をつくり、子《こ》どもたちとは反対《はんたい》の方向《ほうこう》へ回《まわ》りながら踊《おど》りだした。

元気《げんき》いっぱいで満面《まんめん》の笑《え》みの子《こ》どもたちと手《て》をつなぎ軽《かろ》やかに踊《おど》っていたら、オーロラ・ローズもつられて声《こえ》をあげて笑《わら》っていた。

それにひきかえフィリップは、そわそわと落《お》ちつかないようすだった。笑顔《えがお》をつくり、村人《むらびと》たちと乾杯《かんぱい》をしたりしていたけれど、大人《おとな》たちのダンスの輪《わ》のせいで、オーロラ・ローズがよく見《み》えなくて心配《しんぱい》しているのがひと目《め》でわかる。

音楽《おんがく》がだんだんゆっくりになり、ふたつの輪《わ》の動《うご》きが止《と》まった。やっと終《お》わったとほっとしたフィリップは、一歩前《いっぽまえ》に出《で》て拍手《はくしゅ》をした。

けれど、また音楽《おんがく》が鳴《な》りだした。ふたつの輪《わ》がふたたび回《まわ》りはじめる。

「ちょっと、待《ま》ってくれ」

フィリップがだれにともなく言《い》った。その声《こえ》も虚《むな》しく、音楽《おんがく》は鳴《な》りつづける。

フィドルの奏《かな》でる曲《きょく》のテンポが速《はや》まってきた。

輪《わ》になって踊《おど》っている人《ひと》たちもそれに合《あ》わせ、いまや、複雑《ふくざつ》なステップはせず、ただぐるぐると回《まわ》っているだけだ。

「ローズ！」

フィリップが大《おお》きな声《こえ》で呼《よ》びかけた。けれどオーロラ・ローズはダンスに夢中《むちゅう》で、金色《きんいろ》の髪《かみ》と笑顔《えがお》がときどきちらりとフィリップの目《め》に飛《と》びこんでくるだけだ。しまいに、内側《うちがわ》の輪《わ》はほとんど見《み》えなくなってしまった。

フィドル奏者《そうしゃ》はますますテンポを速《はや》めた。

ふたつの踊《おど》りの輪《わ》の回転速度《かいてんそくど》もどんどん速《はや》まって、服《ふく》や髪《かみ》の色《いろ》が混《ま》ざりあい、かすんだ輪《わ》のように見《み》える。

大人《おとな》たちがつないだ手《て》を上《うえ》にあげ、子《こ》どもたちとオーロラ・ローズの輪《わ》のほうへ迫《せま》っていく。

フィリップが剣《つるぎ》に手《て》を置《お》いた。

音楽《おんがく》はさらにピッチをあげ、フィドル奏者《そうしゃ》は指《ゆび》がちぎれんばかりに手《て》を動《うご》かしている。

フィリップが足《あし》を前《まえ》に踏《ふ》みだそうとしたちょうどそのとき……なんの前触《まえぶ》れもなく、音楽《おんがく》がぴたりと止《や》んだ。

わきで見《み》ていた村人《むらびと》たちが、猛烈《もうれつ》な拍手《はくしゅ》を送《おく》った。踊《おど》っていたふたつの輪《わ》の人《ひと》たちは手《て》を放《はな》し、ふらついたり、座《すわ》りこんだりして、皆《みな》ぐったりしている。やがて、それぞれ休《やす》んだり、飲《の》み物《もの》を飲《の》もうと、ふらふらと歩《ある》いて散《ち》り散《ぢ》りになっていった。

フィドル奏者《そうしゃ》は手首《てくび》を振《ふ》ると、今度《こんど》はゆったりとした曲《きょく》を演奏《えんそう》しはじめた。踊《おど》っていた人《ひと》たちだけでなく、自分《じぶん》たちも休《やす》めるように。

オーロラ・ローズは頬《ほお》を上気《じょうき》させ、生《い》き生《い》きとした笑《え》みを浮《う》かべている。フィリップが不機嫌《ふきげん》な表情《ひょうじょう》から困《こま》ったような顔《かお》になり、しぶしぶ笑顔《えがお》になったのを見《み》て、オーロラ・ローズは笑《わら》い声《ごえ》をあげた。

「だから、罠《わな》だなんて思《おも》えないって言《い》ったでしょ」

フィリップがマグカップを手《て》わたすと、オーロラ・ローズは自分《じぶん》のカップだけでなく、フィリップのカップもとりあげて樽《たる》の上《うえ》に置《お》き、ダンスをしている人《ひと》たちのほうへ引《ひ》っ張《ぱ》っていった。

カントリーダンスが始《はじ》まっていた。男《おとこ》の人《ひと》と女《おんな》の人《ひと》がそれぞれ列《れつ》をつくって向《む》かい合《あ》い、膝《ひざ》を折《お》り左足《ひだりあし》をうしろへ引《ひ》いて、正面《しょうめん》にいるパートナーにお辞儀《じぎ》をしている。オーロラ・ローズとフィリップもそれぞれの列《れつ》の端《はし》に加《くわ》わった。

ダンスの途中《とちゅう》でオーロラ・ローズを回《まわ》すとき、フィリップが親指《おやゆび》をぐいっと曲《ま》げオーロラ・ローズの腰《こし》をしっかりとつかんだ。フィリップの手《て》のひらのぬくもりが服《ふく》を通《とお》して伝《つた》わってくる。オーロラ・ローズが少《すこ》しふらつくと、フィリップは、まるで自分《じぶん》が手《て》を放《はな》したら倒《たお》れてしまうと思《おも》っているかのようにオーロラ・ローズを力強《ちからづよ》く支《ささ》えた。

そしてオーロラ・ローズを持《も》ちあげてジャンプをさせようと、もう片方《かたほう》の手《て》も腰《こし》に添《そ》えたとき、フィリップが耳《みみ》もとでささやいた。フィリップの唇《くちびる》が耳《みみ》に触《ふ》れ、あたたかい息《いき》が頬《ほお》にかかる。どぎまぎして、オーロラ・ローズは最初《さいしょ》、何《なに》を言《い》われているのかわからなかった。

「きみの服《ふく》」

自分《じぶん》の着《き》ている服《ふく》を見《み》おろし、何《なに》が起《お》きたのかようやく理解《りかい》した。

もう、メレンゲのようにふんわりとした明《あか》るい青《あお》のドレスは着《き》ていなかった。いつのまにか、森《もり》で暮《く》らしていたころの服《ふく》と、イバラの城《しろ》から逃《に》げてきたときに着《き》ていたドレスを混《ま》ぜ合《あ》わせたような格好《かっこう》をしている。すりきれた茶色《ちゃいろ》のスカートと腰《こし》までおおう金色《きんいろ》のブラウス。ブラウスの上《うえ》には黒《くろ》いコルセットを重《かさ》ね着《ぎ》している。足《あし》もとを見《み》ると、靴《くつ》は消《き》えてなくなっていた。

オーロラ・ローズは肩《かた》をすくめた。

「夢《ゆめ》だから、なんでもありってことなのかしら？」

オーロラ・ローズがフィリップの耳《みみ》もとでささやいた。

フィリップはどういうことだろうと考《かんが》えるかのように、片方《かたほう》の眉《まゆ》をあげた。

カントリーダンスが終《お》わると、サークルダンスが始《はじ》まった。サークルダンスは男女《だんじょ》が同性同士《どうせいどうし》手《て》をつなぎ互《たが》いに反対《はんたい》の方向《ほうこう》へ円《えん》をつくって進《すす》んでいくダンスなので、オーロラ・ローズは少《すこ》しがっかりした。フィリップと、また近《ちか》づきたかったからだ。フィリップは二《に》、三回踊《さんかいおど》ったところで、軽《かる》く会釈《えしゃく》をしてその場《ば》を離《はな》れた。村《むら》の若《わか》い娘《むすめ》たちがフィリップに言《い》いよってきたけれど、礼《れい》儀正《ぎただ》しく会釈《えしゃく》をし、やんわりと断《ことわ》った。

けれど娘《むすめ》たちがあきらめないので、とうとう、ウマがつながれ、荷馬車《にばしゃ》を停《と》めた静《しず》かな場所《ばしょ》へ逃《に》げてきた。

踊《おど》り疲《つか》れてようやくひと息《いき》つくことにしたオーロラ・ローズは、フィリップの隣《となり》の干《ほ》し草《くさ》が積《つ》んであるところに腰《こし》をおろし、熱《あつ》い体《からだ》をフィリップにもたせかけた。

「ローズ……」

フィリップが口《くち》を開《ひら》いた。

「わかってるわ。そろそろ行《い》かなくちゃね」

オーロラ・ローズがため息《いき》をつき、フィリップのカップに残《のこ》っていたワインをごくごくと飲《の》んだ。

「ああ、でも……」フィリップが心配《しんぱい》そうな顔《かお》で空《そら》を見《み》あげた。もう空《そら》は真《ま》っ暗《くら》で、星《ほし》も出《で》ている。「今夜《こんや》はここで過《す》ごしたほうがいいかもしれない。そのほうが安全《あんぜん》そうだし。また別《べつ》の罠《わな》をしかけてくるかもしれないし。マレ――」

妙《みょう》な男《おとこ》が近《ちか》づいてくるのに気《き》づき、フィリップが言葉《ことば》を止《と》めた。りっぱな幌馬車《ほろばしゃ》のなかから出《で》てきたようだ。幌馬車《ほろばしゃ》の横側《よこがわ》には、色《いろ》のはげかけた青《あお》い空《そら》と山《やま》が描《か》いてある。幌馬車《ほろばしゃ》には、かつては色鮮《いろあざ》やかだっただろう三角形《さんかくけい》の長旗《ながはた》もついていて、悠々《ゆうゆう》と風《かぜ》にはためいていた。

男《おとこ》はどう見《み》てもこの村《むら》の人間《にんげん》ではなかった。服《ふく》は上等《じょうとう》で、農民《のうみん》やきこりのように土《つち》がついて汚《よご》れたりしていない。それに、鼻《はな》の先《さき》がとがり、瞳《ひとみ》の色《いろ》は薄《うす》い青《あお》で、顔立《かおだ》ちが明《あき》らかに村人《むらびと》たちとは違《ちが》う。男《おとこ》はふたりの向《む》かい側《がわ》に腰《こし》をおろすとき、カラフルな帽子《ぼうし》に手《て》をやって軽《かる》く会釈《えしゃく》した。

「村《むら》の祭《まつ》りにふさわしい、いい夜《よる》だ」

男《おとこ》が言《い》った。

「そうですね。本当《ほんとう》に。でも、あなたはこの村《むら》の人《ひと》ではありませんよね」

フィリップが尋《たず》ねた。

「きみたちだってそうだろう」男《おとこ》は言《い》いかえしたが、少《すこ》しへこんだ金属製《きんぞくせい》のマグカップを持《も》ちあげ乾杯《かんぱい》のしぐさをした。「村《むら》の人《ひと》たちが言《い》ってたよ。あの城《しろ》から来《き》たんだってね。邪悪《じゃあく》な妖精《ようせい》に閉《と》じこめられてたんだって？」

「ええ。逃《に》げてきたんです。城《しろ》に残《のこ》っている人《ひと》たちを助《たす》けるつもりよ」

オーロラ・ローズが答《こた》えた。

「あなたはどこから来《き》たんですか？」

フィリップが尋《たず》ねた。

「わたしは、根無《ねな》し草《ぐさ》の旅人《たびびと》さ！　名前《なまえ》はオズリー。旅《たび》する商人《しょうにん》だ」男《おとこ》はそう言《い》うと立《た》ちあがり、小《ちい》さくお辞儀《じぎ》をした。「楽《たの》しいものならなんでもござれの行商人《ぎょうしょうにん》。扱《あつか》う商品《しょうひん》はあっと驚《おどろ》く掘《ほ》りだし物《もの》ばかりだ。わたしがやってきたと知《し》ると、みんな、すばらしい品物《しなもの》をひと目見《めみ》ようとあちこちから集《あつ》まってくるんだよ」

「嘘《うそ》でしょう？」と言《い》いかけたフィリップを、オーロラ・ローズがこっそりと蹴《け》とばした。

オズリーが笑顔《えがお》で言《い》った。

「お見受《みう》けしたところ、きみは洗練《せんれん》された紳士《しんし》のようだ。鋼《はがね》の剣《つるぎ》を持《も》っているし。だが、わたしはいろいろな国《くに》に行《い》ったことがある。こんなの見《み》たことあるかい？」

手品師《てじなし》のように、オズリーはどこからともなくワイヤー製《せい》の小《ちい》さな鳥《とり》かごをとりだした。釣《つ》り鐘形《がねがた》でとても繊細《せんさい》なつくりだ。でも、なかの金《きん》のとまり木《ぎ》にとまっているのは本物《ほんもの》ではなく、光沢《こうたく》のある金属《きんぞく》でできた鳥《とり》で、表面《ひょうめん》は宝石《ほうせき》のようにカットされている。目《め》には鮮《あざ》やかなエメラルドがはめこんであり、くちばしは黒《くろ》い縞《しま》めのうを削《けず》ったものでできていた。

「きれいだ」

フィリップが目《め》を輝《かがや》かせ、よく見《み》ようと鳥《とり》かごに顔《かお》を近《ちか》づけた。

「ただきれいなだけじゃない。これを聞《き》いてごらん」

オズリーが鳥《とり》かごの横《よこ》についたボタンを押《お》すと、突然《とつぜん》、鳥《とり》が動《うご》きだした。頭《あたま》を傾《かたむ》け、羽《はね》をばたばたとさせる。そして、くちばしを開《ひら》くと、本物《ほんもの》の鳥《とり》のようにきれいな声《こえ》でさえずりはじめた。

「すてき！」

オーロラ・ローズが息《いき》を呑《の》んだ。

「ちゃんとした歌《うた》も歌《うた》えるんだよ。きみらやわたしが知《し》っているような、この国《くに》の言葉《ことば》の歌《うた》ではないがね。まあ、歌《うた》は歌《うた》だ。ほこりっぽい長旅《ながたび》をなぐさめてくれる、わたしの大事《だいじ》な連《つ》れだよ」

オズリーが誇《ほこ》らしげにほほえんだ。

オズリーはよく見《み》えるように、鳥《とり》かごを干《ほ》し草《くさ》の上《うえ》に置《お》いた。オーロラ・ローズもフィリップも、その鳥《とり》をほれぼれと眺《なが》めている。

「昔《むかし》は東《ひがし》へもよく旅《たび》していてね。そんときに見《み》つけたものだ。この村《むら》の近辺《きんぺん》に立《た》ちよるのは年《ねん》に二《に》、三回《さんかい》くらいってところかな。村《むら》の人《ひと》たちに、このあたりでは手《て》に入《はい》らないものを売《う》ってるんだ。ナイフやら鍋《なべ》やら、ふだんの生活《せいかつ》でよく使《つか》うもの、それと、町《まち》で手《て》に入《い》れたしゃれた布《ぬの》なんかをね。それから反対《はんたい》に、町《まち》では手《て》に入《はい》らないものを買《か》う。キノコや野生《やせい》のハーブなんかだ。せっかくの祭《まつ》りの晩《ばん》だから今夜《こんや》はここへ泊《と》まることにしたが、明日《あす》には出発《しゅっぱつ》するつもりだ」

「えっ、そうなの？」オーロラ・ローズが興奮《こうふん》した口《くち》ぶりで尋《たず》ねた。鳥《とり》かごから目《め》を離《はな》し、意味《いみ》ありげにフィリップを見《み》つめる。「いっしょに連《つ》れていってもらえないかしら。幌馬車《ほろばしゃ》だったら外《そと》から見《み》えないし」

オズリーは目《め》をそらして手《て》もとのカップに視線《しせん》を落《お》とし、それからふたりの頭《あたま》ごしに森《もり》のほうを見《み》やった。

「その……きみたちといっしょにいるのがいやだとか、そういうことじゃないんだ……ただ、あの城《しろ》にいる邪悪《じゃあく》な妖精《ようせい》の注意《ちゅうい》を引《ひ》くのなんてごめんだ」

フィリップが眉《まゆ》をしかめた。

オズリーが続《つづ》けた。

「邪悪《じゃあく》な妖精《ようせい》だったら、だれがきみたちを手助《てだす》けしたか、すぐにわかってしまうだろう。あの妖《よう》精《せい》のスパイはそこら中《じゅう》にうようよしている。確《たし》かにわたしは臆病者《おくびょうもの》だ。だが、そのおかげで、王《おう》国同士《こくどうし》が争《あらそ》う物騒《ぶっそう》な時代《じだい》も生《い》きのびてこられたんだ。命《いのち》を落《お》とした仲間《なかま》が大勢《おおぜい》いた時代《じだい》もね」

フィリップが言《い》った。

「なにも森《もり》を抜《ぬ》けるまでずっと乗《の》せていってくださいと頼《たの》んでいるわけではないんです。途中《とちゅう》までででかまいません」

「ただでとは言《い》わないわ……なんらかのお礼《れい》はします」

オーロラ・ローズが言《い》い足《た》した。

オズリーがそわそわしだした。

「万《まん》が一《いち》きみたちを連《つ》れていくとしても、代償《だいしょう》を求《もと》めるつもりはないよ。あくまでも、きみたちの……尊《とうと》い冒険《ぼうけん》を手助《てだす》けするつもりはない。かりに連《つ》れていくとしたら、単《たん》なる親切《しんせつ》としてだ。わたしまで命《いのち》を落《お》とすようなことにはなりたくないからね」

「親切《しんせつ》でもなんでもかまわないわ」

オーロラ・ローズが言《い》った。

オズリーは首《くび》を横《よこ》に振《ふ》って立《た》ちあがった。

「いつものように、運《うん》を天《てん》に任《まか》せよう。自分《じぶん》で決《き》められないときは、いつもそうしているんだ。神《かみ》のご意志《いし》にしたがうことにするよ」

「どうやって?」

フィリップが尋《たず》ねた。

「きみは……歌《うた》えるかい?」

オズリーがオーロラ・ローズのほうへ頭《あたま》をかしげた。

「歌《うた》えるわ……でも……」

「それじゃあ、歌《うた》で競争《きょうそう》しよう」オズリーがきっぱりと言《い》った。「きみは、わたしのこのかわいい鳥《とり》と勝負《しょうぶ》する。きみが勝《か》ったら、どこへでも好《す》きなところへ連《つ》れていってあげよう。わたしが勝《か》ったら、きみの恋人《こいびと》のすばらしい剣《つるぎ》をいただくことにするよ」

フィリップが剣《つるぎ》をかばうように、ベルトに手《て》を置《お》いた。

「ぼくらを守《まも》るものがなくなってしまうじゃないか!」

「剣《つるぎ》が邪悪《じゃあく》な妖精《ようせい》から守《まも》ってくれると思《おも》ってるなら、もうその時点《じてん》で負《ま》けたも同然《どうぜん》だ」

オズリーが口《くち》もとをゆがめた。

フィリップはむっとした顔《かお》で地団太《じだんだ》を踏《ふ》んだが、反論《はんろん》の言葉《ことば》を思《おも》いつけなかった。

「この鳥《とり》のぜんまいを一度《いちど》だけ巻《ま》くことにしよう。同《おな》じ歌《うた》を二回歌《にかいうた》ってはならない。それで、どちらが長《なが》く歌《うた》えるか競争《きょうそう》する。これでどうだい？」

フィリップがオーロラ・ローズを見《み》た。

オーロラ・ローズは必死《ひっし》に考《かんが》えをめぐらせた。歌《うた》は得意中《とくいちゅう》の得意《とくい》だ。なんだって歌《うた》える自信《じしん》がある。それに、森《もり》の小屋《こや》で暮《く》らしていたときにひまつぶしにつくった曲《きょく》や、城《しろ》の独唱会《どくしょうかい》で歌《うた》うためにつくった曲《きょく》だってある。

「受《う》けてたつわ」

オーロラ・ローズが言《い》った。

「じゃあ、こちらから始《はじ》めるとするかね」オズリーが銀《ぎん》のかぎを鳥《とり》の首《くび》に差《さ》しこんでぜんまいを巻《ま》きながら言《い》った。「有利《ゆうり》な二番手《にばんて》はきみに譲《ゆず》ることにするよ」

とまり木《ぎ》の上《うえ》で、金属《きんぞく》の鳥《とり》が一《いち》、二回《にかい》、前後《ぜんご》にゆれた。一瞬《いっしゅん》、本物《ほんもの》の鳥《とり》のように見《み》えたけれど、動《うご》きはぎくしゃくしていて目《め》はまったく動《うご》かない。それに、本物《ほんもの》の鳥《とり》がよくやるように、首《くび》をかしげて不思議《ふしぎ》そうに、かごの向《む》こうにいる人間《にんげん》を見《み》たりもしなかった。縞《しま》めのうでできたくちばしを開《ひら》き、鳥《とり》が歌《うた》いはじめた。

この世《よ》のものとは思《おも》えない美《うつく》しい歌声《うたごえ》が流《なが》れだした。聞《き》きなれない曲《きょく》だったけれど、オーロラ・ローズは、あとで自分《じぶん》でも歌《うた》ってみたくて、新鮮《しんせん》な音色《ねいろ》に夢中《むちゅう》で聞《き》き入《い》った。幸《しあわ》せな気分《きぶん》になれる小曲《しょうきょく》だ。

聞《き》き入《い》っているうちに、あっという間《ま》に一曲目《いっきょくめ》は終《お》わった。

「きみの番《ばん》だ」

オズリーが軽《かる》くお辞儀《じぎ》をした。

いまはただ、勝《か》つことに集中《しゅうちゅう》しなければ。

頭《あたま》をからっぽにして、オーロラ・ローズは歌《うた》いだした。

「やさしい《ドゥース》……やさしい《ドゥース》、すてきなあなた《ダムジョリ》……」

吟遊詩人《ぎんゆうしじん》がマレフィセントの手先《てさき》に連《つ》れさられる前《まえ》に歌《うた》った歌《うた》だ。最後《さいご》まで歌《うた》いきれなかった吟遊詩人《ぎんゆうしじん》のことを思《おも》い出《だ》しながら、オーロラ・ローズは心《こころ》をこめて歌《うた》った。

フィリップはうっとりとした目《め》でオーロラ・ローズを見《み》つめている。

最後《さいご》まで歌《うた》いとおすと、オズリーでさえ帽子《ぼうし》に手《て》を触《ふ》れ会釈《えしゃく》をした。そしてこう言《い》った。

「こう言《い》っては失礼《しつれい》だが、正直《しょうじき》、驚《おどろ》いたよ」

「ローズ、きみの歌《うた》を前《まえ》にも聞《き》いたことはあったけど、でも……」フィリップは言葉《ことば》を探《さが》している。「なんて甘《あま》い歌声《うたごえ》なんだ！　まるで天使《てんし》のように清《きよ》らかで、非《ひ》の打《う》ちどころがない……」

オーロラ・ローズが頬《ほお》を赤《あか》らめた。

「さて、こっちの番《ばん》だ」

オズリーが言《い》った。鳥《とり》がまた歌《うた》いはじめた。元気《げんき》の出《で》る陽気《ようき》な曲《きょく》だった。

オーロラ・ローズが次《つぎ》に歌《うた》った曲《きょく》は、鳥《とり》の曲《きょく》に合《あ》わせて、コミカルなバラッドだった。

また鳥《とり》が歌《うた》った。今度《こんど》の曲《きょく》は前《まえ》のよりも少《すこ》し複雑《ふくざつ》だった。ときどき、高《たか》さの違《ちが》うふたつの音《おと》を同時《どうじ》に出《だ》して歌《うた》い二重唱《にじゅうしょう》のようになった。

そんな歌《うた》を聞《き》いても、オーロラ・ローズはちっとも不安《ふあん》ではなかった。バラッドや讃美歌《さんびか》など歌《うた》のレパートリーなら何百曲《なんびゃくきょく》もある。

鳥《とり》の歌《うた》う曲《きょく》が、素朴《そぼく》で牧歌的《ぼっかてき》な雰囲気《ふんいき》の曲《きょく》から、切《せつ》なく悲《かな》しい感《かん》じの曲《きょく》へ変《か》わった。短調《たんちょう》のメロディを音《おと》を長《なが》く伸《の》ばしたり、トリルで歌《うた》ったりしている。

オーロラ・ローズは、鳥《とり》の歌声《うたごえ》にうっとりと聞《き》き入《い》った。

同時《どうじ》に、鳥《とり》の歌《うた》に応《こた》える曲《きょく》をいますぐにでも歌《うた》いたくてうずうずもした。もう競争《きょうそう》なんてどうでもいいような気分《きぶん》だった。

ぜんまいじかけの鳥《とり》だというのに、その歌声《うたごえ》があまりにも切《せつ》なく魂《たましい》をゆさぶるものだったので、とうとう三人《さんにん》は涙《なみだ》を流《なが》した。オーロラ・ローズはそれに応《こた》えるように、心《こころ》のふるえるような悲《かな》しい曲《きょく》を歌《うた》った。でもそのあと、鳥《とり》はいつまでも歌《うた》いださなかった。不安《ふあん》げにずっと羽《はね》をはばたかせているだけだ。歌《うた》える曲《きょく》はぜんぶ歌《うた》いつくしてしまったのだろう。ショーはこれで終《お》わりだ。

フィリップは少《すこ》し残念《ざんねん》そうな表情《ひょうじょう》を浮《う》かべながらオズリーのほうを向《む》いた。

「どうやら勝負《しょうぶ》は――」

そのとき、鳥《とり》が即興《そっきょう》で歌《うた》いはじめた。

最初《さいしょ》は、ためらいがちな小《ちい》さな声《こえ》だった。曲《きょく》も悲《かな》しげだったけれど、だんだんメロディが複雑《ふくざつ》になり、やがて喜《よろこ》びに満《み》ちた曲《きょく》になった。鳥《とり》はふたたび高《たか》らかに歌《うた》いはじめた。

美《うつく》しいメロディに自分《じぶん》の声《こえ》も重《かさ》ねたくて、オーロラ・ローズも歌《うた》いだす。

こんな二重唱《にじゅうしょう》を歌《うた》うのは初《はじ》めてだった。オーロラ・ローズは一度《いちど》も聞《き》いたことのない曲《きょく》を、これまで出《だ》したことのない高《たか》い音域《おんいき》で歌《うた》っていた。歌声《うたごえ》は妖精《ようせい》からの贈《おく》り物《もの》だ。けれどいま、生《う》まれて初《はじ》めて歌《うた》うことを心《こころ》から楽《たの》しんでいた。

「ローズ……」

フィリップの不安《ふあん》げな声《こえ》がどこか遠《とお》くから聞《き》こえてくる。大丈夫《だいじょうぶ》よ、勝負《しょうぶ》にはわたしが勝《か》つわ。

でも、まだいっしょに歌《うた》っていたい。

オーロラ・ローズの喉《のど》がひりひりしてきた。

鳥《とり》は音階《おんかい》をどんどんあげていく。オーロラ・ローズは、それよりもっと高《たか》いパートをソプラノで歌《うた》った。

オーロラ・ローズは目《め》を閉《と》じ、永遠《えいえん》に続《つづ》くかと思《おも》うほど長《なが》く、ひとつの音《おと》を伸《の》ばして歌《うた》いつづけた。

口《くち》から血《ち》がぽとりぽとりと落《お》ちてくる。血《ち》が出《で》たってかまわない。血《ち》の滴《しずく》は歌《うた》と混《ま》じりあって小《ち》さな赤《あか》い星《ほし》になるんだもの。わたしの体《からだ》も魂《たましい》も歌《うた》も、みんなこの宇宙《うちゅう》の一部《いちぶ》だわ。

そのとき、耳障《みみざわ》りな音《おと》が鳴《な》りひびき、すべてがぶちこわされた。

オーロラ・ローズはわれに返《かえ》った。ふと見《み》ると、空《そら》に向《む》かって伸《の》びる枝《えだ》に不格好《ぶかっこう》なヨタカが一羽《いちわ》、羽《はね》に体《からだ》をうずめてとまっている。羽《はね》の色《いろ》は茶色《ちゃいろ》と黒《くろ》でくちばしが太《ふと》い。さっきの耳障《みみざわ》りな音《おと》を放《はな》ったのは、この鳥《とり》だ。ヨタカは闇《やみ》に向《む》かって鳴《な》き声《ごえ》をあげている。

ヨタカはオーロラ・ローズを見《み》ているようだった。オスのヨタカは仲間《なかま》を求《もと》めて切《せつ》なげに鳴《な》いた。それは、おもちゃの鳥《とり》にはない命《いのち》の響《ひび》きがあった
オーロラ・ローズは歌《うた》うのを忘《わす》れた。

オズリーがそんなオーロラ・ローズを食《く》い入《い》るように見《み》つめている。オズリーもフィリップも身動《みうご》きひとつしなかった。小《ち》さなぜんまいじかけの鳥《とり》だけが、とまり木《ぎ》の上《うえ》でぎくしゃくと動《うご》き、

歌《うた》いつづけている。

鳥《とり》の歌声《うたごえ》が急《きゅう》に陳腐《ちんぷ》に感《かん》じられた。ただのおもちゃが出《だ》す音《おと》のように。

オーロラ・ローズは突然《とつぜん》、吐《は》き気《け》におそわれた。喉《のど》も焼《や》けるように痛《いた》い。

そのとき、オズリーがぎこちなく声《こえ》をあげた。

「勝負《しょうぶ》はついた。きみは歌《うた》うのをやめてしまった。きみの負《ま》けだ」

オーロラ・ローズはヨタカを見《み》あげ、ゆっくりと腕《うで》を伸《の》ばした。人間《にんげん》に懐《なつ》かない肉食性《にくしょくせい》の鳥《とり》が、枝《えだ》から離《はな》れこの指《ゆび》にとまるわけがない。

けれど、ヨタカはオーロラ・ローズの指《ゆび》にとまった。

ヨタカはうれしそうに喉《のど》を鳴《な》らすと、くちばしをネコみたいにオーロラ・ローズの手《て》にこすりつけた。オーロラ・ローズはヨタカの頭《あたま》をなでた。

「剣《つるぎ》をもらおう」

オズリーが言《い》った。

オーロラ・ローズがかすれた声《こえ》で言《い》った。

「賭《か》けは無効《むこう》よ。これも罠《わな》だったのだから。このヨタカが……永遠《えいえん》に歌《うた》いつづけることから、わたしを救《すく》ってくれたのよ」

フィリップは怪訝《けげん》な表情《ひょうじょう》を浮《う》かべていたが、ようやくオーロラ・ローズの言《い》ったことを理解《りかい》し、怒《いか》りで顔《かお》を白《しろ》くした。

「おまえが現《あらわ》れたときに、殺《ころ》しておくべきだった」

フィリップは剣《つるぎ》を鞘《さや》から抜《ぬ》いた。

オーロラ・ローズが手《て》を広《ひろ》げると、小《ちい》さな茶色《ちゃいろ》と黒《くろ》の鳥《とり》が飛《と》びたった。森《もり》の生《い》き物《もの》がわたしを救《すく》ってくれた。わたしのことを覚《おぼ》えていて、見《み》つけてくれた。夢《ゆめ》のなかでも。

オズリーはフィリップの脅《おど》しになんの反応《はんのう》も示《しめ》さなかった。

「よく、村《むら》の入《い》り口《ぐち》の魔除《まよ》けをくぐり抜《ぬ》けられたな、魔獣《まじゅう》め」

フィリップが言《い》った。

いま、意地《いじ》の悪《わる》い目《め》でフィリップをにらんでいるオズリーは、どう見《み》ても、もうふつうの人間《にんげん》には見《み》えなくなっていた。

「老《お》いぼれのオズリーのことならみんな知《し》ってるからな。なんの疑《うたが》いもなく門《もん》を開《あ》け、幌馬車《ほろばしゃ》を通《とお》してくれたさ。老《お》いぼれの体《からだ》をちょっと借《か》りたまでだ。正体《しょうたい》を見破《みやぶ》られるやつなんていない」

喉《のど》がむずがゆくて、オーロラ・ローズは咳《せき》をした。小《ちい》さな血《ち》の塊《かたまり》が地面《じめん》に飛《と》び散《ち》る。

「なあ王女《おうじょ》よ。おまえ、いい声《こえ》してるじゃないか」

オズリーがぞっとするような冷笑《れいしょう》を浮《う》かべた。

フィリップが怒《いか》りのあまりうなり声《ごえ》をあげ、オーロラ・ローズが止《と》める間《ま》もなく、オズリーの姿《すがた》をした魔獣《まじゅう》の心臓《しんぞう》に剣《つるぎ》を突《つ》き刺《さ》した。

魔獣《まじゅう》がブタが鳴《な》きわめくような声《こえ》をあげた。目《め》や鼻《はな》の穴《あな》や心臓《しんぞう》の傷《きず》から黒《くろ》いぬらぬらとした煙《けむり》がどっと噴《ふ》きだす。しぼんだ抜《ぬ》け殻《がら》が地面《じめん》にへなへなとくずれた。

役者《やくしゃ》が衣装《いしょう》を着《き》るように、魔獣《まじゅう》がオズリーの体《からだ》をくり抜《ぬ》き、なかへ入《はい》りこんだのだった。

オーロラ・ローズは顔《かお》を背《そむ》け、目《め》を閉《と》じた。

「まあ……これで、とりあえずいますぐマレフィセントに報告《ほうこく》される心配《しんぱい》はなくなった」

フィリップがふらつきながら言《い》い、草《くさ》で剣《つるぎ》の刃《やいば》をぬぐった。

オーロラ・ローズがまた咳《せき》をしたが、こんどはさっきほど血《ち》は飛《と》び散《ち》らなかった。

フィリップが口《くち》を開《ひら》いた。

「この村《むら》を……出《で》よう。マレフィセントのスパイがほかにもいるかもしれないから朝《あさ》までは隠《かく》れて。今夜《こんや》はあの畑《はたけ》の向《む》こうで寝《ね》よう。干《ほ》し草《くさ》が積《つ》んであるからあたたかいだろうし」

オーロラ・ローズは黙《だま》ってうなずいた。

ふたりは干《ほ》し草《くさ》の積《つ》んであるところへやってきた。草《くさ》むらから夏《なつ》の終《お》わりの虫《むし》たちの澄《す》んだ鳴《な》き声《ごえ》が聞《き》こえ、足《あし》もとから乾《かわ》いた草《くさ》と土《つち》のにおいが立《た》ちのぼってくる。

フィリップは大《おお》きい干《ほ》し草《くさ》の山《やま》を選《えら》んでかきわけ、ふたり分《ぶん》のくぼみをつくった。オーロラ・ローズがそこへ横《よこ》たわると、フィリップもそのわきへ寝《ね》そべり、ふたりのあいだに鞘《さや》から抜《ぬ》いた剣《つるぎ》を置《お》いた。

オーロラ・ローズが怪訝《けげん》な顔《かお》で剣《つるぎ》とフィリップを見《み》た。

フィリップが言《い》った。

「こうしておけば、もしだれかに今夜《こんや》のことを聞《き》かれても、二枚刃《にまいば》の剣《つるぎ》がふたりのあいだに置《お》いてあったから、わたしの貞節《ていせつ》は守《まも》られましたって言《い》えるだろう?」

オーロラ・ローズは眉《まゆ》をあげた。こんなときにそんな心配《しんぱい》をするなんてあきれてしまう。

「さあ、もうこのことは気《き》にせず寝《ね》よう。体《からだ》を休《やす》めないと。たとえ夢《ゆめ》のなかだろうと疲《つか》れるものは疲《つか》れるんだから」フィリップはマントを外《はず》して、ふたりの上《うえ》に広《ひろ》げた。「もうへとへとだよ」

オーロラ・ローズはフィリップに背《せ》を向《む》けて丸《まる》くなった。剣《つるぎ》がなかったらもっとあたたかいのに。本当《ほんとう》は、だれかに抱《だ》きしめてもらいたかった。フィリップでも、森《もり》で一緒《いっしょ》に暮《く》らしたおばたちでも、父《ちち》でも母《はは》でもいい。まだあこがれていたころのマレフィセントでもかまわないから。

涙《なみだ》が音《おと》もなく目《め》から流《なが》れだし、頰《ほお》の下《した》の干《ほ》し草《くさ》を濡《ぬ》らした。涙《なみだ》はとめどもなく流《なが》れつづけた。

オーロラ・ローズがついに眠《ねむ》りに着《つ》くまで。

19　魔《ま》法《ほう》のお粥《かゆ》

うなされるオーロラ・ローズをフィリップがゆすった。

「ローズ？　大丈夫《だいじょうぶ》かい？　悪《わる》い夢《ゆめ》でも見《み》たんだね」

フィリップが自分《じぶん》の言《い》ったことの皮肉《ひにく》とおかしさに気《き》づいて口《くち》をつぐんだ。

どういうことかすべてをやっと理解《りかい》したオーロラ・ローズは、一瞬《いっしゅん》、まばたきをした。

そして涙《なみだ》を流《なが》しはじめた。

「どうしたんだい？」

フィリップが腕《うで》を回《まわ》し、オーロラ・ローズを自分《じぶん》の肩《かた》に抱《だ》き寄《よ》せる。

「わたしへの贈《おく》り物《もの》は」オーロラ・ローズは少《すこ》し咳《せ》きこんだ。まだ喉《のど》がひりついている。「妖精《ようせい》たちはわたしに、気品《きひん》と美《うつく》しさと歌声《うたごえ》を贈《おく》ってくれたわ。そして、マレフィセントはその美《うつく》しさと歌声《うたごえ》を利用《りよう》して、わたしを罠《わな》にかけようとした」

「そうだね」フィリップが少し戸惑《とまど》った表情《ひょうじょう》を浮《う》かべながら言《い》った。その濃《こ》い茶色《ちゃいろ》の瞳《ひとみ》が心配《しんぱい》でより深《ふか》い色《いろ》になった。顔《かお》にかかったオーロラ・ローズの髪《かみ》をふわりとうしろに流《なが》す。「でも、ぼくらが勝《か》ったんだよ。マレフィセントは負《ま》けたんだ。これからだってぼくらが勝《か》つさ」

「違《ちが》うの」オーロラ・ローズは必死《ひっし》に言《い》いたいことを伝《つた》えようとした。「わたしが言《い》いたいのはそういうことじゃないのよ。妖精《ようせい》たちが美《うつく》しさと歌声《うたごえ》を贈《おく》ってくれたあと、わたしは十六歳《じゅうろくさい》まで森《もり》で育《そだ》てられた。それに夢《ゆめ》の世界《せかい》でだって、幼《おさな》いころはネズミのように城《しろ》をうろつくだけで、マレフィセントが来《き》てからは舞踏会《ぶとうかい》の計画《けいかく》をするくらいしかしたことがなかった。だから、国《くに》の統《とう》治《ち》について何《なに》も知《し》らないの。税《ぜい》がなんであるかさえわからないのよ」

「なるほど」フィリップが言《い》った。「でも、ぼくの妹《いもうと》たちだって戦場《せんじょう》で軍隊《ぐんたい》を指揮《しき》する方法《ほうほう》なんて教《おし》えてもらってないよ……」

「だって、わたしのようにひとり娘《むすめ》じゃないでしょう！」オーロラ・ローズは思《おも》わず声《こえ》を張《は》りあげた。喉《のど》が焼《や》けるようにひりひりする。「マレフィセントの言《い》っていたように、両親《りょうしん》が、わたしが生《う》まれたあとに男《おとこ》の子《こ》の跡継《あとつ》ぎが生《う》まれるのを望《のぞ》んでいたのだとしても、結局《けっきょく》は授《さず》からなかった。だから、男《おとこ》の子《こ》を授《さず》からなかったときのことを考《かんが》えて、何《なに》か手《て》を打《う》っておくべきだったのよ」

「うーん……」

オーロラ・ローズが続《つづ》けた。

「それに、あなたの妹《いもうと》さんたちは、何《なに》か別《べつ》のことを教《おし》えてもらっているはずよ。お裁縫《さいほう》とか、コックやメイドの監督《かんとく》の仕方《しかた》とか……」

フィリップがよく考《かんが》えもせずに言《い》った。

「そうだね。ビアンカは刺《し》しゅうが上手《じょうず》で、その腕前《うでまえ》はかなり有名《ゆうめい》だ。それにブリジットは母上《ははうえ》が亡《な》くなったあと、母上《ははうえ》がしていた女主人《おんなしゅじん》の役目《やくめ》を引《ひ》きついだんだ。父上《ちちうえ》がほめてたことがあったよ。ブリジットは、北《きた》の交易路《こうえきろ》の通行税《つうこうぜい》を円満《えんまん》に徴収《ちょうしゅう》するための斬新《ざんしん》なアイデアを思《おも》いついたって……」

オーロラ・ローズが、怒《いか》りのあまり意味《いみ》のわからない言葉《ことば》をわめきちらした。

「美《うつく》しさと歌声《うたごえ》なんて、なんの役《やく》に立《た》つっていうの？　こんな〝贈《おく》り物《もの》〟、城《しろ》や国《くに》の運営《うんえい》にはなんの役《やく》にも立《た》たないわ。そりゃ美《うつく》しければ政略結婚《せいりゃくけっこん》には有利《ゆうり》かもしれないけれど、わたしの場合《ばあい》は、赤《あか》ちゃんのときにもう婚約《こんやく》していたんだから」

フィリップが遠慮《えんりょ》がちに口《くち》をはさんだ。「でも、ぼくらは恋《こい》に落《お》ちて……」

「そんなことわかってるわ。そういうことを言《い》ってるんじゃないのよ」

フィリップと恋《こい》に落《お》ちたことはうっすらと覚《おぼ》えている。でも、いまフィリップをどう思《おも》っているのか自分《じぶん》でもよくわからなかった。

オーロラ・ローズは激《はげ》しくしゃくりあげて泣《な》きだした。女王《じょおう》として国《くに》の役《やく》に立《た》つことはなにも身《み》についていない。

フィリップがオーロラ・ローズを抱《だ》きしめ、髪《かみ》をやさしくなでた。

「もう少《すこ》し眠《ねむ》ったほうがいい。それが無理《むり》なら横《よこ》になるだけでもいいから。日《ひ》が昇《のぼ》って出発《しゅっぱつ》するまでに体力《たいりょく》を蓄《たくわ》えておかないと。大丈夫《だいじょうぶ》、もう怖《こわ》い夢《ゆめ》は見《み》ないよ」

オーロラ・ローズは眠《ねむ》りたくなかった。

けれど、気《き》づいたら眠《ねむ》りに落《お》ちていた。今度《こんど》は夢《ゆめ》は見《み》なかった。


次《つぎ》の日《ひ》の朝《あさ》、オーロラ・ローズは何《なに》か硬《かた》くて不快《ふかい》なものがわきにあたっているのに気《き》づき、目《め》を覚《さ》ました。フィリップの剣《つるぎ》だ。思《おも》わずむっとしたけれど、蔓《つる》とイニシアルが金色《きんいろ》で描《えが》かれ、宝《ほう》石《せき》をはめこんである柄《つか》はうっとりするほど美《うつく》しい。

オーロラ・ローズは右手《みぎて》でおそるおそる剣《つるぎ》を持《も》ちあげた。剣《つるぎ》を持《も》ちなれていないオーロラ・ローズでも、この剣《つるぎ》の持《も》ち心地《ごこち》がすばらしいのがよくわかる。かなりの力《ちから》がいったけれど、手首《てくび》をひねると刃先《はさき》がくるりと回《まわ》った。左手《ひだりて》を鋭《するど》い刃《やいば》にそっと滑《すべ》らせてみる。金属《きんぞく》の硬《かた》くてひんやりとした感触《かんしょく》が指《ゆび》に伝《つた》わってくる。刃《やいば》の左側《ひだりがわ》にはまだ新《あたら》しそうな刃《は》こぼれがひとつあった。

オーロラ・ローズは慎重《しんちょう》な手《て》つきで剣《つるぎ》をフィリップの横《よこ》に置《お》き、そばに横《よこ》たわった。頭《あたま》はぼんやりしているし体《からだ》はだるくて、まだ疲《つか》れはとれていない。

フィリップはぐっすり眠《ねむ》っている。しばらくすると、そのハンサムな顔《かお》がぴくっと動《うご》いた。深《ふか》い眠《ねむ》りから目覚《めざ》めつつあるのだろう。

オーロラ・ローズは、まだ少年《しょうねん》ぽさの残《のこ》る顔《かお》をじっと見《み》つめた。ひと目《め》ぼれなんて本当《ほんとう》にあるのかと思《おも》っていたけれど、この顔《かお》を見《み》ていたら、それもわかるような気《き》がする。それに、フィリップの楽観的《らっかんてき》なところとほがらかなところには好感《こうかん》がもてる。

でもやっぱり、出会《であ》ってすぐの人《ひと》に永遠《えいえん》の愛《あい》を誓《ちか》えるものかしら？

楽《たの》しい夢《ゆめ》でも見《み》ているのか、フィリップがわずかにほほえんだ。

オーロラ・ローズは、フィリップが目覚《めざ》める前《まえ》に軽《かる》いキスをしようと思《おも》い立《た》ち、顔《かお》を近《ちか》づけた。

そのとき、突然《とつぜん》フィリップがもぞもぞと動《うご》いて体《からだ》を伸《の》ばし、髪《かみ》の毛《け》に手《て》をやった。

オーロラ・ローズはあわてて体《からだ》を引《ひ》いた。フィリップは気《き》づいていない。

「やあ、おはよう！　干《ほ》し草《くさ》の山《やま》でひと晩過《ばんす》ごしたのなんて何年《なんねん》ぶりだろう」

フィリップがにこやかに言《い》った。

「前《まえ》にもしたことがあるの？」

オーロラ・ローズがびっくりして尋《たず》ねた。

フィリップが顔《かお》をしかめた。

「きみも、〝王太子《おうたいし》〟としてしばらく過《す》ごしてみれば、ぼくの気持《きも》ちがわかると思《おも》うよ。たまには息抜《いきぬ》きしないとやってられないんだから。城《しろ》の若者《わかもの》たちとこっそり城《しろ》を抜《ぬ》けだしたもんだよ。狩《か》りもしたし、パブに忍《しの》びこんで……そのまま果樹園《かじゅえん》で寝《ね》てしまって、朝起《あさお》きたら頭《あたま》ががんがんしてたなんてこともあったっけ。それに、お腹《なか》がすきすぎてライチョウを捕《つか》まえようとしたり……そんな顔《かお》で見《み》ないでくれよ。ほかの王子《おうじ》だって似《に》たようなことしてるさ」

ずいぶん思《おも》いきったことをするのね。わたしはだれかから逃《に》げだそうなんて考《かんが》えたこともなかった。おばたちからも。あの日《ひ》、森《もり》で若者《わかもの》と出会《であ》うまでは……。

「あなたのお父《とう》さまは怒《おこ》らなかったの？」

フィリップが苦笑《にがわら》いをした。

「怒《おこ》ったにきまってるじゃないか。剣《つるぎ》と弓《ゆみ》をとりあげられて、愛馬《あいば》のサムソンも厩舎《きゅうしゃ》から出《だ》すのを禁止《きんし》されてさ。そのうえ、二週間《にしゅうかん》、毎晩《まいばん》、キケロを一章《いっしょう》ずつ読《よ》まされたんだ。あの、古代《こだい》ローマの哲学者《てつがくしゃ》キケロがラテン語《ご》で書《か》いた本《ほん》をだよ！」

ふたりは身《み》なりを整《ととの》えると、いざ出発《しゅっぱつ》した。朝《あさ》の太陽《たいよう》の光《ひかり》を浴《あ》び、村《むら》は目覚《めざ》めようとしていた。きこりはとっくに森《もり》へ出《で》かけていたけれど、庭《にわ》の菜園《さいえん》の世話《せわ》をしている人《ひと》、畑《はたけ》へ向《む》かっている人《ひと》、かごを手《て》に森《もり》へベリーやキノコを摘《つ》みにいこうとしている人《ひと》もいる。カン、カン、カンと鍛冶屋《かじや》が鉄《てつ》を叩《たた》く音《おと》が小《ちい》さく聞《き》こえてくる。家畜《かちく》たちは草《くさ》を食《は》んだり、うとうとしたりしている。二頭《にとう》の老《お》いたウマが、木《き》のそばで、まるでおしゃべりしているかのように頭《あたま》を寄《よ》せあっている。

オーロラ・ローズがぼそりと言《い》った。

「ウマを盗《ぬす》んだら……。そのほうが歩《ある》くよりずっと速《はや》いわ」

「だめだ。そんなことできない」

フィリップがすぐさま言《い》った。

「でも、夢《ゆめ》のなかなのよ。だれが気《き》にするっていうの？」

そう言《い》いながらも、オーロラ・ローズは自分《じぶん》の言《い》っていること自信《じしん》がなかった。

「だったら、強盗《ごうとう》したり、暴力《ぼうりょく》をふるったり、殺《ころ》したりしてもかまわないってことかい？」フィリップの口《くち》ぶりは、まるでこのことについてもう何度《なんど》も考《かんが》えたかのようにしっかりしていた。

「ぼくはそうは思《おも》わない。夢《ゆめ》のなかにいようと、ぼくたちが人《ひと》であることに変《か》わりはない。大事《だいじ》なのは……ぼくたちがどう考《かんが》えて、どうするかってことだ。それが人《ひと》としての在《あ》り方《かた》だと思《おも》う」

「そうよね。あなたの言《い》うとおりよ。でも、わたしの場合《ばあい》、それだけじゃないの。わたしはふたつの世界《せかい》を生《い》きてきた。そしてわたしにとっては、どちらも現実《げんじつ》の世界《せかい》であり――どちらも夢《ゆめ》の世界《せかい》なの。この世界《せかい》であなたに会《あ》う前《まえ》、わたし、自分《じぶん》に言《い》い聞《き》かせたのよ。わたしがこの手《て》で触《ふ》れたもの、この目《め》で見《み》たもの、それがわたしの現実《げんじつ》よって」

オーロラ・ローズがふと足《あし》を止《と》めた。そういえば、イバラ……。城《しろ》から逃《に》げだすとき、イバラに触《ふ》れたらイバラが消《き》えた。

「えっ、なに？　イバラがどうしたの？」

フィリップがオーロラ・ローズの背中《せなか》に手《て》を置《お》いて前《まえ》へ進《すす》むよう促《うなが》しながら尋《たず》ねた。

それに、服《ふく》がいつのまにか変《か》わっていた……。

「お粥《かゆ》が食《た》べたいわ」

オーロラ・ローズが言《い》った。

「お粥《かゆ》？　そりゃ、お腹《なか》がすいているのはわかるけど。でも、いつまでもこの村《むら》にぐずぐずしていられないだろう。もうだれも信用《しんよう》できないよ。きみだって懲《こ》りただろう」

オーロラ・ローズは口《くち》をぎゅっと結《むす》んで首《くび》を横《よこ》に振《ふ》った。

「城《しろ》を逃《に》げだす数《すう》か月前《げつまえ》、ほんのわずかな時間《じかん》だけれど、現実《げんじつ》の世界《せかい》にあるものが見《み》えるようになったのよ。わたしが見《み》たいと思《おも》ったものをね。わたし、ウサギを見《み》たのよ」

「ウサギ？」

「そう、ウサギ。本物《ほんもの》のウサギを見《み》てみたい、触《さわ》ってみたいって思《おも》ったの。そうしたら本当《ほんとう》に現《あらわ》れたのよ。妖精《ようせい》だって現《あらわ》れたわ。それから、城《しろ》から逃《に》げだすとき、イバラに囲《かこ》まれて身動《みうご》きがとれなくなったんだけど、『消《き》えて』って言《い》ったら……消《き》えたのよ。本当《ほんとう》に」

フィリップは戸惑《とまど》った顔《かお》のまま、オーロラを見《み》つめている。

「本当《ほんとう》に？」

「わたしが糸車《いとぐるま》の針《はり》に触《ふ》れたことからすべてが始《はじ》まったのよね。マレフィセントの呪《のろ》いのせいで最初《さいしょ》にわたしが眠《ねむ》りについた。マレフィセントが城《しろ》のみんなに、城《しろ》から出《で》られないと嘘《うそ》をつかなければならなかったのは、わたしが眠《ねむ》っていて、ここがわたしの夢《ゆめ》のなかだからよ。あなたも言《い》ってたように、マレフィセントは完全《かんぜん》にはこの世界《せかい》をコントロールできないんだわ。だから、この世界《せかい》はわたしの思《おも》いどおりになるはずなのよ」

「なるほど」腕《うで》を組《く》み、フィリップがまじめな顔《かお》で言《い》った。「でもそれとお粥《かゆ》とどんな関係《かんけい》があるんだい？」

「だからお粥《かゆ》が食《た》べたいの！　ただそれだけよ」オーロラ・ローズがいらだった声《こえ》をあげた。

「前《まえ》にウサギが見《み》たいって思《おも》ったら、ウサギが現《あらわ》れた。いまはお粥《かゆ》が食《た》べたいのよ。おばたちが寒《さむ》い日《ひ》の朝《あさ》によくつくってくれたお粥《かゆ》が。あたたかくてバターの風味《ふうみ》がたっぷりで、香《こう》ばしく焼《や》いたどんぐりが入《はい》ってるの」

「えっ、どんぐり？　ほんとに？　なんていうか……その……興味《きょうみ》をそそられる料理法《りょうりほう》だね」

まったく王子《おうじ》さまはこれだから、とオーロラ・ローズはあきれた顔《かお》をした。

「わたしたちは森《もり》の奥深《おくふか》くに住《す》んでたのよ。手《て》に入《はい》るものは限《かぎ》られていたの。でも、真冬《まふゆ》に食《た》べるそのお粥《かゆ》は、何《なに》よりのごちそうだったわ」

オーロラ・ローズは目《め》を閉《と》じ、両手《りょうて》をそろえてお椀《わん》の形《かたち》にした。そして、お粥《かゆ》が食《た》べたいとひたすら願《ねが》いつづけた。

フィリップは黙《だま》ったままかしこまっていたけれど、あたりを見《み》まわしたり、小《ちい》さくため息《いき》をついたりして、時間《じかん》ばかり過《す》ぎていくのにいらだっているのは明《あき》らかだった。

オーロラ・ローズは、お粥《かゆ》のあたたかさが木製《もくせい》のスープ鉢《ばち》を通《とお》して手《て》に伝《つた》わってくる感触《かんしょく》を思《おも》い出《だ》そうとした。それと、牛乳《ぎゅうにゅう》や木《き》の実《み》やハーブが混《ま》ざり合《あ》ったにおいも。はちみつをひとさじ落《お》として食《た》べたこともあった。

そして時間《じかん》が流《なが》れ……。

「やったわ！」

頭《あたま》のなかで思《おも》い浮《う》かべていたにおいが、鼻先《はなさき》にほんのりと香《かお》ってくる。そのなかには、焼《や》けたどんぐりの独特《どくとく》のにおいも混《ま》ざっていた。

オーロラ・ローズはほほえんで、目《め》を開《あ》けた。

手《て》のなかには、お粥《かゆ》がなみなみと注《そそ》がれた、ふちの欠《か》けた木製《もくせい》のスープ鉢《ばち》があった。記憶《きおく》のなかのお粥《かゆ》とまったく同《おな》じだ。

フィリップが喜々《きき》として言《い》った。

「ぼくには卵《たまご》と骨付《ほねつ》きの鶏《とり》もも肉《にく》を出《だ》してくれるかい？　それに、ビールもジョッキに一杯《いっぱい》出《だ》してくれるとありがたい」

「お粥《かゆ》を食《た》べなさい、まったく食《く》いしんぼうなんだから」

オーロラ・ローズがほほえんだ。

「わかったよ」フィリップがため息《いき》をもらした。「なんにもないよりはましだしね。いやあ、それにしてもおみごと」

フィリップはマントで手《て》をていねいにふいた。「さあ食《た》べよう！」

ふたりはくすくす笑《わら》いながら食《た》べはじめた。最初《さいしょ》のひと口《くち》を食《た》べたとたん、温《あたた》かくて懐《なつ》かしい味《あじ》が口《くち》いっぱいに広《ひろ》がった。オーロラ・ローズは長《なが》いあいだ忘《わす》れていたぬくもりと幸《しあわ》せに包《つつ》まれた。

20　残《のこ》りあと一時間《いちじかん》

「まったく、人間《にんげん》の若者《わかもの》というのは、どうでもいいような話《はなし》をうだうだとするものなのだな」マレフィセントがうんざりした口調《くちょう》で言《い》った。けれど、舌《した》がもつれているようにしゃべるので聞《き》きとりづらい。「人《ひと》としての在《あ》り方《かた》とか、現実《げんじつ》とはなんぞやとか、そんな話《はなし》を聞《き》くのはもううんざりだ。それにくだらないお粥《かゆ》の思《おも》い出話《でばなし》も」

「でも、わたしは、お粥《かゆ》に関《かん》してはかなり興味《きょうみ》を引《ひ》かれました」リアンナが遠慮《えんりょ》なく言《い》った。女王《じょおう》が弱《よわ》っているのでいくらか大胆《だいたん》になっているのかもしれない。「何《なに》よりも、オーロラさまが何《なに》もないところからお粥《かゆ》をとりだしたことに」

リアンナを見《み》つめるマレフィセントの黄色《きいろ》い瞳《ひとみ》がさっとゆれた。

「そうだな……確《たし》かに興味深《きょうみぶか》かった。それに面倒《めんどう》でもある。あの娘《むすめ》にあんな力《ちから》があるとだれが知《し》っていた？」

リアンナが抑揚《よくよう》のない声《こえ》で答《こた》えた。

「女王《じょおう》さまはご存《ぞん》じありませんでしたね。女王《じょおう》さまがお考《かんが》えになっていたよりもずっと、オーロラさまには力《ちから》がおありになるのかもしれません。どの罠《わな》も巧《たく》みにかわしてこられましたし。巧妙《こうみょう》に仕組《しく》まれた悪夢《あくむ》のなかの悪夢《あくむ》でさえ。オーロラさまがご自分《じぶん》の夢《ゆめ》の世界《せかい》で力《ちから》を発揮《はっき》しはじめたいま、その命《いのち》を奪《うば》うのはさらに難《むずか》しくなったのではないでしょうか」

マレフィセントが余裕《よゆう》の笑《え》みを浮《う》かべた。

「何《なに》も殺《ころ》す必要《ひつよう》はないのだ。あの娘《むすめ》がわたしを倒《たお》し、目《め》を覚《さ》ます方法《ほうほう》を見《み》つけるのを遅《おく》らせるだけでいい。現実《げんじつ》の世界《せかい》では、時計《とけい》が夜中《よなか》の十二時《じゅうにじ》の鐘《かね》を打《う》つまであと一時間《いちじかん》と二分《にふん》しかない。時計《とけい》が十二時《じゅうにじ》の鐘《かね》を打《う》ち、日付《ひづけ》が変《か》われば、あの娘《むすめ》の生命《せいめい》の力《ちから》はわたしにとりこまれ……わたしが勝利《しょうり》することになる。だが、おまえの言《い》うとおりだな」マレフィセントは考《かんが》えこむような顔《かお》をしながら、杖《つえ》の先《さき》についた水晶玉《すいしょうだま》のなかの緑《みどり》と赤《あか》の液体《えきたい》を回《まわ》した。「そろそろ、あの娘《むすめ》を直接《ちょくせつ》おそわせたほうがいいころかもしれない。わたしの最強《さいきょう》なるしもべに働《はたら》いてもらうことにするか。エレグラル、スランダー、アグラブレックス！」

部屋《へや》の隅《すみ》のほうの暗《くら》がりで、動《うご》きの鈍《にぶ》い黒《くろ》い影《かげ》が三《みっ》つ、体《からだ》をぴくりとさせ、口《くち》を裂《さ》くように広《ひろ》げて笑《わら》った。

リアンナのうつろな目《め》に、ちらりと不安《ふあん》の色《いろ》がよぎった。

21　すてきなキス

　ふたりが森《もり》を歩《ある》きはじめてから数時間《すうじかん》が経《た》っていた。おそらくいまは昼前《ひるまえ》だろう。すでに十《じっ》キロ近《ちか》くは歩《ある》いたはずだ。お粥《かゆ》を食《た》べて力《ちから》をつけたものの足《あし》は重《おも》く、オーロラ・ローズはくたくただった。けれど文句《もんく》は言《い》わず、ペースを落《お》とさないようがんばっていた。王女《おうじょ》として恥《は》ずかしくないようふるまうことに決《き》めたのだ。

　日《ひ》が高《たか》くなったにもかかわらず、朝霧《あさぎり》は晴《は》れるどころか、だんだん濃《こ》くなってきていた。空《そら》は灰色《はいいろ》で、空気《くうき》は湿《しめ》ってひんやりとしている。

　オーロラ・ローズはつまずかないように、足《あし》もとに目《め》をこらした。日光《にっこう》があまり差《さ》さないので影《かげ》もほとんど見《み》えない。もやのなか、色鮮《いろあざ》やかな小《ちい》さな毒《どく》キノコやオレンジ色《いろ》のサンショウウオのしっぽがさっと動《うご》くのがときどき見《み》えることはあったけれど、視界《しかい》のほとんどは黒《くろ》とも白《しろ》とも灰色《はいいろ》ともつかないような色《いろ》でおおわれている。

　それに音《おと》も変《へん》なふうに聞《き》こえた。枯《か》れ葉《は》を踏《ふ》んでも、ぜんぜん音《おと》がしないときもあれば、岩《いわ》や木《き》の幹《みき》に跳《は》ねかえって大《おお》きく響《ひび》くときもあった。

「あとどれくらいで森《もり》の小屋《こや》へ着《つ》くかしら？」

オーロラ・ローズが、弱々《よわよわ》しい声《こえ》にならないよう気《き》をつけながら尋《たず》ねた。喉《のど》はまだひりひりしている。

フィリップがため息《いき》をついた。

「そうだな、もしも今日《きょう》、何《なに》も起《お》こらなければ……突然《とつぜん》、谷《たに》が現《あらわ》れたり、魔獣《まじゅう》におそわれたり、きみが……その、たびたび気分《きぶん》が悪《わる》くならなければ……あっ、気分《きぶん》が悪《わる》くなるのはきみのせいじゃないけどね！　半日《はんにち》くらいじゃないかと思《おも》う」

「わかったわ」

オーロラ・ローズは、フィリップのようにものおじせず、意志《いし》を強《つよ》く持《も》ってふるまえるよう深《しん》呼吸《こきゅう》した。

けれどしばらくすると、驚《おどろ》くほど霧《きり》が濃《こ》くなってきた。

ふたりはぶあつい灰色《はいいろ》の雲《くも》のなかを進《すす》んでいるようだった。霧《きり》のなかを浮遊《ふゆう》する水滴《すいてき》が、魔法《まほう》をかけたように森《もり》のすべてのものをおおっている。

霧《きり》はオーロラ・ローズの服《ふく》にも染《し》みこんできた。服《ふく》が湿《しめ》ってずしりと重《おも》い。

あまりにも視界《しかい》が悪《わる》いので、ふたりは何回《なんかい》か道《みち》から外《はず》れそうになった。フィリップは木《き》の根《ね》につまずいて足《あし》をひねったとき、王子《おうじ》に似《に》つかわしくない汚《きたな》い言葉《ことば》で毒《どく》づいた。

道《みち》が下《くだ》り斜面《しゃめん》になってくると、ゆっくりと動《うご》く液体《えきたい》のように霧《きり》がふたりにまとわりついてきた。蔓《つる》が何《なに》かを探《さが》しているかのようにその先端《せんたん》を伸《の》ばし、木《き》や石《いし》に巻《ま》きついている。

オーロラ・ローズは、だんだん恐《おそ》ろしくなってきた。

フィリップが立《た》ちどまった。

「大丈夫《だいじょうぶ》かい？　つらそうだね。ぼくのマントを着《き》たらいい」

オーロラ・ローズはフィリップのほうを向《む》いた。手《て》をつないでも？　と聞《き》こうと思《おも》ったのだ。けれど、霧《きり》がどんどんふたりのあいだに流《なが》れこみ、フィリップの姿《すがた》が見《み》えなくなってきた。そして、フィリップがマントを脱《ぬ》いで差《さ》しだそうとしたとき、霧《きり》がさらに押《お》しよせてきて、フィリップをすっかりおおってしまった。

「ほら……これを着《き》れば……寒《さむ》くな……」

フィリップの言葉《ことば》は遠《とお》くのほうから聞《き》こえるようだった。

「フィリップ？　どこ？」

オーロラ・ローズが不安《ふあん》げに呼《よ》んだ。

「ここに……いるよ」やはり声《こえ》の聞《き》こえ方《かた》が変《へん》だった。口《くち》から発《はっ》したとたん、言葉《ことば》が消《き》えるような感《かん》じなのだ。「ぼくに……つかまって……」

声《こえ》がくぐもって聞《き》こえてくる。

「フィリップ？」

オーロラ・ローズは、フィリップのいそうな方向《ほうこう》へ何歩《なんぽ》か進《すす》んでみた。けれど、白《しろ》い霧《きり》が渦巻《うずま》くばかりでフィリップの姿《すがた》はない。

オーロラ・ローズはあたりを見《み》まわした。霧《きり》がスカートや髪《かみ》に絡《から》みつく。とうとう、何《なに》を言《い》っているのかわからない声《こえ》がかすかに聞《き》こえるだけになった。

「どこにいるの？」

心臓《しんぞう》が激《はげ》しく脈《みゃく》打《う》ちだした。

ここにじっとしていたほうがいい。ふたりとも動《うご》きまわったら、お互《たが》いを見失《みうしな》ってしまう。

グウァアオォーッ。

そのとき、得体《えたい》の知《し》れない音《おと》が聞《き》こえてきた。怒《いか》りをこめて吐《は》きだしたような音《おと》だ。森《もり》で暮《く》らしていたころに怒《おこ》ったクマがうなるのを聞《き》いたことがある。それと少《すこ》し似《に》ているような気《き》もするけれど、やっぱり違《ちが》う。どこか異様《いよう》で、ふつうの生《い》き物《もの》が出《だ》すような音《おと》ではない。

「フィリップ？」

オーロラ・ローズがかぼそい声《こえ》でつぶやいた。フィリップに自分《じぶん》の居場所《いばしょ》がわかるように叫《さけ》んだほうがいいのか、あの異様《いよう》な音《おと》の持《も》ち主《ぬし》にどこにいるのか気《き》づかれないよう黙《だま》っていたほうがいいのか、どちらがいいのかわからなかった。

あたりは静《しず》まりかえっている。

恐《おそ》ろしいほどの静寂《せいじゃく》だ。

そのとき、かすかに砂利《じゃり》を踏《ふ》む音《おと》がした。

「フィリップ？」

返事《へんじ》はない。

グウゥアオォーッ。

オーロラ・ローズは思《おも》わず駆《か》けだした。

とにかく木《き》を探《さが》そう。木《き》の下《した》にいればここよりは安心《あんしん》できる。木《き》の下《した》にいる人間《にんげん》を魔獣《まじゅう》はおそってこないはずよ。……なんでそんなこと知《し》っているのだろう？

オーロラ・ローズはうしろを振《ふ》りかえった。さっきまで立《た》っていたあたりだけ、人《ひと》の形《かたち》に霧《きり》が渦《うず》を巻《ま》き、灰色《はいいろ》がかってほかと色《いろ》が違《ちが》っている。

前《まえ》を見《み》ると、ただ真《ま》っ白《しろ》――。

ガンッ。

オーロラ・ローズは、先《さき》のとがった枯《か》れた松《まつ》の太《ふと》い枝《えだ》に頭《あたま》をぶつけた。額《ひたい》に猛烈《もうれつ》な痛《いた》みが走《はし》る。うしろへよろめき、別《べつ》の木《き》に背中《せなか》を打《う》ちつけた。

右目《みぎめ》がぼやけている。どうなっているのか確《たし》かめようと、おそるおそる手《て》をあててみると、手《て》には生《なま》あたたかい血《ち》がべっとりとついていた。

グウウアオォーッ。

オーロラ・ローズは唇《くちびる》をかみ、目《め》のまわりの血《ち》をぬぐった。

「フィリップ……」

オーロラ・ローズは力《ちから》なく呼《よ》びかけた。

突然《とつぜん》、目《め》の前《まえ》の霧《きり》が渦《うず》を巻《ま》きだした。何《なに》かが霧《きり》を動《うご》かしている。何《なに》かが霧《きり》を沸騰《ふっとう》するお湯《ゆ》のようにぼこぼこと泡立《あわだ》たせている。

最初《さいしょ》に見《み》えたのは笑《わら》いを浮《う》かべた口《くち》だった。

歯《は》のない真《ま》っ黒《くろ》な口《くち》がゆっくりと横《よこ》に伸《の》びていったかと思《おも》うと、ついには裂《さ》けるほど大《おお》きく広《ひろ》がった。次《つぎ》はその口《くち》の上《うえ》に、黄色《きいろ》い目《め》がふたつ現《あらわ》れた。そして、気味《きみ》の悪《わる》い細《ほそ》くて黒《くろ》い腕《うで》がこっちへ伸《の》びてきてオーロラ・ローズを引《ひ》きよせようとした。

オーロラ・ローズは叫《さけ》び声《ごえ》をあげた。耳《みみ》をつんざくような甲高《かんだか》い叫《さけ》び声《ごえ》――でもそれは声《こえ》にはならなかった。どんなに必死《ひっし》に叫《さけ》んでも、かすかな息《いき》がもれるだけだ。

魔獣《まじゅう》の口《くち》がさらに裂《さ》けた。

オーロラ・ローズはよろめきながらうしろへ下《さ》がり、木《き》を探《さが》して両手《りょうて》を伸《の》ばした。けれど、手《て》に触《ふ》れるものは何《なに》もない。

そのとき、心《こころ》のなかで声《こえ》がした。これはわたしの夢《ゆめ》なのよ。わたしが望《のぞ》めばなんだって手《て》に入《はい》る。いま一番《いちばん》必要《ひつよう》なものは何《なに》？

次《つぎ》の瞬間《しゅんかん》、オーロラ・ローズは右手《みぎて》に剣《つるぎ》を握《にぎ》っていた。見《み》なくともわかる。フィリップのとまったく同《おな》じ剣《つるぎ》に違《ちが》いない。きっと左側《ひだりがわ》には刃《は》こぼれもひとつあるだろう。

どの方向《ほうこう》から獲物《えもの》を狙《ねら》おうかと見定《みさだ》めているヘビのように、魔獣《まじゅう》は気味《きみ》の悪《わる》い動《うご》きをしている。

勇気《ゆうき》を奮《ふる》いおこそうとオーロラ・ローズはもう一度《いちど》叫《さけ》んだが、やはり声《こえ》にはならない。

そのとき、魔獣《まじゅう》がなんの前触《まえぶ》れもなくおそってきた。オーロラ・ローズは剣《つるぎ》を振《ふ》りあげた。

完璧《かんぺき》な静寂《せいじゃく》のなか、スローモーションのような動《うご》きで、オーロラ・ローズと魔獣《まじゅう》の戦《たたか》いがくりひろげられた。

オーロラ・ローズがゆっくりと魔獣《まじゅう》に向《む》かって剣《つるぎ》を振《ふ》りおろす。

魔獣《まじゅう》が驚《おどろ》いて体《からだ》をよじり、ぐるりと回転《かいてん》しながらもオーロラ・ローズを見定《みさだ》めようと長《なが》い首《くび》を動《うご》かす。

オーロラ・ローズはフィリップに助《たす》けを求《もと》めて叫《さけ》ぼうとするが、口《くち》に石《いし》がつまっているかのように言葉《ことば》が出《で》てこない。剣《つるぎ》をさらにしっかりと握《にぎ》り魔獣《まじゅう》に切《き》りつける。

魔獣《まじゅう》はあっさりと剣《つるぎ》をかわし、オーロラ・ローズのまわりを淡々《たんたん》と回《まわ》りはじめる。二回《にかい》、三回《さんかい》、四回《よんかい》……オーロラ・ローズが剣《つるぎ》を突《つ》きだそうと身《み》がまえるなか、その足《あし》もとで魔獣《まじゅう》の長《なが》い尾《お》がとぐろを巻《ま》く。

オーロラ・ローズが近《ちか》づいてきた魔獣《まじゅう》にもう一度剣《いちどつるぎ》を振《ふ》りおろし、刃《やいば》が肉《にく》に食《く》いこむ。

突然《とつぜん》、周囲《しゅうい》が明《あか》るくなって、速度《そくど》も音《おと》ももとに戻《もど》った。さっきつけた傷《きず》に狙《ねら》いを定《さだ》め、そこに向《む》かってもう一度剣《いちどつるぎ》を振《ふ》りおろす。魔獣《まじゅう》が真《ま》っぷたつに裂《さ》け、傷口《きずぐち》から黒《くろ》い血《ち》のような液体《えきたい》が流《なが》れでる。下半身《かはんしん》はまだ地面《じめん》でぴくぴくと動《うご》いていたが、上半身《じょうはんしん》はのたくりながら霧《きり》といっしょに流《なが》れていった。

日光《にっこう》が霧《きり》のあいだからぱあっと降《ふ》りそそぎ、目《め》を開《あ》けているのがつらいほどまぶしい。

そのとき、剣《つるぎ》が何《なに》かにあたって鋭《するど》い音《おと》を立《た》てた。オーロラ・ローズは剣《つるぎ》を振《ふ》りあげた。

「ローズ！」

フィリップが大声《おおごえ》で叫《さけ》んだ。

オーロラ・ローズの剣《つるぎ》にぶつかったのはフィリップの剣《つるぎ》で、オーロラ・ローズはフィリップに向《む》かって危《あや》うく剣《つるぎ》を振《ふ》りおろすところだった。霧《きり》がだんだん晴《は》れてきて、フィリップが身構《みがま》えたまま戸惑《とまど》った表情《ひょうじょう》を浮《う》かべているのが見《み》えた。

「もう少《すこ》しでぼくを切《き》るところ……」

そう言《い》いかけたとき、フィリップは地面《じめん》に魔獣《まじゅう》の下半身《かはんしん》がころがり、そのまわりに黒《くろ》い血《ち》が飛《と》び散《ち》っているのに気《き》づいた。

「あとの半分《はんぶん》はどこに……」

そのとき、魔獣《まじゅう》の上半身《じょうはんしん》が霧《きり》のなかからフィリップの顔《かお》めがけて飛《と》びかかってきた。フィリップはさっと攻撃《こうげき》をかわし、魔獣《まじゅう》を剣《つるぎ》で振《ふ》りはらった。

とっさにオーロラ・ローズが剣《つるぎ》を振《ふ》りあげ、魔獣《まじゅう》に切《き》りつけた。傷《きず》を負《お》った魔獣《まじゅう》は叫《さけ》び声《ごえ》をあげながら頭《あたま》を地面《じめん》にこすりつけ、のたうちまわっている。フィリップが魔獣《まじゅう》の喉《のど》にとどめの一撃《いちげき》を突《つ》き刺《さ》した。

肩《かた》で息《いき》をするふたりの前《まえ》で、魔獣《まじゅう》がうめき声《ごえ》をあげ、ついに死《し》んだ。

髪《かみ》をかきあげるフィリップの手《て》がふるえている。

「よくやったね」

ようやくフィリップが口《くち》を開《ひら》いた。地面《じめん》に真《ま》っぷたつになってころがる魔獣《まじゅう》を指《ゆび》さしている。

オーロラ・ローズはフィリップを見《み》つめた。顔《かお》は少《すこ》し青《あお》ざめているけれど、その声《こえ》は落《お》ちついている。どうしてフィリップは、こんなふうに物事《ものごと》に動《どう》じず平常心《へいじょうしん》でいられるのだろう。

「助《たす》けてくれてありがとう」オーロラ・ローズが、フィリップをまねて落《お》ちついた声《こえ》で言《い》った。きっと、これが王子《おうじ》らしいふるまいということに違《ちが》いない。「なかなか、いいチームワークだったわね」

「そうだね。でも、きみが自分《じぶん》の力《ちから》でやったことだよ。魔獣《まじゅう》を退治《たいじ》した王女《おうじょ》。英雄詩《えいゆうし》として歌《うた》いつがれることだろう！」

フィリップがにっと笑《わら》った。

オーロラ・ローズは膝《ひざ》を曲《ま》げ、体《からだ》をすこしかがめて上品《じょうひん》にお辞儀《じぎ》をした。

「たいしたことではありませんわ」

フィリップがさらに言《い》った。

「いい剣《つるぎ》だ。どこで手《て》にいれたんだい？」

オーロラ・ローズは手《て》に握《にぎ》った剣《つるぎ》を見《み》た。

「ああ、これ？　どうやらわたしが……魔法《まほう》でとりだしたみたい」

「やるじゃないか」

フィリップが言《い》った。

魔獣《まじゅう》の体《からだ》からわきだした血《ち》がシューという音《おと》とともに地面《じめん》に吸《す》いこまれていき、やがてその死《し》骸《がい》も消《き》えた。

フィリップが言《い》った。

「この魔獣《まじゅう》と同《おな》じ魔獣《まじゅう》が、現実《げんじつ》の世界《せかい》にもいると思《おも》うんだ。現実《げんじつ》の世界《せかい》の魔獣《まじゅう》も死《し》んだんじゃないかと思《おも》う」

「そうかもしれないわね。けれど、まだもっといるはず。もう見《み》たくもないけれど」

オーロラ・ローズが身《み》ぶるいした。ひんやりとした霧《きり》がふたたびふたりのまわりで渦《うず》を巻《ま》きはじめた。冷《つめ》たい蔓《つる》が伸《の》びてきてオーロラ・ローズの足首《あしくび》に絡《から》みつく。

フィリップがにやりと笑《わら》った。

「ねえ、風《かぜ》がどんなふうだかは知《し》ってるよね？」

「あたりまえじゃない！　窓《まど》のないほら穴《あな》に住《す》んでいたわけじゃないのよ」

「じゃあ、風《かぜ》を呼《よ》びおこして、この霧《きり》をぜんぶ吹《ふ》きとばしちゃってよ！」

そうね……きっとできるわ。やってみよう。

オーロラ・ローズは目《め》を閉《と》じた。

まず、城《しろ》の窓《まど》をこじ開《あ》けたときに、すきまから入《はい》ってきた弱《よわ》い風《かぜ》を思《おも》い浮《う》かべた。城《しろ》の外《そと》から吹《ふ》いてくる暑《あつ》くて乾《かわ》いた風《かぜ》を。それから、ときどき城《しろ》の中庭《なかにわ》で巻《ま》きおこった小《ちい》さなつむじ風《かぜ》。

そして、秋《あき》の日《ひ》に森《もり》の端《はし》の草地《くさち》で吹《ふ》きあれていた風《かぜ》。

そのとき頰《ほお》に何《なに》かが触《ふ》れた。

目《め》を開《ひら》く。

オーロラ・ローズの目《め》の前《まえ》に、小《ちい》さなつむじ風《かぜ》がわきおこっていた。つむじ風《かぜ》は小枝《こえだ》や木《こ》の葉《は》を巻《ま》きこみながらどんどん広《ひろ》がっていく。その先端《せんたん》が、ネコがじゃれつくように足《あし》もとで渦巻《うずま》いている。

オーロラ・ローズは無意識《むいしき》に、マレフィセントのように片方《かたほう》の眉《まゆ》をつりあげた。

つむじ風《かぜ》は、砂利《じゃり》や小石《こいし》も巻《ま》きこみながら見《み》えない腕《うで》を広《ひろ》げるようにぐんぐん大《おお》きくなると、空《そら》へ向《む》かって一気《いっき》に伸《の》びた。下《した》の先細《さきぼそ》った部分《ぶぶん》が力強《ちからづよ》くうねる。木《こ》の葉《は》や小石《こいし》が渦《うず》のなかで旋回《せんかい》し、オーロラ・ローズの髪《かみ》の先《さき》やフィリップのマントのすそも引《ひ》きよせられる。

霧《きり》も巻《ま》きこまれ、つむじ風《かぜ》を灰色《はいいろ》に染《そ》めていく。

やがてすべての霧《きり》がつむじ風《かぜ》のなかに引《ひ》きこまれると、ぱあっと日光《にっこう》が差《さ》しこんできて、オーロラ・ローズは手《て》で目《め》をおおった。

森《もり》のどこからか、日光《にっこう》を浴《あ》びて苦《くる》しむ魔獣《まじゅう》の不気味《ぶきみ》な叫《さけ》び声《ごえ》が聞《き》こえてくる。

でも、怖《こわ》くはなかった。

つむじ風《かぜ》の回《まわ》る速《はや》さがだんだんゆっくりになり、力《ちから》も弱《よわ》まって空《そら》をおおうように広《ひろ》がっていくと、夏《なつ》の雷雨《らいう》のあとのような澄《す》んだ青空《あおぞら》が現《あらわ》れた。

フィリップは、すべてが終《お》わると声《こえ》をあげて笑《わら》った。そしてオーロラ・ローズの腕《うで》をつかむと、いきなりその頬《ほお》にキスをした。短《みじか》いけれど力強《ちからづよ》く、少《すこ》ししっとりとしたすてきなキスだった。

フィリップはオーロラ・ローズの額《ひたい》に傷《きず》があり、顔《かお》に血《ち》が付《つ》いているのに気《き》づいた。

「けがをしてるじゃないか！」

オーロラ・ローズは肩《かた》をすくめた。額《ひたい》を動《うご》かすと傷《きず》が引《ひ》っ張《ぱ》られて少《すこ》し痛《いた》むけれど、動《うご》かさなければほとんど気《き》づかないほどだ。

「わたしは魔獣《まじゅう》を退治《たいじ》したのよ。これくらいのこと戦《たたか》いにはつきものよ」

フィリップがにっと笑《わら》った。

「わかったよ。じゃあ、出発《しゅっぱつ》しようか」

フィリップが道《みち》をさし示《しめ》しながら言《い》った。オーロラ・ローズはうなずき、足《あし》を前《まえ》へ踏《ふ》みだした。剣《つるぎ》があると歩《ある》きにくい。ベルトと鞘《さや》があったらいいのにと思《おも》ったけれど、どちらともどんな形《かたち》だったかうまく思《おも》い浮《う》かべられなかった。

フィリップがさりげなく言《い》った。

「霧《きり》は晴《は》れたけど、手《て》をつないだほうが安全《あんぜん》だと思《おも》うんだ。万一《まんいち》に備《そな》えてさ。また離《はな》ればなれになりたくないし」

「そうね」

オーロラ・ローズが笑顔《えがお》で言《い》った。

霧《きり》に囲《かこ》まれ、魔獣《まじゅう》におそわれ、怖《こわ》い思《おも》いをして、血《ち》も流《なが》した。けれど、ふたりの足《あし》どりは軽《かる》かった。何《なに》もかもがうまくいきそうな気《き》がしていた。

まだ記憶《きおく》は整理《せいり》されていなくて頭《あたま》のなかはごちゃごちゃだし、マレフィセントを倒《たお》すという使《し》命《めい》も果《は》たせていない。それに両親《りょうしん》のことにもきちんと向《む》きあわなければならないだろう……でも、心《こころ》で願《ねが》ったものを呼《よ》びよせることができるようになったし、魔獣《まじゅう》も倒《たお》したのだ。自分《じぶん》の力《ちから》で。

すばらしいことだわ、とオーロラ・ローズはひとりうなずいた。

22　ふたりのフィリップ

森《もり》のようすがはっきりと変《か》わってきた。松《まつ》や、ざらざらした樹皮《じゅひ》の木《き》が大《おお》きく枝《えだ》を広《ひろ》げ、空《そら》はほとんど見《み》えない。木《き》の高《たか》さは、どれも三十《さんじゅう》メートルはあるだろう。屋根《やね》のように頭上《ずじょう》をおおう葉《は》のあいだから差《さ》しこむ日差《ひざ》しはほんのわずかしかない。

オーロラ・ローズとフィリップは軽《かろ》やかな足《あし》どりで歩《ある》いていた。

フィリップが明《あか》るい声《こえ》で言《い》った。

「森《もり》の中心《ちゅうしん》に近《ちか》づいているよ。小屋《こや》があるところにね。現実《げんじつ》の世界《せかい》と少《すこ》し違《ちが》うところもあるけれど、だいたい同《おな》じだし、明日《あした》の午前中《ごぜんちゅう》には小屋《こや》へ着《つ》くと思《おも》う」

けれど、奥《おく》へ進《すす》んでいくにつれ、オーロラ・ローズの頭《あたま》にまた記憶《きおく》がまたよみがえってきた。小《ちい》さな石《いし》でいきなり頭《あたま》を殴《なぐ》られたかのような衝撃《しょうげき》のあと、輪郭《りんかく》のはっきりした映像《えいぞう》が頭《あたま》のなかに流《なが》れでた。

小《ちい》さなブライア・ローズの手《て》。その手《て》が春《はる》の終《お》わりの美《うつく》しい花《はな》に手《て》を伸《の》ばしている。すると、花《はな》の真《ま》ん中《なか》から花粉《かふん》におおわれた驚《おどろ》くほど大《おお》きなクモが突然飛《とつぜんと》びだして……。

ブライア・ローズは激《はげ》しく轟《とどろ》く雷《かみなり》を怖《こわ》がっている。怖《こわ》くてしかたがないのに、おばたちは、どうしてそんなにおびえているのかわかってくれない。でも、ブライア・ローズを抱《だ》きしめなだめてくれている。怖《こわ》がる理由《りゆう》がわからなくても大切《たいせつ》に思《おも》ってくれているから……。

ブライア・ローズが森《もり》のはずれを歩《ある》いている……遠《とお》くのほうに城《しろ》の塔《とう》が見《み》える……。

次々《つぎつぎ》といろいろな映像《えいぞう》に切《き》りかわる。それだけじゃなく、新《あたら》しい映像《えいぞう》が浮《う》かぶたびに、あのときああしていればとか、こうすればよかったとか思《おも》ってしまう。どうして勇気《ゆうき》を出《だ》して、城《しろ》まで行《い》ってみなかったんだろう？

頭痛《ずつう》がどんどんひどくなってきた。

短《みじか》い映像《えいぞう》だけでなく、長《なが》い映像《えいぞう》がずっと流《なが》れているときもあった。たとえば、おばたちが勉強《べんきょう》を見《み》てくれた場面《ばめん》だ。おばたちとの勉強《べんきょう》はすべてが遊《あそ》びのようで楽《たの》しかった。イバラの城《しろ》で家庭教師《かていきょうし》に教《おそ》わったときとはまったく違《ちが》い、歌《うた》と同《おな》じように、おばたちに教《おそ》わることは楽々《らくらく》と身《み》についた。

現実《げんじつ》の世界《せかい》での記憶《きおく》が次々《つぎつぎ》とあきらかになるにつれ、オーロラ・ローズは、夢《ゆめ》の世界《せかい》と現実《げんじつ》の世界《せかい》で、同《おな》じ年《とし》、同《おな》じ日《ひ》で、それぞれふたつの異《こと》なった記憶《きおく》があることに気《き》づいた。

たとえば、十代《じゅうだい》の初《はじ》めごろ、森《もり》の奥深《おくふか》くで、来《く》る日《ひ》も来《く》る日《ひ》も退屈《たいくつ》でしかたがないときがあった。キツネを捕《つか》まえようとしたり、木《き》をのぼれるところまでのぼろうとしたこともあったけれど、何《なに》もやる気《き》がせず木《き》の根《ね》もとで寝《ね》ころがっていることのほうが多《おお》かった。

それと同《おな》じ時期《じき》、イバラの城《しろ》にいる十代初《じゅうだいはじ》めのオーロラ姫《ひめ》は孤独《こどく》だった。両親《りょうしん》は自分《じぶん》の娘《むすめ》にまったく関心《かんしん》がなかった。オーロラ姫《ひめ》はだれもいない部屋《へや》で何日《なんにち》も長椅子《ながいす》に横《よこ》たわり、お腹《なか》がすくと起《お》きあがり、食《た》べ物《もの》を探《さが》して城《しろ》をさまよった。オーロラ姫《ひめ》はだんだん薄汚《うすぎたな》くなっていった……。

次々《つぎつぎ》と記憶《きおく》が浮《う》かんできたけれど、気《き》を失《うしな》ったり、吐《は》いたり、よろけて転《ころ》んだりして、むだにする時間《じかん》はなかった。フィリップは、わたしが何度《なんど》も気分《きぶん》が悪《わる》くならなければ、あと半日《はんにち》くらいで着《つ》くと言《い》ったのだ。フィリップも辛抱強《しんぼうづよ》く付《つ》きあってくれている。

楽《たの》しい記憶《きおく》が現《あらわ》れたときは気《き》が紛《まぎ》れ、背筋《せすじ》をぴんと伸《の》ばして歩《ある》くことができた。

それだけじゃなく、怒《いか》りの感情《かんじょう》も歩《ある》きつづけるのに役立《やくだ》った。

おばたちは、十六年間《じゅうろくねんかん》、わたしを大切《たいせつ》に育《そだ》ててくれた。でも、どうしてずっと嘘《うそ》をつきつづけたのだろう？

真実《しんじつ》を言《い》うことだってできたはずだ。十六歳《じゅうろくさい》までは隠《かく》れていなければならないけれど、あなたは本当《ほんとう》は王女《おうじょ》なのよと。

嘘《うそ》をつきつづけられた十六年間《じゅうろくねんかん》のことを考《かんが》えると、おばたちを信《しん》じていたのに裏切《うらぎ》られたという怒《いか》りの感情《かんじょう》がわいてきて、気《き》を失《うしな》いそうになるのも、吐《は》き気《け》がするのも忘《わす》れることができた。

怒《いか》りに任《まか》せて歩《ある》いていると足《あし》が速《はや》まるほどだった。

けれどさらに数時間歩《すうじかんある》き続《つづ》けていたら、足《あし》がふらつきはじめた。

フィリップが言《い》った。

「今日《きょう》は、もうここまでにしよう。もうだいぶ日《ひ》も傾《かたむ》いたし、あと一時間《いちじかん》くらいで日《ひ》も暮《く》れるだろう。今晩《こんばん》はここで野宿《のじゅく》して、明日《あした》の朝早《あさはや》く出発《しゅっぱつ》することにしよう」

オーロラ・ローズはへとへとで、ぐにゃりとその場《ば》に座《すわ》りこんだ。フィリップはきびきびと動《うご》きながら、長《なが》くてやわらかい松《まつ》の葉《は》で即席《そくせき》のふかふかのベッドをこしらえたり、火《ひ》をおこすスペースをつくろうと松《まつ》の葉《は》をどけたりした。そして乾《かわ》いた小枝《こえだ》をピラミッド形《がた》に組《く》み立《た》てると、それを指《ゆび》さしながら、コホンと咳払《せきばら》いをした。

オーロラ・ローズがうなずいて、さっと指《ゆび》を動《うご》かした。

たちまち、小枝《こえだ》のピラミッドにオレンジ色《いろ》の炎《ほのお》がゆらゆらと立《た》ちのぼった。その小《ち》さな炎《ほのお》が日《ひ》の暮《く》れかかった森《もり》に灯《とも》る唯一《ゆいいつ》の明《あ》かりだった。

この力《ちから》を使《つか》うと自分《じぶん》にどんな影響《えいきょう》があるのか、オーロラ・ローズにはまだよくわからなかった。オーロラ・ローズは指《ゆび》も鳴《な》らさず、まばたきをすることもなく、ふたつのお粥《かゆ》を出《だ》した。フィリップはまたお粥《かゆ》か、とため息《いき》をつきそうになったけれど、できるだけうれしそうに食《た》べた。

しばらくしてオーロラ・ローズが口《くち》を開《ひら》いた。

「マレフィセントがどうやって、この夢《ゆめ》の世界《せかい》の城《しろ》に魔法《まほう》をかけたか、少《すこ》しだけわかった気《き》がするの。もともとあった感情《かんじょう》を利用《りよう》したのよ」言葉《ことば》を選《えら》びながらゆっくりと話《はな》しつづける。「マレフィセントは、もともとわたしのなかにあった感情《かんじょう》を材料《ざいりょう》にして……それに魔法《まほう》をかけて新《あたら》しいものを創《つく》りだしたんだわ。城《しろ》に監禁《かんきん》するという魔法《まほう》は、もともとわたしのなかにあった〝閉《と》じこめられている〟という感情《かんじょう》を利用《りよう》してかけられたのよ。わたしは森《もり》からずっと出《で》られなくて、いつもそんなふうに思《おも》っていたから。わたしを眠《ねむ》らせて、わたしの夢《ゆめ》の世界《せかい》を支配《しはい》したうえで、わたしの感情《かんじょう》を利用《りよう》して嘘《うそ》の世界《せかい》を創《つく》りあげたんだわ。でも変《へん》な話《はなし》だけど、どちらの世界《せかい》でも、マレフィセントほど興味《きょうみ》をそそられる人《ひと》っていないわ」

フィリップはオーロラ・ローズの最後《さいご》の言葉《ことば》を聞《き》いて落《お》ちつかない気分《きぶん》になったけれど、何《なに》も言《い》わず仰向《あおむ》けに寝《ね》ころがった。フィリップもくたくたに疲《つか》れていたのだ。

「そうだ」しばらくして、フィリップががばっと体《からだ》を起《お》こして言《い》った。「きみの剣《つるぎ》を見《み》せてもらってもいいかい？　魔法《まほう》で出《だ》したというやつだけど」

オーロラ・ローズは自分《じぶん》もフィリップのために何《なに》かできるのがうれしくて、笑顔《えがお》で剣《つるぎ》を差《さ》しだした。

フィリップは自分《じぶん》の剣《つるぎ》をとりだしてふたつを比《くら》べた。

「すごいや」フィリップはそれぞれの剣《つるぎ》に指《ゆび》を滑《すべ》らせている。「まったく同《おな》じだ」

「おかしいわよね。いままで剣《つるぎ》をちゃんと見《み》たことなんてなかったのに。あなたの剣《つるぎ》だって」

「ぼくは、剣《つるぎ》を目立《めだ》つようにして持《も》ちあるいてないからね。いつもマントの下《した》に隠《かく》してるから。この剣《つるぎ》は王子《おうじ》であること――王《おう》の息子《むすこ》であることの証《あかし》なんだ。ぼくが十六歳《じゅうろくさい》になったときに、父上《ちちうえ》がぼくのためにつくらせたんだよ。見《み》せびらかしたら危険《きけん》だろう？」

「でも、すぐに手《て》の届《とど》くところに剣《つるぎ》がないほうが危《あぶ》ないんじゃないかしら？」

フィリップがおだやかな声《こえ》で言《い》った。

「それは心配《しんぱい》しなくても大丈夫《だいじょうぶ》さ。ぼくは腕《うで》の立《た》つ剣《けん》の使《つか》い手《て》だからね。でも、追《お》いはぎが大勢《おおぜい》でおそってきたら、さすがのぼくもかなわない」

オーロラ・ローズがうなずいた。

「そっか、それであのとき、あなたが剣《つるぎ》を持《も》っているのに気《き》づかなかったのね……」

オーロラ・ローズが眉《まゆ》を寄《よ》せ、記憶《きおく》を呼《よ》びおこそうとしている。

「森《もり》で出会《であ》ったとき……」

フィリップがそわそわしだした。

「剣《つるぎ》を持《も》っているのに気《き》づかなかったのは、あなたが隠《かく》していたからだったんだわ」

フィリップはわざとおどけた顔《かお》をした。

「あなた、わたしに王子《おうじ》だって言《い》わなかったわ」

「言《い》うつもりだったさ。きみと出会《であ》った日《ひ》の夜《よる》に……」

「夜《よる》？」疲《つか》れきっていたけれど、オーロラ・ローズは思《おも》わず立《た》ちあがった。怒《いか》りが体中《からだじゅう》を駆《か》けめぐり、無意識《むいしき》にこぶしを握《にぎ》りしめる。「どうしてすぐに言《い》わなかったの？」

「ローズ、聞《き》いてくれ」フィリップも立《た》ちあがり、オーロラ・ローズの手《て》を握《にぎ》った。オーロラ・ローズはその手《て》を払《はら》いのけた。「あの日《ひ》、ぼくはきみの父上《ちちうえ》の城《しろ》へ行《い》くところだった。義理《ぎり》の息子《むすこ》としてきみのご両親《りょうしん》や城《しろ》の人《ひと》たちに正式《せいしき》に紹介《しょうかい》され、花嫁《はなよめ》にあいさつすることになっていた。あの日《ひ》が独身生活《どくしんせいかつ》の最後《さいご》の日《ひ》だった」

「だから？　手《て》ごろな村《むら》の娘《むすめ》やきこりの娘《むすめ》がいたら、結婚前《けっこんまえ》の最後《さいご》の思《おも》い出《で》に、恋《こい》を楽《たの》しもうとでも思《おも》っていたの？」

「違《ちが》う！　聞《き》いてくれ。王女《おうじょ》や王族《おうぞく》の娘《むすめ》じゃない女《おんな》の子《こ》に、ぼくは王子《おうじ》だって言《い》いたくても言《い》えないんだよ。だって、王子《おうじ》だってわかったら、だれも本当《ほんとう》のぼくを好《す》きになってはくれないからね。みんな王子《おうじ》と結《むす》ばれたら……お金《かね》持《も》ちになれるって考《かんが》える。それがふつうだ」

フィリップは顔《かお》を赤《あか》く染《そ》め、もごもごしながらも懸命《けんめい》に話《はな》しつづける。でもフィリップに注《そそ》がれるオーロラ・ローズの視線《しせん》は厳《きび》しいままだ。フィリップは必死《ひっし》に説明《せつめい》をつづけた。

「王子《おうじ》だって聞《き》いた瞬間《しゅんかん》、たいていの女《おんな》の子《こ》はそれしか考《かんが》えられなくなってしまう。王子《おうじ》ならお金《かね》持《も》ちだと――ねえ、こんな話《はなし》、もうやめにしないか？」

「いやよ。やめないわ。あなたは、わたしが信《しん》じられるたったひとりの人《ひと》……だったのよ。現実《げんじつ》の世界《せかい》で、わたしが唯一《ゆいいつ》信《しん》じたのはあなたしかいなかったの。だってわたしたち愛《あい》しあっていたんでしょう」涙《なみだ》が出《で》そうになり鼻《はな》の奥《おく》がつんとする。「それなのに、あなたも……あなたまで、わたしに嘘《うそ》をついていたなんて！」

「ぼくだって……きみが王女《おうじょ》だとは知《し》らなかったさ」

オーロラ・ローズがすぐさま言《い》いかえした。

「それはわたしのせいじゃないわ！　わたしだって知《し》らなかったのよ！」

フィリップは深《ふか》くため息《いき》をついた。まるで助《たす》けを求《もと》めるかのように、空《そら》を見《み》あげたり、まわりの木立《こだち》を見《み》まわしたりしている。

「ごめんよ。本当《ほんとう》に、ごめん。でも、これはきみが考《かんが》えているようなことじゃない。これだけは信《しん》じてほしい。オーロラ王女《おうじょ》とフィリップ王子《おうじ》は結婚《けっこん》することになっていたけれど、ぼくはきみと出会《であ》った日《ひ》、父上《ちちうえ》にはっきりと言《い》ったんだ。王女《おうじょ》とは結婚《けっこん》しない。森《もり》に住《す》む娘《むすめ》と結婚《けっこん》するつもりだって。ぼくがきみを愛《あい》していたというのは本当《ほんとう》なんだ。そしていまも愛《あい》してる」

オーロラ・ローズは何《なに》も言《い》わなかった。

「もう寝《ね》るわ。二本《にほん》の剣《つるぎ》をわたしとあなたのあいだに置《お》いて。ひじを切《き》らないよう、せいぜい気《き》をつけたらいいわ」

ふたりは松《まつ》の葉《は》のベッドに横《よこ》たわった。フィリップはしょんぼりと、オーロラ・ローズはかっかしながら。オーロラ・ローズはふとんの代《か》わりに松《まつ》の葉《は》で体《からだ》をおおった。フィリップからマントを差《さ》しだされたが、「結構《けっこう》よ」と不機嫌《ふきげん》な声《こえ》ですぐさま言《い》った。

フィリップはため息《いき》をつき、マントにくるまった。

「おやすみ」フィリップが小《ちい》さくささやいた。

オーロラ・ローズはフィリップに背《せ》を向《む》けた。ようやく眠《ねむ》りに落《お》ちたのは、ずいぶん時間《じかん》が経《た》ってからだった。

翌朝《よくあさ》、目《め》を覚《さ》ますと、ありがたいことにあたりはさわやかな空気《くうき》に包《つつ》まれていた。魔獣《まじゅう》がうろついているような不穏《ふおん》な気配《けはい》はまったくない。オーロラ・ローズは澄《す》んだ空気《くうき》を思いきり吸《す》いこみ、はっとするほどの静《しず》けさに耳《みみ》を澄《す》ました。そびえ立《た》つ木《き》を見《み》あげていると、なんともいえず幸《しあわ》せな気分《きぶん》になってくる。朝《あさ》の弱《よわ》い光《ひかり》のなか、どこからか小鳥《ことり》が小《ちい》さくさえずるのが聞《き》こえてくる。

ここにずっといたい。そんな気持《きも》ちがこみあげてきた。

ここはなんて美《うつく》しいのだろう。それに、わたしは信《しん》じられないような力《ちから》を身《み》につけた。すべてを成《な》しとげて現実《げんじつ》の世界《せかい》へ戻《もど》ったからといって、ここよりすばらしい場所《ばしょ》があるというの？

「昨日《きのう》のこと、許《ゆる》してくれたかい？」

その声《こえ》を聞《き》いたとたん、前日《ぜんじつ》の疲《つか》れとうっとうしい気分《きぶん》が一気《いっき》によみがえってきた。

フィリップは、すぐそばで手《て》にあごをのせ、どきりとするような表情《ひょうじょう》を浮《う》かべこっちを見《み》つめている。

オーロラ・ローズはふんと鼻《はな》を鳴《な》らした。

「ねえ？」フィリップは愛想《あいそ》のよい笑《え》みを浮《う》かべ、ほとんどまばたきもせず見《み》つめてくる。

「するべきことをするのが先《さき》よ」とオーロラ・ローズが言《い》ったのは、妖精《ようせい》たちを見《み》つけ、マレフィセントを打《う》ち負《ま》かす方法《ほうほう》を探《さが》しだし、マレフィセントをやっつけ、ついに目覚《めざ》める、という意《い》味《み》だった。

「わお」フィリップが唇《くちびる》をとがらせた。「キスするってことかい？　ようやく、ぼくとキスしてくれる気《き》になったんだね」

オーロラ・ローズが、マレフィセントのように片方《かたほう》の眉《まゆ》だけあげてフィリップをにらんだ。

そして、冷《ひ》ややかな顔《かお》で言《い》った。

「そんなこと答《こた》えるのも汚《けが》らわしいわ」

オーロラ・ローズはできるだけ、つんととりすました顔《かお》をして起《お》きあがった。

フィリップは大《おお》げさにため息《いき》をついた。立《た》ちあがらずに、背《せ》を向《む》けるオーロラ・ローズを満足《まんぞく》そうに見《み》つめている。

そのとき、縄《なわ》に通《とお》した魚《さかな》を肩《かた》にかついだフィリップが、こっちへ向《む》かってつかつかと歩《ある》いてきた。

「きみにおわびをするのに何《なに》かいい方法《ほうほう》がないか考《かんが》えたんだけど、このあたりに花《はな》は咲《さ》いてないし、それどころかなんにもない。それで、そろそろお粥《かゆ》にも飽《あ》きたんじゃないかと思《おも》って……」

魚《さかな》を持《も》ったフィリップは怪訝《けげん》な顔《かお》で自分《じぶん》を見《み》つめるふたりに気《き》づいて足《あし》を止《と》めた。

オーロラ・ローズは魚《さかな》を持《も》ったフィリップを食《く》い入《い》るように見《み》つめている。

そばにいるフィリップも、もうひとりのフィリップをじっと見《み》ている。

魚《さかな》を持《も》ったフィリップが魚《さかな》を落《お》とすや、すぐさま剣《つるぎ》を抜《ぬ》いた。

そばにいるフィリップがさっと立《た》ちあがった。

「ローズ、うしろへ下《さ》がって。こいつはマレフィセントの魔獣《まじゅう》だ」

「おまえこそ魔獣《まじゅう》だろ！」

魚《さかな》のほうのフィリップが言《い》いかえした。怒《いか》りで頬《ほお》が赤《あか》らんでいる。

「はあ？」そばにいるフィリップが剣《つるぎ》を抜《ぬ》きながら言《い》った。「ひと晩中《ばんじゅう》、ずっとローズの横《よこ》で寝《ね》ていたのはぼくだ。おまえは向《む》こうから歩《ある》いてきたじゃないか」

魚《さかな》のほうのフィリップが言《い》った。

「二時間前《にじかんまえ》に起《お》きたんだ！　昨日《きのう》のけんかのせいで、よく眠《ねむ》れなくて」

そばにいるフィリップがにやにやと笑《わら》いながら言《い》った。

「へえー。そんなこと言《い》われても、そのころは、ぼくもローズもまだぐっすり眠《ねむ》っていたからなあ……それで、そのあいだ何《なに》をしていたって？　釣《つ》り？　ふーん釣《つ》りねえ……」

オーロラ・ローズは不安《ふあん》げな顔《かお》で、両方《りょうほう》のフィリップを代《か》わる代《が》わる見《み》つめた。釣《つ》りっていうのもなんだか変《へん》よね。お粥《かゆ》にうんざりしていたのはわかるけど、王子《おうじ》が釣《つ》りの仕方《しかた》なんて知《し》ってるものかしら？

魚《さかな》のほうのフィリップが言《い》いかえした。

「ぼくは釣《つ》りが好《す》きなんだ。ローマ皇帝《こうてい》だって釣《つ》りをしてたんだぞ。気晴《きば》らしに」

そばにいるフィリップが笑《わら》いながら言《い》った。

「やっぱりこいつが魔獣《まじゅう》だ。ぼくは古代《こだい》ローマ人《じん》の使《つか》ったラテン語《ご》が大《だい》の苦手《にがて》なんだ。それはきみも知《し》ってるだろ、ローズ」

フィリップがラテン語《ご》が苦手《にがて》と言《い》うのは本当《ほんとう》だ。

けれど……こっちのフィリップも、いつものフィリップとはなんだか違《ちが》うような気《き》がする。

「少《すこ》し静《しず》かにしてて」

オーロラ・ローズは何《なに》かいい方法《ほうほう》はないかと知恵《ちえ》を絞《しぼ》った。

フィリップはふたりとも、同《おな》じように固唾《かたず》を呑《の》んでオーロラ・ローズを見守《みまも》っている。

オーロラ・ローズがようやく口《くち》を開《ひら》いた。

「あなたのウマの名前《なまえ》は？」

「サムソン」

ふたりが同時《どうじ》に答《こた》えた。

そばにいるフィリップは肩《かた》をすくめ、魚《さかな》のほうのフィリップはもうひとりの自分《じぶん》をにらみつけている。

「わかったわ。じゃあ……」オーロラ・ローズは、フィリップについて知《し》っていることを必死《ひっし》に思《おも》い出《だ》している。「わたしたちがこの世界《せかい》で出会《であ》ったときに、あなたがわたしに摘《つ》んでくれた花《はな》は？」

「キズイセン」そばにいるフィリップがすぐさま答《こた》えた。

魚《さかな》のほうのフィリップがいらつきながら言《い》った。「わからないよ、花《はな》の名前《なまえ》なんて！　小《ちい》さくて黄色《きいろ》くて、いい香《かお》りのする花《はな》だったよ。きみみたいに」

そばにいるフィリップがあきれた目《め》になって言《い》った。

「うまいことごまかしたもんだな。まったくキザな言《い》いまわしだ」

オーロラ・ローズが顔《かお》をしかめた。いまの言《い》い方《かた》は意地《いじ》が悪《わる》くて、気立《きだ》てのいいフィリップらしくないみたい。

オーロラ・ローズは冷静《れいせい》に考《かんが》えた。この夢《ゆめ》の世界《せかい》でフィリップと出会《であ》ってからフィリップについて知《し》ったことを聞《き》いてもむだかもしれない。マレフィセントはわたしの夢《ゆめ》の世界《せかい》にいて、わたしの感情《かんじょう》や記憶《きおく》を利用《りよう》して嘘《うそ》の世界《せかい》を創《つく》りあげたのだ。だから、わたしがこの夢《ゆめ》の世界《せかい》で知《し》っていることは、マレフィセントもぜんぶ知《し》っているに違《ちが》いない。

でも、現実《げんじつ》の世界《せかい》でわたしと出会《であ》う前《まえ》のフィリップのことは何《なに》も知《し》らないわ。

「子《こ》ども時代《じだい》の一番大切《いちばんたいせつ》な思《おも》い出《で》を教《おし》えて」

魚《さかな》のほうのフィリップが先《さき》に答《こた》えた。

「三歳《さんさい》の誕生日《たんじょうび》に、父上《ちちうえ》が初《はじ》めて剣《つるぎ》をぼくに贈《おく》ってくれたことかな。木《き》でできた剣《つるぎ》だったんだ。その剣《つるぎ》にネコって名前《なまえ》をつけたんだよ。ほんとはネコが欲《ほ》しかったから」

そばにいるフィリップがお手《て》あげだというように両手《りょうて》をあげた。

「そんなこと、なんとでも言《い》えるよな」声《こえ》にいらだちがこもっている。「ローズはそれが本当《ほんとう》かどうか知《し》らないんだから。ぼくだって、なんだって言《い》えるさ。三歳《さんさい》のときに剣《つるぎ》をもらって、それにネコって名前《なまえ》をつけたとか、十三歳《じゅうさんさい》のときに厨房《ちゅうぼう》のかまどのそばで、乳《ち》しぼりの娘《むすめ》とキスをしたとかね。キスをしたのは本当《ほんとう》のことだけど……でも、それをどうやって確《たし》かめるっていうんだい？」

魚《さかな》のほうのフィリップが顔《かお》をしかめた。その目《め》に憎悪《ぞうお》の色《いろ》が浮《う》かんでいる。

「ぼくは十三歳《じゅうさんさい》のときに乳《ちち》しぼりの娘《むすめ》とキスをした。でも、キスをしたのは厨房《ちゅうぼう》じゃなく外《そと》で、雌《め》ウシのそばだった」

「ほらね」

そばにいるフィリップが言《い》った。

オーロラ・ローズは唇《くちびる》をかんだ。現実《げんじつ》の世界《せかい》にいたフィリップのことで、ふたりとも知《し》っていることが何《なに》かないかしら。フィリップが自分《じぶん》の城《しろ》にいて、わたしが森《もり》にいたころのこと？

もしくは……わたしがイバラの城《しろ》にいたとき……。

オーロラ・ローズが口《くち》を開《ひら》いた。

「あなたのお父《とう》さま。ヒューバート王《おう》のことを教《おし》えて」

フィリップがふたりとも、きょとんとした顔《かお》をした。

そばにいるフィリップがまた肩《かた》をすくめた。

「いばりちらしてて、口《くち》うるさくて、えらぶってるやつだ」

魚《さかな》のほうのフィリップが怒《おこ》った声《こえ》で言《い》った。

「失礼《しつれい》なこと言《い》うな。……ぼくの父《ちち》に対《たい》して」

オーロラ・ローズがさらに尋《たず》ねた。

「ヒューバート王《おう》の見《み》かけはどんな感《かん》じだった？　くわしく教《おし》えて。どんな顔《かお》をしていた？」

「ただの年寄《としよ》りだ」

そばにいるフィリップがとげのある言《い》い方《かた》をした。

魚《さかな》のほうのフィリップが剣《つるぎ》を振《ふ》りあげた。

「いいかげんにしろ！」

「そんなこと言《い》って、ぼくを攻撃《こうげき》するうまい口実《こうじつ》にしようとしてるんだろ。国王《こくおう》のことなんてぜんぜん知《し》らないから」

そばにいるフィリップは吐《は》きすてるように言《い》うと、剣《つるぎ》をかまえた。

魚《さかな》のほうのフィリップが前《まえ》へ飛《と》びだすや、剣《つるぎ》と剣《つるぎ》がぶつかり合《あ》い、不穏《ふおん》な音《おと》が木立《こだち》のあいだに鳴《な》りひびいた。小鳥《ことり》たちが群《む》れになって、いっせいに木《き》から飛《と》び立《た》つ。

どちらのフィリップも動《うご》きが速《はや》い。ふたりの力《ちから》は互角《ごかく》だった。どんな戦法《せんぽう》も、お互《たが》いにすぐに読《よ》みとってしまう。突《つ》く、かわす、くるりと向《む》きを変《か》える、跳《と》びあがる、相手《あいて》の脚《あし》へ不意《ふい》打ちをくらわす……どの動《うご》きもほれぼれするほど美《うつく》しい。

オーロラ・ローズも剣《つるぎ》を抜《ぬ》いていた。どちらが勝《か》つかはわからないけれど、剣《つるぎ》はすぐに使《つか》えるようにしておいたほうがいい。

数分後《すうふんご》、ふたりがぱっと離《はな》れた。肩《かた》で息《いき》をしているがどちらも血《ち》は流《なが》していない。

「なかなかやるじゃないか」片方《かたほう》のフィリップが言《い》った。

「おまえもな」もう片方《かたほう》のフィリップが敬礼《けいれい》をして言《い》った。

どちらが魚《さかな》のほうのフィリップで、どちらがそばにいたほうのフィリップなのか、もうわからなくなっていた。

ふたりがふたたび、ぶつかりあった。さっきよりも激《はげ》しい。片方《かたほう》が相手《あいて》のわきを傷《きず》つけて血《ち》が流《なが》れ、もう片方《かたほう》が相手《あいて》の頭《あたま》を剣《つるぎ》の平《たい》らな部分《ぶぶん》で思《おも》いきり叩《たた》く。

オーロラ・ローズはふたりを見《み》ながら顔《かお》をしかめた。

しばらくして、またふたりの体《からだ》が離《はな》れた。ふたりとも激《はげ》しく息《いき》をしている。

左側《ひだりがわ》のフィリップが、オーロラ・ローズのほうを向《む》いて言《い》った。

「こいつが魔獣《まじゅう》だ。マレフィセントの力《ちから》は強《つよ》くて崩《くず》しようがないから、どっちが本物《ほんもの》か見分《みわ》ける方法《ほうほう》なんてないよ」

右側《みぎがわ》のフィリップが、もうひとりのフィリップを意地《いじ》の悪《わる》い目《め》つきで見《み》た。

「おまえこそ魔獣《まじゅう》だ。それに、どっちが本物《ほんもの》か見分《みわ》ける必要《ひつよう》なんてないだろう。本物《ほんもの》はぼくなんだから。それに――」

「ぼくが本物《ほんもの》だ。この嘘《うそ》つきの魔獣《まじゅう》め！」

「とにかく、どちらが本物《ほんもの》だろうと、ローズはもうぼくたちのことを信用《しんよう》してないんだ。嘘《うそ》をついたからね。愛《あい》していると言《い》ったって、もっともな理由《りゆう》をつけてまた嘘《うそ》をつくかもしれないと思《おも》ってるんだよ」右《みぎ》のフィリップが、オーロラ・ローズのほうを見《み》ながらさらに続《つづ》けた。「ローズ、きみはこう思《おも》ってるんだろう？　自分《じぶん》の身《み》の安全《あんぜん》を守《まも》るにはフィリップといたら危険《きけん》だ。フィリップのことなんか本当《ほんとう》はよく知《し》らないのに。嘘《うそ》をつかれたのに、まだ信《しん》じられるのかって」

オーロラ・ローズは片手《かたて》で頭《あたま》を押《お》さえた。左《ひだり》のフィリップの顔《かお》は青《あお》ざめている。いまの言葉《ことば》を聞《き》いたオーローラ・ローズが、何《なに》を考《かんが》えているのかわかっているのだ。

「自分《じぶん》の身《み》の安全《あんぜん》を守《まも》るには、この冒険《ぼうけん》を無事《ぶじ》に成《な》しとげるには、わたしだけが頼《たよ》りの城《しろ》の人《ひと》たちを助《たす》けるには――こうするのが一番《いちばん》いい。わたしはひとりで行《い》くべきだわ」

そう言《い》い放《はな》ったオーロラ・ローズの胸《むね》に激《はげ》しい痛《いた》みが走《はし》った。まるで目《め》には見《み》えない剣《つるぎ》で心臓《しんぞう》をひと突《つ》きされたかのように。でも、これが真実《しんじつ》だ。

右《みぎ》のフィリップが、オーロラ・ローズの言葉《ことば》に傷《きず》ついたかのような顔《かお》で言《い》った。

「でも……ぼくはきみを愛《あい》してる……。きみといっしょにいて、きみを守《まも》り、きみを助《たす》けたい」

左《ひだり》のフィリップが厳《きび》しい表情《ひょうじょう》で言《い》った。

「いや、それはぼくがやる。これまでやったどんなことよりも困難《こんなん》なことに違《ちが》いない。でも、それをやるのがぼくの役目《やくめ》だ」

ここでぐずぐずしている場合《ばあい》じゃないわ。オーロラ・ローズはふたりのフィリップに背《せ》を向《む》けた。ふたりの剣《つるぎ》のぶつかりあう音《おと》が森《もり》に響《ひび》きわたるのをこれ以上《いじょう》聞《き》きたくなかった。

そのとき、左《ひだり》のフィリップが突然《とつぜん》叫《さけ》んだ。

「ぼくは、母上《ははうえ》の真珠《しんじゅ》のイヤリングをとった」

オーロラ・ローズは目《め》を閉《と》じ、歩《ある》きつづけた。

「盗《ぬす》んだんだ。きれいだったから。ただそれだけの理由《りゆう》だった。そのあと母上《ははうえ》が亡《な》くなったとき、イヤリングを見《み》つけたみんなが、ぼくに尋《たず》ねた。母《はは》の形見《かたみ》が欲《ほ》しかったんだろうって。ぼくは、そうだよ、と答《こた》えた。本当《ほんとう》はきれいで欲《ほ》しかったから盗《ぬす》んだのに。でも、ぼくはだれにも責《せ》められず、みんなぼくにやさしくしてくれて、ぼくを気《き》の毒《どく》に思《おも》ってくれたんだ！」

オーロラ・ローズは思《おも》わず振《ふ》りかえった。

フィリップはどうしてこんなことを言《い》いだしたのだろう。

右《みぎ》のフィリップも同《おな》じように感《かん》じているらしく、左《ひだり》のフィリップを怪訝《けげん》な顔《かお》で見《み》つめている。

「なんで、そんなこと言《い》いだすんだ?」

でも、左《ひだり》のフィリップは話《はな》すのをやめなかった。

「ぼくが十歳《じっさい》のときのことだ。妹《いもうと》のビアンカに、ブリジットよりきれいだって言《い》ったんだ。ブリジットの目《め》の前《まえ》で。そんなことを言《い》われたらブリジットが傷《きず》つくってわかっていたはずなのに」

左《ひだり》のフィリップは、苦《くる》しそうな表情《ひょうじょう》を浮《う》かべている。

オーロラ・ローズは剣《つるぎ》を体《からだ》の近《ちか》くに引《ひ》きよせ、固《かた》く握《にぎ》った。

右《みぎ》のフィリップが落《お》ちつかないようすで言《い》った。

「どうして、いま、そんなこと言《い》うんだ。ぼくだって言《い》おうと思《おも》えば、それくらいのこと言《い》えるさ。だけど、どうしていま……」

「ぼくは十三歳《じゅうさんさい》までおねしょをしていた!」

オーロラ・ローズと右《みぎ》のフィリップがぎょっとして左《ひだり》のフィリップを見《み》た。

左《ひだり》のフィリップがひきつったような声《こえ》で続《つづ》けた。

「ぼくは十三歳《じゅうさんさい》までおねしょをしていたんだよ。毎晩《まいばん》じゃない。でもしょっちゅうしていた。父《ちち》上《うえ》は怒《おこ》り、ぼくは鞭《むち》で打《う》たれ、だめなやつだ、一族《いちぞく》の恥《はじ》さらしだと言《い》われつづけた。このことをだれにも言《い》ったことはない。話《はな》したのはきみが初《はじ》めてだ。ぼくはきみを愛《あい》しているから、きみを信《しん》じているから、ぼくのすべてを知《し》ってほしいんだ。いいところも、悪《わる》いところも、秘密《ひみつ》さえも。だからぼくのことも信《しん》じてほしい。確《たし》かにぼくはきみに嘘《うそ》をついた。でも、誓《ちか》うよ。これからはいいことも悪《わる》いことも、すべてきみに話《はな》すって」

左《ひだり》のフィリップはそこでいったん口《くち》をつぐんだ。その顔《かお》にはせつなく悲《かな》しげな表情《ひょうじょう》が浮《う》かんでいる。

「さあ、行《い》くんだ。きみの王国《おうこく》のために。きみの身《み》を守《まも》るために。もしきみの冒険《ぼうけん》が成功《せいこう》して、現実《げんじつ》の世界《せかい》でぼくらがふたたび会《あ》えれば、もうぼくはきみにけっして嘘《うそ》はつかない。そして、きみに許《ゆる》してもらうことに、ぼくの残《のこ》りの人生《じんせい》のすべてを捧《ささ》げるよ」

右《みぎ》のフィリップが何《なに》か言《い》おうとして口《くち》を開《ひら》いた。

オーロラ・ローズはその一瞬《いっしゅん》のチャンスを逃《のが》さず、右《みぎ》のフィリップのお腹《なか》に剣《つるぎ》を突《つ》き刺《さ》した。

剣《つるぎ》を突《つ》き刺《さ》されても、そのフィリップは人間《にんげん》の顔《かお》のままだった。驚《おどろ》きと恐怖《きょうふ》の入《い》り混《ま》じった表《ひょう》情《じょう》を浮《う》かべ、赤《あか》い血《ち》の滴《したた》る剣《つるぎ》の柄《つか》を両手《りょうて》でつかむ。奇妙《きみょう》な音《おと》がその口《くち》からもれでてくる。

オーロラ・ローズは青《あお》ざめあとずさりした。間違《まちが》えてしまったんだろうか？

そのとき、流《なが》れだす血《ち》が黒《くろ》くなり、口《くち》からもれる音《おと》がヘビの出《だ》すようなシューという耳障《みみざわ》りな音《おと》に変《か》わった。ぶるぶるとふるえる体《からだ》が黒《くろ》っぽくなっていったかと思《おも》うと、見《み》る間《ま》に透《す》きとおっていく。

刺《さ》されたフィリップはふるえつづけていたが、とうとう地面《じめん》にくずおれた。いままでの魔獣《まじゅう》と同《おな》じように。

左《ひだり》のフィリップは、血《ち》の気《け》の引《ひ》いた顔《かお》でじっとそれを見《み》つめている。

自分《じぶん》が死《し》んでいくのを、自分《じぶん》の目《め》で見《み》るというのは、どれほど恐《おそ》ろしいことだろう。

けれど、左《ひだり》のフィリップはすぐさま冷静《れいせい》さをとりもどし、大股《おおまた》で前《まえ》へ進《すす》んでいって魔《ま》獣《じゅう》がこれ以上苦《いじょうく》しまなくてすむよう、とどめの一撃《いちげき》を加《くわ》えた。

そして、剣《つるぎ》を手《て》から落《お》とすと、オーロラ・ローズのほうを向《む》き、両手《りょうて》でぎゅっと抱《だ》きしめた。体《からだ》が痛《いた》くなるほどに。

オーロラ・ローズは何《なに》も言《い》わなかった。話《はな》したいことがあまりにもありすぎて言葉《ことば》にならなかったのだ。しかし、この先《さき》どういうことになろうと、今日《きょう》、フィリップが言《い》ったことは、一生《いっしょう》、思《おも》い出《だ》させるだろう。

そして、どういう形《かたち》であれ、フィリップとは一生《いっしょう》、付《つ》きあっていくつもりだと決《き》めた。

オーロラ・ローズは黙《だま》ったまま、フィリップの腕《うで》に抱《だ》かれていた。

23　次《つぎ》の一手《いって》

マレフィセントの王座《おうざ》の横《よこ》に、死体《したい》が重《かさ》なっていく。マレフィセントは不快《ふかい》でたまらなかった。リアンナは目《め》をくるりと回《まわ》した。

「今度《こんど》もまた、あっさりやられてしまいましたね。ふたりを攻撃《こうげき》するのに使《つか》えそうな手先《てさき》はもう残《のこ》っていないようですが」

マレフィセントがヘビのようにシューと口《くち》から息《いき》をもらし、ドラゴンのような動《うご》きをすると、マレフィセントとリアンナのあいだにあった死体《したい》が一瞬《いっしゅん》にして消《き》えた。マレフィセントは眉《まゆ》をつりあげ、邪悪《じゃあく》な表情《ひょうじょう》を浮《う》かべながらリアンナの前《まえ》にぬっと立《た》ちはだかった。

「われわれには、もう一時間《いちじかん》も残《のこ》っていないのだ。夜中《よなか》の十二時《じゅうにじ》の鐘《かね》がなるまでに王女《おうじょ》を城《しろ》に戻《もど》せなければ、この城《しろ》にいるすべての者《もの》の血《ち》を奪《うば》うことになるだろう。まあ、それはそれでかまわない」マレフィセントが悪意《あくい》に満《み》ちた表情《ひょうじょう》で続《つづ》けた。「おまえの言《い》ったことは、なんの役《やく》にも立《た》たなかったな。わたしはおまえの言《い》う王女《おうじょ》の弱《よわ》みをすべて攻撃《こうげき》した……わたしの最強《さいきょう》のしもべたちを差《さ》しむけてな。だが、すべて失敗《しっぱい》に終《お》わった。何《なに》か隠《かく》していることがあるのではないか？

オーロラを打《う》ちのめすことになる決定的《けっていてき》な弱点《じゃくてん》を本当《ほんとう》は知《し》っているのではないか？」

リアンナはひるまずに言《い》った。

「オーロラさまに関《かん》することは、すべてお話《はな》ししました。いえ、言《い》いかえさせてください。女王《じょおう》さまは、わたしの知《し》っていることは、もともとすべてご存《ぞん》じなのですよね」

マレフィセントとリアンナが、じっとにらみあった。どちらも目《め》をそらさない。

マレフィセントの醜《みにく》い手先《てさき》どもがおどおどとしはじめた。ひづめやかぎ爪《づめ》のある足《あし》をそわそわと動《うご》かし、口《くち》から苦《くる》しげな息《いき》をもらす。

マレフィセントが唇《くちびる》を横《よこ》に広《ひろ》げ冷《つめ》たい笑《え》みを浮《う》かべた。さっと身《み》をひるがえすと、一瞬《いっしゅん》、ローブがふわりと浮《う》いた。リアンナは身《み》じろぎもしなかった。

ふと、マレフィセントが考《かんが》えこむような顔《かお》になった。そして、おもむろに口《くち》を開《ひら》いた。

「よく考《かんが》えれば、決定的《けっていてき》な弱点《じゃくてん》など知《し》る必要《ひつよう》はないのだ。もともとある感情《かんじょう》に、手《て》を加《くわ》えればいいだけの話《はなし》なのだからな……」

マレフィセントは杖《つえ》を持《も》ちあげ、水晶玉《すいしょうだま》のなかを見《み》つめた。なかにあるものを反射《はんしゃ》し、黄色《きいろ》い瞳《ひとみ》がさらに輝《かがや》きを増《ま》す。マレフィセントは呪文《じゅもん》を唱《とな》えはじめた。

24 少女《しょうじょ》オーロラとの対面《たいめん》

オーロラ・ローズとフィリップはひと言《こと》も口《くち》をきかずに歩《ある》いていた。フィリップがオーロラ・ローズを支《ささ》えようと手《て》を伸《の》ばした。オーロラ・ローズはそれを拒《こば》もうとしたけれど、結局《けっきょく》は受《う》け入《い》れた。足《あし》がふらついていたからだ。

少《すこ》し前《まえ》に魔獣《まじゅう》を殺《ころ》したときの残像《ざんぞう》が、まだ頭《あたま》のなかに残《のこ》っている。人間《にんげん》の姿《すがた》をした魔獣《まじゅう》に剣《つるぎ》を突《つ》き刺《さ》すのは思《おも》っていたよりもつらかった。

フィリップは思《おも》っていたより複雑《ふくざつ》な人間《にんげん》だ。そして、フィリップのわたしに対《たい》する愛情《あいじょう》は堪《た》えられないほど強《つよ》い。それでも、現実《げんじつ》の世界《せかい》の森《もり》で初《はじ》めて出会《であ》ったとき、嘘《うそ》をつかれたことはやはり許《ゆる》せない。でも、それは本当《ほんとう》に許《ゆる》せないことなのだろうか？

フィリップは、それまでの経験《けいけん》をふまえて自分《じぶん》が王子《おうじ》であると言《い》わなかったのだろう。森《もり》で偶《ぐう》然《ぜん》出会《であ》った娘《むすめ》とすぐさまいっしょになろうと思《おも》えた理由《りゆう》が、きっとフィリップなりにあったのかもしれない。

けれど、わたしを愛《あい》しているというのは本当《ほんとう》だろうか？　わたしがオーロラであろうと、ブライア・ローズであろうと、わたしのそばにいる人《ひと》は、みんな嘘《うそ》ばかりつく。

一刻《いっこく》も早《はや》くこの夢《ゆめ》の世界《せかい》から出《で》たい、とオーロラ・ローズはそのとき初《はじ》めて思《おも》った。目《め》を覚《さ》まし、現実《げんじつ》の世界《せかい》をこの目《め》で見《み》て、現実《げんじつ》の世界《せかい》の人《ひと》たちときちんと向《む》きあいたかった。

「あとどれくらいで着《つ》く？」

オーロラ・ローズがぼそりと言《い》い、ついに沈黙《ちんもく》を破《やぶ》った。

「現実《げんじつ》の世界《せかい》とは少《すこ》し違《ちが》うんだけど、あと少《すこ》し行《い》ったら大《おお》きな岩《いわ》があるはずなんだ」フィリップがさりげなく言《い》った。話《はな》しかけられてうれしかったけれど、その気持《きも》ちを大《おお》げさに出《だ》してオーロラ・ローズに呆《あき》れられたくなかったのだ。「岩《いわ》が見《み》えたら、小川《おがわ》のそばの小屋《こや》まですぐだよ」

「その岩《いわ》のことなら覚《おぼ》えてるわ」

そのとき、また記憶《きおく》の波《なみ》がオーロラ・ローズをおそった。思《おも》わず息《いき》を呑《の》んだけれど、気丈《きじょう》にも歩《ある》きつづける。

岩《いわ》にまつわる映像《えいぞう》が次々《つぎつぎ》と流《なが》れでる。岩《いわ》の上《うえ》にのぼっているローズ。岩《いわ》を手《て》でこすっているローズ。小川《おがわ》のなかに黒《くろ》っぽい岩《いわ》を見《み》つけ近《ちか》づいていくローズ。岩《いわ》の上《うえ》に立《た》ちバランスをとっているローズ。ワシが岩《いわ》に巣《す》をつくるのをまねしているローズ。

「おりなさい！　レディはそんなことしないものよ！」

フローラがブライア・ローズを捕《つか》まえようと手《て》を伸《の》ばしながら大声《おおごえ》で言《い》った。

メリーウェザーとフォーナは眉間《みけん》にしわを寄《よ》せ、そんなフローラを見《み》つめている。フローラは三人《さんにん》のなかのリーダー的存在《てきそんざい》だ。

「つまり……ああいった人《ひと》たちは、そんなことしないってことよ。ブライア・ローズがいつか……その……困《こま》ることのないようにと思《おも》って」

フローラの説明《せつめい》は要領《ようりょう》を得《え》なかった。

「もし世《よ》の中《なか》に岩《いわ》にのぼる王女《おうじょ》がもっといたら、世界《せかい》はいまとはだいぶ変《か》わるでしょうね」メリーウェザーがいつものように偏屈《へんくつ》な受《う》け答《こた》えをした。そのとき、ブライア・ローズは、メリーウェザーは王女《おうじょ》のことを皮肉《ひにく》ってるんだわ、と思《おも》った。

フォーナが落《お》ちついた口調《くちょう》で口《くち》をはさんだ。

「三人《さんにん》の意見《いけん》が同《おな》じでないといけないと思《おも》うのよ。この子《こ》をレディのように育《そだ》てるか、それとも森《もり》の娘《むすめ》として育《そだ》てるか。この際《さい》だからきちんと話《はな》しあいましょう」

フローラが片手《かたて》で頭《あたま》を押《お》さえながら言《い》った。

「そうね。でも、この子《こ》には生《う》まれながらのあふれるような気品《きひん》もあるし。もっと話《はな》しあったほうがいいとは思《おも》うけれど、とりあえず、いまのところはこのままでいいかもしれないわ」

幼《おさな》いブライア・ローズは〝このままでいい〟というところだけは理解《りかい》できた。けれどあとのことはぜんぶ忘《わす》れてしまった。


おばたちの悩《なや》みをオーロラ・ローズは苦々《にがにが》しく思《おも》った。おばたちは、自分《じぶん》が王女《おうじょ》だとは知《し》らない王女《おうじょ》を育《そだ》てていたのだ。おばたちが、ときたま思《おも》いついたように教《おし》えてくれたことの意味《いみ》が、いまなら理解《りかい》できる。ナイフとフォークの正《ただ》しい使《つか》い方《かた》とか、宮廷《きゅうてい》のダンスのステップとか……。といっても、人間《にんげん》の王女《おうじょ》としてふるまうのに必要《ひつよう》なことなんて、たいして教《おし》えてもらわなかった。たいていは裸足《はだし》で走《はし》りまわり、好《す》きなようにさせてもらっていた。それが妖精《ようせい》にとってはふつうのことだったたからだ。

もし城《しろ》で育《そだ》っていたら、わたしはどうなっていただろう？　フィリップが言《い》っていたように、森《もり》で楽《たの》しんでいたような自由《じゆう》はほとんど味《あじ》わえなかったかもしれない。

その代《か》わり、両親《りょうしん》に愛情《あいじょう》を注《そそ》いでもらっていたに違《ちが》いない。

王女《おうじょ》としては、ごくふつうに育《そだ》っていただろう。フィリップと同《おな》じように、勉強《べんきょう》をし、お決《き》まりのキスをしてもらってから眠《ねむ》りにつく。そんな日々《ひび》を過《す》ごしていたかもしれない。あくまでも男《おとこ》の跡継《あとつ》ぎが生《う》まれるまでのつなぎとして。

「つらかったら、ぼくが抱《だ》きかかえていこうか？」

フィリップがオーロラ・ローズの肩《かた》に手《て》を置《お》いた。

全身《ぜんしん》の力《ちから》を振《ふ》りしぼらないとまっすぐな姿勢《しせい》を保《たも》てなくなっていた。それに、鼻血《はなぢ》も出《で》ているようだった。

「結構《けっこう》よ」

本当《ほんとう》は抱《だ》きかかえて運《はこ》んでほしかった。あちこち痛《いた》むし、もう歩《ある》けないかと思《おも》うほどへとへとだ。フィリップなら小屋《こや》へ着《つ》くまで楽々《らくらく》と抱《だ》きかかえてくれるだろう。嘘《うそ》をついた罪《つみ》ほろぼしとして、きっと喜《よろこ》んで運《はこ》んでくれるに違《ちが》いない。

けれどオーロラ・ローズは歯《は》を食《く》いしばり、歩《ある》きつづけた。

フィリップは何《なに》も言《い》わなかった。黙《だま》ったままオーロラ・ローズに歩調《ほちょう》を合《あ》わせる。

道《みち》がぬかるんできた。小《ちい》さな石《いし》や大《おお》きな石《いし》がころがっていて、あちこちくぼんでいる。オーロラ・ローズは十五《じゅうご》メートルも行《い》かないうちに、二度《にど》もつまずいてよろけた。

いらだちがわっと込《こ》みあげてくる。この世界《せかい》はわたしの見《み》ている夢《ゆめ》なのだ。もっと平《たい》らで歩《ある》きやすい道《みち》になるはずよ。丸石《まるいし》を敷《し》きつめてぬかるんでいない道《みち》。せめて、乾《かわ》いた土《つち》の道《みち》になれ。

オーロラ・ローズは指《ゆび》を広《ひろ》げて力《ちから》を込《こ》めた。

小石《こいし》が跳《と》びはね、砂《すな》が動《うご》きはじめた。

フィリップは片足《かたあし》をあげた格好《かっこう》のまま立《た》ちどまった。初《はじ》めのうちは、どうして石《いし》や砂《すな》が動《うご》くのかわからなかった。そっと剣《つるぎ》の柄《つか》に手《て》をかける。

オーロラ・ローズは眉《まゆ》を寄《よ》せ、意識《いしき》を集中《しゅうちゅう》した。

石《いし》や砂《すな》は、はじきあう磁石《じしゃく》のように好《す》き勝手《かって》な方向《ほうこう》に動《うご》いている。まるでわざとオーロラ・ローズが行《い》ってほしい方向《ほうこう》に行《い》かないようにしているみたいだ。道《みち》はでこぼこのままだった。

オーロラ・ローズはいらだちのあまり、甲高《かんだか》い声《こえ》で叫《さけ》んだ。

フィリップがためらいながらもオーロラ・ローズの腕《うで》にそっと手《て》を置《お》き、おだやかに言《い》った。

「ぼくらはいま、きみの心《こころ》の一番深《いちばんふか》い部分《ぶぶん》に向《む》かっている。そんなに簡単《かんたん》にはたどり着《つ》けないだろう。本当《ほんとう》の自分《じぶん》を見《み》つけるための道《みち》は長《なが》く険《けわ》しい」

「哲学的《てつがくてき》な話《はなし》は勘弁《かんべん》してちょうだい」

「じゃあ、こういう言《い》い方《かた》ならどうだい？　きみはマレフィセントじゃない。マレフィセントは何百年《なんびゃくねん》もかけて魔法《まほう》の力《ちから》を強《つよ》めていったんだよ」

オーロラ・ローズは不満《ふまん》げな声《こえ》をもらしたが、フィリップの言《い》うことは理解《りかい》したようだった。

ふたりはまたのろのろと歩《ある》きだした。

やがて道《みち》が開《ひら》け、空《あ》き地《ち》に着《つ》いた。木々《きぎ》はまばらで、近《ちか》くには岩《いわ》の多《おお》い小川《おがわ》が流《なが》れ、せせらぎの音《おと》も聞《き》こえてくる。灰色《はいいろ》の石《いし》が、苔《こけ》の生《は》えた地面《じめん》や松《まつ》の葉《は》の落《お》ちる木《き》のそばに、いくつも頭《あたま》を出《だ》しているのが見《み》える。

「だんだん思《おも》い出《だ》してきたわ……ここには見覚《みおぼ》えがある」

オーロラ・ローズがゆっくりと口《くち》を開《ひら》いた。その体《からだ》は喜《よろこ》びでふるえている。やっと、何《なに》かがわかったような、しっくりするような感覚《かんかく》に包《つつ》まれた。

フィリップはオーロラ・ローズを見《み》ていなかった。どんなときでも気《き》にかけてくれるフィリップが、わたしを見《み》ていないなんてどうしたんだろう。

「ここ覚《おぼ》えてるわよね？　わたしたちが出会《であ》った場所《ばしょ》の近《ちか》くでしょう？」

オーロラ・ローズがせっついた。

でも、フィリップはこっちを見《み》ようとはせず、あごの先《さき》で自分《じぶん》の見《み》ている方向《ほうこう》をさした。

道《みち》の向《む》こうに、まるでずっとそこにいたかのように、小《ちい》さな女《おんな》の子《こ》が立《た》っていた。

おそらく六歳《ろくさい》ぐらいだろう。着《き》ている服《ふく》はみすぼらしい。薄汚《うすよご》れたピンク色《いろ》の、膝《ひざ》までの長《なが》さのワンピースで、袖《そで》はなく生地《きじ》はうすっぺらい。足《あし》は裸足《はだし》で、頭《あたま》には子《こ》どもの描《か》いた絵《え》のようないびつな形《かたち》の冠《かんむり》が傾《かたむ》いてのっている。顔《かお》は青白《あおじろ》く、はっとするほどきれいなすみれ色《いろ》の瞳《ひとみ》の下《した》に半月形《はんげつがた》のくまができている。風《かぜ》が吹《ふ》いてもその金髪《きんぱつ》の髪《かみ》はそよとも動《うご》かなかった。

少女《しょうじょ》はふたりが話《はな》すのをじっと待《ま》っていた。

「あなたは――」

オーロラ・ローズが口《くち》を開《ひら》いた。

「殺《ころ》せ！　あいつも魔獣《まじゅう》だ！」

われに返《かえ》ったフィリップが叫《さけ》んだ。

フィリップはなんのためらいもなく剣《つるぎ》を抜《ぬ》き、少女《しょうじょ》めがけて突進《とっしん》しようとした。

オーロラ・ローズがフィリップの腕《うで》をつかんだ。なぜそうしたのかは自分《じぶん》でもわからない。

フィリップの言《い》うとおり、あの子《こ》は間違《まちが》いなくマレフィセントの魔獣《まじゅう》だろう。けれど、あの子《こ》を見《み》ていると胸《むね》が締《し》めつけられるほど懐《なつ》かしい気《き》がするのだ。少女《しょうじょ》のまわりをとりまく静《しず》けさも。色《いろ》がぼやけたような感《かん》じも。

少女《しょうじょ》がこっちを見《み》ながらかすかにほほえんだ。

「大丈夫《だいじょうぶ》よ。その人《ひと》はわたしに触《ふ》れられないわ」

少女《しょうじょ》とのあいだには距離《きょり》がある。なのにその声《こえ》は、オーロラ・ローズの耳《みみ》もとで響《ひび》いた。

フィリップは少女《しょうじょ》の話《はな》し方《かた》が気《き》に入《い》らないようだった。オーロラ・ローズもぞっとした。だからフィリップがふたたび少女《しょうじょ》のほうへ駆《か》けだしたとき、もう止《と》めなかった。

もうひとりのフィリップとの戦《たたか》いで体《からだ》があたたまっていたフィリップの動《うご》きは、優雅《ゆうが》で美《うつく》しく隙《すき》がない。オーロラ・ローズは少女《しょうじょ》がお腹《なか》を刺《さ》される場面《ばめん》を想像《そうぞう》して、思《おも》わず身《み》ぶるいした。

けれどそのとき、少女《しょうじょ》がゆらりとゆれた。まるで消《き》えかかるろうそくの炎《ほのお》のように。そこにいたと思《おも》っても、いなくなる。狙《ねら》いを定《さだ》めて剣《つるぎ》を突《つ》きだしても、気《き》づくと少《すこ》し離《はな》れたところにいるのだ。同《おな》じポーズ、同《おな》じ表情《ひょうじょう》のまま、ゆらゆらとフィリップの剣《つるぎ》をかわしている。

フィリップが攻撃《こうげき》し、少女《しょうじょ》がほほえみながら消《き》えたり現《あらわ》れたりする。

とうとう、くたくたになったフィリップが、よろよろとあとずさりした。

「だから言《い》ったはずよ、フィリップ王子《おうじ》。わたしには触《ふ》れられないって」

少女《しょうじょ》が言《い》った。

フィリップがうなるような声《こえ》で言《い》いかえした。

「ぼくはおまえに〝触《ふ》れる〟つもりなんかない。剣《つるぎ》を突《つ》き刺《さ》し、魔獣《まじゅう》の邪悪《じゃあく》な手《て》からローズを守《まも》ろうとしてるんだ」

「魔獣《まじゅう》ね。でも、フィリップ王子《おうじ》、すべてが魔獣《まじゅう》ってわけじゃないわ。というより……この世界《せかい》にいる……魔獣《まじゅう》……のすべてが、マレフィセントが創《つく》りだしたものというわけではないのよ」

少女《しょうじょ》の声《こえ》は高《たか》く幼《おさな》かったけれど、言葉《ことば》づかいは妙《みょう》に大人《おとな》びていた。

王子《おうじ》と王女《おうじょ》が困惑《こんわく》した表情《ひょうじょう》を浮《う》かべたのを見《み》て、少女《しょうじょ》はおもしろがっているようだった。

「わたしは……オーロラの心《こころ》のなかから来《き》たの」

オーロラ・ローズが息《いき》を呑《の》んだ。少女《しょうじょ》はわたしにそっくりというわけではない。でもあの冠《かんむり》は……。

「ああ、それとも……オーロラじゃなくて、ローズって呼《よ》んだほうがいいのかしら？　ローズとオーロラ、いまのあなたはどちらなの？」

少女《しょうじょ》が額《ひたい》にしわを寄《よ》せ、深刻《しんこく》そうな表情《ひょうじょう》をつくって聞《き》いてくる。

「わたしの心《こころ》のなかから来《き》たのなら、あなたにはわかっているはずよ」

オーロラ・ローズは何気《なにげ》ないふうを装《よそお》って言《い》った。

「ああ、自分《じぶん》でもわからないのね」

少女《しょうじょ》が言《い》った。

「きみの心《こころ》のなかって？　こいつは何《なに》を言《い》ってるんだ？　ローズ、この子《こ》はだれなんだ？」

フィリップがたたみかけてくる。

これまでの人生《じんせい》、わたしはずっと受《う》け身《み》で暮《く》らしてきた。だれかが何《なに》かをしてくれるのを、ただ待《ま》っているだけだった。イバラの城《しろ》から逃《に》げてきてから、ずっとずっと思《おも》っていた。こんな状態《じょうたい》に、いつまでもわたしが耐《た》えられるわけがないって。

迷《まよ》っていたらだめ。あの子《こ》は本当《ほんとう》は少女《しょうじょ》なんかじゃない。オーロラ・ローズはいきなり剣《つるぎ》を振《ふ》りあげ、わめき声《ごえ》をあげながら少女《しょうじょ》に向《む》かっていった。

まばたきもせず、少女《しょうじょ》はオーロラ・ローズが向《む》かってくるのを見《み》つめている。まさに剣《つるぎ》が振《ふ》りかかろうとしたその瞬間《しゅんかん》、少女《しょうじょ》が片手《かたて》をあげた。その手《て》には小《ちい》さな木《き》の剣《つるぎ》が握《にぎ》られている。不格《ぶかっ》好《こう》なおもちゃの剣《つるぎ》だ。

オーロラ・ローズの剣《つるぎ》と少女《しょうじょ》の剣《つるぎ》がぶつかりあう。そのとき、カーンというあり得《え》ない音《おと》が響《ひび》いた。音《おと》は木《き》に跳《は》ねかえってこだまする。少女《しょうじょ》の剣《つるぎ》は木《き》でできているとは思《おも》えないほど硬《かた》かった。

けれどオーロラ・ローズは歯《は》を食《く》いしばり、もう一度《いちど》剣《つるぎ》を切《き》りつけた。

少女《しょうじょ》が子《こ》どもっぽいつたない動《うご》きで剣《つるぎ》を回《まわ》して攻撃《こうげき》をかわし、剣《つるぎ》を前《まえ》へ突《つ》きかえす。でもおもちゃの剣《つるぎ》の先《さき》は王女《おうじょ》の体《からだ》には届《とど》かない。

オーロラ・ローズは少女《しょうじょ》の頭《あたま》を真《ま》っぷたつに裂《さ》こうと、頭上《ずじょう》に剣《つるぎ》を振《ふ》りあげた。

少女《しょうじょ》が不安《ふあん》げな声《こえ》を出《だ》す。

「本気《ほんき》でそんなことするつもりなの？」

オーロラ・ローズは柄《つか》を握《にぎ》りしめたまま、ぶるぶるとふるえた。こんな子《こ》どもの頭《あたま》をめがけて鋼《はがね》の剣《つるぎ》を振《ふ》りおろそうとするなんて。オーロラ・ローズはだらりと剣《つるぎ》をわきにおろした。

フィリップが叫《さけ》んだ。

「ローズ、殺《ころ》せ！　こいつは小《ちい》さな女《おんな》の子《こ》なんかじゃない！」

「わかってるわ」

オーロラ・ローズは気《き》が抜《ぬ》けたように答《こた》えた。

少女《しょうじょ》が口《くち》を開《ひら》いた。

「気《き》にすることないわ。あなたが殺《ころ》した人間《にんげん》はひとりだけだし。霧《きり》の魔獣《まじゅう》は数《かず》に入《い》れてないのよ。霧《きり》の魔獣《まじゅう》にとどめの一撃《いちげき》を刺《さ》したのはフィリップ王子《おうじ》だから」

オーロラ・ローズは自分《じぶん》の気持《きも》ちがどんどん沈《しず》んでいくのを感《かん》じていた。人間《にんげん》？

フィリップがすぐさま言《い》いかえした。

「ぼくにそっくりだったやつは、人間《にんげん》なんかじゃない。邪悪《じゃあく》な魔獣《まじゅう》だ。おまえが自分《じぶん》をなんだと思《おも》っていようと、おまえもあの魔獣《まじゅう》と同《おな》じだ」

「少《すこ》し、疲《つか》れているみたいね」

少女《しょうじょ》はフィリップの言葉《ことば》を無視《むし》して、王女《おうじょ》をじっと見《み》つめている。

オーロラ・ローズは、ほっとしたように膝《ひざ》を折《お》って地面《じめん》にくずおれた。

少女《しょうじょ》は泣《な》き疲《つか》れた赤《あか》ん坊《ぼう》をいたわる母親《ははおや》のような笑《え》みを浮《う》かべた。

フィリップはそんなふたりを困惑《こんわく》しながら見《み》ていたが、はっとわれに返《かえ》ると、すぐさま少女《しょうじょ》の背《せ》へ回《まわ》り、その頭《あたま》めがけて剣《つるぎ》を振《ふ》りあげた。

少女《しょうじょ》はフィリップのほうを振《ふ》りかえろうともしなかった。すっと動《うご》いて剣《つるぎ》をかわし、さっきとは反対側《はんたいがわ》の角度《かくど》から王女《おうじょ》を見《み》つめている。

フィリップは前《まえ》へつんのめって、地面《じめん》に手《て》を突《つ》き倒《たお》れこんだ。

少女《しょうじょ》は地面《じめん》の上《うえ》の王子《おうじ》と王女《おうじょ》を、あきれたような顔《かお》で見《み》ている。

オーロラ・ローズは体《からだ》を持《も》ちあげた。でも、なんだかひどくだるい……。

「いいのよ。そこにいなさい。横《よこ》になっていてかまわないのよ……」

少女《しょうじょ》がやさしい声《こえ》で言《い》った。

もうどうなったってかまわないわ。オーロラ・ローズは顔《かお》を土《つち》につけた。

「ローズ！」フィリップが叫《さけ》んでさっと立《た》ちあがった。「ローズ！　何《なに》やってるんだ！　起《お》きろ！」

「そっとしておいてあげて。見《み》ればわかるでしょ。疲《つか》れてるのよ」

少女《しょうじょ》がいらついたようすで言《い》った。

体中《からだじゅう》が鉛《なまり》のように重《おも》い。森《もり》にいたときも、イバラの城《しろ》にいたときも、こんなふうになったことがある。どんよりと曇《くも》った冬《ふゆ》の寒《さむ》い日《ひ》。

「ローズ！　しっかりしろ！　起《お》きろ！　こんなやつの言《い》いなりになるな！」

フィリップが声《こえ》を張《は》りあげる。

少女《しょうじょ》が妖《あや》しげな笑《え》みを浮《う》かべた。

「わたしの言《い》うとおりにしているのは、オーロラがそうしたいと思《おも》っているからよ」

「そんなの嘘《うそ》だ」フィリップはそう言《い》いかえしたが、顔《かお》には不安《ふあん》げな表情《ひょうじょう》が浮《う》かんでいる。「ローズ？」

オーロラ・ローズはものうげに頭《あたま》を持《も》ちあげてフィリップを見《み》た。それが精《せい》いっぱいだった。

ひとりで静《しず》かにじっと横《よこ》になっていたい。

少女《しょうじょ》が白《しろ》い小《ちい》さな歯《は》のすきまから声《こえ》を絞《しぼ》りだすようにして言《い》った。

「フィリップ王子《おうじ》、愛《あい》する者《もの》の本当《ほんとう》の姿《すがた》を見《み》るがいいわ。なんの希望《きぼう》もなく、絶望《ぜつぼう》に打《う》ちひしがれ、寂《さび》しさを抱《かか》えた娘《むすめ》を」

オーロラ・ローズは脚《あし》を腕《うで》で抱《かか》えて丸《まる》くなった。少女《しょうじょ》の言葉《ことば》がひとつひとつ耳《みみ》に刺《さ》さったけれど、不思議《ふしぎ》といやではなかった。

「違《ちが》う！」フィリップはオーロラ・ローズのほうへ歩《ある》いていくと、ひざまずき、あごをつかんで自分《じぶん》のほうへ向《む》かせた。大《おお》きくて、きらきらと輝《かがや》き、情熱《じょうねつ》のこもった瞳《ひとみ》でじっと見《み》つめてくる。

「ぼくがきみを好《す》きになったのは、きみが陽気《ようき》で快活《かいかつ》だったからだ。美《うつく》しく、日《ひ》の光《ひかり》のように明《あか》るいきみに恋《こい》をした。鳥《とり》のさえずりのように清《きよ》らかな歌声《うたごえ》に夢中《むちゅう》になり、天使《てんし》のように踊《おど》り、草《くさ》地《ち》をくるくると回《まわ》るきみに心《こころ》を奪《うば》われたんだ」

フィリップの声《こえ》は甘《あま》くやさしい。けれど、つかまれたあごが痛《いた》い。

「そんなことが、わたしを好《す》きになった理由《りゆう》だっていうの？」

オーロラ・ローズの心《こころ》にふつふつと怒《いか》りがこみあげてきた。

「そうだけど」

フィリップがためらいがちに言《い》った。

「わたしが、くるくると回《まわ》っていたから？」

「初《はじ》めて会《あ》ったときのきみは、本当《ほんとう》にきれいだったんだ……日《ひ》の光《ひかり》に髪《かみ》がきらめいて……」

「森《もり》の真《ま》ん中《なか》でくるくると回《まわ》る、ばかみたいな娘《むすめ》と会《あ》った瞬間《しゅんかん》、恋《こい》に落《お》ちて、一生《いっしょう》をともに過《す》ごしたいと思《おも》ったっていうの？」

「いや、そういう意味《いみ》で言《い》ったんじゃ……」

オーロラ・ローズは鼻《はな》をふんと鳴《な》らした。

「それに、清《きよ》らかな歌声《うたごえ》と……日《ひ》の光《ひかり》のように明《あか》るい……ですって？」

「あのときのきみほど魅力的《みりょくてき》な女性《じょせい》には、それまで出会《であ》ったことがなかったんだ」

「魅力的《みりょくてき》できれいってだけで、人生《じんせい》のすべてを捧《ささ》げようとしたっていうの？」

「ぼくには、会《あ》ったこともない許嫁《いいなずけ》の王女《おうじょ》がいた。でも、人生《じんせい》をともに過《す》ごしたいと思《おも》った相手《あいて》はきみだったんだよ」

「わたしが歌声《うたごえ》と美《うつく》しさと気品《きひん》を贈《おく》られていたからでしょう」

オーロラ・ローズが吐《は》きすてるように言《い》った。

「そんなことは関係《かんけい》ない。きみが何《なに》を贈《おく》られていようと、きみはきみだ」

少女《しょうじょ》が口《くち》をはさんだ。

「どうやら、あなたがだれかっていう問題《もんだい》になっているようね。あなたはオーロラとローズ、どちらなの？」

王女《おうじょ》は少女《しょうじょ》を無視《むし》して言《い》った。

「わたしはフィリップの言《い》うような人間《にんげん》じゃないわ。わたしは明《あか》るくて快活《かいかつ》なんかじゃない。あなたと出会《であ》ったあの日《ひ》、わたしは寂《さび》しさで頭《あたま》がおかしくなりそうだったのよ。森《もり》ではずっと、風《ふう》変《が》わりな三人《さんにん》のおばたち以外《いがい》だれにも会《あ》うことなく暮《く》らしてきたの。おばたちがわたしに会《あ》わせないようにしていた村《むら》の若者《わかもの》やきこりじゃなく、理想《りそう》の男性《だんせい》と出会《であ》いたいって、ずっとずっと思《おも》っていたのよ。同《おな》じ夢《ゆめ》ばかり何度《なんど》も見《み》たわ。ついに理想《りそう》の男性《だんせい》に出会《であ》う夢《ゆめ》を。そんなとき、突然《とつぜん》あなたが現《あらわ》れたのよ。まるで夢《ゆめ》から出《で》てきたみたいに」

「そうなんだね。すばらしいじゃないか」

フィリップがよく考《かんが》えもせずに言《い》った。

「ちゃんと話《はなし》を聞《き》いてちょうだい」オーロラ・ローズはまたおそってきたけだるさを払《はら》いのけるようにしながら言《い》った。

「わたしはどちらの世界《せかい》でも……何《なに》もせず横《よこ》になって過《す》ごす時間《じかん》のほうが多《おお》かったのよ。いえ、いまだって本当《ほんとう》はそうしたいの。ずっと森《もり》で暮《く》らしてきて、あなたと出会《であ》ったことほどうれしいことはなかったわ」

「だけど……森《もり》だってのどかでいいところのように思《おも》えるけど」

フィリップが困《こま》ったような顔《かお》で言《い》った。

「森《もり》での暮《く》らしなんて退屈《たいくつ》だったわ。毎日同《まいにちおな》じことのくりかえし。……何《なに》かしたい、何《なに》かに出会《であ》いたいってずっと思《おも》ってた」

「でも、それって普通《ふつう》のことだよね？　ぼくだって、そう感《かん》じたことがある」

オーロラ・ローズは首《くび》を横《よこ》に振《ふ》り、地面《じめん》を見《み》つめた。

少女《しょうじょ》が小《ちい》さく笑《わら》った。

「フィリップ王子《おうじ》のように広《ひろ》い世界《せかい》を知《し》る機会《きかい》を与《あた》えられていたら、あなたもこんなふうにはなっていなかったかもしれないわ。何《なに》かを学《まな》べる場所《ばしょ》、才能《さいのう》を見《み》つけて磨《みが》ける場所《ばしょ》、友《とも》だちをつくれる場所《ばしょ》、そんなところへ行《い》かせてもらっていれば。王女《おうじょ》として暮《く》らしていたとしても、慈善活《じぜんかつ》動《どう》をとりしきるとか……タペストリーを織《お》るだとか、そんなことをしていたでしょう。あなたがずっとそうだったように、森《もり》に閉《と》じこめられているなんて感《かん》じなかったはずだわ。あなたは自分《じぶん》が実際《じっさい》に閉《と》じこめられていることさえ知《し》らなかった」

「支離滅裂《しりめつれつ》なこと言《い》うな」フィリップが言《い》った。「だれだって、たまには憂《ゆう》うつな気分《きぶん》になることがある。おまえがいくら仕向《しむ》けようが、ローズは大丈夫《だいじょうぶ》だ。寂《さび》しい人間《にんげん》なんかじゃない。ローズの頭《あたま》を嘘《うそ》で塗《ぬ》りかためようとしたってむだだ、この魔獣《まじゅう》め」

そう言《い》うや、フィリップはさっと立《た》ちあがり、少女《しょうじょ》の顔《かお》めがけて、剣《つるぎ》の柄頭《つかがしら》を突《つ》きだした。丸《まる》みを帯《お》びた金属《きんぞく》の柄《つか》の先《さき》が、音《おと》もなく少女《しょうじょ》の鼻《はな》にめりこんでいく。ふつうだったら、鼻《はな》の骨《ほね》が折《お》れる音《おと》がするだろう。けれど、柄頭《つかがしら》のまわりが枕《まくら》を押《お》しつぶしたように、ぐしゃりとへこんだだけだった。

柄《つか》を離《はな》すと、少女《しょうじょ》の顔《かお》はゆっくりともとに戻《もど》った。

オーロラ・ローズがけだるそうに言《い》った。

「もういいのよ、フィリップ。何《なに》をやってもむだよ。それに、この子《こ》の言《い》うことは正《ただ》しいわ」

フィリップが叫《さけ》んだ。

「いや、そんなことはない！　きみは陽気《ようき》で、明《あか》るくて、美《うつく》しい。こいつはきみに変《へん》な考《かんが》えを植《う》えつけて、きみを殺《ころ》そうとしているんだ……」

「わたしは、自分《じぶん》で糸車《いとぐるま》の針《はり》に指《ゆび》を刺《さ》したのよ！」

フィリップがあぜんとした顔《かお》でオーロラ・ローズを見《み》つめた。

少女《しょうじょ》でさえ、驚《おどろ》きの表情《ひょうじょう》を浮《う》かべている。

オーロラ・ローズがものうげに続《つづ》けた。

「妖精《ようせい》たちに城《しろ》へ連《つ》れていかれ、愛《あい》を失《うしな》ってたわたしはひとりで泣《な》いていた……」

フィリップがかすれた声《こえ》で言《い》った。

「そのとき、マレフィセントがきみに魔法《まほう》をかけたんだろう。魔法《まほう》できみの感情《かんじょう》をコントロールして、糸車《いとぐるま》のある部屋《へや》へ連《つ》れていき、きみの手《て》を糸車《いとぐるま》の針《はり》に触《ふ》れさせた……」

「マレフィセントは、魔法《まほう》で何《なに》もないところに糸車《いとぐるま》のある部屋《へや》へ行《い》く秘密《ひみつ》の通路《つうろ》を開《ひら》いたの。確《たし》かにわたしの感情《かんじょう》をコントロールしようとしたかもしれないけれど、マレフィセントは不気味《ぶきみ》な緑色《みどりいろ》の火《ひ》の玉《たま》になって現《あらわ》れて、わたしについてくるように言《い》ったのよ。だれが、恐《おそ》ろしげな緑《みどり》の火《ひ》の玉《たま》の言《い》うことなんて聞《き》く？　どんな大《おお》ばか者《もの》だって聞《き》きはしないわ」

「だけど……」

「何《なに》が起《お》ころうとしているか、わたし、わかってたわ。糸車《いとぐるま》の針《はり》に触《ふ》れたら死《し》ぬ、もしくは永遠《えいえん》の眠《ねむ》りにつくって、わかっていたのよ。でも、それでかまわないと思《おも》ったの」

フィリップが驚《おどろ》きで目《め》を大《おお》きく見開《みひら》いた。

オーロラ・ローズが言葉《ことば》を探《さが》しながら言《い》った。

「フィリップ、わたしはずっと森《もり》で孤独《こどく》を感《かん》じていた。そして、ようやくあなたと出会《であ》った。なのに、出会《であ》ってすぐに終《お》わってしまった。おばたちはその晩《ばん》、わたしを城《しろ》へ連《つ》れていった。いきなり本当《ほんとう》の両親《りょうしん》がいると知《し》らされ、会《あ》ったこともない人《ひと》と結婚《けっこん》するって言《い》われたの。それも結婚《けっこん》式《しき》は次《つぎ》の日《ひ》だなんて！　あんまりよ。わたしは消《き》えてしまいたかった。眠《ねむ》りにつくんだったら、言《い》うことないって思《おも》ったわ」

フィリップはオーロラ・ローズから目《め》を背《そむ》けて下《した》を向《む》いた。目《め》には涙《なみだ》があふれている。

少女《しょうじょ》が言《い》った。

「とんでもない秘密《ひみつ》が明《あき》らかになったわね。わたしでさえ知《し》らなかったわ」

フィリップが叫《さけ》んだ。

「そんなに寂《さび》しくて絶望《ぜつぼう》していたなら、どうして逃《に》げなかったんだよ」

オーロラ・ローズがいらだちながら答《こた》えた。

「わからないわ。逃《に》げるなんて思《おも》いつきもしなかった。考《かんが》えもしなかったの。糸車《いとぐるま》の針《はり》に指《ゆび》を刺《さ》すのが一番《いちばん》いい選択《せんたく》に思《おも》えたのよ」

「なぜだ！　ほかにも選択肢《せんたくし》はあったはずだ。自殺《じさつ》することを選《えら》ぶなんて……」

フィリップが首《くび》を横《よこ》に振《ふ》りながら言《い》った。

「持《も》って生《う》まれた性質《せいしつ》ってことかしらね。まあ言《い》ってみれば、病気《びょうき》みたいなものというか。オーロラの。つまりわたしの」少女《しょうじょ》は、教師《きょうし》が教《おし》え子《ご》に言《い》いきかすような口調《くちょう》でさらに続《つづ》けた。「心《こころ》が凍《こお》りついてしまったんでしょう。どうしたらいいかわからなかったのよね。つらくて、むなしくて、みじめで。何《なに》もかもにうんざりして、何《なに》をしてもうまくいきっこないって思《おも》ったのよね。逃《に》げようとしたって、逃《に》げられるわけないって」

少女《しょうじょ》の言《い》うことを聞《き》くにつれ、オーロラ・ローズの心《こころ》は沈《しず》んでいった。少女《しょうじょ》の言《い》ったことはどれも本当《ほんとう》だ。言《い》われて初《はじ》めて自分《じぶん》でも気《き》づいた。

少女《しょうじょ》が口《くち》の端《はし》を開《ひら》いてにっと笑《わら》った。小《ちい》さい顔《かお》に対《たい》してずいぶんと大《おお》きな開《ひら》き方《かた》だった。

「眠《ねむ》りなさい、小《ちい》さな王女《おうじょ》。この世界《せかい》は——どんな世界《せかい》も——あなたが生《い》きていくにはつらすぎるわ」

まぶたがだんだん重《おも》くなってくる。

閉《と》じかけた目《め》のすきまから、フィリップがこっちへ近《ちか》づこうともがいているのが見《み》える。けれど、フィリップの体《からだ》に力《ちから》はこもっていないようだ。いっこうにこっちへ近《ちか》づいてこない。いや、とげのある黒《くろ》い蔓《つる》が地面《じめん》からくねりながら出《で》てきて、フィリップの手足《てあし》に巻《ま》きついて動《うご》けないようにしているようだ。まあ、どちらだってかまわない。

オーロラ・ローズは目《め》を閉《と》じた。もう何《なに》もしたくない。

フィリップが体《からだ》を動《うご》かそうとしている音《おと》がぼんやりと聞《き》こえたけれど、やがてなんの音《おと》もしなくなった。

静《しず》かでおだやかな闇《やみ》に包《つつ》まれる。

そのとき、音《おと》がした。フィリップの小《ちい》さなうめき声《ごえ》だ。

オーロラ・ローズは目《め》をこじ開《あ》けた。

フィリップは蔓《つる》で木《き》に縛《しば》りつけられていた。蔓《つる》はさらにその体《からだ》を締《し》めつけていく。とげが肉《にく》に食《く》いこむ。息《いき》をしようともがいているフィリップの顔《かお》には血《ち》の気《け》がない。

フィリップはもう助《たす》からない。現実《げんじつ》の世界《せかい》の城《しろ》で眠《ねむ》っている何百人《なんびゃくにん》という人《ひと》も助《たす》からない。

ぜんぶあなたのせいよ、オーロラ・ローズ。

オーロラ・ローズは顔《かお》をしかめ、もぞもぞと動《うご》きだした。

王国中《おうこくじゅう》の人《ひと》たちが眠《ねむ》りについている。彼《かれ》らを助《たす》けられるのは、あなたしかいないのよ。これはあなたの冒険《ぼうけん》なのよ。

これはわたしの冒険《ぼうけん》。

少女《しょうじょ》がオーロラ・ローズの表情《ひょうじょう》が微妙《びみょう》に変《か》わったのに気《き》づいた。すると、オーロラ・ローズはさらに重《おも》たい虚無感《きょむかん》におそわれた。動《うご》きたくても動《うご》けない。

強力《きょうりょく》な力《ちから》を持《も》つ邪悪《じゃあく》な妖精《ようせい》を相手《あいて》に、ひとりの王女《おうじょ》がどうやって戦《たたか》えばいいのだろう？　人間《にんげん》ではない手先《てさき》どもようようよいる。立《た》ちむかっていったって、きっと負《ま》けるに決《き》まってるわ。

そのとき、ある映像《えいぞう》がオーロラ・ローズのまぶたの裏《うら》にくっきりと浮《う》かびあがった。

血《ち》を流《なが》し床《ゆか》に横《よこ》たわるレディ・アストリドの姿《すがた》が。

快活《かいかつ》でユーモアのあった小柄《こがら》な女性《じょせい》が、マレフィセントのせいで無残《むざん》にも亡《な》くなってしまった。

レディ・アストリドの夫《おっと》は現実《げんじつ》の世界《せかい》のどこかで眠《ねむ》っていて、自分《じぶん》の妻《つま》が亡《な》くなったことさえ知《し》らない。

オーロラ・ローズは必死《ひっし》で立《た》ちあがった。足《あし》は石《いし》のように重《おも》いし、腕《うで》もずきずきと痛《いた》む。けれど歯《は》を食《く》いしばり、足《あし》を前《まえ》に踏《ふ》みだして剣《つるぎ》を振《ふ》りおろした。

少女《しょうじょ》は攻撃《こうげき》をかわしたが、そのはずみでうしろへよろけた。

「いいかげん、あきらめなさい」

少女《しょうじょ》が言《い》った。

やはりわたしには無理《むり》かもしれないという弱気《よわき》が頭《あたま》をもたげてくる。

オーロラ・ローズはうめき声《ごえ》をあげながら、弱々《よわよわ》しく少女《しょうじょ》に剣《つるぎ》を突《つ》きだした。動《うご》きなさい。戦《たたか》いを続《つづ》けるのよ。だめ。

少女《しょうじょ》はやすやすとオーロラ・ローズの剣《つるぎ》を払《はら》いのけた。

そして、こっちへ向《む》かって剣《つるぎ》を突《つ》きだしてきた。

丸《まる》みを帯《お》びた木《き》でできたおもちゃの剣《つるぎ》だ。でも、剣《つるぎ》の先《さき》がオーロラ・ローズの左《ひだり》の太《ふと》ももをさっとかすめたとき、痛《いた》みのあまり思《おも》わず息《いき》がとまり、よろめいた。肉《にく》がすぱっと切《き》れていて、あっという間《ま》に血《ち》が流《なが》れだす。

オーロラ・ローズは痛《いた》みのあまり獣《けもの》のようなうめき声《ごえ》を上《あ》げた。

少女《しょうじょ》が歯《は》のすきまから声《こえ》を絞《しぼ》りだすようにして言《い》った。

「わたしを殺《ころ》すことはできないわ。だって、わたしはあなたなのよ。わたしはあなたの悲《かな》しみ。あなたの憂《ゆう》うつ。あなたの絶望《ぜつぼう》なんだから！」

少女《しょうじょ》がふたたび剣《つるぎ》を振《ふ》りかざした。

オーロラ・ローズは自分《じぶん》の剣《つるぎ》を振《ふ》りあげ、なんとか攻撃《こうげき》を防《ふせ》いだ。

「ローズ……無理《むり》だ……剣《つるぎ》で……戦《たたか》う……」

フィリップが苦《くる》しそうにあえぎながら言《い》った。

「そんなことわかってるわ！」

オーロラ・ローズが剣《つるぎ》を投《な》げ捨《す》てるような勢《いきお》いで甲高《かんだか》く叫《さけ》んだ。だったらどうしたらいいの？どうすればいいかわからない。

オーロラ・ローズは動《うご》きを止《と》めた。

フィリップは真剣《しんけん》な表情《ひょうじょう》でこっちを見《み》つめている。

フィリップの言《い》うとおり、わたしは剣《つるぎ》では少女《しょうじょ》を倒《たお》すことはできない。

少女《しょうじょ》は膝《ひざ》を曲《ま》げ、オーロラ・ローズの次《つぎ》の動《うご》きをじっと待《ま》ちかまえている。わたしが剣《つるぎ》を突《つ》きだすとしか思《おも》っていないのね。だったら……。

そのとき、少女《しょうじょ》が突然《とつぜん》よろめいた。少女《しょうじょ》の足《あし》もとで岩《いわ》が力強《ちからづよ》く砂利《じゃり》を押《お》しのけながらぐりぐりと持《も》ちあがっていく。

少女《しょうじょ》はよろけないように足《あし》に力《ちから》を込《こ》めた。

「よく考《かんが》えたわね。あなたには――」

オーロラ・ローズはふたたび岩《いわ》が持《も》ちあがるところを頭《あたま》に描《えが》いた。

少女《しょうじょ》が前《まえ》につんのめる。

次《つぎ》から次《つぎ》へと、岩《いわ》が持《も》ちあがっていく。

オーロラ・ローズは意識《いしき》を集中《しゅうちゅう》し、少女《しょうじょ》のまわりを岩《いわ》で囲《かこ》んでいった。少女《しょうじょ》は岩《いわ》が持《も》ちあがるたびに、前《まえ》へうしろへよろめいた。

自分《じぶん》が岩《いわ》に囲《かこ》まれているのに気《き》づくや、少女《しょうじょ》はオーロラ・ローズを一瞥《いちべつ》し、こう言《い》い放《はな》った。

「あなたには、がっかりだわ」

その言葉《ことば》を聞《き》いたとたん、オーロラ・ローズは気持《きも》ちが沈《しず》んでいくのを感《かん》じた。またへなへなと地面《じめん》に横《よこ》たわる。

オーロラ・ローズは目《め》を閉《と》じ、眉《まゆ》に力《ちから》を込《こ》めた。苦《くる》しみを、勇気《ゆうき》を、怒《いか》りをよみがえらせようと。レディ・アストリドのことをもう一度《いちど》思《おも》い浮《う》かべてみたけれど、今度《こんど》は悲《かな》しみしかわいてこなかった。

フィリップがかすれた声《こえ》で言《い》った。

「ローズ……あきらめてはだめだ……ぼくを永遠《えいえん》に失《うしな》うと思《おも》ったんだろう……。でも……ぼくはここにいる。いつだってきみのそばにいるよ。だからローズ……眠《ねむ》ったらだめだ。起《お》き……ろ」

オーロラ・ローズはぼんやりと目《め》に映《うつ》るものを眺《なが》めた。木《き》に縛《しば》られているフィリップ。小《ちい》さな剣《つるぎ》を持《も》つ少女《しょうじょ》。三人《さんにん》をとり囲《かこ》む空高《そらたか》くそびえる木《き》。その木《き》を見《み》ているうちに、オーロラ・ローズの潜在意識《せんざいいしき》が目覚《めざ》めた。

少女《しょうじょ》が木《き》の剣《つるぎ》を振《ふ》りあげた。

「ローズ！」

フィリップが涙声《なみだごえ》で叫《さけ》んだ。

そのとき、ギシギシときしむような音《おと》がした。とてつもなく大《おお》きな音《おと》だ。

少女《しょうじょ》は眉《まゆ》をひそめてきょろきょろした。

突然《とつぜん》、時間《じかん》の流《なが》れが変《か》わった。とてつもなく大《おお》きな古《ふる》い木《き》が、スローモーションのようにゆっくりと倒《たお》れてくる。まだ気《き》づいていない少女《しょうじょ》は音《おと》の出《で》どころを確《たし》かめようと、不安《ふあん》げにあたりを見《み》まわしている。一瞬《いっしゅん》、時《とき》が飛《と》んだかのように思《おも》えた。

巨大《きょだい》な木《き》がゆっくりと傾《かたむ》き……半分《はんぶん》まで倒《たお》れ……さらに傾《かたむ》き……そして……。

すさまじい音《おと》とともに少女《しょうじょ》の上《うえ》に倒《たお》れた。木《き》の幹《みき》がオーロラ・ローズの足《あし》をかすめる。

「ローズ！」

フィリップが叫《さけ》び声《ごえ》をあげた。

少女《しょうじょ》がうめき声《ごえ》をあげ、泡《あわ》をふき、ついに息絶《いきた》えると、オーロラ・ローズの憂《ゆう》うつな気分《きぶん》と眠《ねむ》気《け》がすーっと消《き》えた。

「わたしは大丈夫《だいじょうぶ》よ」

オーロラ・ローズはふるえる声《こえ》で返事《へんじ》をした。でも、疲《つか》れと痛《いた》みとだるさはまだ残《のこ》っていた。

「きみ……だよね？」

「そうよ」

オーロラ・ローズはかすかにほほえんだ。倒《たお》れた松《まつ》の木《き》の枝《えだ》をつかんでなんとか立《た》ちあがる。

オーロラ・ローズは幹《みき》によじのぼった。幹《みき》の上《うえ》でバランスをとりながら、ささくれだった枝《えだ》のあいだから目《め》の下《した》に広《ひろ》がる景色《けしき》を見渡《みわた》す。

オーロラ・ローズは滑《すべ》らないよう気《き》をつけながら幹《みき》の反対側《はんたいがわ》へおりた。

幹《みき》は少女《しょうじょ》の下半身《かはんしん》を押《お》しつぶしていた。口《くち》の端《はし》から赤《あか》い血《ち》がしたたり落《お》ちている。金色《きんいろ》のまつ毛《げ》はとても長《なが》く、この子《こ》が王子《おうじ》や王女《おうじょ》を殺《ころ》そうとしていたとはとても思《おも》えない。こうして死《し》んだ姿《すがた》を見《み》ていると、ふつうの女《おんな》の子《こ》にしか見《み》えなかった。

「ごめんなさい」という言葉《ことば》がオーロラ・ローズの口《くち》からもれた。自分《じぶん》でもどうしてそんなことを言《い》ったのかわからなかった。

そのとき、少女《しょうじょ》の目《め》がぱっと開《あ》いた。すみれ色《いろ》の瞳《ひとみ》がオーロラ・ローズをじっと見《み》つめる。

少女《しょうじょ》がかすれた声《こえ》で言《い》った。

「これで勝《か》ったと思《おも》ったら大間違《おおまちが》いよ。よく聞《き》きなさい。あなたがこういうことをした結果《けっか》、何《なに》が起《お》こったのかを。あなたの両親《りょうしん》は死《し》んだわ。ついさっき、マレフィセントが殺《ころ》したのよ」

25　国王《こくおう》、死《し》す

次々《つぎつぎ》と人《ひと》が死《し》んでいく。

夜中《よなか》の十二時《じゅうにじ》が近《ちか》づくにつれ、ひとり、またひとりと城《しろ》の貴族《きぞく》が、突然血《とつぜんち》を流《なが》しはじめた。

フォーナとメリーウェザーは必死《ひっし》に飛《と》びまわり、血《ち》を流《なが》す人《ひと》たちの傷口《きずぐち》に清潔《せいけつ》な包帯《ほうたい》をあてたり、癒《いや》しの呪文《じゅもん》を唱《とな》えたりした。けれど、何《なに》をしてもむだだった。

フローラはその騒《さわ》ぎのさなか空中《くうちゅう》に浮《う》きながら、目《め》を閉《と》じ、心《こころ》を落《お》ちつけてもう一度《いちど》ブライア・ローズに会《あ》えるよう念《ねん》じていた。フローラは自分《じぶん》の魂《たましい》の一部《いちぶ》を夢《ゆめ》の世界《せかい》へ送《おく》りこんでいた。

ブライア・ローズの夢《ゆめ》の世界《せかい》は、邪悪《じゃあく》な妖精《ようせい》マレフィセントの思《おも》いのままになっている。

眠《ねむ》れる姫《ひめ》が寝《ね》がえりを打《う》ち、うめき声《ごえ》をあげた。夢《ゆめ》のなかで何《なに》かが起《お》こっているに違《ちが》いない。

糸車《いとぐるま》の針《はり》で刺《さ》した指《ゆび》から、また血《ち》が流《なが》れはじめている。

フローラの魂《たましい》の一部《いちぶ》は、金《きん》の光《ひかり》の粒《つぶ》となってひとつにまとまり、夢《ゆめ》の世界《せかい》の森《もり》や城《しろ》を飛《と》んでいた。

かわいそうに、ブライア・ローズのこの心《こころ》の暗《くら》さはどうしたことだろう。こんなに絶望《ぜつぼう》におおわれているなんて。

フローラと現実《げんじつ》の世界《せかい》とをつなぐ綱《つな》がぴんと伸《の》び、細《ほそ》くなってきていた。もうあまり遠《とお》くへは行《い》けない。フローラは死《し》にものぐるいで何《なに》か助《たす》けになりそうなものを探《さが》した。けれど、薄暗《うすぐら》い闇《やみ》が広《ひろ》がるばかりで、ときたま人影《ひとかげ》があってもマレフィセントの呪《のろ》いで完全《かんぜん》に魂《たましい》を乗《の》っとられているものしかいない。

あっ！　あそこに——。

呪《のろ》いで魂《たましい》を奪《うば》われてはいない、何《なに》か意識《いしき》を持《も》ったものがいる。少《すこ》し意識《いしき》がぼやけているけれど、いるのは確《たし》かだ。それに悪意《あくい》を発《はっ》していない。

「そこのあなた！　ローズを助《たす》けて！」

その意識《いしき》を持《も》った者《もの》がびくりとした。声《こえ》の出《で》どころを探《さが》して、あたりを見《み》まわしている。

「ローズを捜《さが》してちょうだい！　ローズは……あっちにいるはずよ」

フローラがなりふりかまわず頼《たの》んだ。

金《きん》の光《ひかり》の粒《つぶ》が一直線《いっちょくせん》に並《なら》んで、夢《ゆめ》の世界《せかい》の最《もっと》も暗《くら》い部分《ぶぶん》、ローズの心《こころ》の一番深《いちばんふか》い部分《ぶぶん》をさし示《しめ》した。現実《げんじつ》の世界《せかい》のフローラには行《い》けない場所《ばしょ》だ。

「みんなが自由《じゆう》になれるかなれないかは……あなたの助《たす》けにかかってるのよ。ローズがこの世界《せかい》から逃《のが》れるのを助《たす》けてちょうだい。ローズが夢《ゆめ》の世界《せかい》のわたしたちを見《み》つけるのを手伝《てつだ》って……」

そのとき、フローラの魂《たましい》の一部《いちぶ》が、メリーウェザーとフォーナの切実《せつじつ》な思《おも》いによって現実《げんじつ》の世《せ》界《かい》へ呼《よ》びもどされた。

「フローラ！」

フローラは目《め》を開《ひら》いた。このふたりが、なんの理由《りゆう》もなしに呼《よ》びもどすはずがない。何《なに》か大変《たいへん》なことが起《お》こったんだわ。

メリーウェザーはすでにフローラの腕《うで》をつかんで引《ひ》っ張《ぱ》っていた。その目《め》は銀色《ぎんいろ》の涙《なみだ》で光《ひか》っている。きらきらと輝《かがや》く涙《なみだ》が頰《ほお》を伝《つた》って流《なが》れた。

メリーウェザーが嘆《なげ》き声《ごえ》をあげた。

「ついにあのふたりまで！　ああフローラ、マレフィセントはあのふたりにまで手《て》を出《だ》したのよ！」

まさか……。フローラは手《て》を引《ひ》かれたまま王座《おうざ》の間《ま》へ入《はい》った。

王座《おうざ》の間《ま》では、フォーナがせわしなく王《おう》と王妃《おうひ》のそばを飛《と》びまわっていた。ほんの少《すこ》し前《まえ》までは、ふたりとも大《おお》きな王座《おうざ》で安《やす》らかに眠《ねむ》っていたというのに。いまや心臓《しんぞう》から血《ち》を流《なが》し、苦《くる》しそうに体《からだ》をけいれんさせている。

フローラが叫《さけ》んだ。

「どうして？　なぜこのふたりの命《いのち》まで！」

こんなふうに人《ひと》が死《し》んでいくのを見《み》るのはつらいことだった。しかも三人《さんにん》の妖精《ようせい》たちは、王《おう》と王妃《おうひ》が王位《おうい》に就《つ》くずっと前《まえ》からふたりのことを知《し》っていた。国王夫妻《こくおうふさい》と王女《おうじょ》のことを妖精《ようせい》たちはずっと見守《みまも》ってきた。妖精《ようせい》たちにとって、彼《かれ》らは自分《じぶん》の子《こ》どものように身近《みぢか》な存在《そんざい》だったのだ。

だから、眠《ねむ》れる城《しろ》のこの惨状《さんじょう》のなか、妖精《ようせい》たちがほんのわずかな音《おと》を聞《き》きもらしてしまったとしても、だれも責《せ》めることはできないだろう。たとえそれが、妖精《ようせい》の耳《みみ》なら聞《き》きとれる音《おと》であったとしても。

石壁《いしかべ》の石《いし》がピシッと鳴《な》る音《おと》。石壁《いしかべ》がぽろぽろと崩《くず》れて下《した》に落《お》ちる音《おと》。

黒《くろ》い翼《つばさ》が広《ひろ》がる音《おと》。邪悪《じゃあく》な妖精《ようせい》のワタリガラスが勝《か》ち誇《ほこ》ったようにカーと鳴《な》く声《こえ》。ワタリガラスは女主人《おんなしゅじん》の力《ちから》がもとに戻《もど》ったか確《たし》かめるために飛《と》び立《た》った。

マレフィセントの力《ちから》は強《つよ》さを増《ま》していた。

26　再会《さいかい》。そして別《わか》れ

フィリップを木《き》に縛《しば》りつけていた蔓《つる》はすでに黒《くろ》ずみ、もろくなっていた。オーロラ・ローズはフィリップを助《たす》けようと蔓《つる》を引《ひ》っ張《ぱ》ろうとしたが、ただ触《ふ》れるだけで蔓《つる》はぼろぼろと崩《くず》れた。

「ローズ！」

腕《うで》を自由《じゆう》に動《うご》かせるようになるや、フィリップはオーロラ・ローズをぎゅっと抱《だ》きしめた。オーロラ・ローズは黙《だま》ってそれを受《う》けいれた。

オーロラ・ローズは幼《おさな》い子《こ》どものように、古《ふる》い人形《にんぎょう》のように、へなへなと地面《じめん》にくずおれた。

「ああ、ローズ」

フィリップがその横《よこ》にひざまずいた。

オーロラ・ローズが虚《うつ》ろな声《こえ》で言《い》った。

「わたしは両親《りょうしん》に聞《き》くことすらできなかったわ。どうしてわたしを森《もり》へ送《おく》ろうと思《おも》ったのか。わたしがいなくて寂《さび》しかったのか。本当《ほんとう》に娘《むすめ》じゃなく息子《むすこ》がほしかったのか。『ごめんなさい』と謝《あやま》ってほしかった。『愛《あい》している』と抱《だ》きしめてほしかった。『わたしたちのしたことは間違《まちが》いだった』と認《みと》めてほしかった。せめて『いつか女王《じょおう》になれば、おまえにもわかるだろう』と言《い》ってほしかった」

「ローズ……」

フィリップがオーロラ・ローズの頬《ほお》をなでた。

「わたしは自分《じぶん》の両親《りょうしん》がどんな顔《かお》をしているのかさえ知《し》らないのよ！」オーロラ・ローズが甲高《かんだか》い声《こえ》で叫《さけ》んだ。息《いき》をするのが苦《くる》しかった。「わたしは何《なに》も知《し》らない……両親《りょうしん》がどんなふうに歩《ある》くのかも……どんなふうに抱《だ》きしめてくれるのかも……どんなふうに笑《わら》うのかも……」

「落《お》ちつくんだ、ローズ」フィリップがもう一度《いちど》オーロラ・ローズを強《つよ》く抱《だ》きしめた。「いいかい？　ゆっくり息《いき》を吸《す》って。わかるよ。ご両親《りょうしん》を失《うしな》ってきみがどんなにつらいのか」

フィリップはぎゅっと唇《くちびる》をかみ、気持《きも》ちを落《お》ちつけるために深《ふか》く息《いき》を吸《す》うと続《つづ》けた。

「ローズ、ぼくの母《はは》は亡《な》くなった。話《はな》したよね？　母《はは》とは言《い》い争《あらそ》いもしたけど、それでも大切《たいせつ》な母《はは》だった。でも母《はは》はもういない。ぼくが結婚《けっこん》するのも王《おう》になるのも、母《はは》はもう見《み》ることはできないんだ。孫《まご》と遊《あそ》ぶことだってできない」

「ああ、フィリップ……」

わたしはなんて情《なさ》けない人間《にんげん》なんだろう。つらいのはわたしだけだと思《おも》ってた。でも、フィリップだってわたしと同《おな》じようにつらい思《おも》いをしている。そんなことに気《き》づきもしないなんて。

「わたしがばかだったわ。ごめんなさい」

「そんなことないさ。それに、ぼくの悲《かな》しい過去《かこ》がきみの悲《かな》しみを弱《よわ》めはしない。きみはご両親《りょうしん》を亡《な》くしたばかりなんだ。思《おも》い切《き》り泣《な》いて悲《かな》しんだらいい」

「そんなの無理《むり》よ、フィリップ」オーロラ・ローズは涙《なみだ》が出《で》るのを止《と》めようとするかのように両《りょう》手《て》で目《め》をおおった。疲《つか》れきってくたくただった。思《おも》い切《き》り泣《な》く気力《きりょく》さえ残《のこ》っていない。

「だめだ、やるんだ」フィリップがきっぱりと言《い》った。「思《おも》い切《き》り泣《な》いたら、立《た》ちあがるんだ。きみのご両親《りょうしん》が亡《な》くなったいま、王国《おうこく》の民《たみ》が頼《たよ》れるのはもうきみしかいない。彼《かれ》らを助《たす》けるのがきみの務《つと》めだ。そしてみんなが目覚《めざ》めたとき、混乱《こんらん》のなか王国《おうこく》を導《みちび》いていくのも」

「だって、小屋《こや》なんて、あるのかどうかもわからないのに！　小屋《こや》を見《み》つけて、妖精《ようせい》たちを見《み》つければ、ここから出《で》る方法《ほうほう》がわかるの？　きっとだめにきまってるわ！」

そのとき、どこからか歌声《うたごえ》が聞《き》こえてきた。

「たくましいきこりが森《もり》でひとり、斧《おの》を振《ふ》る。恋人《こいびと》も妻《つま》もなく寂《さび》しい日々《ひび》。やがてひとりの娘《むすめ》が……」

「ちょっと、待《ま》って」フィリップが怪訝《けげん》な表情《ひょうじょう》を浮《う》かべ、首《くび》をかしげた。「この歌《うた》、聞《き》いたことがある……」

「きっとまた魔獣《まじゅう》よ！　それとも、頭《あたま》のおかしい村人《むらびと》か、ずる賢《がしこ》い悪人《あくにん》か……」

声《こえ》がだんだん近《ちか》づいてくる。

「叫《さけ》び声《ごえ》が聞《き》こえたが、心配《しんぱい》しなくても大丈夫《だいじょうぶ》だ！　わしはきみを助《たす》けるようにと言《い》われてやってきた。歌《うた》を歌《うた》うのは、クマを近《ちか》づけないようにするためだ。人間《にんげん》が近《ちか》くにいるのに気《き》づいたらクマはゆっくりと離《はな》れていく。心配《しんぱい》はいらない！　王《おう》がもうすぐそこへ行《い》く。野生《やせい》の王《おう》が！」

不安《ふあん》のあまり、オーロラ・ローズが立《た》ちあがろうとした。

「さあ、行《い》きましょう！　また罠《わな》にはめられる前《まえ》に」

けれどフィリップはオーロラ・ローズを抱《だ》いたまま、声《こえ》が聞《き》こえてくるほうをじっと見《み》つめている。

「だが、おまえたちが邪悪《じゃあく》なマレフィセントの魔獣《まじゅう》なら、近《ちか》づかずに、頑丈《がんじょう》な杖《つえ》と棍棒《こんぼう》を振《ふ》るって……」

木《き》のうしろから声《こえ》の主《ぬし》が現《あらわ》れた。とても魔獣《まじゅう》とは思《おも》えない姿《すがた》をしている。

襟《えり》の部分《ぶぶん》が黒《くろ》い赤《あか》のローブはぼろぼろだ。なかに着《き》ているオレンジ色《いろ》の服《ふく》もあちこち裂《さ》けている。かつては立派《りっぱ》であったろうブーツもいまは蔓《つる》がからみつき、革《かわ》も動物《どうぶつ》の腱《けん》でつくった紐《ひも》も硬《かた》くなり、不格好《ぶかっこう》に変形《へんけい》している。白《しろ》いぼさぼさの髪《かみ》には土《つち》や小枝《こえだ》や木《こ》の葉《は》がからまり、額《ひたい》もあごも首《くび》も垢《あか》にまみれている。

それに、片方《かたほう》の目《め》がなくなっていて、そちら側《がわ》のまぶたの皮膚《ひふ》が眼窩《がんか》をおおうようにして垂《た》れている。

手《て》には、さっき言《い》っていたように頑丈《がんじょう》そうな杖《つえ》がある。といっても、それは太《ふと》い枝《えだ》で、ステッキとして使《つか》っているようだ。もう片方《かたほう》の手《て》には先《さき》が頭蓋骨《ずがいこつ》の形《かたち》になっている石《いし》でできた大《おお》きな棍《こん》棒《ぼう》を握《にぎ》りしめている。

「父上《ちちうえ》……？」

フィリップがかすれた声《こえ》で言《い》った。

「フィリップか……？　まさか……そんなことありえない」声《こえ》がだんだん小《ちい》さくなる。白髪《しらが》の男《おとこ》はとり乱《みだ》したようにあたりを見《み》まわした。「わしは、また魔獣《まじゅう》を見《み》ているのだろうか。かつて目《め》を失《うしな》ったときのように」

「父上《ちちうえ》、ぼくです」

フィリップは声《こえ》をつまらせた。

そして白髪《しらが》の男《おとこ》に駆《か》けよっていき、腕《うで》を回《まわ》して抱《だ》きしめた。

オーロラ・ローズは黙《だま》ってふたりを見《み》つめながら、頭《あたま》を整理《せいり》しようとしていた。

王《おう》は涙《なみだ》を流《なが》し、クマのような腕《うで》でフィリップをきつく抱《だ》きしめた。

「フィリップ……ああフィリップ……おまえがこんなところにいないことを願《ねが》っていたが、やはりこうして会《あ》えるとうれしい。おまえがこんなことに巻《ま》きこまれず、森《もり》の娘《むすめ》といっしょになっていてくれたら、とそれだけを願《ねが》って正気《しょうき》を保《たも》ってきたのだ。フィリップ、こんなことになってしまったいま、森《もり》の娘《むすめ》と結婚《けっこん》すると言《い》ったおまえは正《ただ》しかった……おまえの言《い》ったようにいまは十《じゅう》四世紀《よんせいき》だものな……身分違《みぶんちが》いなどという、わしの時代遅《じだいおく》れな考《かんが》えは間違《まちが》っていた」

「ああ、父上《ちちうえ》。いままでずっとここにいたのですか……たったひとりで」

フィリップの目《め》に涙《なみだ》が浮《う》かんだ。

「城《しろ》を追放《ついほう》されてからずっと……おつらかったでしょう……」

オーロラ・ローズが言《い》った。

ヒューバート王《おう》がオーロラ・ローズのほうを見《み》た。

「きみは！　王女《おうじょ》じゃないか。マレフィセントといっしょにいた」

フィリップが言《い》った。

「いや、父上《ちちうえ》。この人《ひと》が、ぼくが森《もり》で出会《であ》って結婚《けっこん》しようと思《おも》った人《ひと》だったんです。でも……オーロラ王女《おうじょ》でもある。森《もり》でずっと暮《く》らしていたんです。妖精《ようせい》たちに育《そだ》ててもらって」

「ああ、そのことなら聞《き》いた覚《おぼ》えがある……」ヒューバート王《おう》がそう言《い》って眉《まゆ》をつりあげ、考《かんが》えこむようにしながらまぶたをかいた。「だが、どういうことだ？」

フィリップが言《い》った。

「最初《さいしょ》から説明《せつめい》する必要《ひつよう》がありそうですね。でも手短《てみじか》にしないと、時間《じかん》がないですから」

「時間《じかん》がない？　息子《むすこ》よ、わしはもう何年《なんねん》もこの森《もり》をさまよっている。わしにあるのは時間《じかん》だけだというのに」

ヒューバート王《おう》が悲《かな》しげに言《い》った。

オーロラ・ローズは、フィリップが自分《じぶん》の代《か》わりに説明《せつめい》するのを聞《き》いていた。

ようやく話《はな》しおわると、フィリップがオーロラ・ローズのほうを向《む》いた。

「でも、どうして父上《ちちうえ》は追放《ついほう》されなきゃいけなかったんだろう。父上《ちちうえ》が何《なに》をしたと？」

オーロラ・ローズが肩《かた》をすくめた。

「わたしにもはっきりとはわからないけれど……ヒューバート王《おう》は、自分《じぶん》こそ城《しろ》を支配《しはい》すべきだというようなことを言《い》ったからだと思《おも》うわ。でも、それよりも、ヒューバート王《おう》が城《しろ》にいること自体《じたい》に問題《もんだい》があったんじゃないかしら」オーローラ・ローズが考《かんが》えこむようにして眉《まゆ》をしかめた。

「ヒューバート王《おう》が城《しろ》にいたのは、現実《げんじつ》の世界《せかい》で行《おこな》われるはずだった、わたしたちの結婚式《けっこんしき》に出席《しゅっ》《せき》するためよ。でも、わたしになぜヒューバート王《おう》は城《しろ》にいるのか、と聞《き》かれたとき、マレフィセントは真実《しんじつ》を話《はな》すわけにいかないでしょう。マレフィセントはヒューバート王《おう》がいることで、自分《じぶん》が支配《しはい》する夢《ゆめ》の世界《せかい》が乱《みだ》れるのがいやだったのよ。ヒューバート王《おう》がいるせいで、わたしが何《なに》か思《おも》い出《だ》してしまうかもしれないし」

ヒューバート王《おう》がうなずいた。

「邪悪《じゃあく》な妖精《ようせい》がわしを追《お》いだすとき、こう言《い》ったのだ。『これで心配事《しんぱいごと》はなくなった、ヒューバート王《おう》よ』と」

「城《しろ》を追《お》いだされてからは……何《なに》があったのですか？」

フィリップがたずねた。

ヒューバート王《おう》が高《たか》らかに言《い》った。

「追放《ついほう》されたからといって、わしは運命《うんめい》に屈《くっ》したりはしなかった！　城《しろ》にいたやつらは、城《しろ》の外《そと》は崩壊《ほうかい》していると信《しん》じこんでいた。マレフィセントの言葉《ことば》にだまされていたのだ。だが、ここは美《うつく》しかった！　緑《みどり》にあふれたすばらしい場所《ばしょ》だった！　わしはあちこち歩《ある》きまわった。そんなことをするのは子《こ》どものころ以来《いらい》だった。森《もり》の恵《めぐ》みを片《かた》っ端《ぱし》から食《た》べたのだぞ！　木《き》の実《み》にキノコにウサギに木《き》に実《みの》る果物《くだもの》！　どれもこれも新鮮《しんせん》なものばかりだ！」

ヒューバート王《おう》は冷静《れいせい》な顔《かお》になって続《つづ》けた。

「マレフィセントの手先《てさき》どもに会《あ》うこともあった」目《め》がないほうのまぶたがぴくりと動《うご》く。「わしは武装《ぶそう》しなければならなかった。父《ちち》から受《う》け継《つ》いだ剣《つるぎ》を持《も》っていなかったからな……そこで、自分《じぶん》で武器《ぶき》をこしらえたのだ。わしは野生《やせい》の王《おう》だ！　たとえ追放《ついほう》されようとも、わしが王《おう》であることに変《か》わりはない！」

オーロラ・ローズは思《おも》わず手《て》を伸《の》ばし、興奮《こうふん》してきたヒューバート王《おう》に触《ふ》れた。やわらかい手《て》に触《ふ》れられてヒューバート王《おう》はびくりとしてあたりを見《み》まわしたが、オーロラ・ローズの手《て》だと気《き》づくと、笑《え》みを浮《う》かべ落《お》ちつきをとりもどした。ヒューバート王《おう》が静《しず》かな声《こえ》で続《つづ》けた。

「わしの王国《おうこく》を見《み》つけることはできなかった。すぐに見《み》つかるはずだと思《おも》っていたのだが。晴《は》れた日《ひ》には、ステファン王《おう》もわしも、お互《たが》いの城《しろ》がよく見《み》えたのだ。だが、わしの城《しろ》はなかった……あるべき場所《ばしょ》に……なかったのだ」

フィリップがいたわるように言《い》った。

「父上《ちちうえ》、この世界《せかい》はオーロラ王女《おうじょ》の頭《あたま》のなかにあるのです。王女《おうじょ》は眠《ねむ》っています。ぼくたちは王《おう》女《じょ》の夢《ゆめ》のなかにいるのです。王女《おうじょ》はわが王国《おうこく》には行《い》ったことがありませんから」

ヒューバート王《おう》が弱々《よわよわ》しい声《こえ》で言《い》った。

「なるほど、そういうことか。ここはよくわからないことだらけでな。事態《じたい》はややこしくなった。だが、はっきりしてきたこともある。現実《げんじつ》の世界《せかい》の記憶《きおく》がよみがえってきたのだ。ステファンとリアは、本当《ほんとう》は冷酷《れいこく》な人間《にんげん》などではなく、よき友人《ゆうじん》だったこととかな」

オーロラ・ローズはずっと気《き》になっていたことを尋《たず》ねた。「わたしの両親《りょうしん》をよく知《し》るあなたが、ちょうどわたしたちが両親《りょうしん》の話《はなし》をしているときに現《あらわ》れたのはなぜ？　どうしてわたしが冒険《ぼうけん》をあきらめそうになったときにタイミングよく姿《すがた》を現《あらわ》したの？」

ヒューバート王《おう》は背筋《せすじ》をぴんと伸《の》ばし、得意顔《とくいがお》で言《い》った。

「わしは呼《よ》ばれたのだ。大《おお》いなる力《ちから》に。天使《てんし》か霊魂《れいこん》か何《なに》かがわしに言《い》った。きみが進《すす》むべき道《みち》を見失《みうしな》っているから、きみを見《み》つけて、ここから出《で》られるように助《たす》けてやってくれと」

「妖精《ようせい》たちだわ。そうに違《ちが》いない」

オーロラ・ローズがつぶやいた。

「妖精《ようせい》だと？」ヒューバート王《おう》が目《め》を輝《かがや》かせた。「そうか、そうかもしれん。言《い》われてみれば、金《きん》の光《ひかり》の粒《つぶ》がきらめいていた」

「よかった！　やっぱり妖精《ようせい》たちもぼくらを捜《さが》してるんだよ」

フィリップがため息《いき》をついた。

オーロラ・ローズがさらに尋《たず》ねた。

「だけど、わたしたちが探《さが》してるものがどこにあるのか、あなたは知《し》っているのですか？　森《もり》の小屋《こや》を探《さが》してるんです。現実《げんじつ》の世界《せかい》で、妖精《ようせい》たちといっしょにわたしが住《す》んでいたような小屋《こや》を。確《たし》か……小《ちい》さくて、わらぶき屋根《やね》の……」

ヒューバート王《おう》が立《た》ちあがり、ていねいにお辞儀《じぎ》をした。

「森《もり》のことならなんでも存《ぞん》じておりますぞ、お嬢《じょう》さま。わしはその小屋《こや》を知《し》っている！　さあ、ふたりともついてくるのだ！」

片手《かたて》に木《き》の枝《えだ》の杖《つえ》をかかげ、もう片方《かたほう》の手《て》に石《いし》の棍棒《こんぼう》を握《にぎ》りしめ、ヒューバート王《おう》は真剣《しんけん》な面《おも》持《も》ちで勇《いさ》ましく足《あし》を踏《ふ》みだした。

「現実《げんじつ》の世界《せかい》では、こんなふうじゃなかったんだけどな」

フィリップがヒューバート王《おう》のあとから歩《ある》きだしながら言《い》った。

オーロラ・ローズはヒューバート王《おう》をちらりと見《み》た。

フィリップが言《い》った。

「でも大丈夫《だいじょうぶ》だ……中身《なかみ》はあまり変《か》わってないだろう。父上《ちちうえ》は、厳格《げんかく》で実直《じっちょく》な統治者《とうちしゃ》だったんだ。豪快《ごうかい》に飲《の》み、豪快《ごうかい》に食《た》べ、自分《じぶん》に尽《つ》くしてくれた人《ひと》への恩《おん》も忘《わす》れない。だけど、罪人《ざいにん》を処刑《しょけい》するときは、なんのためらいもなく自《みずか》ら剣《つるぎ》を振《ふ》るう、そんな人《ひと》だったんだ」

ヒューバート王《おう》のあとについて、木《き》のあいだをくねくねと歩《ある》いた。ヒューバート王《おう》は、ぼろぼろのローブを長《なが》くてぶあつい立派《りっぱ》なローブだといわんばかりに風《かぜ》になびかせ、われこそ王《おう》だというように堂々《どうどう》とした足《あし》どりで歩《ある》いていた。けれど同時《どうじ》に、地上《ちじょう》の影《かげ》、頭上《ずじょう》、遠《とお》くで動《うご》くものと、つねに周囲《しゅうい》への警戒《けいかい》を怠《おこた》らなかった。

ときどき、ヒューバート王《おう》が木《き》や岩《いわ》に手《て》を振《ふ》っているように見《み》えるときがあった。木《き》や岩《いわ》に向《む》かって敬礼《けいれい》しているのだ。それだけじゃなく木《き》や岩《いわ》にあいさつの言葉《ことば》を投《な》げかけているときもあった。

オーロラ・ローズはヒューバート王《おう》とフィリップについていくだけで精《せい》いっぱいだった。負傷《ふしょう》した左脚《ひだりあし》がこわばっていて足《あし》を前《まえ》へ出《だ》すごとに神経《しんけい》を集中《しゅうちゅう》しなければならなかったし、息《いき》をするたびにわき腹《ばら》が痛《いた》んだ。骨《ほね》に異常《いじょう》があるような変《へん》な痛《いた》みだった。

もしもヒューバート王《おう》が現《あらわ》れなかったら、もしも妖精《ようせい》たちがヒューバート王《おう》をわたしのもとへ寄《よ》こさなかったら、フィリップとわたしは、いまごろどうしていただろう、とオーローラ・ローズはふと思《おも》った。

冒険《ぼうけん》が始《はじ》まって以来初《いらいはじ》めて、フィリップはオーロラ・ローズの前《まえ》を歩《ある》いていた。ヒューバート王《おう》と歩調《ほちょう》をそろえているけれど、深刻《しんこく》な話《はなし》はしていない。

しばらくすると、オーロラ・ローズのことを思《おも》い出《だ》したのか、フィリップがうしろへ戻《もど》って横《よこ》に並《なら》んだ。

「大丈夫《だいじょうぶ》かい？」

フィリップが尋《たず》ねた。

「あんまり。でもまあなんとか大丈夫《だいじょうぶ》よ」

「もうすぐ着《つ》くはずだ」

フィリップはオーロラ・ローズを励《はげ》ました。

ふたりは肩《かた》が触《ふ》れるか触《ふ》れないかぐらいの距離《きょり》で歩《ある》きつづけた。

「さあ着《つ》きましたぞ、お嬢《じょう》さま」

ヒューバート王《おう》が芝居《しばい》がかったしぐさで手《て》を前《まえ》に差《さ》しだしてお辞儀《じぎ》をした。苔《こけ》むした小《ちい》さな敷石《しきいし》を並《なら》べた細《ほそ》い道《みち》が何《なに》もないところから突然始《とつぜんはじ》まって、暗《くら》い森《もり》の奥《おく》のほうへと続《つづ》いている。

オーロラ・ローズの心臓《しんぞう》が早鐘《はやがね》のように打《う》ちはじめた。この道《みち》のことはあまりよく覚《おぼ》えていない。けれど、懐《なつ》かしさで胸《むね》がいっぱいになる。

オーロラ・ローズが駆《か》けだそうとすると、フィリップがその手《て》をつかんで引《ひ》きとめた。

「あなたも、ここに見覚《みおぼ》えがあるでしょう？」

オーロラ・ローズが言《い》った。

フィリップがあたりを警戒《けいかい》しながら答《こた》えた。

「ぼくらが出会《であ》った場所《ばしょ》にとてもよく似《に》ている。でも、少《すこ》し違《ちが》う。木《き》や花《はな》や草《くさ》は同《おな》じような気《き》がするけれど……」

「岩《いわ》があるわ！」

オーロラ・ローズが大《おお》きな灰色《はいいろ》の岩《いわ》を見《み》つけ、うれしさのあまり叫《さけ》んだ。岩《いわ》は両側《りょうがわ》が崖《がけ》のように切《き》り立《た》った小《ちい》さな山《やま》のようだった。今度《こんど》こそ、オーロラ・ローズは駆《か》けだそうとした。けれど、傷《きず》を負《お》っている左足《ひだりあし》がもつれ、お腹《なか》に刺《さ》すような痛《いた》みが走《はし》った。

オーロラ・ローズは、お腹《なか》に手《て》をあてながらかがみこんだ。

フィリップとヒューバート王《おう》が心配《しんぱい》そうにオーロラ・ローズを見《み》た。

「大丈夫《だいじょうぶ》かい？」

大丈夫《だいじょうぶ》ではなかった。この体《からだ》でこれ以上冒険《いじょうぼうけん》を続《つづ》けられるのだろうか。

けれどオーロラ・ローズは、大丈夫《だいじょうぶ》よというふうに片手《かたて》をあげた。

「さあ、行《い》きましょう」

そのとき、三人《さんにん》のうしろ側《がわ》、いま歩《ある》いてきた方向《ほうこう》にあるやぶからカサッという音《おと》がした。大《おお》きい音《おと》ではない。けれど、その音《おと》はとても不吉《ふきつ》に響《ひび》いた。

フィリップがあたりに気《き》を配《くば》りながら言《い》った。

「マレフィセントの魔獣《まじゅう》も、ここまでは来《こ》られないと思《おも》う。ローズの心《こころ》の一番深《いちばんふか》い部分《ぶぶん》には」

ヒューバート王《おう》が言《い》った。

「クマでもないだろう。わしはクマのことならよく知《し》っている」

オーロラ・ローズがうんざりしたように言《い》った。

「さっきの少女《しょうじょ》が戻《もど》ってきたのかもしれないわ。わたしたちをまちぶせしてたのよ。こんなんじゃ、永遠《えいえん》にわたしの心《こころ》の一番深《いちばんふか》い部分《ぶぶん》になんてたどり着《つ》けないわ」

かすかに葉《は》がかさつく音《おと》や、ヒューっと空気《くうき》が不気味《ぶきみ》に渦巻《うずま》く音《おと》も聞《き》こえてくる。

ヒューバート王《おう》がローブを手《て》で払《はら》い、声《こえ》に熱《ねつ》を込《こ》めて言《い》った。

「また現《あらわ》れたな。魔獣《まじゅう》はわしがなんとかする。ふたりはこのまま進《すす》め。冒険《ぼうけん》を成《な》しとげるのだ」

「なんですって？　父上《ちちうえ》をひとり置《お》いては行《い》けません」

フィリップが叫《さけ》んだ。

ヒューバート王《おう》が悲《かな》しげな笑《え》みを浮《う》かべた。

「息子《むすこ》よ、これがわしの務《つと》めなのだ。そして、おまえの成《な》すべきことはこの先《さき》にある」

オーロラ・ローズがいたわるような声《こえ》で言《い》った。

「それが一番《いちばん》いいと思《おも》うわ。ヒューバート王《おう》が魔獣《まじゅう》を引《ひ》きとめてくれているあいだに、わたしたちはやるべきことをやれるもの」

「聡明《そうめい》な王女《おうじょ》の言《い》うとおりだ、フィリップ」

フィリップは真剣《しんけん》な面持《おもも》ちでヒューバート王《おう》とオーロラ・ローズを交互《こうご》に見《み》ていたが、やがてあごを引《ひ》き、うなずいた。

「わかりました。ありがとうございます、父上《ちちうえ》。父上《ちちうえ》がいなかったらここまでたどり着《つ》けませんでした」

フィリップは老《お》いた父親《ちちおや》をやさしく抱《だ》きしめた。

オーロラ・ローズが感謝《かんしゃ》の気持《きも》ちを込《こ》めて言《い》った。

「向《む》こうの世界《せかい》で会《あ》いましょう。わたしたちがみんな目覚《めざ》めたら」

ヒューバート王《おう》が意味《いみ》ありげな表情《ひょうじょう》を浮《う》かべた。

「森《もり》の娘《むすめ》が王女《おうじょ》だと？　だが、きみはどちらでもないとわしは思《おも》う。じゃあ、なんだと聞《き》かれても、わしにはわからないがね。たぶん、きみもわかっていないだろう。だが……向《む》こうの世界《せかい》では会《あ》えないだろう。いままでと同《おな》じようには、という意味《いみ》だが」

「それは――どういう意味《いみ》ですか？」

フィリップが声《こえ》を冷静《れいせい》に保《たも》ちながら言《い》った。

「つまり、わしが言《い》わんとしていることは……」ヒューバート王《おう》は必死《ひっし》に言葉《ことば》を探《さが》している。「息子《むすこ》よ、わしはもう何年《なんねん》もこの森《もり》をさまよってきた。ここで、わしなりにこれ以上《いじょう》ないという冒険《ぼうけん》をしてきた。おぞましい魔獣《まじゅう》を退治《たいじ》したし、たくさんの動物《どうぶつ》とも友《とも》だちになった。だが、そんなさまざまな経験《けいけん》をしてもなお、自分《じぶん》の知《し》らない自分《じぶん》がいる。わかるか？」

「わかりません」

フィリップが不安《ふあん》な表情《ひょうじょう》を浮《う》かべて言《い》った。

「このことについて考《かんが》えるのはいまでなくてもいい」ヒューバート王《おう》がフィリップの肩《かた》を叩《たた》いた。

「おまえには、いまやるべき大切《たいせつ》なことがある。王国《おうこく》を救《すく》うこと。王女《おうじょ》と――まあいい。またゆっくり話《はな》すことにしよう。もっと早《はや》く、おまえとこうした話《はなし》をしておけばよかった。もっと大事《だいじ》な話《はなし》を」

ヒューバート王《おう》の残《のこ》っているほうの瞳《ひとみ》がそのとき曇《くも》った。

だが王《おう》の威厳《いげん》を放《はな》ちながら杖《つえ》を高々《たかだか》とかかげる。

「おまえたちにおそいかかるもの、おまえたちの輝《かがや》かしい冒険《ぼうけん》をじゃまするものは、わしがこの手《て》で退治《たいじ》してやる！　そして戦《たたか》いに勝《か》ったら、あの蔓《つる》のはびこるいまいましい城《しろ》に戻《もど》ることにしよう。邪悪《じゃあく》な妖精《ようせい》を倒《たお》すとき、わしの助《たす》けがまた必要《ひつよう》になるはずだ。それに、正義《せいぎ》が勝《か》ってマレフィセントが打《う》ちのめされる瞬間《しゅんかん》に、わしも立《た》ち会《あ》いたいのだ！」

ヒューバート王《おう》は最後《さいご》に笑《え》みを浮《う》かべると、ゆっくりとふたりに背《せ》を向《む》け、森《もり》の暗《くら》がりへ歩《ある》いていった。その姿《すがた》は、野生《やせい》の動物《どうぶつ》のようにすぐに見《み》えなくなった。

フィリップは父親《ちちおや》が去《さ》っていくのを見守《みまも》っていた。必死《ひっし》に悲《かな》しみを表《おもて》に出《だ》さないようこらえながら。

フィリップが声《こえ》を絞《しぼ》りだすようにして言《い》った。

「なぜだか……別《わか》れのあいさつをしたような気分《きぶん》だよ」

オーロラ・ローズはフィリップの腕《うで》に手《て》を置《お》いた。冒険《ぼうけん》が始《はじ》まって以来《いらい》、フィリップに触《ふ》れたい、という強《つよ》い気持《きも》ちに駆《か》りたてられたのは、これが初《はじ》めてだった。フィリップはいつも陽気《ようき》で勇敢《ゆうかん》でずっと自分《じぶん》を励《はげ》ましてきてくれた。そんなフィリップが目《め》に涙《なみだ》を浮《う》かべている。

フィリップがオーロラ・ローズの手《て》を見《み》おろすと、ひと粒《つぶ》の涙《なみだ》が目《め》からこぼれ落《お》ち、枯《か》れ葉《は》の上《うえ》に落《お》ちた。

フィリップは気力《きりょく》を奮《ふる》い立《た》たせるように体《からだ》をふるわし、オーロラ・ローズの手《て》に触《ふ》れた。

「さあ、行《い》こう！」

オーロラ・ローズはうなずいた。

まわりの景色《けしき》に見《み》とれていると、体中《からだじゅう》のあちこちの小《ちい》さな痛《いた》みもあまり気《き》にならなかった。足《あし》もとで樫《かし》の葉《は》がカサカサと音《おと》を立《た》てている。樫《かし》の葉《は》の、まわりが波打《なみう》ったような変《か》わった形《かたち》には見覚《みおぼ》えがあった。夢《ゆめ》の世界《せかい》のほかの場所《ばしょ》は違《ちが》う季節《きせつ》だったけれど、ここはいま秋《あき》なのだ。秋《あき》は春《はる》の次《つぎ》に好《す》きな季節《きせつ》だ。頭《あたま》に薄茶色《うすちゃいろ》のかわいい帽子《ぼうし》をのせた小《ちい》さなつやつやした茶色《ちゃいろ》のどんぐりが、地面《じめん》にたくさん散《ち》らばっている。よくどんぐりを集《あつ》めたわ……。

いまに意識《いしき》を集中《しゅうちゅう》するのは難《むずか》しかった。まわりの景色《けしき》を眺《なが》めていると、どうしても思《おも》い出《で》の世《せ》界《かい》に引《ひ》きずりこまれてしまうのだ。懐《なつ》かしい思《おも》い出《で》がそこかしこにあふれていて、その思《おも》い出《で》に全身《ぜんしん》でひたりたくなってくる。

「さあ」

フィリップが腕《うで》を差《さ》しだした。オーロラ・ローズは、今度《こんど》はすぐにその腕《うで》をとった。

小屋《こや》を先《さき》に見《み》つけたのはオーロラ・ローズだった。

フィリップが言《い》った。

「ぼくがマレフィセントに連《つ》れ去《さ》られたときにいた小屋《こや》に似《に》ているような気《き》もするけれど……」

それは、居心地《いごこち》のよさそうな小《ちい》さな丸太小屋《まるたごや》だった。おかしな形《かたち》をした小《ちい》さな部屋《へや》が二階部分《にかいぶぶん》に継《つ》ぎ足《た》されている。わらぶき屋根《やね》からは曲《ま》がった煙突《えんとつ》が突《つ》き出《で》て、そこから細《ほそ》い煙《けむり》がのぼっている。

けれど、少《すこ》し違《ちが》う部分《ぶぶん》もあった。小屋《こや》の入《い》り口《ぐち》へ続《つづ》く敷石《しきいし》は灰色《はいいろ》だったはずなのに、目《め》の前《まえ》にある石《いし》の色《いろ》は明《あか》るい茶色《ちゃいろ》や白《しろ》や黒《くろ》だった。それに、そんなものはなかったはずなのに、屋根《やね》の上《うえ》に花畑《はなばたけ》があってスイートピーが窓《まど》に垂《た》れている。

ふたりとも最初《さいしょ》は気《き》づかなかったけれど、ドアの前《まえ》に女《おんな》の人《ひと》がひとり立《た》っていた。質素《しっそ》な深緑《ふかみどり》色《いろ》のワンピースの上《うえ》に、しわのない明《あか》るい緑色《みどりいろ》のエプロンをつけている。太《ふと》い灰色《はいいろ》の三《み》つ編《あ》みが左右《さゆう》の耳《みみ》のうしろから垂《た》れていて、肌《はだ》はなめらかだったけれど顔《かお》には深《ふか》いしわが何本《なんぼん》かある。おだやかな顔《かお》つきで親切《しんせつ》そうだ。

「なかへ入《はい》って。さあ早《はや》く」

女《おんな》の人《ひと》がせきたてた。

「また罠《わな》かもしれない」

フィリップが言《い》ったが、今度《こんど》はなぜだか違《ちが》うような気《き》がした。

「わたし……この人《ひと》のこと知《し》ってるわ」王女《おうじょ》が戸惑《とまど》いながらも、引《ひ》きつけられるようにして言《い》った。「罠《わな》じゃない。今度《こんど》は大丈夫《だいじょうぶ》よ、フィリップ」

「この小屋《こや》はあなたの心《こころ》のなかで、一番《いちばん》、安全《あんぜん》な場所《ばしょ》なのよ、オーロラ・ローズ」

王女《おうじょ》はオーロラ・ローズと呼《よ》ばれてびくりとした。それが自分《じぶん》にふさわしい名前《なまえ》じゃないかと思《おも》いはじめていたからだ。

「さあ急《いそ》いで」

女《おんな》の人《ひと》がふたりをせかした。

王女《おうじょ》は王子《おうじ》の目《め》を見《み》て、大丈夫《だいじょうぶ》よというように、ほんのわずかにうなずいた。ふたりは小屋《こや》のなかへ入《はい》っていった。

27　戦《たたか》いの女神《めがみ》

オーロラ・ローズは、まばたきをした。

小《ちい》さな暖炉《だんろ》や鍋《なべ》やほうきがある、薄暗《うすぐら》いけれど家庭的《かていてき》なこぢんまりとした部屋《へや》を想像《そうぞう》していたのに、足《あし》を踏《ふ》み入《い》れたのはどこもかしこも金《きん》で装飾《そうしょく》された、目《め》がくらむようなきらびやかな広《ひろ》い部屋《へや》だった。

目《め》がだんだん慣《な》れてくると、自分《じぶん》がどこにいるのかわかった。華美《かび》に飾《かざ》り立《た》てられた城《しろ》の一室《いっしつ》。オーロラ姫《ひめ》の城《しろ》だ。でも、いまいる部屋《へや》には見覚《みおぼ》えがなかった。壁《かべ》には金《きん》の糸《いと》でウサギやシカや鳥《とり》やユニコーンを織《お》りこんだタペストリーが飾《かざ》ってある。大《おお》きな暖炉《だんろ》ではオレンジ色《いろ》の炎《ほのお》が燃《も》えていて、暖炉《だんろ》の上《うえ》には金《きん》の飾《かざ》りをはめこんだ白《しろ》い大理石《だいりせき》の炉棚《ろだな》がある。鉛《なまり》の枠《わく》で囲《かこ》われた大《おお》きなガラス窓《まど》からは、うららかな日光《にっこう》が差《さ》しこんでいる。床《ゆか》は白《しろ》と金《きん》の糸《いと》で織《お》られたふかふかのじゅうたんでおおわれ、部屋《へや》のあちこちに鮮《あざ》やかな色《いろ》の花飾《はなかざ》りがつるしてある。

部屋《へや》の真《ま》ん中《なか》には金《きん》の揺《ゆ》りかごが置《お》いてあり、背《せ》の高《たか》い大人《おとな》がふたり、揺《ゆ》りかごのなかをじっと見《み》つめている。そのふたりがだれで、だれを見《み》つめているのか気《き》づいたとき、オーロラ・ローズは喜《よろこ》びのあまり泣《な》き叫《さけ》びそうになった。

両手《りょうて》を胸《むね》の前《まえ》で握《にぎ》り合《あ》わせながら、森《もり》の動物《どうぶつ》のように静《しず》かに揺《ゆ》りかごへ近《ちか》づいていく。

そして、揺《ゆ》りかごのなかをそっとのぞいた。

ピンク色《いろ》の頬《ほお》をして、足《あし》を元気《げんき》に動《うご》かしているのは赤《あか》ん坊《ぼう》のころのオーロラ姫《ひめ》だ。揺《ゆ》りかごのなかの赤《あか》ん坊《ぼう》も、すみれ色《いろ》の瞳《ひとみ》に淡《あわ》い金色《きんいろ》の髪《かみ》をしている。

たいていの人《ひと》は、幼《おさな》いころの自分《じぶん》をこんなふうに目《め》にする機会《きかい》に恵《めぐ》まれたら、いつまでも見《み》ていたいと思《おも》うだろう。でもオーロラ・ローズはほかにも見《み》たい人《ひと》がいた。

揺《ゆ》りかごの前《まえ》に立《た》っているふたりの大人《おとな》のほうを向《む》く。

リア王妃《おうひ》。

まるでオーロラ・ローズがそのまま少《すこ》し歳《とし》をとったような外見《がいけん》だ。けれど髪《かみ》は少《すこ》し茶色《ちゃいろ》がかっていて、眉毛《まゆげ》もオーロラ・ローズに比《くら》べると色《いろ》が濃《こ》くて太《ふと》く、もっとやさしい形《かたち》をしている。高《たか》い頬骨《ほおぼね》は、揺《ゆ》りかごのなかのぽっちゃりした赤《あか》ん坊《ぼう》にも、成長《せいちょう》したオーロラ・ローズにも受《う》け継《つ》がれている。

王妃《おうひ》はこれ以上《いじょう》ないというほど幸《しあわ》せそうな顔《かお》でうっとりと揺《ゆ》りかごのなかの娘《むすめ》を見《み》つめている。

目《め》を大《おお》きく見開《みひら》き、まばたきもせず、かすかにほほえみを浮《う》かべている。王妃《おうひ》はほかのものには目《め》もくれず、一心《いっしん》に赤《あか》ん坊《ぼう》に見《み》いっていた。

ステファン国王《こくおう》。

痩《や》せていて繊細《せんさい》な顔立《かおだ》ちだ。やさしげな茶色《ちゃいろ》い瞳《ひとみ》、垂《た》れさがった口《くち》ひげとあごひげ。細《ほそ》い体《からだ》をローブでおおい、暖炉《だんろ》の炎《ほのお》を受《う》け頬《ほお》はほんのり赤味《あかみ》を帯《お》びている。

「お母《かあ》さま、お父《とう》さま」

オーロラ・ローズが息《いき》をついた。

けっして知《し》ることのなかった両親《りょうしん》。本当《ほんとう》は、結婚式《けっこんしき》を控《ひか》えた十六歳《じゅうろくさい》の誕生日《たんじょうび》に再会《さいかい》するはずだった。わたしに命《いのち》を与《あた》えてくれた父《ちち》と母《はは》。そして、わたしを手放《てばな》した父《ちち》と母《はは》。

こんな方法《ほうほう》でしか、もう両親《りょうしん》には会《あ》えない。記憶《きおく》のなかでしか。美《うつく》しくやさしげな母《はは》。王《おう》らしい立派《りっぱ》な父《ちち》。もう話《はな》すことも、質問《しつもん》を投《な》げかけることも、抱《だ》きしめることもできない。父《ちち》と母《はは》がわたしを手放《てばな》した理由《りゆう》を聞《き》くこともできない。ののしることも、許《ゆる》すこともできないのだ。

フィリップが小《ちい》さく咳払《せきばら》いをすると、オーロラ・ローズがためらいがちに顔《かお》をあげた。

大《おお》きな暖炉《だんろ》のそばに、さっきなかへ案内《あんない》してくれた人《ひと》のほかに、ふたりの女《おんな》の人《ひと》が立《た》っている。ひとりは、全身青《ぜんしんあお》ずくめだ。丈《たけ》の長《なが》いワンピース、ベルト、スカーフ。どれも濃淡《のうたん》さまざまな色合《いろあ》いの青《あお》で少《すこ》し色《いろ》あせている。よく動《うご》く瞳《ひとみ》の色《いろ》も青《あお》。つやのある栗色《くりいろ》の髪《かみ》を頭《あたま》のうしろのほうでおだんごにまとめ、崩《くず》れないよう串《くし》をたくさん刺《さ》して留《と》めてある。

もうひとりは大柄《おおがら》で、背《せ》が高《たか》く、骨太《ほねぶと》ながっしりとした体型《たいけい》だ。身《み》に着《つ》けているのは赤《あか》いチュニックに赤茶色《あかちゃいろ》のレギンスとブーツ。腰《こし》まで伸《の》ばした濃《こ》い金色《きんいろ》の髪《かみ》をうしろへなでつけ、飾《かざ》り気《け》のない革《かわ》のヘアバンドで押《お》さえてある。肌《はだ》は日《ひ》に焼《や》け、少《すこ》しかさついているが、表情豊《ひょうじょうゆた》かな瞳《ひとみ》は明《あか》るい茶色《ちゃいろ》だ。

「妖精《ようせい》たち！」と叫《さけ》んだあと、オーロラ・ローズはつけくわえた。「よね？」

記憶《きおく》はまだ完全《かんぜん》には戻《もど》っていなかったけれど、この三人《さんにん》はなんだかようすが違《ちが》う。わたしを育《そだ》ててくれたおばたちより若《わか》いような、歳《とし》をとっているような……。着《き》ている服《ふく》も変《へん》だし、瞳《ひとみ》の色《いろ》も違《ちが》うような気《き》がする……。

フィリップが小声《こごえ》で言《い》った。

「ぼくを助《たす》けてくれた妖精《ようせい》たちとは少《すこ》し違《ちが》うような気《き》がする。でも、とても似《に》てるけど」

青《あお》の妖精《ようせい》が言《い》った。

「夢《ゆめ》の世界《せかい》は、必《かなら》ずしも現実《げんじつ》の世界《せかい》と同《おな》じではないの。夢《ゆめ》のなかでは自分《じぶん》の家《いえ》が違《ちが》っていたりするでしょう。この夢《ゆめ》の世界《せかい》にあるものは、オーロラ・ローズの記憶《きおく》の度合《どあ》いによって変《か》わってしまうのよ」

緑《みどり》の妖精《ようせい》が言《い》った。

「つまり、心配《しんぱい》しなくても大丈夫《だいじょうぶ》、ってことよ」

オーロラ・ローズが言《い》った。

「わたしを助《たす》けようと、城《しろ》へ来《き》てくれたことがあるでしょう。わたしの部屋《へや》に現《あらわ》れて、目覚《めざ》めなさいって言《い》ったわ」

青《あお》の妖精《ようせい》が言《い》った。

「厳密《げんみつ》に言《い》うと、わたしたちじゃない。あれは現実《げんじつ》の世界《せかい》の妖精《ようせい》たちの魂《たましい》なのよ。ヒューバート王《おう》に、あなたを導《みちび》くようにと頼《たの》んだのもね」

赤《あか》の妖精《ようせい》が言《い》った。

「城《しろ》へ助《たす》けにいったのがわたしたちだったら、このわたしが剣《つるぎ》を抜《ぬ》き、マレフィセントを仕留《しと》めていたであろうに」

フィリップは赤《あか》の妖精《ようせい》に親近感《しんきんかん》を覚《おぼ》えた。

「ここは、マレフィセントが唯一《ゆいいつ》触《ふ》れることのできない、あなたの記憶《きおく》のなかなのよ」緑《みどり》の妖精《ようせい》はそう言《い》うと、両手《りょうて》を広《ひろ》げてほほえんだ。「心《こころ》の奥深《おくふか》くにある、だれにも触《ふ》れることのできない古《ふる》い記憶《きおく》。あなたが大切《たいせつ》に守《まも》ってきたかけがえのない記憶《きおく》」

「だけど、あの恐《おそ》ろしい女《おんな》の子《こ》はぼくたちをおそってきたじゃないか。ここのすぐ近《ちか》くで」

フィリップが問《と》いつめるように言《い》った。

緑《みどり》の妖精《ようせい》が悲《かな》しげに言《い》った。

「あの女《おんな》の子《こ》が言《い》っていたことは正《ただ》しいのよ。あの子《こ》はオーロラ・ローズの心《こころ》の一部《いちぶ》。心《こころ》のなかから現《あらわ》れた魔獣《まじゅう》なの。マレフィセントが目覚《めざ》めさせ、手《て》を加《くわ》えたかもしれないけれど、あの子《こ》はもともとオーロラ・ローズの心《こころ》のなかにいたのよ」

赤《あか》の妖精《ようせい》がきっぱりと言《い》った。

「わたしだったら、自分《じぶん》の心《こころ》にそんな魔獣《まじゅう》がいたら、とっくの昔《むかし》に退治《たいじ》していたはずだ」

「話《はなし》をそらさないで」青《あお》の妖精《ようせい》が赤《あか》の妖精《ようせい》に言《い》った。「オーロラ・ローズ、結局《けっきょく》、あなたが眠《ねむ》っていることがすべての原因《げんいん》なのよ。この世界《せかい》で起《お》きていることは、すべてあなたに責任《せきにん》がある。あなたの意思《いし》で終《お》わらせるのよ。呪《のろ》いを破《やぶ》り、みんなを目覚《めざ》めさせることができるのは、あなたしかいないわ。マレフィセントは、あなたが十六歳《じゅうろくさい》の誕生日《たんじょうび》に死《し》ぬよう、みんなの前《まえ》で呪《のろ》いをかけた。そのあと、現実《げんじつ》の世界《せかい》のメリーウェザーが、死《し》ぬのではなく眠《ねむ》りにつくと呪《のろ》いをかけなおした。けれど、マレフィセントが自分《じぶん》の魂《たましい》にも呪《のろ》いをかけていたことは、あのときはだれも知《し》らなかったわ。自分《じぶん》の魂《たましい》をあなたの魂《たましい》につなぎとめ、もしあなたが死《し》んだら、あなたの生命《せいめい》の力《ちから》、そして王国中《おうこくじゅう》の人《ひと》たちの生命《せいめい》の力《ちから》が、マレフィセントに移《うつ》るという呪《のろ》いをね。そして、フィリップがマレフィセントを退治《たいじ》しても、マレフィセントの魂《たましい》はあなたの魂《たましい》につなぎとめられたまま、あなたの夢《ゆめ》の世界《せかい》についてきた」

オーロラ・ローズがつぶやいた。

「マレフィセントはわたしと、わたしの夢《ゆめ》の世界《せかい》をコントロールしている」

「それと悲《かな》しいことに、あなたといっしょに眠《ねむ》っている王国《おうこく》の人《ひと》たちの命《いのち》もね」緑《みどり》の妖精《ようせい》が嘆《なげ》かわしげに言《い》い足《た》した。「現実《げんじつ》の世界《せかい》の妖精《ようせい》たちは、王国《おうこく》の人《ひと》たちもあなたといっしょに眠《ねむ》らせた。百年後《ひゃくねんご》、真実《しんじつ》の愛《あい》で呪《のろ》いが破《やぶ》られ、あなたが目覚《めざ》めたとき、知《し》らない人《ひと》に囲《かこ》まれて戸惑《とまど》わないようにね。でも、そのせいで思《おも》いもかけないことになってしまったのよ」

青《あお》の妖精《ようせい》が続《つづ》けた。

「残念《ざんねん》なことだけれど、いま何《なに》より大切《たいせつ》なのは、この巨大《きょだい》で複雑《ふくざつ》な呪《のろ》いを終《お》わらせることよ。その方法《ほうほう》はただひとつ。王族《おうぞく》の血《ち》を流《なが》すこと」

「女王《じょおう》マレフィセントの」

オーロラ・ローズが小《ちい》さくつぶやいた。

赤《あか》の妖精《ようせい》がオーロラ・ローズをじっと見《み》つめてほほえんだ。

「城《しろ》へ戻《もど》って、マレフィセントを倒《たお》すのだ」そう言《い》って剣《つるぎ》に手《て》を置《お》く。「今度《こんど》こそ、マレフィセントの息《いき》の根《ね》を止《と》めねばならない。マレフィセントが死《し》に、王族《おうぞく》の血《ち》が流《なが》れたとき、みなが眠《ねむ》りから目覚《めざ》める」赤《あか》の妖精《ようせい》はお辞儀《じぎ》をしながらつけくわえた。「もちろん、わたしたちも手伝《てつだ》おう」

オーロラ・ローズはほっとして思《おも》わず息《いき》をもらした。この赤《あか》の妖精《ようせい》がいっしょに戦《たたか》ってくれると思《おも》うだけで勇気《ゆうき》づけられる。ほかのふたりは……精神的《せいしんてき》な支《ささ》えになってくれるに違《ちが》いない。

緑《みどり》の妖精《ようせい》が言《い》った。

「でも、この夢《ゆめ》の世界《せかい》で、あなたは、自分《じぶん》の意《い》のままになるすばらしい力《ちから》を身《み》につけたわ。何《なに》が起《お》ころうと、ここはあなたの夢《ゆめ》の世界《せかい》なのだから、あなたがコントロールできるはずよ」

「そうだよ、ローズ。きみは、きみの魔法《まほう》を使《つか》えばいいんだ。それに、腕《うで》の立《た》つ剣士《けんし》もふたりいるしね」フィリップが剣《つるぎ》を叩《たた》いた。「緑《みどり》の妖精《ようせい》と青《あお》の妖精《ようせい》だっている。きっとうまくいくさ。でも、いまのマレフィセントはどれくらいの力《ちから》があるんだろう？」

緑《みどり》の妖精《ようせい》が落《お》ちつかない様子《ようす》でオーロラ・ローズを見《み》た。

「マレフィセントは力《ちから》を増《ま》したばかりよ。わたしたちにも感《かん》じられるから、あなたも感《かん》じていると思《おも》うけれど」

赤《あか》の妖精《ようせい》は目《め》を伏《ふ》せ、膝《ひざ》を折《お》ってお辞儀《じぎ》をした。

「陛下《へいか》、残念《ざんねん》なことだが、国王《こくおう》と王妃《おうひ》の命《いのち》を奪《うば》うことが、マレフィセントが強《つよ》い力《ちから》を得《え》る唯一《ゆいいつ》の方法《ほうほう》だったのだ。王族《おうぞく》の血《ち》をわがものとしたいま、マレフィセントの力《ちから》は増《ま》した」

陛下《へいか》――。オーロラ・ローズはぶるっと身《み》ぶるいした。両親《りょうしん》が亡《な》くなったいま、わたしは女王《じょおう》になったのだ。

オーロラ・ローズは思《おも》わず口《くち》から出《で》そうになった言葉《ことば》を呑《の》みこんだ。怖《こわ》いって口《くち》にしたらだめ。これからは女王《じょおう》としてふるまわなければならないのよ。

「マレフィセントは殺《ころ》した人《ひと》の血《ち》をとり、杖《つえ》の水晶玉《すいしょうだま》に入《い》れる。前《まえ》に見《み》たときは何《なに》をしているのかよく理解《りかい》できなかったけれど……マレフィセントはわたしの両親《りょうしん》を殺《ころ》して、さらに力《ちから》を得《え》たのね。レディ・アストリドを殺《ころ》したときのように」

青《あお》の妖精《ようせい》がうなずいた。

「マレフィセントは両親《りょうしん》の血《ち》をとり……それを使《つか》って力《ちから》を増《ま》し……」

そうくりかえすうちに、オーロラ・ローズの胸《むね》の内《うち》に怒《いか》りがわきあがってきた。

赤《あか》の妖精《ようせい》が厳《きび》しい口調《くちょう》で言《い》った。

「マレフィセントに復讐《ふくしゅう》するのだ」

緑《みどり》の妖精《ようせい》が悲《かな》しげに首《くび》を振《ふ》りながら言《い》った。

「復讐《ふくしゅう》しても王《おう》と王妃《おうひ》は戻《もど》ってこないわ。オーローラ・ローズは、十六年《じゅうろくねん》ものあいだ引《ひ》き離《はな》されていた本当《ほんとう》の両親《りょうしん》に、やっと会《あ》えるところだったのよ。それなのにこんなことになってしまって。オーロラ・ローズはもうけっして自分《じぶん》の両親《りょうしん》と話《はな》すことはできないの。両親《りょうしん》から何《なに》かを学《まな》ぶことも、両親《りょうしん》を責《せ》めることも憎《にく》むことも愛《あい》することもね。記憶《きおく》のなかでしか会《あ》えないのよ」

赤《あか》の妖精《ようせい》が肩《かた》をすくめた。「でも、復讐《ふくしゅう》すれば気《き》が晴《は》れるはずだ」

「それにみんなが目覚《めざ》め、勝利《しょうり》を勝《か》ちとれるわ」青《あお》の妖精《ようせい》が明《あか》るい声《こえ》で言《い》った。

「少《すこ》しは同情《どうじょう》したらどうなの！」緑《みどり》の妖精《ようせい》がかみつくように言《い》った。

青《あお》の妖精《ようせい》は肩《かた》をすくめた。

「それはわたしの役目《やくめ》じゃない。そういうことはあなたの役目《やくめ》でしょ。わたしは入念《にゅうねん》な戦略《せんりゃく》を練《ね》るためにここにいるのよ」

オーロラ・ローズは不思議《ふしぎ》そうに三人《さんにん》の妖精《ようせい》たちを代《か》わる代《が》わる見《み》つめた。三人《さんにん》を見《み》ていろいろと考《かんが》えていると、悲《かな》しいできごとも、いっとき忘《わす》れられた。現実《げんじつ》の世界《せかい》の妖精《ようせい》たちは、年《とし》をとらず、おしゃべりで愛情深《あいじょうぶか》いという共通点《きょうつうてん》はあったけれど、それぞれ個性《こせい》を持《も》っていた。

フローラはリーダー的存在《てきそんざい》で、何《なに》かを決《き》めるのはいつもフローラだった。メリーウェザーは物《もの》事《ごと》の道理《どうり》を一番理解《いちばんりかい》しているように見《み》えた。でも、それを表《おもて》に出《だ》すことはめったになく、いつも皮肉《ひにく》っぽい言《い》い方《かた》をしていた。フローラのいないところで、フローラの文句《もんく》を言《い》うこともときどきあった。フォーナはよくフローラとメリーウェザーの仲立《なかだ》ちをしていて、ローズのことを一番《いちばん》抱《だ》きしめてくれたのはフォーナだった。

この夢《ゆめ》の世界《せかい》の緑《みどり》の妖精《ようせい》〝フォーナ〟は、オーロラ・ローズのことだけでなく、みんながどんな気持《きも》ちでいるか、現実《げんじつ》の世界《せかい》のフォーナよりも、もっと気《き》を配《くば》っているように見《み》える。小屋《こや》の外《そと》で王子《おうじ》と王女《おうじょ》を待《ま》ってくれていたのもフォーナだし、気《き》づかいがある。

青《あお》の妖精《ようせい》〝メリーウェザー〟は驚《おどろ》くほど頭《あたま》の回転《かいてん》が速《はや》くて聡明《そうめい》だ。それに、皮肉《ひにく》っぽさは現実《げんじつ》の世界《せかい》のメリーウェザーを上回《うわまわ》る。

赤《あか》の妖精《ようせい》〝フローラ〟は意志《いし》が強《つよ》くて勇《いさ》ましく、戦闘態勢《せんとうたいせい》がいつでも整《ととの》っている。まるで戦士《せんし》みたいだ。

オーロラ・ローズはふと思《おも》いたち、窓際《まどぎわ》まで歩《ある》いていった。想像《そうぞう》していたとおり、現実《げんじつ》の世界《せかい》とは眺《なが》めが違《ちが》う。目《め》の前《まえ》に広《ひろ》がっているのは、森《もり》で暮《く》らしていたころにいつも自分《じぶん》の部屋《へや》から見《み》ていた景色《けしき》だった。鳥《とり》の巣《す》があってリスが走《はし》りまわっているリンゴの木《き》。おばたちが世話《せわ》をしていた菜園《さいえん》の隅《すみ》にあり、黄色《きいろ》く色《いろ》づいている樺《かば》の木《き》。のどかな景色《けしき》はとても懐《なつ》かしく、胸《むね》が痛《いた》くなるほどだ。

「現実《げんじつ》の世界《せかい》では、わたしはもう……ここへは戻《もど》れないの？」

三人《さんにん》の妖精《ようせい》が悲《かな》しそうにオーロラ・ローズを見《み》た。

「おそらくね。帰《かえ》れるとしても当分《とうぶん》は無理《むり》だと思《おも》うわ」

緑《みどり》の妖精《ようせい》が言《い》った。

青《あお》の妖精《ようせい》が言《い》った。

「王《おう》と王妃《おうひ》が亡《な》くなり、跡《あと》を継《つ》ぐ王子《おうじ》もいない。マレフィセントを倒《たお》してみんなが目覚《めざ》めたとき、王国《おうこく》はきっと大混乱《だいこんらん》に陥《おちい》るわ。フィリップと結婚《けっこん》して両国《りょうこく》の結《むす》びつきをさらに強《つよ》くしなければならないし、ほかにもやるべきことはいろいろとある。とても、子《こ》どものころに住《す》んでいた森《もり》の小《こ》屋《や》へ行《い》く時間《じかん》なんてないわ」

オーロラ・ローズははっと息《いき》を呑《の》んだ。子《こ》ども時代《じだい》を過《す》ごした小屋《こや》へ戻《もど》れないという現実《げんじつ》を目《め》の前《まえ》に突《つ》きつけられると、胸《むね》がしめつけられるほど悲《かな》しくなる。

「目覚《めざ》めたら、わたしは大人《おとな》としてふるまわなければいけないのよね。なんだかそんなの信《しん》じられないわ」

オーロラ・ローズが冷《さ》めた口調《くちょう》で言《い》った。

ずっと黙《だま》って会話《かいわ》を聞《き》いていたフィリップが、心配《しんぱい》そうな顔《かお》でオーロラ・ローズを見《み》た。

「ローズ……以前《いぜん》のきみは……そんなふうに冷《さ》めた言《い》い方《かた》はしなかった……」フィリップが言葉《ことば》を探《さが》しながら続《つづ》けた。「皮肉《ひにく》めいた言《い》い方《かた》って言《い》えばいいのかな。ご両親《りょうしん》を亡《な》くしてつらいのはわかるけど……きみはなんか前《まえ》と違《ちが》うというか……いや、変《か》わった……」

オーロラ・ローズは何《なに》も言《い》わずフィリップのほうをちらりと見《み》た。

フィリップがあわててつけくわえた。

「あっ、でも、そんなきみがいやになったっていうわけじゃないよ。前《まえ》とは変《か》わったって、ただそう言《い》いたかっただけだ」

オーロラ・ローズはかすかにほほえんだ。

「きっと、わたしは、なるべき自分《じぶん》になろうとしてるんだと思《おも》うわ」

オーロラ・ローズがフィリップの手《て》をとり、窓《まど》の外《そと》を指《ゆび》さした。

「見《み》て。あそこに大《おお》きなリンゴの木《き》があるでしょう。あの木《き》によくのぼったのよ。それに、下《した》のほうの枝《えだ》にまたがって、ウマに乗《の》っているつもりになって遊《あそ》んだの。それと、向《む》こうにエンドウ豆《まめ》の支柱《しちゅう》が見《み》えるでしょう。フォーナといっしょに、乾燥《かんそう》させた蔓《つる》と細《ほそ》い枝《えだ》で支柱《しちゅう》をつくるのが、わたし好《す》きだったのよ」

フィリップがおだやかな表情《ひょうじょう》を浮《う》かべ、つないだ手《て》をぎゅっと握《にぎ》りながら言《い》った。

「きみがいま、ぼくのことをどう思《おも》っているかはわからないけれど、きみが育《そだ》った場所《ばしょ》を案内《あんない》してもらえたらうれしいよ……いつかゆっくり」

オーロラ・ローズはフィリップに悲《かな》しげな笑《え》みを向《む》け、もう片方《かたほう》の手《て》もとって握《にぎ》りしめた。

「わかってるわ……わたしたちに、いまやるべきことがあるっていうことは」

三人《さんにん》の妖精《ようせい》が満足《まんぞく》そうにオーロラ・ローズを見《み》た。三人《さんにん》は部屋《へや》の反対側《はんたいがわ》のほうへ移動《いどう》して、ドアのそばに立《た》った。あんなドアは、前《まえ》にはなかったはずだわ。オーロラ・ローズは高貴《こうき》なローブをなびかせる自分《じぶん》を頭《あたま》に思《おも》いえがきながら、背筋《せすじ》を伸《の》ばし、頭《あたま》を高《たか》くかかげてドアのほうへ歩《ある》いていった。フィリップがそのあとに続《つづ》いた。

「まずは、戦《たたか》うのにふさわしい身支度《みじたく》を整《ととの》えることから始《はじ》めるのよ」

青《あお》の妖精《ようせい》が淡々《たんたん》とした口調《くちょう》で言《い》った。

ドアを開《あ》けると、そこには奥行《おくゆ》きのある大《おお》きな部屋《へや》が広《ひろ》がっていた。甲冑《かっちゅう》や、タンスや棚《たな》がずらりと並《なら》んでいる。タンスには色《いろ》とりどりのドレス、ジャケット、ローブ、ペチコートが詰《つ》めこまれていて、まるでタンスが窒息《ちっそく》しそうなほどだ。棚《たな》にはかぶと、ヘアバンド、帽子《ぼうし》、手袋《てぶくろ》、テイペット、ベルト、そのほかたくさんの装飾品《そうしょくひん》がところ狭《せま》しと積《つ》まれている。

以前《いぜん》のオーロラ・ローズだったら、いろいろなドレスを着《き》てみたくてわくわくしただろう。でもいま、オーロラ・ローズは棚《たな》のほうへ歩《ある》いていくと、自分《じぶん》の手《て》に合《あ》いそうな籠手《こて》を探《さが》した。

フィリップは、かぶとを手《て》にとりじっと見入《みい》っていたかと思《おも》うと、次《つぎ》はすね当《あ》て、次《つぎ》は胸当《むねあ》てと、喜々《きき》とした顔《かお》であれこれ触《さわ》っている。

「でも、ローズが魔法《まほう》でぼくたちを守《まも》ることだってできるんじゃないかな？　目《め》に見《み》えない盾《たて》を出《だ》すとかさ」

フィリップが胸当《むねあ》てを試《ため》しに着《つ》けてみながら尋《たず》ねた。

緑《みどり》の妖精《ようせい》が、おだやかな笑《え》みをフィリップに向《む》けながら言《い》った。

「戦《たたか》いが始《はじ》まったとき、オーロラ・ローズが意識《いしき》を集中《しゅうちゅう》すべきことが少《すく》なければ少《すく》ないほどいいのよ。ここにあるもので防御《ぼうぎょ》を万全《ばんぜん》にしておけば、ほかのことに力《ちから》を余分《よぶん》に使《つか》えるでしょう」

初《はじ》めにオーロラ・ローズが選《えら》んだ防具《ぼうぐ》は、王女《おうじょ》らしさとは正反対《せいはんたい》のごつくて不格好《ぶかっこう》なものだった。口《くち》の部分《ぶぶん》にスリットの入《はい》った金属製《きんぞくせい》のヘルメット、ごつごつした灰色《はいいろ》の籠手《こて》、鋲《びょう》がいくつもついた、いかつい形《かたち》の胸当《むねあ》てを身《み》に着《つ》け、楕円形《だえんけい》の曇《くも》った銀色《ぎんいろ》の鏡《かがみ》の前《まえ》に立《た》ってみる。そこに映《うつ》っていたのは、まるで怪物《かいぶつ》のようだった。

オーロラ・ローズはのろのろと鏡《かがみ》に背《せ》を向《む》けると、棚《たな》やタンスのほうへ戻《もど》った。

緑《みどり》の妖精《ようせい》が、ヘルメットをはずすのを手伝《てつだ》いながらやさしく言《い》った。

「もっと気持《きも》ちが高《たか》ぶるようなものを選《えら》ばないと。気分《きぶん》が落《お》ちこむようなものじゃなく」

「わかってるわ」

オーロラ・ローズがため息《いき》まじりに言《い》った。

緑《みどり》の妖精《ようせい》が籠手《こて》の上《うえ》からオーロラ・ローズの手《て》を握《にぎ》りながらさらに続《つづ》けた。

「残念《ざんねん》だけれど、ここにあるものをぜんぶ試《ため》している時間《じかん》はないのよ」

オーロラ・ローズが顔《かお》をしかめた。

「そんなことがわからないほど、わたしの頭《あたま》はぼんやりしてないわ」

「自分《じぶん》の身《み》を守《まも》らなくてはならないとき、賢明《けんめい》な方法《ほうほう》で戦《たたか》いたいと思《おも》うなら、自分《じぶん》の狭《せま》い世界《せかい》に閉《と》じこもらず、素直《すなお》にならないとだめよ」

青《あお》の妖精《ようせい》が片方《かたほう》の眉《まゆ》をあげて言《い》った。大《おお》きな宝石《ほうせき》のついたおもちゃの盾《たて》のほこりに、息《いき》をふうっとふきかけている。

そのとき、剣《つるぎ》の重《おも》さを比《くら》べながらフィリップと談笑《だんしょう》していた赤《あか》の妖精《ようせい》がこっちへやってきた。

「これを試《ため》してみるといい」

赤《あか》の妖精《ようせい》が差《さ》しだしたのは長《なが》い手袋《てぶくろ》のようにすっきりとしたデザインの籠手《こて》だった。裏側《うらがわ》には鎖《くさり》がついていて、表側《おもてがわ》の関節《かんせつ》の部分《ぶぶん》は金属《きんぞく》の板《いた》で補強《ほきょう》してある。オーロラ・ローズはそれを受《う》けとると、そっと手《て》にはめてみた。

それはぴたりと手《て》に合《あ》った。

「これならあなたに合《あ》うはずよ」

今度《こんど》は青《あお》の妖精《ようせい》が近《ちか》づいてきた。オーロラ・ローズと同《おな》じくらいの大《おお》きさの胸当《むねあ》てを手《て》にしている。ほどよくやわらかなラインのデザインで、両《りょう》わきにはさりげなくバラととげの模様《もよう》がはめこんである。

「それと、ヘルメットは……」

赤《あか》の妖精《ようせい》があたりを見《み》まわしながら言《い》った。

「自分《じぶん》で選《えら》ばせましょう」

緑《みどり》の妖精《ようせい》がおだやかな声《こえ》で言《い》った。

オーロラ・ローズは甲冑《かっちゅう》の重《おも》さに体《からだ》を慣《な》らすようにしながら、ゆっくりと棚《たな》のほうへ歩《ある》いていった。三人《さんにん》の妖精《ようせい》とフィリップの横《よこ》を通《とお》りすぎる。光沢《こうたく》のある胸当《むねあ》てと白銀色《はくぎんしょく》のすね当《あ》てをつけたフィリップはまるで古代《こだい》ローマの戦士《せんし》のようにりりしい。オーロラ・ローズは棚《たな》を端《はし》からさっと見《み》ていった。

そしてとうとう、これだというものを見《み》つけた。

かぶる前《まえ》からこれが自分《じぶん》に合《あ》うとなぜだかわかっていた。棚《たな》の一番上《いちばんうえ》からヘルメットをひとつ手《て》にとる。額《ひたい》の部分《ぶぶん》から鼻《はな》をおおうように三角形《さんかくけい》の突起物《とっきぶつ》が出《で》ている。両《りょう》わきには銀色《ぎんいろ》の翼《つばさ》がうしろに向《む》かって伸《の》びていた。

オーロラ・ローズはゆっくりと、迷《まよ》いのない動《うご》きでヘルメットをかぶった。ぴったりだ。完璧《かんぺき》に。

みんなに見《み》せるために振《ふ》りかえる。

フィリップが息《いき》を呑《の》んだ。

「ああローズ、堂々《どうどう》としていて、まるで大昔《おおむかし》の戦《たたか》いの女神《めがみ》のようだよ」

「勝利《しょうり》の女神《めがみ》のようね」

緑《みどり》の妖精《ようせい》がやさしい声《こえ》で言《い》った。

五人《ごにん》はいま、広《ひろ》いしんとした部屋《へや》にいた。子《こ》どもが頭《あたま》のなかで想像《そうぞう》したような王座《おうざ》の間《ま》と、オーロラ・ローズが住《す》んでいた森《もり》の小屋《こや》をごちゃまぜにしたような奇妙《きみょう》な部屋《へや》だ。

四方《しほう》を囲《かこ》んでいる壁《かべ》に使《つか》われている石《いし》はどれもとてつもなく大《おお》きくなんの装飾《そうしょく》も施《ほどこ》されていな

い。見《み》あげるような王座《おうざ》は金色《きんいろ》でけばけばしい。イバラの城《しろ》では立派《りっぱ》な暖炉《だんろ》が中央《ちゅうおう》にひとつあったきりだったけれど、この部屋《へや》にはあたたかそうな小《ちい》さな暖炉《だんろ》がいくつかあって、どの暖炉《だんろ》のそばにも小《ちい》さな鍋《なべ》とほうきが置《お》いてある。床《ゆか》に敷《し》きものはなく土《つち》がむきだしだ。

彫刻《ちょうこく》を施《ほどこ》した脚《あし》のついた大《おお》きなテーブルは驚《おどろ》くほど高級感《こうきゅうかん》があり、テーブルの端《はし》から端《はし》まで黄色《きいろ》と青《あお》のテーブルランナーが伸《の》びていたが、なぜか並《なら》んでいるのは質素《しっそ》な木製《もくせい》と陶器《とうき》のスープ鉢《ばち》とお粥《かゆ》の入《はい》ったふたつきの大《おお》きな鉢《はち》だった。

「うわっ、これにもどんぐりが入《はい》ってる」

湯気《ゆげ》を立《た》てている鉢《はち》のふたを持《も》ちあげたフィリップが冗談《じょうだん》めかして言《い》った。

青《あお》の妖精《ようせい》が弁解《べんかい》するように言《い》った。

「わたしたちでは、マレフィセントほど上手《じょうず》に夢《ゆめ》の世界《せかい》を操《あやつ》れないのよ。魔法《まほう》を練習《れんしゅう》するのにちょうどいい部屋《へや》を思《おも》いうかべて、とオーロラ・ローズに頼《たの》んで、いざ出《で》てきたのがこの部屋《へや》ってわけね」

「さあ、始《はじ》めましょう。時間《じかん》がないのよ」

緑《みどり》の妖精《ようせい》がおだやかに、でもきっぱりと言《い》った。

青《あお》の妖精《ようせい》が言《い》った。

「まず、魔法《まほう》で何《なに》かを呼《よ》びだす練習《れんしゅう》をするのよ。でも戦《たたか》いの場《ば》で、すぐにそれに頼《たよ》ろうとしてはだめ。何《なに》もないところから何《なに》かを呼《よ》びだすと、ひどく力《ちから》を消耗《しょうもう》してしまうの。だから、石《いし》とか木《き》とか、まずは身《み》のまわりにあるものを使《つか》って魔法《まほう》をかけなさい。何《なに》もないところから何《なに》かを出《だ》すのは最後《さいご》の手段《しゅだん》よ」

「剣《つるぎ》を出《だ》したことがあったはずだが」赤《あか》の妖精《ようせい》があごの先《さき》でオーロラ・ローズの服《ふく》のベルトをさしながら言《い》った。かつて剣《つるぎ》が差《さ》さっていた場《ば》所《しょ》に、いま剣《つるぎ》はない。「短剣《たんけん》を出《だ》すことはできるか？」

オーロラ・ローズは鼻《はな》をぴくぴくさせた。短剣《たんけん》を見《み》たことはあったかしら？　イバラの城《しろ》にいたとき、短剣《たんけん》を身《み》に着《つ》けていた男《おとこ》の人《ひと》はいたけれど……。

「だったら、ナイフはどうだ？　ふつうのナイフでいい。鋭《するど》い刃《やいば》の」赤《あか》の妖精《ようせい》がいらだたしげに言《い》った。

それならなんとかなるかもしれない。小《ち》さなブロンズ製《せい》の果物《くだもの》ナイフ。

オーロラ・ローズは目《め》を閉《と》じ、両手《りょうて》を前《まえ》に差《さ》しだした。まず、骨《ほね》でできた柄《つか》を思《おも》い浮《う》かべる。それから鈍《にぶ》く光《ひか》る刃《やいば》。刃《やいば》の先《さき》は、果物《くだもの》や野菜《やさい》の硬《かた》い皮《かわ》をむきやすいようわずかに曲《ま》がっている。

ふと、手《て》にナイフの重《おも》みを感《かん》じた。目《め》を開《ひら》かなくてもわかる。

「よくやったわ！」

緑《みどり》の妖精《ようせい》が歓声《かんせい》をあげた。

「まあ、いいだろう」赤《あか》の妖精《ようせい》がじれったそうに言《い》った。「さあ、あと二本《にほん》、出《だ》すのだ。早《はや》く」

オーロラ・ローズは唇《くちびる》をぎゅっとかんで集中《しゅうちゅう》した。

手《て》のひらに二本《にほん》のナイフが現《あらわ》れた。手《て》のひらは汗《あせ》でびっしょりだった。

「すごいや！」

フィリップが興奮《こうふん》した声《こえ》で言《い》った。

「さあ、王座《おうざ》に向《む》かって投《な》げるのだ」

赤《あか》の妖精《ようせい》がせきたてた。

オーロラ・ローズは言《い》われたとおりにやってみた。だが、ナイフはあまり遠《とお》くへは飛《と》ばず、テーブルや土《つち》の床《ゆか》の上《うえ》にばらばらと落《お》ちた。みんながいっせいにこっちを見《み》る。

オーロラ・ローズは顔《かお》を赤《あか》らめた。

「何《なに》やってるの、とろいわねえ。集中《しゅうちゅう》しなさいよ！」

青《あお》の妖精《ようせい》がぴしゃりと言《い》った。

赤《あか》の妖精《ようせい》が淡々《たんたん》とした口調《くちょう》で言《い》った。

「マレフィセントとまともに戦《たたか》っても勝《か》てはしない。ここはオーロラ・ローズの心《こころ》の一番深《いちばんふか》い部分《ぶぶん》だから、マレフィセントにはここでしていることは見《み》えない。つまり、オーロラ・ローズがどれほど魔法《まほう》を使《つか》えるようになったかマレフィセントは知《し》らないというわけだ。だからきっと油断《ゆだん》しているに違《ちが》いない。さあ、もう一度《いちど》やってみるんだ。今度《こんど》は魔法《まほう》を使《つか》って」

「戦《たたか》いのときは、目《め》を開《あ》けていたほうがいいよ」

フィリップがやさしく言《い》った。

オーロラ・ローズは深呼吸《しんこきゅう》し、目《め》を大《おお》きく見開《みひら》いたまま手《て》を前《まえ》に差《さ》しだした。三本《さんぼん》のナイフがまた現《あらわ》れた。

王座《おうざ》をじっと見《み》つめる。三本《さんぼん》のナイフがヒューという音《おと》をたてながら空《くう》を切《き》って飛《と》んでいき、王座《おうざ》の木製《もくせい》の背面《はいめん》にぐさりと突《つ》き刺《さ》さった。

オーロラ・ローズがふうっと息《いき》をもらした。

みんなが歓声《かんせい》をあげた。

なんだか不思議《ふしぎ》。できると信《しん》じてくれている人《ひと》がいる。そう思《おも》うだけで、本当《ほんとう》にできてしまうことがあるんだわ。

28　魔《ま》法《ほう》の特《とっ》訓《くん》

どれだけの時間《じかん》を魔法《まほう》の練習《れんしゅう》に費《つい》やしたのだろう。石壁《いしかべ》の石《いし》を呼《よ》び寄《よ》せバリアをつくる。想像《そうぞう》上《じょう》の敵《てき》に頭上《ずじょう》からまわりにあるものを落《お》とす。敵《てき》の足《あし》もとの土《つち》を波《なみ》のように途切《とぎ》れることなくうねらせる。どの練習《れんしゅう》も何日《なんにち》も何日《なんにち》もくりかえしたような気《き》がする。

それでも、十分《じゅうぶん》といえるほどの練習《れんしゅう》はできなかった。

「そろそろ行《い》かないと」青《あお》の妖精《ようせい》がフィリップに低《ひく》い声《こえ》で言《い》った。オーロラ・ローズは宙《ちゅう》に浮《う》かべた椅子《いす》を部屋《へや》のあちこちに飛《と》ばしている。「ここ、つまりオーロラ・ローズの心《こころ》の一番深《いちばんふか》い記《き》憶《おく》のなかは、夢《ゆめ》の世界《せかい》のなかで一番《いちばん》、時《とき》の流《なが》れが遅《おそ》いのよ。それでも、もうこれ以上《いじょう》は無理《むり》だわ。マレフィセントは善人《ぜんにん》のふりをやめて、王国中《おうこくじゅう》の人《ひと》たちの血《ち》を奪《うば》いつづけているのだから」

「でも、ここを離《はな》れたら、ぼくたちがどこにいるかマレフィセントにはわかってしまうんだろう？」

フィリップが尋《たず》ねた。

「それはやむを得《え》ない」

赤《あか》の妖精《ようせい》が剣《つるぎ》の先《さき》を磨《みが》きながら言《い》った。

フィリップが得意《とくい》げに言《い》った。

「ここへ来《く》る途中《とちゅう》、鳥《とり》がマレフィセントの罠《わな》からぼくたちを救《すく》ってくれたんだ。これから城《しろ》へ向《む》かうまでのあいだに、ぼくたちの手助《てだす》けをしてくれそうな鳥《とり》を集《あつ》めながら行《い》くっていうのはどうだろう？」

「鳥《とり》ですって？」青《あお》の妖精《ようせい》がぽかんとした表情《ひょうじょう》でフィリップを見《み》つめた。「ああ。なるほど、鳥《とり》ね。いいんじゃない？　何《なに》かの役《やく》に立《た》つかもしれないし」

緑《みどり》の妖精《ようせい》が励《はげ》ますようにフィリップの膝《ひざ》を叩《たた》いた。

フィリップは、唇《くちびる》をとがらせた。

それを見《み》たオーロラ・ローズが笑《わら》いをこらえようとしたとき、宙《ちゅう》に浮《う》いた椅子《いす》が一瞬《いっしゅん》下《した》に落《お》ちそうになった。

「よし」赤《あか》の妖精《ようせい》が革《かわ》のバンドのついた剣《つるぎ》を最後《さいご》に大《おお》きくひと振《ふ》りした。「出発《しゅっぱつ》しよう！」

五人《ごにん》で揺《ゆ》りかごのある部屋《へや》へ戻《もど》ったとき、オーロラ・ローズは心《こころ》のなかで両親《りょうしん》と赤《あか》ん坊《ぼう》のころの自分《じぶん》にさよならを言《い》った。

外《そと》へ出《で》ると、これから始《はじ》まる秘密《ひみつ》の旅《たび》にふさわしく、あたりは夕闇《ゆうやみ》に包《つつ》まれていた。

そのとき、三人《さんにん》の妖精《ようせい》たちが突然《とつぜん》、旅支度《たびじたく》のローブ姿《すがた》に変《か》わった。ひと言《こと》も発《はっ》せず、指一本動《ゆびいっぽんうご》かしていない。フィリップが片方《かたほう》の眉《まゆ》をあげて言《い》った。

「城《しろ》へ戻《もど》るまでに必要《ひつよう》な食料《しょくりょう》を魔法《まほう》で出《だ》したほうがいいんじゃないかな？」

「ばかなこと言《い》わないでちょうだい。ここでは食《た》べるものなんて必要《ひつよう》ないのよ。ここは夢《ゆめ》の世界《せかい》なんだから」

青《あお》の妖精《ようせい》が言《い》った。

緑《みどり》の妖精《ようせい》がやさしく説明《せつめい》した。

「ここでは生《い》きていないのと同《おな》じことなのよ。ただあなたが、生《い》きていくには何《なに》か食《た》べなくちゃって思《おも》いこんでるだけで」

妖精《ようせい》の言《い》ったことを理解《りかい》するにつれ、フィリップの表情《ひょうじょう》はみるみるしょんぼりした。

オーロラ・ローズの頭《あたま》のなかには、さまざまな考《かんが》えが渦巻《うずま》いていた。これから激《はげ》しい戦《たたか》いが始《はじ》まるのだ。大丈夫《だいじょうぶ》だろうか？　だれかを殺《ころ》すなんて。対決《たいけつ》するとき、マレフィセントを親《した》しく思《おも》っていた気持《きも》ちを思《おも》い出《だ》して、手《て》をゆるめたりしないだろうか？

だからといって、マレフィセントがためらうことなどけっしてないだろう。

オーロラ・ローズは、魔法《まほう》で石《いし》を二《に》、三個《さんこ》お手玉《てだま》のように小《ちい》さく回《まわ》して気分《きぶん》を紛《まぎ》らわせた。

「この力《ちから》もなくなってしまうのよね」オーロラ・ローズがため息《いき》まじりに言《い》った。「すべてが終《お》わって目覚《めざ》めたら、この力《ちから》はもうなくなってしまうのでしょう」

「もともと、そんな力《ちから》などありはしないのだ」

赤《あか》の妖精《ようせい》がきっぱりと言《い》った。

緑《みどり》の妖精《ようせい》が言《い》った。

「でもオーロラ・ローズは、いままさにその力《ちから》を体験《たいけん》してるのよ。こんなすばらしいことが一度《いちど》はできるようになったのに、またできなくなるなんてつらいことだわ。でも、ふつうの人間《にんげん》の女《おんな》の子《こ》に戻《もど》っている。王女《おうじょ》は自分《じぶん》の思《おも》うままに生《い》きられず政略結婚《せいりゃくけっこん》の道具《どうぐ》としてしか扱《あつか》われない、そんな現実《げんじつ》の世界《せかい》が待《ま》ってるのよ」

「ありがとう。そのことは思《おも》い出《だ》さないようにしてたのに」

オーロラ・ローズが言《い》った。

「ねえ」フィリップがオーロラ・ローズの横《よこ》に並《なら》んで耳《みみ》もとでささやいた。「ぼく、わかったんだけどさ！　青《あお》の妖精《ようせい》は頭《あたま》が切《き》れる。赤《あか》の妖精《ようせい》は勇敢《ゆうかん》だ。そして緑《みどり》の妖精《ようせい》は……やさしくて思《おも》い

からだ。


やりがある。そう思《おも》わないかい？」

フィリップがこんなふうに話《はな》しかけたのは、オーロラ・ローズの気《き》分《ぶん》を楽《らく》にしてあげたかった

「そうね……フィリップの言《い》うとおりだと思《おも》うわ。わたしも、そんなふうに考《かん》えてたもの」

同意《どうい》してもらえたのがうれしくて、フィリップがほほえんだ。

「ぼくのウマがいたらなあ。サムソンならふたりぐらい軽々《かるがる》乗《の》せられる。いや、三人《さんにん》でもいけるかもしれない。本当《ほんとう》に力《ちから》の強《つよ》いウマなんだ。少《すこ》し気《き》むずかしいけどね。サムソンが軍馬《ぐんば》として有《ゆう》名《めい》なイランのニシアン種《しゅ》の流《なが》れをくむウマだって話《はなし》はしたことがあったかい？　毛《け》の色《いろ》にはその名残《なごり》はもう残《のこ》ってないけどね。でも、サムソンは確《たし》かに軍馬《ぐんば》らしい性格《せいかく》をしている。それは間違《まちが》いない」

フィリップは城《しろ》へ戻《もど》るのに興奮《こうふん》しているのかもしれないわ、とオーロラ・ローズは思《おも》った。それに最後《さいご》の戦《たたか》いを控《ひか》えて少《すこ》し緊張《きんちょう》しているだろうし、赤《あか》の妖精《ようせい》にいいところを見《み》せたいという気《き》持《も》ちもあるかもしれない。

「もっと早《はや》く城《しろ》へ戻《もど》る方法《ほうほう》があったらいいのに」オーロラ・ローズが口《くち》に出《だ》して言《い》った。「時間《じかん》がもったいないし、それに、マレフィセントにわたしたちがどこにいるか気《き》づか——」

29 ワープ

時間《じかん》の流《なが》れがねじ曲《ま》がる。

頭《あたま》が混乱《こんらん》し、ぼんやりとかすんでいる。頭《あたま》のなかがどんよりとして、考《かんが》えたくても考《かんが》えられない。まるで深《ふか》い眠《ねむ》りのなかにいるようだ。そうか、わたしは眠《ねむ》っているのだったわ。オーロラ・ローズは夢《ゆめ》の世界《せかい》へ来《き》て初《はじ》めて、自分《じぶん》が眠《ねむ》っていることに気《き》づいた。

30 マレフィセントとの再会《さいかい》

オーロラ・ローズは自分《じぶん》がイバラの城《しろ》の王座《おうざ》の間《ま》にいることに気《き》づいても、驚《おどろ》かなかった。

ぼやけた目《め》をはっきりさせようとまばたきをくりかえす。目《め》が慣《な》れてくると、自分《じぶん》たちがあまりに場違《ばちが》いなので一瞬《いっしゅん》、立《た》ちすくんだ。ぼろぼろの金《きん》の服《ふく》に甲冑姿《かっちゅうすがた》のオーロラ・ローズ。赤《あか》と青《あお》と緑《みどり》の服《ふく》の風変《ふうがわ》りな妖精《ようせい》たち。部屋《へや》の端《はし》にいる生気《せいき》のない人《ひと》たちとは対照的《たいしょうてき》に、頬《ほお》を紅潮《こうちょう》させ目《め》を輝《かがや》かせているフィリップ。

マレフィセントの杖《つえ》の先《さき》の水晶玉《すいしょうだま》が、目《め》がくらむような緑色《みどりいろ》の光《ひかり》を発《はっ》している。その緑《みどり》の光《ひかり》が影《かげ》をも呑《の》みこみ、部屋《へや》を不気味《ぶきみ》に照《て》らしている。マレフィセントのもともと顔色《かおいろ》のよくない顔《かお》も、光《ひかり》を受《う》け緑色《みどりいろ》にゆらめいている。

ワタリガラスが一羽《いちわ》、意地悪《いじわる》く笑《わら》っているような表情《ひょうじょう》で王座《おうざ》の肘《ひじ》かけにとまっている。どちらとも全身真《ぜんしんま》っ黒《くろ》で、瞳《ひとみ》は黄色《きいろ》く、痩《や》せこけて、邪悪《じゃあく》な顔《かお》つきをしている。

オーロラ・ローズは緑《みどり》の光《ひかり》から目《め》をそらし、もう一度《いちど》まばたきをすると、部屋《へや》のほかの場所《ばしょ》に目《め》を凝《こ》らした。壁際《かべぎわ》に追《お》いやられているのは、この夢《ゆめ》の世界《せかい》の城《しろ》で、実際《じっさい》には存在《そんざい》しない何年《なんねん》かをいっしょに過《す》ごした人《ひと》たちだろう。彼《かれ》らの本当《ほんとう》の体《からだ》は現実《げんじつ》の世界《せかい》で眠《ねむ》っているのだ。

マレフィセントの手先《てさき》たちが槍《やり》を十字《じゅうじ》に交差《こうさ》させ人々《ひとびと》の前《まえ》に立《た》ちはだかっている。黄色《きいろ》い目《め》をした手先《てさき》たちは前《まえ》よりもっとおぞましい姿《すがた》になったようだ。貴族《きぞく》や召《め》し使《つか》いや農民《のうみん》たちの表情《ひょうじょう》を見《み》れば、マレフィセントが本性《ほんしょう》をあらわにしたのは明《あき》らかだ。みんな自分《じぶん》たちがなんのために城《しろ》にとらわれているのか知《し》っているのだ。

オーロラ・ローズはマレフィセントの顔《かお》をじっと見《み》つめた。マレフィセントに認《みと》めてもらいたい、やさしくしてもらいたい、愛《あい》してもらいたい、とずっと思《おも》っていた。でも、なぜあれほどまでにそう願《ねが》ったのだろう。この顔《かお》には人間《にんげん》らしいあたたかさなどかけらもない。いま目《め》の前《まえ》にいるのは、何《なに》をしても悪《わる》びれず、権力《けんりょく》にとりつかれ、怒《いか》り狂《くる》った恐《おそ》ろしい化《ば》け物《もの》だ。

「真《しん》の女王《じょおう》はわたしよ。わたしの王座《おうざ》からおりて。そして、この呪《のろ》いから解放《かいほう》しなさい」

女王《じょおう》オーロラ・ローズが冷《つめ》たく言《い》い放《はな》った。

マレフィセントがはっとし、黄色《きいろ》い瞳《ひとみ》が驚《おどろ》きで一瞬《いっしゅん》、ゆれた。

だがすぐに頭《あたま》をのけぞらせ笑《わら》い声《ごえ》をあげた。ワタリガラスもその声《こえ》に合《あ》わせて鳴《な》いている。手《て》先《さき》たちも、はやしたてたり、やじをとばしたりしはじめた。

「ああ、情《なさ》け深《ぶか》い王女《おうじょ》オーロラよ。命《いのち》は助《たす》けてくれるのだろう？」

「いいえ。でも、長《なが》く苦《くる》しまずに威厳《いげん》のある死《し》を迎《むか》えることは許《ゆる》すわ」

オーロラ・ローズはまわりの空気《くうき》が変《か》わったのを感《かん》じた。フィリップが苦笑《にがわら》いを浮《う》かべているのが見《み》なくてもわかる。

マレフィセントは首《くび》をかしげ、余裕《よゆう》のある表情《ひょうじょう》を浮《う》かべながらワタリガラスを思《おも》わせぶりになでている。

「まったく、たった数日《すうじつ》、城《しろ》の外《そと》へ出《で》ただけで冷血《れいけつ》な殺人者《さつじんしゃ》に成《な》り変《か》わるとはな」

「そんなものにはなってない。王国《おうこく》の女王《じょおう》の権限《けんげん》をもって、罪人《ざいにん》を処刑《しょけい》しようとしているだけよ」

「わたしを地下牢《ちかろう》へ放《ほう》りこみ、朽《く》ち果《は》てるまで閉《と》じこめておくのでもよいのではないか？」

マレフィセントが淡々《たんたん》とした口調《くちょう》で言《い》った。

オーロラ・ローズが片方《かたほう》の眉《まゆ》をあげた。

「一度《いちど》息《いき》の根《ね》を止《と》めただけでは、あなたは完全《かんぜん》には死《し》ななかった。地下牢《ちかろう》、それも夢《ゆめ》の世界《せかい》の地《ち》下牢《かろう》では、あなたを閉《と》じこめておくことなんてできないわ」

「それは、わたしをかいかぶりすぎというものだ」マレフィセントが視線《しせん》を下《さ》げ、ためらいがちに心臓《しんぞう》のあたりに手《て》を触《ふ》れながら言《い》った。でも顔《かお》に浮《う》かべたうすら笑《わら》いは意地悪《いじわる》く、おぞましい。

「だが、おまえもいい気《き》になるのではない。この王座《おうざ》に近《ちか》づいたら、おまえなんぞ、たちまちこの場《ば》から消《け》し去《さ》ってやる」

マレフィセントが攻撃《こうげき》をかけようと首《くび》をすくめた。ドラゴンになったときにそうしていたように。フィリップが思《おも》わずびくりとした。

マレフィセントが背《せ》を丸《まる》めたとき、リアンナが王座《おうざ》のうしろから現《あらわ》れた。黒《くろ》い瞳《ひとみ》はうつろで、顔《かお》にはなんの表情《ひょうじょう》も浮《う》かんでいない。

オーロラ・ローズがリアンナに向《む》かって冷《ひ》ややかに言《い》った。

「元気《げんき》そうね、リアンナ。うまくいってるようで何《なに》よりだわ」

マレフィセントがあきれたように顔《かお》をしかめて言《い》った。

「まさか、おまえはリアンナがおまえの後釜《あとがま》に座《すわ》ったとでも思《おも》っているのか？　わたしの後継者《こうけいしゃ》として？」マレフィセントの顔《かお》に冷《つめ》たい笑《え》みが浮《う》かんだ。「リアンナは存在《そんざい》しないも同《おな》じだ。それはおまえも知《し》っているのではなかったのか？　ほんの少《すこ》しのわたしの魂《たましい》とわたしの偉大《いだい》なる魔《ま》法《ほう》で創《つく》りだしたものにすぎない。暗黒《あんこく》の世界《せかい》の力《ちから》も借《か》りてな」

この言葉《ことば》を聞《き》き、リアンナの表情《ひょうじょう》が固《かた》まった。ただ一点《いってん》を見《み》つめ身動《みうご》きひとつしない。

オーロラ・ローズはマレフィセントに言《い》いかえそうとしたが、喉《のど》まで出《で》かかったところでやめた。女王《じょおう》としての自覚《じかく》がそうさせたのだ。代《か》わりに落《お》ちついた声《こえ》でこう尋《たず》ねた。

「わたしのことは、どう思《おも》っていたの？」

思《おも》ってもみなかったことを聞《き》かれ、マレフィセントが意表《いひょう》を突《つ》かれたような顔《かお》をした。

部屋《へや》は静《しず》まりかえっていた。だれもが会話《かいわ》の流《なが》れが急《きゅう》に変《か》わり、驚《おどろ》いているように見《み》える。

オーロラ・ローズが王座《おうざ》のほうへゆっくりと進《すす》みながら、問《と》いつめていく。

「この数年間《すうねんかん》、いっしょに話《はなし》をしたり、食事《しょくじ》をしたり、いろいろなことをしたわ……そのあいだ、わたしになんの感情《かんじょう》も抱《いだ》かなかったの？」

マレフィセントが杖《つえ》の先《さき》をぎゅっとつかんだ。水晶玉《すいしょうだま》がその手《て》に隠《かく》れ、部屋《へや》を照《て》らしていた気《き》味《み》の悪《わる》い緑《みどり》の光《ひかり》が弱《よわ》まり、人々《ひとびと》がほっとしたように肩《かた》を落《お》とす。

「おまえは目的《もくてき》を達成《たっせい》するための手段《しゅだん》にすぎなかった」

マレフィセントがようやく口《くち》を開《ひら》いた。

「それじゃ答《こた》えになってないわ」

オーロラ・ローズがきっぱりと言《い》った。口《くち》にするには勇気《ゆうき》がいったけれど、いざ言《い》ってみるといい気分《きぶん》だった。こんなふうに威厳《いげん》に満《み》ちた態度《たいど》でだれかにものを言《い》うのは初《はじ》めてだった。

「わたしが人間《にんげん》の子《こ》どもを育《そだ》てることに対《たい》して、なんらかの感情《かんじょう》を抱《いだ》いていたと思《おも》っているのなら、それは勘違《かんちが》いもいいところだ」マレフィセントが言《い》った。「おまえが死《し》ねば、わたしの体《からだ》は生《い》きかえるのだぞ。おまえの冷酷《れいこく》な王子《おうじ》に一度殺《いちどころ》されたからな」

「殺《ころ》されたですって？　フィリップを殺《ころ》そうとしたのはあなたでしょう。勘違《かんちが》いをしてるのはあなたのほうよ。フィリップはわたしを助《たす》けようとしてくれたんだから。何《なに》もかも、すべては、あなたがわたしに呪《のろ》いをかけたことから始《はじ》まったのよ！　まだ赤《あか》ちゃんだったわたしに。命名式《めいめいしき》のパーティに呼《よ》ばれなかったからというだけの理由《りゆう》で！」

「おまえの両親《りょうしん》はわたしに、わたしのこの偉大《いだい》な力《ちから》になんの敬意《けいい》も払《はら》わなかった」

「あなたは赤《あか》ちゃんを呪《のろ》った。ただ、軽《かろ》んじられたというだけの理由《りゆう》で」

フィリップが剣《つるぎ》に手《て》を触《ふ》れながら、音《おと》を立《た》てずに近《ちか》づいてきた。

マレフィセントが細《ほそ》い肩《かた》を片方《かたほう》だけすくめた。

「だからなんだというのだ？　この偉大《いだい》なる力《ちから》は軽《かろ》んじられるべきではない。わたしは見《み》せしめのために呪《のろ》いをかけたのだ」

オーロラ・ローズは、いらだちと失望《しつぼう》のあまり、顔《かお》を手《て》でおおいたい衝動《しょうどう》におそわれた。こんな怪物《かいぶつ》のような女《おんな》のなかに、母《はは》の姿《すがた》を求《もと》めていたなんて。

フィリップだけでなく、変化《へんか》を感《かん》じとった三人《さんにん》の妖精《ようせい》たちもオーロラ・ローズのそばに来《き》ていた。みんなマレフィセントのほうを向《む》いている。

青《あお》の妖精《ようせい》が強《つよ》い口調《くちょう》で問《と》いつめた。

「マレフィセント、何《なに》が原因《げんいん》でそんなふうになってしまったのよ。何《なに》があなたを妖精《ようせい》から怪物《かいぶつ》に変《か》えてしまったの？」

緑《みどり》の妖精《ようせい》が尋《たず》ねた。

「子《こ》どものころに何《なに》かつらいことでもあったのでしょう？　だから、パーティに招待《しょうたい》されなかっただけでも許《ゆる》せなかったのよね」

赤《あか》の妖精《ようせい》が剣《つるぎ》を振《ふ》りかざした。

「そんなことはどうでもいい。いまのマレフィセントは悪者《わるもの》だ。さあ退治《たいじ》しよう」

「もしわたしが少《すこ》しでも力《ちから》を持《も》っていたら？」オーロラ・ローズが口《くち》をはさんだ。「もし、わたしがあなたのような力《ちから》を持《も》っていたら、いつもわたしをそばに置《お》き、よい教育《きょういく》を施《ほどこ》し、魔術《まじゅつ》を教《おし》えてくれた？」

マレフィセントは一瞬《いっしゅん》、言葉《ことば》を失《うしな》った。地下牢《ちかろう》でオーロラの両親《りょうしん》と話《はな》していたことを、オーロラが聞《き》いていたと気《き》づいたのだ。マレフィセントがようやく口《くち》を開《ひら》いた。

「だが、おまえには力《ちから》などないではないか。そんなことを話《はな》しても意味《いみ》はない」

ふたりはじっと見《み》つめあった。

そのとき突然《とつぜん》、ナイフが空《くう》を切《き》って飛《と》んできて王座《おうざ》に突《つ》き刺《さ》さった。マレフィセントの顔《かお》のすぐ横《よこ》だ。マレフィセントが驚《おどろ》きのあまり大《おお》きく目《め》を見開《みひら》いた。

「これでもないって言《い》うの？」

オーロラ・ローズが怒《いか》りをおさえた低《ひく》い声《こえ》で言《い》った。

「ここは現実《げんじつ》の世界《せかい》ではないのだ。ここでそんなことができても意味《いみ》はない」

マレフィセントが冷《つめ》たい声《こえ》で言《い》いかえした。

オーロラ・ローズはあきらめずにこう続《つづ》けた。

「じゃあ、わたしにあんなにたくさんの家庭教師《かていきょうし》をつけたのはどうして？　わたしに関心《かんしん》があるようにふるまっていたのはなぜなの？」

「あんなのただの気晴《きば》らしだ。恐《おそ》ろしいほど退屈《たいくつ》なここでの暮《く》らしを少《すこ》しでも楽《たの》しむためのな」

マレフィセントがそっけなく言《い》った。けれど、マレフィセントはオーロラ・ローズの視線《しせん》にたじろいで目《め》をそらし、ワタリガラスのほうを向《む》くとカラスをなではじめた。この態度《たいど》にマレフィセントにわずかに残《のこ》っているまともな心《こころ》がほんの少《すこ》しだけ垣間《かいま》見《み》えた気《き》がする。

オーロラ・ローズが安堵《あんど》と失望《しつぼう》の混《ま》じった複雑《ふくざつ》な気持《きも》ちを抱《かか》えながら言《い》った。

「あなたはなんにもわかってないわ。わたしはあなたを許《ゆる》すことだってできたのに。あなたなんて、いまのわたしには簡単《かんたん》に殺《ころ》せるのよ」

この言葉《ことば》に、マレフィセントはすぐさま反応《はんのう》した。

「簡単《かんたん》に殺《ころ》せるだと？　まるで、もうすでに偉大《いだい》な女王《じょおう》になったみたいな口《くち》のきき方《かた》だな」

オーロラ・ローズがマレフィセントに向《む》かって低《ひく》い声《こえ》で言《い》った。

「あなたに近《ちか》づいても、わたしは消《け》し去《さ》られたりなんかしないわ！」

部屋中《へやじゅう》がしんと静《しず》まりかえった。

怒《いか》りで爆発寸前《ばくはつすんぜん》のマレフィセントが、杖《つえ》を持《も》った手《て》をいらだたしげに床《ゆか》に打《う》ちつけた。すると、どこからともなく不気味《ぶきみ》な太《ふと》い蔓《つる》が現《あらわ》れ、オーロラ・ローズの脚《あし》や体《からだ》に巻《ま》きついた。オーロラ・ローズはうしろへぐいっと引《ひ》かれて床《ゆか》に倒《たお》され、そのまま床《ゆか》を引《ひ》きずられていく。

「ローズ！」

フィリップが叫《さけ》び、オーロラ・ローズをつかもうと手《て》を伸《の》ばした。王座《おうざ》から六《ろく》メートルほど離《はな》れたあたりで、蔓《つる》が硬《かた》くなり、床《ゆか》から生《は》えた木《き》の幹《みき》のようになってオーロラ・ローズの腕《うで》を左右《さゆう》に開《ひら》いた状態《じょうたい》で身動《みうご》きできないよう押《お》さえつけた。

マレフィセントが立《た》ちあがるや、魔法《まほう》の風《かぜ》の渦《うず》がわき起《お》こり、ローブが大《おお》きく波打《なみう》った。

すぐに緑《みどり》の妖精《ようせい》がふたりのあいだに飛《と》んできた。

「頭《あたま》を冷《ひ》やしなさい、マレフィセント」緑《みどり》の妖精《ようせい》が言《い》った。「ここはオーロラの世界《せかい》なのよ。勝《か》つ望《のぞ》みはないわ。あなたはオーロラの頭《あたま》のなかにいるのだから」

「そんなこと、ちっとも恐《おそ》れてはいない」マレフィセントが冷《ひ》ややかに言《い》った。「この娘《むすめ》は自分《じぶん》が何《なに》を感《かん》じているのかさえよくわかっていないのだ。そんな娘《むすめ》が、この世界《せかい》を自分《じぶん》の思《おも》いどおりに操《あやつ》れるわけがないではないか。わたしの前《まえ》から消《き》え失《う》せろ。この目障《めざわ》りなホタルめ！」

マレフィセントが緑《みどり》の妖精《ようせい》に杖《つえ》を向《む》け、紫《むらさき》の光《ひかり》を放《はな》った。緑《みどり》の妖精《ようせい》はさっと身《み》をかがめて、その光《ひかり》をかわす。紫《むらさき》の閃光《せんこう》が石《いし》づくりの天井《てんじょう》にあたって石《いし》が砕《くだ》け散《ち》ると、そこには煤《すす》のように黒《くろ》い跡《あと》が残《のこ》った。緑《みどり》の妖精《ようせい》がマレフィセントを厳《きび》しい目《め》でにらんだ。

「人《ひと》は変《か》わる。人《ひと》は成長《せいちょう》するのよ、マレフィセント。それが人《ひと》というものよ」

マレフィセントは緑《みどり》の妖精《ようせい》の言《い》ったことには耳《みみ》を貸《か》さずに、紫《むらさき》の閃光《せんこう》を出《だ》しつづけた。緑《みどり》の妖精《ようせい》は巧《たく》みに閃光《せんこう》をかわしつづける。紫《むらさき》の光《ひかり》で照《て》らしだされた部屋《へや》のなかで動《うご》きまわるその姿《すがた》は、まるで本当《ほんとう》にホタルのようだった。

そのとき、紫《むらさき》の閃光《せんこう》がそれ、壁際《かべぎわ》にいるひとりの男《おとこ》のほうへ飛《と》んだ。男《おとこ》は頭《あたま》をさっと下《さ》げて閃《せん》光《こう》をかわしたが、帽子《ぼうし》に紫《むらさき》の炎《ほのお》があがった。

緑《みどり》の妖精《ようせい》が心配《しんぱい》そうな顔《かお》で言《い》った。

「どこかほかの場所《ばしょ》でやりましょう。ここには罪《つみ》のない人《ひと》たちが大勢《おおぜい》いるもの。閃光《せんこう》があたったら現実《げんじつ》の世界《せかい》でも死《し》んでしまうのよ」

オーロラ・ローズは思《おも》わず顔《かお》をしかめた。緑《みどり》の妖精《ようせい》は何《なに》をばかなことを言《い》っているのだろう。

思《おも》ったとおり、マレフィセントは歯《は》をむきだしにして、どくろのように不気味《ぶきみ》に笑《わら》うと杖《つえ》を壁《かべ》際《ぎわ》にいる人《ひと》たちのほうへ向《む》けた。

杖《つえ》から放《はな》たれた紫《むらさき》の閃光《せんこう》はうなるような音《おと》を出《だ》しながら部屋《へや》を横切《よこぎ》り、ある男《おとこ》の心臓《しんぞう》に命中《めいちゅう》した。オーロラの絵《え》の家庭教師《かていきょうし》だった老画家《ろうがか》だ。老画家《ろうがか》はウッとうめくや、床《ゆか》にくずおれた。

そのときふと、オーロラ・ローズは怒《いか》りのあまりわめき声《ごえ》をあげ、蔓《つる》から逃《のが》れようともがいた。

「まだよ。最初《さいしょ》の戦《たたか》いはわたしたちに任《まか》せなさい。それでマレフィセントを疲《つか》れさせるから。あなたの攻撃《こうげき》は最後《さいご》までとっておいて、マレフィセントを驚《おどろ》かせるのよ」

じないように気《き》をつけながら、意識《いしき》を集中《しゅうちゅう》させる。

オーロラ・ローズは思《おも》った。身動《みうご》きできなくても、攻撃《こうげき》はできるわ。目《め》を閉《と》

青《あお》の妖精《ようせい》がささやいた。

「でも、もっと多《おお》くの人《ひと》が死《し》んでしまうわ！」

「みんな死《し》んでしまうのよ！　マレフィセントが勝《か》ったら。もっと戦術的《せんじゅつてき》に考《かんが》えなさい！」

青《あお》の妖精《ようせい》が言《い》いかえした。

「人殺《ひとごろ》し！」

緑《みどり》の妖精《ようせい》が声《こえ》を張《は》りあげ、マレフィセントのほうへ向《む》かっていく。

マレフィセントが狙《ねら》いを定《さだ》め、壁際《かべぎわ》の人《ひと》たちのほうへ閃光《せんこう》を放《はな》つ。

閃光《せんこう》を食《く》いとめようと緑《みどり》の妖精《ようせい》が体《からだ》を傾《かたむ》け、手《て》を前《まえ》へ差《さ》しだした。すると手《て》に杖《つえ》が現《あらわ》れるやそ

の先《さき》から金《きん》の光《ひかり》が放《はな》たれ、紫《むらさき》の閃光《せんこう》とぶつかった。金《きん》と紫《むらさき》の光《ひかり》がぱっと砕《くだ》けちり、雨《あめ》のように部屋《へや》へ降《ふ》りそそぐ。

マレフィセントは淡々《たんたん》と狙《ねら》いを定《さだ》め、壁際《かべぎわ》の人《ひと》をめがけて紫《むらさき》の閃光《せんこう》を次々《つぎつぎ》と放《はな》っていく。緑《みどり》の妖精《ようせい》が急降下《きゅうこうか》したり、舞《ま》いあがったり、体《からだ》をひねったり、回転《かいてん》したりしながら、金《きん》の光《ひかり》で紫《むらさき》の閃光《せんこう》を食《く》いとめる。

マレフィセントの攻撃《こうげき》がスピードを増《ま》してくる。縮《ちぢ》こまったり身《み》をすくめたりしている人々《ひとびと》の背後《はいご》の壁《かべ》に、金《きん》と紫《むらさき》の光《ひかり》の影《かげ》がいくつも落《お》ちる。その光《ひかり》を受《う》け、壁《かべ》に映《うつ》る人々《ひとびと》の影《かげ》もそれに合《あ》わせて数《かず》を増《ま》していく。マレフィセントの手先《てさき》たちはときどき閃光《せんこう》を避《よ》けながら、人々《ひとびと》のおびえるようすを見《み》て笑《わら》っていた。

そのとき、手先《てさき》のひとりに閃光《せんこう》があたった。牙《きば》も黄色《きいろ》い目《め》もブタの足《あし》も瞬時《しゅんじ》にばらばらになった。そしてあとには黒《くろ》い煤《すす》だけが残《のこ》った。煤《すす》になった手先《てさき》の両側《りょうがわ》にいた手先《てさき》たちが、仲間《なかま》の悲運《ひうん》と自分《じぶん》たちの幸運《こううん》に笑《わら》い声《ごえ》をあげた。

とうとうマレフィセントが向《む》きを変《か》え、緑《みどり》の妖精《ようせい》めがけてまっすぐに杖《つえ》を向《む》けた。歯《は》をむきだしにしてうなり声《ごえ》をあげるや、ひときわ大《おお》きな閃光《せんこう》を放《はな》った。光《ひかり》は弧《こ》を描《えが》きながら進《すす》んでいく。

緑《みどり》の妖精《ようせい》は身《み》をかわしたが間《ま》に合《あ》わなかった。人々《ひとびと》を救《すく》うことに気《き》をとられ、自分《じぶん》のことがおろそかになっていたのだ。

紫《むらさき》の閃光《せんこう》が心臓《しんぞう》に命中《めいちゅう》するや、緑《みどり》の妖精《ようせい》は手足《てあし》を広《ひろ》げ激《はげ》しく体《からだ》をけいれんさせた。紫《むらさき》の光《ひかり》がその目《め》から噴《ふ》きだす。

緑《みどり》の妖精《ようせい》を包《つつ》む紫《むらさき》の光《ひかり》がぱっと砕《くだ》け散《ち》った。

オーロラ・ローズは思《おも》わず顔《かお》を背《そむ》けた。

光《ひかり》がやわらいでくると、緑《みどり》の妖精《ようせい》がいた場所《ばしょ》に、ほの暗《ぐら》い緑《みどり》の光《ひかり》を発《はっ》する小《ちい》さな光《ひかり》の玉《たま》がぼんやりと浮《う》かんでいた。ゆらゆらと動《うご》く緑《みどり》の光《ひかり》の玉《たま》からは、知性《ちせい》も生気《せいき》も感《かん》じられなかった。

「いい気味《きみ》だ、ホタルめ！」

マレフィセントが笑《わら》った。

赤《あか》の妖精《ようせい》が怒《いか》りを押《お》し殺《ころ》したようなうなり声《ごえ》をあげた。剣《つるぎ》を抜《ぬ》き、マレフィセントの心臓《しんぞう》めがけて突《つ》きすすんでいく。

マレフィセントが品定《しなさだ》めをするように赤《あか》の妖精《ようせい》に閃光《せんこう》を放《はな》つ。

赤《あか》の妖精《ようせい》はハエを追《お》い払《はら》うかのように剣《つるぎ》で軽々《かるがる》と紫《むらさき》の閃光《せんこう》をかわす。

マレフィセントがもう一度《いちど》、閃光《せんこう》を放《はな》つ。赤《あか》の妖精《ようせい》がふたたびそれをかわす。

マレフィセントが眉《まゆ》をしかめ、次々《つぎつぎ》と閃光《せんこう》をくりだす。身《み》を守《まも》るため赤《あか》の妖精《ようせい》の歩《あゆ》みが遅《おそ》くなる。けれど止《と》まることなく進《すす》みつづける。軽《かろ》やかに剣《つるぎ》を振《ふ》りながら、しなやかな動《うご》きで攻撃《こうげき》を巧《たく》みにかわしていく。赤《あか》の妖精《ようせい》が少《すこ》しずつマレフィセントとの距離《きょり》を縮《ちぢ》めていく。

そのときフィリップは、オーロラ・ローズのそばにいた。体《からだ》をこわばらせ、無意識《むいしき》に剣《つるぎ》に手《て》を伸《の》ばす。

「まだよ。あなたたちの命《いのち》ははかなく貴重《きちょう》よ。わたしたちがうまくいかなかったときのために、最後《さいご》まで手《て》は出《だ》さないで」

青《あお》の妖精《ようせい》がささやいた。

フィリップは戦《たたか》いから目《め》をそらさずにうなずいた。

リアンナも、まばたきもせず戦《たたか》いを見《み》つめていた。杖《つえ》から出《で》る閃光《せんこう》と、それを弾《はじ》きかえす魔法《まほう》の剣《つるぎ》から放《はな》たれる光《ひかり》がリアンナの瞳《ひとみ》のなかできらめいている。

城中《しろじゅう》の人《ひと》が王座《おうざ》の前《まえ》でくりひろげられるすさまじい戦《たたか》いに見入《みい》っていた。だから、そのときマレフィセントの手先《てさき》がふたり、赤《あか》の妖精《ようせい》の背後《はいご》から近《ちか》づいているのに気《き》づかなかったとしても無《む》理《り》はない。手先《てさき》たちはそれぞれ赤《あか》の妖精《ようせい》に、あともう少《すこ》しというところまで迫《せま》っていた。

「あぶない！」

オーロラ・ローズが声《こえ》をあげた。

「左《ひだり》だ！」

フィリップが叫《さけ》んだ。

赤《あか》の妖精《ようせい》は前《まえ》を向《む》いたままわきの下《した》からぐいっと剣《つるぎ》をうしろへ突《つ》きだした。剣《つるぎ》が手先《てさき》のひとりの胸《むね》に突《つ》き刺《さ》さる。驚《おどろ》いた手先《てさき》はゴボゴボと音《おと》を立《た》て泡《あわ》と化《か》し、最後《さいご》にはプスプスという音《おと》とともに死《し》んだ。赤《あか》の妖精《ようせい》はそれを見届《みとど》けることなく、今度《こんど》は振《ふ》り向《む》きざまに剣《つるぎ》を下《した》からすくうようにして、もうひとりの手先《てさき》の足《あし》に切《き》りつけた。

「足《あし》がなくなったら、もう立《た》てないわね」

青《あお》の妖精《ようせい》が黙《だま》っていられずに皮肉《ひにく》たっぷりに言《い》った。

マレフィセントが放《はな》った紫《むらさき》の閃光《せんこう》が、赤《あか》の妖精《ようせい》のふくらはぎをかすめた。

赤《あか》の妖精《ようせい》がよろめき膝《ひざ》をつく。思《おも》わず息《いき》を呑《の》み、痛《いた》みで体《からだ》をふるわせる。だが、声《こえ》はもらさず、力《ちから》を振《ふ》りしぼって立《た》ちあがった。

マレフィセントが何《なに》かをぶつぶつとつぶやきながら、もう一度《いちど》狙《ねら》いを定《さだ》めた。すると今度《こんど》は紫《むらさき》の閃光《せんこう》ではなく、もっと小《ちい》さい不気味《ぶきみ》な緑《みどり》の火《ひ》の玉《たま》が、杖《つえ》の先《さき》からいくつも放《はな》たれた。緑《みどり》の火《ひ》の玉《たま》はべたべたした魔法《まほう》の紐《ひも》でひとつずつつながっている。

赤《あか》の妖精《ようせい》は一瞬《いっしゅん》、戸惑《とまど》いの表情《ひょうじょう》を浮《う》かべたが、次々《つぎつぎ》とそれを打《う》ち落《お》としていく。

だが、緑《みどり》の火《ひ》の玉《たま》は打《う》たれても、紫《むらさき》の閃光《せんこう》のように飛《と》び散《ち》って消《き》えたりしなかった。ぼとぼとと下《した》に落《お》ちると、それをつなぐ緑《みどり》の紐《ひも》とともにどろりと床《ゆか》に広《ひろ》がっていく。

打《う》てば打《う》つほど、緑《みどり》の火《ひ》の玉《たま》が赤《あか》の妖精《ようせい》のまわりに積《つ》み重《かさ》なっていく。やがてべたべたした火《ひ》の玉《たま》は赤《あか》の妖精《ようせい》の全身《ぜんしん》をおおいはじめ、ついに腕《うで》からしたたり落《お》ちるどろっとした緑《みどり》の塊《かたまり》が、まだ攻撃《こうげき》をかわしていた剣《つるぎ》をもからみとった。剣《つるぎ》は床《ゆか》の近《ちか》くで固《かた》まった。

赤《あか》の妖精《ようせい》はまったく動《うご》けなくなりその場《ば》で立《た》ちつくした。

マレフィセントがにやりと大《おお》きく笑《わら》った。そして、赤《あか》の妖精《ようせい》に杖《つえ》の先《さき》をつけた。

すると紫《むらさき》の閃光《せんこう》が大《おお》きくほとばしり、赤《あか》の妖精《ようせい》を緑《みどり》の火《ひ》の玉《たま》ごとすっぽりと呑《の》みこんだ。

オーロラ・ローズが悲鳴《ひめい》をあげ顔《かお》を背《そむ》けた。フィリップはオーロラ・ローズに腕《うで》を回《まわ》したが、目《め》はそらさなかった。

閃光《せんこう》が消《き》えたあとには、焦《こ》げたにおいがただよい、焼《や》けた床《ゆか》の燃《も》えさしのなかに、赤《あか》い光《ひかり》の玉《たま》が弱々《よわよわ》しく光《ひかり》を放《はな》っていた。

マレフィセントが頭《あたま》をのけぞらせて高笑《たかわら》いをした。ワタリガラスもその声《こえ》に合《あ》わせて鳴《な》き声《ごえ》をあげる。マレフィセントは杖《つえ》を持《も》っていないほうの手《て》でワタリガラスの喉《のど》をかいた。

「さあ、次《つぎ》はだれの番《ばん》だ？　どうせ死《し》ぬのはわかっているがな」

マレフィセントが言《い》った。

オーロラ・ローズが低《ひく》い声《こえ》で言《い》った。

「わたしたちがみんな死《し》んでしまったら、そのあとはどうするの？　ひとり悦《えつ》に入《い》って、だれもいない城《しろ》で喜《よろこ》びの舞《まい》でも踊《おど》るつもり？」

マレフィセントが驚《おどろ》いたふりをしてみせた。

「情《なさ》けない人間《にんげん》どもを支配《しはい》するのが、わたしの最終的《さいしゅうてき》な目的《もくてき》だと思《おも》っていたのか？　わたしは愚《おろ》かな人間《にんげん》どもにも、おまえのこのくだらない王国《おうこく》にも関心《かんしん》などまったくない」

「へえ。じゃあ、あなたが関心《かんしん》があるのは、その愚《おろ》かな人間《にんげん》が開《ひら》くパーティと、そのパーティにだれが招待《しょうたい》されるかってことだけね」

オーロラ・ローズが茶化《ちゃか》すように言《い》った。

フィリップがにやりと笑《わら》った。

「なかなか言《い》うじゃない」

青《あお》の妖精《ようせい》が空中《くうちゅう》に浮《う》かびながら言《い》った。オーロラ・ローズのほうを向《む》き、おどけたしぐさで兵《へい》士《し》のような敬礼《けいれい》をする。青《あお》の妖精《ようせい》は自分《じぶん》の戦略《せんりゃく》に絶対的《ぜったいてき》な自信《じしん》があるようだった。けれど、青《あお》の妖精《ようせい》はマレフィセントに真正面《ましょうめん》から近《ちか》づくことはしなかった。代《か》わりに部屋《へや》のずっと端《はし》の隅《すみ》っこへ移動《いどう》するとそこで宙《ちゅう》に浮《う》いたまま止《と》まった。うしろには城《しろ》にとらわれている人《ひと》とマレフィセントの手先《てさき》が何人《なんにん》かいる。

青《あお》の妖精《ようせい》が言《い》った。

「マレフィセント、言《い》ってることとやってることが矛盾《むじゅん》してるわよ。人間《にんげん》にまったく関心《かんしん》がないなら、人間《にんげん》を殺《ころ》すことにも関心《かんしん》なんかないはずよ。だから、ここにいる人《ひと》たちには手《て》を出《だ》さないでちょうだい」

マレフィセントはさっきオーロラ・ローズに言《い》われたことにまだいらついていたが、あごを引《ひ》き、背《せ》をそらせると、とてつもなく大《おお》きな閃光《せんこう》を青《あお》の妖精《ようせい》めがけて放《はな》った。

青《あお》の妖精《ようせい》はさっと身《み》をかわした。

紫《むらさき》の閃光《せんこう》はふたりの手先《てさき》のあいだの床《ゆか》にあたった。紫《むらさき》の炎《ほのお》がふたりを包《つつ》み、やがてふたりとも燃《も》えてなくなった。

マレフィセントとできるだけ離《はな》れたところにいるという戦略《せんりゃく》なのか、青《あお》の妖精《ようせい》は今度《こんど》は部屋《へや》の反対側《はんたいがわ》へふわりふわりと飛《と》んでいく。青《あお》の妖精《ようせい》が軽《かる》い調子《ちょうし》で尋《たず》ねた。

「マレフィセント、さっきも聞《き》いたけれど、何《なに》が原因《げんいん》でそんなふうになってしまったのよ。あなた昔《むかし》はそんなんじゃなかった。そりゃ気《き》は短《みじか》いし、意地《いじ》の悪《わる》いところもあったけれど」

「わたしの命《いのち》は早《はや》くに断《た》たれてしまったのだ。その命《いのち》を長《なが》らえさせたいと思《おも》うことは、邪悪《じゃあく》なことではない」

マレフィセントがどなり声《ごえ》で言《い》い、青《あお》の妖精《ようせい》めがけて閃光《せんこう》を放《はな》った。

青《あお》の妖精《ようせい》が身《み》をかわすと、閃光《せんこう》はうしろにいた手先《てさき》にあたった。

オーロラ・ローズは笑《え》みを浮《う》かべた。青《あお》の妖精《ようせい》の戦略《せんりゃく》がなんなのかわかったのだ。

「ぼくたちのために、手先《てさき》たちの数《かず》を減《へ》らそうとしてくれているんだ」

フィリップが興奮《こうふん》した口調《くちょう》でささやいた。

青《あお》の妖精《ようせい》はとらわれ人《びと》と手先《てさき》たちにちらりと目《め》をやりながら続《つづ》けた。

「わたしの経験《けいけん》からすると、王室《おうしつ》のパーティなんてあなたが思《おも》い描《えが》いているほど楽《たの》しくなんかないわ。言《い》っとくけど、わたしはあなたと違《ちが》って人間《にんげん》のことは好《す》きだから誤解《ごかい》しないでね。でも、あきれるほど気《き》どった人《ひと》ばかりなのよ。王《おう》や妃《きさき》なんかは、とくにそういう人《ひと》が多《おお》いわね」

怒《いか》りのあまり言葉《ことば》も出《で》ず、マレフィセントは唇《くちびる》をふるわせながら次々《つぎつぎ》と閃光《せんこう》を放《はな》っていく。青《あお》の妖精《ようせい》は頭《あたま》を下《さ》げたり、傾《かたむ》けたり、ひねったりと小《ちい》さな動《うご》きで攻撃《こうげき》をかわしていく。

青《あお》の妖精《ようせい》が避《よ》けた閃光《せんこう》はほとんどがマレフィセントの手先《てさき》たちにあたり、手先《てさき》たちを地獄《じごく》へ送《おく》っていった。

「それに、金《きん》の丸《まる》いディッシュカバー。あんなのだれが欲《ほ》しがるっていうの？　何世紀《なんせいき》ものあいだに誕生会《たんじょうかい》やら洗礼式《せんれいしき》やらに出席《しゅっせき》して、少《すく》なくとも六個《ろっこ》くらいは手《て》もとにあるけど、場所《ばしょ》をとるばかりでなんの役《やく》にも立《た》たないわ。いい？　パーティなんてたいしたことないのよ」

そのあとマレフィセントが四回閃光《よんかいせんこう》を放《はな》ち、青《あお》の妖精《ようせい》が四回《よんかい》ともかわした。でも五回目《ごかいめ》のとき、青《あお》の妖精《ようせい》の背中《せなか》を閃光《せんこう》がかすめ、ワンピースに少《すこ》し燃《も》えた跡《あと》がついた。でも青《あお》の妖精《ようせい》はひるまずに、ふわりふわりと飛《と》びつづける。

「わたしはもっと敬意《けいい》を払《はら》われるべきなのだ！」

マレフィセントが絞《しぼ》りだすような声《こえ》で言《い》った。

「敬意《けいい》、敬意《けいい》ってまるで口癖《くちぐせ》みたいね。あなたみたいに意地《いじ》の悪《わる》い妖精《ようせい》なんか、だれも呼《よ》びたくなかったのよ。そう考《かんが》えてみたことは一度《いちど》もないの？　あなたに敬意《けいい》なんて払《はら》えるわけな……」

今度《こんど》ばかりは、マレフィセントは怒《いか》りの叫《さけ》びを発《はっ》せずにはいられなかった。杖《つえ》の先《さき》からすさまじい勢《いきお》いで大《おお》きな紫《むらさき》の閃光《せんこう》が放《はな》たれる。青《あお》の妖精《ようせい》は体《からだ》をひねってそれをかわそうとした。けれど、青《あお》の妖精《ようせい》は赤《あか》の妖精《ようせい》ほど動《うご》きが機敏《きびん》ではない。閃光《せんこう》は青《あお》の妖精《ようせい》の左側《ひだりがわ》にあたった。紫《むらさき》の炎《ほのお》が青《あお》の妖精《ようせい》の左半分《ひだりはんぶん》を這《は》いのぼり、服《ふく》をそして肉《にく》を焼《や》いていく。それでも青《あお》の妖精《ようせい》は飛《と》びつづける。

「まったく、あなたって気《き》が短《みじか》いわね」

青《あお》の妖精《ようせい》が焦《こ》げて黒《くろ》くなった唇《くちびる》からしゃがれ声《ごえ》を出《だ》した。地面《じめん》すれすれで浮《う》きながら、よたよたとマレフィセントのほうへ近《ちか》づいていく。

「とっとくたばるのだ。目障《めざわ》りな蚊《か》め！」

マレフィセントがののしった。

そのとき青《あお》の妖精《ようせい》が突然《とつぜん》、マレフィセントに向《む》かって突進《とっしん》した。思《おも》わずマレフィセントが放《はな》った閃光《せんこう》は、マレフィセントのすぐ近《ちか》くで青《あお》の妖精《ようせい》にあたり、燃《も》えあがった炎《ほのお》がマレフィセントの顔《かお》にも押《お》し寄《よ》せる。

炎《ほのお》が頬《ほお》をなめ、マレフィセントは悲鳴《ひめい》をあげた。

青《あお》の妖精《ようせい》が腫《は》れあがった目《め》でオーロラ・ローズとフィリップにウインクをし、紫《むらさき》の炎《ほのお》のなかへ消《き》えた。炎《ほのお》が消《き》えたあとの灰《はい》の上《うえ》には、小《ち》さな青《あお》い光《ひかり》の玉《たま》が弱々《よわよわ》しく浮《う》かんでいた。

マレフィセントは手《て》の甲《こう》で頬《ほお》をぬぐい、そこに血《ち》がついているのを見《み》てぎょっとした。明《あき》らかにおびえているのがわかる。マレフィセントは無理《むり》やりかすれた声《こえ》で笑《わら》った。

「こんなものは別《べつ》にたいしたことではない。ほんの数分《すうふん》で回復《かいふく》できるのだ。わがしもべよ、獲物《えもの》を連《つ》れてこい」返事《へんじ》はない。「わがしもべよ」マレフィセントがもう一度《いちど》命令《めいれい》した。残《のこ》っている手先《てさき》は、もう数人《すうにん》しかいなかった。みなおびえた表情《ひょうじょう》を浮《う》かべながらぶるぶるとふるえ立《た》ちすくんでいる。

オーロラ・ローズが言《い》った。

「もうだれの命《いのち》も奪《うば》わせはしないわ」

マレフィセントが杖《つえ》を手《て》に前《まえ》へ進《すす》み出《で》た。

「今度《こんど》はおまえの番《ばん》だな。だがおまえを助《たす》けるものは、もうだれもいない」

31　対決《たいけつ》

とらわれた人《ひと》たちは、おびえた顔《かお》で事《こと》の成《な》り行《ゆ》きを見守《みまも》っていた。フィリップがオーロラ・ローズとマレフィセントのあいだに移動《いどう》した。

続《つづ》いて、緑《みどり》と青《あお》と赤《あか》の小《ちい》さな光《ひかり》の玉《たま》が、ゆっくりとオーロラ・ローズのほうへ進《すす》みだした。三《みっ》つの光《ひかり》の玉《たま》は、まるで時間《じかん》はいくらでもあるというように、ゆらりゆらりとオーロラ・ローズのほうへ向《む》かっていく。みな声《こえ》も出《だ》さずにそれを見《み》つめていた。

ようやくオーロラ・ローズのそばまで来《く》ると、火《ひ》の玉《たま》は突然《とつぜん》、速度《そくど》を増《ま》し、オーロラ・ローズに体《たい》あたりした。火花《ひばな》がぱっと飛《と》び散《ち》る。

「ローズ！」

フィリップが叫《さけ》んだ。

オーロラ・ローズが……笑《わら》いはじめた。

マレフィセントはまばたきもせずその場《ば》に立《た》ちすくみ、驚《おどろ》きの表情《ひょうじょう》でそれを見《み》つめている。

オーロラ・ローズは笑《わら》いつづける。

「ローズ？」

フィリップがおそるおそる言《い》った。

そのとき、オーロラ・ローズは、生《う》まれて初《はじ》めて実感《じっかん》していた。王国《おうこく》を守《まも》りたい。王国《おうこく》の民《たみ》やフィリップの命《いのち》を救《すく》いたい。そのために、わたしは戦《たたか》うのよ。

「おまえの頭《あたま》がおかしくなったからといって、わたしは手加減《てかげん》などしない」マレフィセントが探《さぐ》るように言《い》った。「おまえは何《なに》があろうと死《し》ぬ運命《うんめい》なのだ」

オーロラ・ローズが言《い》った。

「いいえ、わたしは死《し》んだりしない。これからわたしがすることで、すべてが変《か》わるわ」

オーロラ・ローズは、長《なが》い眠《ねむ》りから覚《さ》めたかのように、大《おお》きく伸《の》びをした。体《からだ》を縛《しば》りつけていた魔法《まほう》の蔓《つる》が、嘘《うそ》のようにぼろぼろと崩《くず》れおちる。オーロラ・ローズは光《ひかり》を放《はな》っていた。マレフィセントのような不気味《ぶきみ》な光《ひかり》ではなく、生《い》き生《い》きとした命《いのち》の光《ひかり》が目《め》や肌《はだ》からほとばしっていた。

「わたしの本当《ほんとう》の贈《おく》り物《もの》が戻《もど》ったのよ」

オーロラ・ローズが言《い》った。

マレフィセントが言《い》った。

「あの無意味《むいみ》な贈《おく》り物《もの》のことか。気品《きひん》と美《うつく》しさと歌声《うたごえ》など、なんの役《やく》に立《た》つというのだ。それも、これから死《し》を迎《むか》えようとしている小娘《こむすめ》にとって」

「その贈《おく》り物《もの》のことじゃないわ。わたしが生《う》まれながらに授《さず》けられた、本物《ほんもの》の贈《おく》り物《もの》のことよ。知性《ちせい》と勇気《ゆうき》と思《おも》いやりの心《こころ》。どれも妖精《ようせい》がくれたものじゃなく、もともとわたしの一部《いちぶ》だったものよ。でも、あなたのせいで、この三《みっ》つは弱《よわ》められ、わたしの心《こころ》の奥底《おくそこ》に閉《と》じこめられていた」

「勇気《ゆうき》に知性《ちせい》だと？　何《なに》をばかなことを言《い》っているのだ。おまえは幼稚《ようち》で愚《おろ》かなただの王女《おうじょ》ではないか」

マレフィセントが吐《は》きすてるように言《い》った。

前《まえ》のオーロラ・ローズだったら、ここで怒《いか》りを爆発《ばくはつ》させてどなりかえしていただろう。

そのとき突然《とつぜん》、マレフィセントがうしろへはじき飛《と》ばされた。すさまじい風《かぜ》がどこからともなく吹《ふ》きつけたのだ。激《はげ》しい風《かぜ》はちりやほこりとともに舞《ま》いあがり、やがておさまった。

マレフィセントは床《ゆか》に叩《たた》きつけられないよう、王座《おうざ》の背《せ》をつかんでなんとか踏《ふ》みこたえていた。

ワタリガラスも鳴《な》き声《ごえ》をあげながら翼《つばさ》をバタバタとはばたかせている。

オーロラ・ローズが喉《のど》から絞《しぼ》りだすような声《こえ》で言《い》った。

「違《ちが》う。わたしは幼稚《ようち》で愚《おろ》かな王女《おうじょ》なんかじゃない。わたしはオーロラ・ローズよ。この国《くに》の正《せい》式《しき》な女王《じょおう》。あなたを裁《さば》き、あなたを処刑《しょけい》するのはわたしよ、この幼稚《ようち》で愚《おろ》かな妖精《ようせい》め」

マレフィセントが体勢《たいせい》を立《た》て直《なお》そうと体《からだ》をまっすぐにした。背中《せなか》に痛《いた》みが走《はし》ったのか顔《かお》をしかめる。その目《め》は怒《いか》りに燃《も》えている。

「生意気《なまいき》な……」

「うぬぼれやの幼稚《ようち》で愚《おろ》かな妖精《ようせい》、それがあなたの本性《ほんしょう》よ。偉大《いだい》な魔力《まりょく》を持《も》つ魔女《まじょ》だと思《おも》っているのは自分《じぶん》だけ。しょせん、あなたは夢《ゆめ》の世界《せかい》の女王《じょおう》にすぎないのよ」

そのとき、王座《おうざ》のまわりの床《ゆか》の石《いし》がうねりはじめた。石《いし》はきしみながら、どんどん大《おお》きくなっていく。やがて王座《おうざ》とマレフィセントは石《いし》の壁《かべ》に囲《かこ》まれた。

だが、一瞬《いっしゅん》の沈黙《ちんもく》のあと、石《いし》の壁《かべ》がこっぱみじんに吹《ふ》き飛《と》んだ。ガラスのように鋭《するど》い石《いし》の破片《はへん》が部屋中《へやじゅう》に降《ふ》りそそぐ。とらわれた人《ひと》たちが体《からだ》をすくめたり頭《あたま》を手《て》でおおったりしながら悲鳴《ひめい》をあげる。石《いし》の破片《はへん》のひとつが、生《い》き残《のこ》っていた手先《てさき》の胸《むね》に突《つ》き刺《さ》さり、手先《てさき》はそのまま床《ゆか》にくずおれた。

舞《ま》いあがったちりやほこりがおさまると、マレフィセントの姿《すがた》があらわになった。怒《いか》りをむき出《だ》しにし、こぶしを握《にぎ》りしめ、膝《ひざ》を曲《ま》げていまにも攻撃《こうげき》をかけようとしている。

王座《おうざ》のうしろでじっとしていたリアンナが立《た》ちあがり、静《しず》かに体《からだ》についたほこりを払《はら》った。

「このふてぶてしい小娘《こむすめ》が！」

マレフィセントがかみつくように言《い》った。

「わたしは本当《ほんとう》のことを言《い》っただけよ。ここはあなたの世界《せかい》じゃない。わたしの世界《せかい》よ」

オーロラ・ローズが淡々《たんたん》と言《い》った。

「わたしはおまえの血《ち》をまだ持《も》っている！　おまえは自分《じぶん》がこの世界《せかい》をコントロールしていると思《おも》っているようだが、おまえをコントロールするのはわたしだ！」

マレフィセントが杖《つえ》を振《ふ》った。水晶玉《すいしょうだま》のなかで、緑《みどり》の液体《えきたい》が怪《あや》しく渦巻《うずま》きはじめる。

オーロラ・ローズは急《きゅう》に気分《きぶん》が悪《わる》くなった。頭《あたま》がふらふらするし、吐《は》き気《け》もする。さっきまでみなぎっていた体中《からだじゅう》の力《ちから》が足《あし》もとから抜《ぬ》け落《お》ちていく。

「ローズ！」フィリップが叫《さけ》んだ。両手《りょうて》でオーロラ・ローズの肩《かた》をつかみ激《はげ》しくゆさぶる。「ローズ！　これはマレフィセントのしわざだ。気《き》を確《たし》かに持《も》て！」

マレフィセントがにやりと笑《わら》い。杖《つえ》を振《ふ》りあげた。

「わが闇《やみ》の力《ちから》をもって、われはふたたび汝《なんじ》を呼《よ》びださん――」

「呪文《じゅもん》を唱《とな》えさせはしないわ」

オーロラ・ローズが声《こえ》を絞《しぼ》りだすようにして言《い》った。

マレフィセントのまわりに強《つよ》い風《かぜ》がわきおこり、ローブをはぎとり、口《くち》をふさぐ。

だが、どうやら間《ま》にあわなかったようだ。

体《からだ》が半分《はんぶん》だけしかない黒《くろ》い魔獣《まじゅう》が姿《すがた》を現《あらわ》した。窪《くぼ》んだ赤《あか》い目《め》には、消《き》えかかる残《のこ》り火《び》のような光《ひかり》が宿《やど》っている。

魔獣《まじゅう》はぐるりとあたりを見《み》まわすと、攻撃《こうげき》を始《はじ》めた。

けれど向《む》かった先《さき》はオーロラ・ローズのほうではなく、もっと近《ちか》くにいる城《しろ》の住人《じゅうにん》たちのほうだった。

見張《みは》りをしていた手先《てさき》がほとんどいなくなり、住人《じゅうにん》たちは、ようやく逃《に》げてもいいのだと気《き》づきはじめたところだった。でも、大《おお》きな石《いし》の破片《はへん》が積《つ》み重《かさ》なって出口《でぐち》をふさぎ、床《ゆか》はあちこちなくなっている。そのうえ血《ち》を貪《むさぼ》ろうとする巨大《きょだい》な魔獣《まじゅう》まで現《あらわ》れたのだ。召《め》し使《つか》いや貴族《きぞく》や子《こ》どもたちは逃《に》げ場《ば》を求《もと》めて走《はし》りだした。部屋《へや》は悲鳴《ひめい》をあげたり、逃《に》げまどう人《ひと》たちで大混乱《だいこんらん》に陥《おちい》った。

オーロラ・ローズは、ふたたび意識《いしき》を集中《しゅうちゅう》しはじめた。

「魔獣《まじゅう》はぼくがなんとかする。きみはマレフィセントをやっつけろ！」

フィリップがそう言《い》って剣《つるぎ》を抜《ぬ》いた。

マレフィセントは深《ふか》く息《いき》を吸《す》い、杖《つえ》を振《ふ》りあげようとしているところだった。

オーロラ・ローズは目《め》を閉《と》じないよう意識《いしき》した。

頭《あたま》のなかに木《き》の根《ね》を思《おも》いうかべる。大《おお》きくて太《ふと》くて頼《たの》もしい樫《かし》の木《き》の根《ね》……。

生《い》き生《い》きとした茶色《ちゃいろ》の木《き》の根《ね》が、床《ゆか》や扉《とびら》や窓《まど》からずんずんと伸《の》びてきた。煙突《えんとつ》を通《とお》って暖炉《だんろ》のなかからも出《で》てくる。小《ちい》さな緑《みどり》の葉《は》が、まるでそのまま木《き》になるかのような勢《いきお》いで根《ね》のあちこちから生《は》えはじめる。

マレフィセントは忍《しの》びよる根《ね》に足《あし》をとられないよう、足《あし》を交互《こうご》に持《も》ちあげた。

でも、マレフィセントは機敏《きびん》に動《うご》くのが得意《とくい》ではない。

あっという間《ま》にがっしりとした茶色《ちゃいろ》い根《ね》がマレフィセントの腰《こし》に巻《ま》きつくや、ぎゅうぎゅうと締《し》めはじめた。小枝《こえだ》が顔《かお》のほうへ這《は》っていきマレフィセントの口《くち》をふさごうとする。

そのとき、フィリップが苦《くる》しそうにあえぐ声《こえ》が聞《き》こえ、オーロラ・ローズの集中力《しゅうちゅうりょく》がとぎれた。

思《おも》わずフィリップのほうを向《む》く。

体《からだ》が半分《はんぶん》だけの魔獣《まじゅう》が、大《おお》きく太《ふと》く短《みじか》い手《て》でフィリップのわき腹《ばら》を叩《たた》いていた。息《いき》ができなくなり、肋骨《あばらぼね》が折《お》れるのではないかと思《おも》うほどの激《はげ》しさだ。フィリップは痛《いた》さによろめいたが、みごとに反撃《はんげき》に転《てん》じ、魔獣《まじゅう》の腹《はら》をめがけて剣《つるぎ》を突《つ》きだした。

オーロラ・ローズが気《き》をそらされているあいだに、マレフィセントはまたひとつ呪文《じゅもん》を唱《とな》えた。

目《め》の前《まえ》に、二《に》メートルはありそうな細長《ほそなが》い魔獣《まじゅう》が立《た》っていた。足《あし》は三本《さんぼん》、頭《あたま》はふたつある。

ふたつある顔《かお》の片方《かたほう》はオーロラ・ローズの母親《ははおや》で、もうひとつは父親《ちちおや》だ。ふたりとも頭《あたま》に王冠《おうかん》をのせている。

ふたりが腕《うで》を振《ふ》りまわしながら、意味《いみ》のわからない言葉《ことば》で話《はな》しかけてきた。でも頭《あたま》のなかでは、なぜか言葉《ことば》の意味《いみ》が理解《りかい》できた。

——王女《おうじょ》というものはこんなふるまいはしない。

——あなたが女王《じょおう》だなんてとんでもない！

オーロラ・ローズは正気《しょうき》を失《うしな》ったふたりの明《あか》るい色《いろ》の瞳《ひとみ》をじっと見《み》つめながらつぶやいた。

「わたしは女王《じょおう》よ。あなたたちは死《し》んだ。あなたたちは本物《ほんもの》ではないわ」

——女王《じょおう》になるより死《し》ぬほうがずっと楽《らく》よ。

——わたしたちが手伝《てつだ》ってやろう……。

——わたしたちの知恵《ちえ》と愛情《あいじょう》を受《う》けとって。

オーロラ・ローズは石《いし》づくりの天井《てんじょう》の石《いし》や木《き》の根《ね》を天井《てんじょう》から降《ふ》らせた。最初《さいしょ》は自分《じぶん》と両親《りょうしん》の顔《かお》をした魔獣《まじゅう》のあいだに、次《つぎ》に両親《りょうしん》の顔《かお》をした魔獣《まじゅう》の上《うえ》に。あたるたびに、魔獣《まじゅう》はうめき声《ごえ》をあげる。そして懐《なつ》かしさを感《かん》じる顔《かお》をゆがめながらこう言《い》うのだ。

——あなたを愛《あい》しているわ。

——こっちにおいで。

——こんな戦《たたか》い何《なに》かの間違《まちが》いよ。

ふたりが細長《ほそなが》い手《て》をオーロラ・ローズのほうへ伸《の》ばしてくる。

マレフィセントが杖《つえ》を回転《かいてん》させ、水晶玉《すいしょうだま》のなかの血《ち》に向《む》かって何《なに》か唱《とな》えた。

オーロラ・ローズの心《こころ》にほんの一瞬《いっしゅん》、迷《まよ》いが生《しょう》じた。本当《ほんとう》の両親《りょうしん》の腕《うで》に抱《だ》かれているんだと思《おも》いながら死《し》ぬのも悪《わる》くないかもしれない。

そのとき、母親《ははおや》のほうの腕《うで》がオーロラ・ローズの腕《うで》をさっとかすめた。オーロラ・ローズは無《む》意識《いしき》に反撃《はんげき》していた。気《き》づくと手《て》に剣《つるぎ》を握《にぎ》っていて、魔獣《まじゅう》の腕《うで》が床《ゆか》に落《お》ちている。

迷《まよ》いは消《き》えた。呪文《じゅもん》は破《やぶ》られた。マレフィセントがわたしをコントロールし、投《な》げやりな気分《きぶん》にさせたのだ。両親《りょうしん》に愛《あい》されたいというわたしの切実《せつじつ》な思《おも》いを利用《りよう》して。

でも、森《もり》でわたしを大切《たいせつ》に育《そだ》ててくれた三人《さんにん》の妖精《ようせい》たちだって、わたしには両親《りょうしん》と同《おな》じ存在《そんざい》だ。

だから、生《い》きて、みんなを救《すく》うのがわたしの務《つと》め。

両親《りょうしん》の顔《かお》をした魔獣《まじゅう》がわめいた。

――恩知《おんし》らずな娘《むすめ》だ！

――王子《おうじ》のうしろへ引《ひ》っこんでいるがいいわ。

――死《し》ね、この小娘《こむすめ》！

おぞましい声《こえ》でそう叫《さけ》ぶと、魔獣《まじゅう》は大《おお》きな手《て》を伸《の》ばし、オーロラ・ローズの頭上《ずじょう》からおそいかかってきた。

怒《いか》りにつき動《うご》かされ、オーロラ・ローズは心《こころ》のなかで叫《さけ》んだ。天井《てんじょう》よ、崩《くず》れよ！

崩《くず》れた天井《てんじょう》は大《おお》きな渦《うず》を巻《ま》きながらひとつにまとまり、両親《りょうしん》の顔《かお》をした魔獣《まじゅう》の上《うえ》に落《お》ちた。がれきとともに床一面《ゆかいちめん》に魔獣《まじゅう》の残骸《ざんがい》が散《ち》らばった。

「マレフィセント、あなたはおかしいわ」

オーロラ・ローズが吐《は》きすてるように言《い》った。

怒《いか》りが体中《からだじゅう》に渦巻《うずま》いている。でもそのおかげで、ここが自分《じぶん》の夢《ゆめ》の世界《せかい》であることを思《おも》い出《だ》した。ここにあるものはすべて武器《ぶき》になるのだ。

マレフィセントはオーロラ・ローズを無視《むし》して、目《め》を閉《と》じ呪文《じゅもん》を唱《とな》えはじめた。

すると、ふたたび魔獣《まじゅう》が現《あらわ》れた。今度《こんど》は何匹《なんびき》もいる。体《からだ》はうろこでおおわれ、足《あし》は何本《なんぼん》もあり、長《なが》いくちばしのなかには鋭《するど》い歯《は》がずらりと並《なら》んでいる。魔獣《まじゅう》は姿《すがた》を現《あらわ》した瞬間《しゅんかん》に、獲物《えもの》を求《もと》めて動《うご》きだした。

城《しろ》の住人《じゅうにん》たちは王座《おうざ》の間《ま》の隅《すみ》のほうにまとまっていた。フィリップが彼《かれ》らを守《まも》っている。

オーロラ・ローズは必死《ひっし》に城中《しろじゅう》の石《いし》を思《おも》い浮《う》かべた。

大《おお》きな石《いし》が、城壁《じょうへき》や塔《とう》からはがれて飛《と》んでくる。

マレフィセントが杖《つえ》を振《ふ》った。すると、マレフィセントのまわりを囲《かこ》むように不気味《ぶきみ》な緑《みどり》の炎《ほのお》が現《あらわ》れ、石《いし》は炎《ほのお》にぶつかって弾《はじ》きとばされた。

マレフィセントが緑《みどり》の炎《ほのお》の壁《かべ》のなかで、勝《か》ちほこったように意地悪《いじわる》く笑《わら》う。

でもそのとき、杖《つえ》の水晶玉《すいしょうだま》の光《ひかり》がだんだん弱《よわ》まってきていた。

魔獣《まじゅう》が城《しろ》の住人《じゅうにん》たちにおそいかかり、悲鳴《ひめい》があがった。フィリップが魔獣《まじゅう》を追《お》いはらおうと戦《たたか》っている。

そのとき、魔獣《まじゅう》がオーロラ・ローズの前《まえ》に立《た》ちはだかった。ぎざぎざの黒《くろ》いくちばしをオーロラ・ローズめがけて突《つ》きだしてくる。腐《くさ》ったようないやなにおいがあたりにただよう。魔獣《まじゅう》のかぎ爪《づめ》がオーロラ・ローズの胸当《むねあ》てにあたり、ぱっと火花《ひばな》が飛《と》びちった。

さっと剣《つるぎ》を前《まえ》にかざしたが、魔獣《まじゅう》はかまわず飛《と》びかかり、オーロラ・ローズを組《く》みふせる。

魔獣《まじゅう》がよだれを垂《た》らし、うなり声《ごえ》をあげながら、くちばしでオーロラ・ローズの目《め》をくり抜《ぬ》こうとする。オーロラ・ローズの上《うえ》にのしかかる体《からだ》は熱《あつ》くぬるぬるとしている。

オーロラ・ローズは顔《かお》を守《まも》ろうと、なんとか剣《つるぎ》を顔《かお》の前《まえ》に突《つ》きだした。魔獣《まじゅう》のくちばしと剣《つるぎ》の刃《やいば》が恐《おそ》ろしい音《おと》を出《だ》しながらぶつかり、削《けず》りとられたくちばしがあたりに飛《と》びちる。

魔獣《まじゅう》はそれでも攻撃《こうげき》をやめなかった。痛《いた》みがさらに魔獣《まじゅう》の怒《いか》りをかきたてたのだ。

オーロラ・ローズは激《はげ》しくもがきながらパニックに陥《おちい》っていた。魔法《まほう》を使《つか》うことを忘《わす》れて、マレフィセントのことにかまう余裕《よゆう》もない。オーロラ・ローズは悲鳴《ひめい》をあげた。

「ローズから離《はな》れろ！」体《からだ》がふと軽《かる》くなった。見《み》あげるとフィリップがいる。フィリップは剣《つるぎ》を投《な》げだし、素手《すで》で魔獣《まじゅう》の喉《のど》を締《し》めている。「死《し》ね、魔獣《まじゅう》め！」

フィリップは膝《ひざ》をつき、魔獣《まじゅう》を床《ゆか》に叩《たた》きつけた。何度《なんど》も何度《なんど》も、魔獣《まじゅう》の頭《あたま》を石《いし》に打《う》ちつける。

魔獣《まじゅう》はなかなかしぶとかった。うなり声《ごえ》も発《はっ》せず、かぎ爪《づめ》で床《ゆか》をこする音《おと》だけが不気味《ぶきみ》に響《ひび》く。

だがとうとう、魔獣《まじゅう》が動《うご》かなくなった。

「大丈夫《だいじょうぶ》かい？」

フィリップが激《はげ》しく息《いき》をしながら言《い》った。

オーロラ・ローズはうなずいた。

「愛《あい》してるよ」

そう言《い》うと、フィリップはほかの魔《ま》獣《じゅう》を退治《たいじ》しに走《はし》りさった。

オーロラ・ローズはよろよろと立《た》ちあがり、顔《かお》に手《て》をあてた。血《ち》が出《で》ているし、魔《ま》獣《じゅう》のつばがあたった場所《ばしょ》が焼《や》けてひりひりと痛《いた》む。

マレフィセントが声《こえ》をあげて笑《わら》った。

「まったく、おまえは情《なさ》けない王女《おうじょ》だな。そばにいて助《たす》けてくれる王子《おうじ》がいないとだめなのだろう。自分《じぶん》の力《ちから》だけで戦《たたか》うこともできない」

「ときにはだれかに助《たす》けてもらわなければならないときだってある。でも、それは弱《よわ》いってことではないわ。むしろ、人間味《にんげんみ》にあふれてるってことよ。気《き》の毒《どく》に、あなたには味方《みかた》になってくれる人《ひと》なんていないんでしょう？」

そのとき、王座《おうざ》にとまったワタリガラスがカーと鳴《な》いた。そうか、マレフィセントにはこのワタリガラスがいたわね。

リアンナはこのようすをじっと見《み》つめていた。王座《おうざ》の背《せ》をぎゅっとつかむ手《て》の関節《かんせつ》は白《しろ》くなっている。戦《たたか》いを目《め》にしているうちに、人間《にんげん》ではないリアンナの心《こころ》にも、生《い》きたいという本能《ほんのう》がついに呼《よ》びおこされたのかもしれなかった。

マレフィセントとの戦《たたか》いのせいで城《しろ》の大部分《だいぶぶん》は崩《くず》れてしまい、いまや城《しろ》は廃墟《はいきょ》と化《か》していた。頭上《ずじょう》に見《み》える空《そら》も奇妙《きみょう》だった。白《しろ》い雲《くも》の浮《う》かぶ青《あお》い空《そら》の真《ま》ん中《なか》に、黒《くろ》い裂《さ》け目《め》が走《はし》り星《ほし》がまたたいている。世界《せかい》は本当《ほんとう》に崩壊《ほうかい》してしまった、と絶望《ぜつぼう》した住人《じゅうにん》たちは泣《な》きわめいた。

フィリップが最後《さいご》の魔獣《まじゅう》と戦《たたか》っている。それに気《き》づいたオーロラ・ローズは残《のこ》っていた壁《かべ》を魔《ま》獣《じゅう》の上《うえ》に落《お》とした。壁《かべ》はみごとにフィリップを避《さ》け、魔獣《まじゅう》に命中《めいちゅう》した。

マレフィセントがふたたび呪文《じゅもん》を唱《とな》えはじめた。

「呪文《じゅもん》を唱《とな》えさせはしない、ってさっきも言《い》ったはずよ」

オーロラ・ローズがうんざりした顔《かお》で言《い》った。ふたりの足《あし》もとの床《ゆか》がうねりはじめる。

やがて、モグラが土《つち》のなかを這《は》うように、床《ゆか》が盛《も》りあがって割《わ》れはじめた。そしてとつぜん、マレフィセントの真下《ました》に長《なが》い岩《いわ》が突《つ》きでた。

マレフィセントは宙《ちゅう》に高《たか》く放《ほう》りだされ、激《はげ》しい音《おと》とともに床《ゆか》に落《お》ちた。

確実《かくじつ》に殺《ころ》さなければ。オーロラ・ローズは目《め》を閉《と》じた。

崩《くず》れた城《しろ》のあいだから見《み》える城壁《じょうへき》が、風《かぜ》に舞《ま》うリンゴの花《はな》のように飛《と》んできて、マレフィセントの真上《まうえ》で渦巻《うずま》く。

次《つぎ》の瞬間《しゅんかん》、城壁《じょうへき》がマレフィセントの上《うえ》にくずれ落《お》ち、すさまじい音《おと》を立《た》てた。胸《むね》のすくような、ぞくぞくするような音《おと》だった。

32 ドラゴンの復活《ふっかつ》

戦《たたか》いが始《はじ》まって以来初《いらいはじ》めて、あたりは完全《かんぜん》な静寂《せいじゃく》に包《つつ》まれていた。魔獣《まじゅう》はみな死《し》んだ。城《しろ》の人々《ひとびと》はかすかな希望《きぼう》を抱《いだ》きながら、用心深《ようじんぶか》くお互《たが》いの顔《かお》を見《み》まわしている。オーロラ・ローズは深《ふか》い息《いき》をもらした。戦《たたか》いの興奮《こうふん》と高揚感《こうようかん》は消《き》えつつあった。疲《つか》れを感《かん》じ、力《ちから》なく地面《じめん》に座《すわ》りこむ。夢《ゆめ》の世界《せかい》は壊《こわ》れてしまった。イバラの城《しろ》はもはやなく、マレフィセントとの戦《たたか》いの残骸《ざんがい》しか残《のこ》っていない。生《い》き残《のこ》った城《しろ》の住人《じゅうにん》たちが、ぼろぼろになったイバラにもたれかかっている姿《すがた》は哀《あわ》れみを誘《さそ》った。

「女王《じょおう》さまは、まだ死《し》んでないと思《おも》います」

リアンナが突然《とつぜん》、口《くち》を開《ひら》いた。

マレフィセントが埋《う》まっているがれきの山《やま》をじっと見《み》つめている。

「そんなことわかってるわよ、リアンナ。わたしたちはまだここにいて、目覚《めざ》めてないんだから。

マレフィセントは死《し》んでないわ」

オーロラ・ローズが吐《は》きすてるように言《い》った。

リアンナはオーロラ・ローズの声《こえ》の調子《ちょうし》に驚《おどろ》き、少《すこ》し傷《きず》ついたようだった。

「王女《おうじょ》さまのおっしゃるとおりですね。わたしはそこまで考《かんが》えていませんでした。夢《ゆめ》の世界《せかい》では当《あ》たり前《まえ》の理屈《りくつ》が通《つう》じないと思《おも》っていましたから」

リアンナが考《かんが》えこむようにして言《い》った。

そのとき、小石《こいし》が動《うご》くかすかな音《おと》が聞《き》こえた。がれきのなかから砂《すな》ぼこりが舞《ま》いあがる。石《いし》がひとつ、またひとつと動《うご》かされる音《おと》。さらに、大《おお》きな石《いし》が押《お》しのけられ、ほかの石《いし》にこすりつけられる音《おと》。がれきの山《やま》のてっぺんから、石《いし》の破片《はへん》が弾《はず》むようにして落《お》ち、床《ゆか》にあたって不気味《ぶきみ》な音《おと》を立《た》てる。

そして、ふたたび、あたりは静寂《せいじゃく》に包《つつ》まれた。

だが、オーロラ・ローズがフィリップのほうを向《む》き口《くち》を開《ひら》きかけたそのとき、がれきの山《やま》から手《て》が一本《いっぽん》突《つ》きだされた。

かぎ爪《づめ》のある大《おお》きな黒《くろ》い手《て》だ。

「まさか……」

フィリップがかすれた声《こえ》で言《い》った。

がれきのなかで何《なに》かが動《うご》きだした。がれきの山《やま》から石《いし》の破片《はへん》が次々《つぎつぎ》と地面《じめん》に転《ころ》げおちる。

オーロラ・ローズは、すぐさま反応《はんのう》した。得体《えたい》の知《し》れない化《ば》け物《もの》を、がれきのなかから出《だ》すわけにはいかない。太《ふと》い梁《はり》、岩盤《がんばん》、家具《かぐ》、彫像《ちょうぞう》、壁《かべ》、窓《まど》。城《しろ》に残《のこ》っているありとあらゆるものを、これでもかというくらいがれきの山《やま》の上《うえ》に集《あつ》めていく。まわりにはもう何《なに》も残《のこ》っていなかった。

かつては城《しろ》だった荒《あ》れ果《は》てた戦場《せんじょう》に、熱《あつ》くほこりっぽい風《かぜ》が吹《ふ》き過《す》ぎる。壊《こわ》れずに残《のこ》っているのは、まっすぐに立《た》つ王座《おうざ》と、宙《ちゅう》に浮《う》く楕円形《だえんけい》の鏡《かがみ》のようなものだけだった。そこには眠《ねむ》っているオーロラ姫《ひめ》が映《うつ》っていて、その顔《かお》は苦《くる》しそうにゆがんでいる。眠《ねむ》りながらも夢《ゆめ》のなかの戦《たたか》いに反応《はんのう》しているのだ。でも、声《こえ》は聞《き》こえてこない。

そのとき突然《とつぜん》、がれきのなかからドラゴンが現《あらわ》れた。

石《いし》のあいだからドラゴンが顔《かお》を出《だ》す。そして、ぐんぐん空《そら》へのぼっていく。城《しろ》と同《おな》じくらい大《おお》きな、目《め》が黄色《きいろ》い黒《くろ》と紫《むらさき》のドラゴンだ。痩《や》せこけて、こぶだらけで、肩《かた》から生《は》えた黒《くろ》くて醜《みにく》い翼《つばさ》は薄《うす》くぺらぺらしていて役《やく》に立《た》ちそうにない。長《なが》くて細《ほそ》いくちばしのような口《くち》には鋭《するど》い歯《は》がずらりと並《なら》んでいる。ドラゴンが叫《さけ》ぶと、身《み》の毛《け》もよだつような声《こえ》が何《なに》もない場所《ばしょ》に響《ひび》きわたった。

ドラゴンはわめきながら、黒《くろ》いうろこでびっしりとおおわれた体《からだ》から石《いし》を振《ふ》りおとした。

オーロラ・ローズはドラゴンから目《め》をそらさずにフィリップに言《い》った。

「逃《に》げて。ここからみんなを連《つ》れだして」

「ぼくはきみといっしょにいるよ。ドラゴンを退治《たいじ》する。それが王子《おうじ》のなすべきことだ」

「でも、前《まえ》にドラゴンと戦《たたか》ったときは、完全《かんぜん》には殺《ころ》せなかったでしょう。みんなを連《つ》れだしたあと、戻《もど》ってきてわたしを助《たす》けて」

フィリップが言《い》いかえそうとして口《くち》を開《ひら》きかけたとき、背後《はいご》から大《おお》きな声《こえ》が聞《き》こえた。

「ステファン国王《こくおう》の善良《ぜんりょう》なる民《たみ》たちよ！」

ヒューバート王《おう》が森《もり》へ続《つづ》く道《みち》に立《た》っていた。足首《あしくび》のあたりではためくローブはぼろぼろだが、その姿《すがた》は堂々《どうどう》としている。脚《あし》や腕《うで》にえぐられたような深《ふか》い傷《きず》があり、その傷《きず》から血《ち》が流《なが》れている。けれど、森《もり》で別《わか》れるときに曇《くも》っていた残《のこ》っているほうの目《め》は、いまはすっきりと澄《す》んでいた。手《て》には石《いし》の棍棒《こんぼう》と太《ふと》い枝《えだ》の杖《つえ》をしっかりと握《にぎ》りしめている。

「父上《ちちうえ》、ご無事《ぶじ》だったのですね……」

フィリップが驚《おどろ》いた顔《かお》で言《い》った。

ヒューバート王《おう》が言《い》った。

「森《もり》の隠《かく》れ家《が》へ来《く》るのだ！　わしについてこい。そして、安全《あんぜん》な場所《ばしょ》でこの戦《たたか》いが終《お》わるのを待《ま》つことにしよう！　さあ早《はや》く！」

散《ち》り散《ぢ》りになっていた人《ひと》たちがヒューバート王《おう》のもとへ駆《か》けよってきた。ヒューバート王《おう》は彼《かれ》らのわきに立《た》つと、杖《つえ》を振《ふ》って、さあ行《い》くぞと合図《あいず》した。

オーロラ・ローズは心《こころ》があたたかくなり、感謝《かんしゃ》の気持《きも》ちが込《こ》みあげてくるのを感《かん》じていた。

フィリップは喜《よろこ》びをかみしめながら、笑顔《えがお》で父親《ちちおや》を見《み》つめた。

最後《さいご》のひとりの子《こ》どもが加《くわ》わると、ヒューバート王《おう》はオーロラ・ローズとフィリップのほうへ振《ふ》りむき、ウインクをした。棍棒《こんぼう》と杖《つえ》を振《ふ》りあげ、ふたりにささやく。

「この血《ち》にかけて、民《たみ》の命《いのち》はわしが守《まも》る」

そして励《はげ》ましの言葉《ことば》を投《な》げかけると、力強《ちからづよ》い足《あし》どりで去《さ》っていった。

オーロラ・ローズは片手《かたて》で頭《あたま》を押《お》さえた。マレフィセントはドラゴンに変身《へんしん》するのにそうとうな力《ちから》を使《つか》ったはずよ。それに、わたしの血《ち》を使《つか》ってわたしのやる気《き》を奪《うば》う魔法《まほう》をもう何度《なんど》も使《つか》っているから血《ち》は残《のこ》り少《すく》ないに違《ちが》いない。こっちの攻撃《こうげき》をかわす余裕《よゆう》はないはずだわ。

そのときドラゴンが後《うし》ろ足《あし》で立《た》ち、口《くち》からおぞましい緑《みどり》の炎《ほのお》をゴーッと吐《は》いた。

フィリップがオーロラ・ローズの腕《うで》をつかんで引《ひ》き寄《よ》せ、うしろへかばう。

リアンナは、おびえたようすも見《み》せずにじっと立《た》っていた。

ふたたび炎《ほのお》が吹《ふ》きだされるや、オーロラ・ローズは風《かぜ》を起《お》こして炎《ほのお》をはねのけた。炎《ほのお》は煙《けむり》と灰《はい》の渦《うず》となって空《そら》へのぼっていく。ドラゴンがいらだたしげに金切《かなき》り声《ごえ》をあげた。

そうだ、峡谷《きょうこく》だ。オーロラ・ローズは森《もり》で暮《く》らしていたころに見《み》た峡谷《きょうこく》を思《おも》い浮《う》かべた。切《き》り立《た》った狭《せま》い峡谷《きょうこく》。底《そこ》には小石《こいし》だらけの浅《あさ》い小川《おがわ》が流《なが》れている……。

ドラゴンの足《あし》もとが崩《くず》れおちた。みるみるうちに深《ふか》い穴《あな》となっていく。ドラゴンが悲鳴《ひめい》をあげて仰向《あおむ》けに倒《たお》れ、体《からだ》を起《お》こそうと必死《ひっし》に空《くう》をかく。

そのとき、オーロラ・ローズの頭《あたま》のなかで声《こえ》が聞《き》こえた。

——あきらめろ。おまえなどに、そうやすやすと殺《ころ》されはしない。

ドラゴンが尾《お》と足《あし》をすばやく動《うご》かし、穴《あな》をするすると這《は》いあがってきた。まるで空気《くうき》をつかんでのぼっているようだ。

フィリップが剣《つるぎ》を抜《ぬ》き、ドラゴンに突進《とっしん》した。穴《あな》の際《きわ》まで来《く》るや立《た》ちどまり、ちょうど地面《じめん》の高《たか》さに出《で》たその首《くび》に剣《つるぎ》を切《き》りつける。だが、うろこにかすり傷《きず》をつけることさえできなかった。

ドラゴンが頭《あたま》をのけぞらせて笑《わら》い、黄色《きいろ》い瞳《ひとみ》を細《ほそ》めた。

ドラゴンが炎《ほのお》を吹《ふ》きだそうとフィリップめがけて口《くち》を開《ひら》いた。

その瞬間《しゅんかん》、フィリップは逃《に》げだした。穴《あな》をはさんで、さっきいたのとは反対側《はんたいがわ》の場所《ばしょ》まで来《く》るや立《た》ちどまり、オーロラ・ローズへの注意《ちゅうい》をそらすためにドラゴンをののしった。剣《つるぎ》を胸当《むねあ》てにあて、音《おと》を鳴《な》らしながらはやしたてる。

「なんてのろまなんだ、マレフィセントめ！」

ドラゴンはいまや完全《かんぜん》に穴《あな》から抜《ぬ》けだしていた。いらだたしげに体《からだ》をひくつかせながら、くねくねと進《すす》んでフィリップのあとを追《お》う。

オーロラ・ローズが両手《りょうて》を前《まえ》に差《さ》しだした。巨大《きょだい》な本《ほん》を広《ひろ》げたような小山《こやま》が、地面《じめん》から盛《も》りあがるところを思《おも》い浮《う》かべる。

突然現《とつぜんあらわ》れた小山《こやま》にドラゴンが頭《あたま》から突《つ》っこんだ。ドラゴンはよろめき、一瞬《いっしゅん》、意識《いしき》を失《うしな》った。

だが頭《あたま》を振《ふ》ると体勢《たいせい》を立《た》てなおし、ふらつきながらも、すぐさまフィリップを追《お》いはじめた。

オーロラ・ローズは死《し》にもの狂《ぐる》いであたりを見《み》まわした。どうすればいい？

木《き》だわ。いま、木《き》はギシギシときしむ音《おと》を立《た》てながら地面《じめん》から引《ひ》き抜《ぬ》かれている。そして目《め》に見《み》えない手《て》が幹《みき》から枝《えだ》をむしりとる。

オーロラ・ローズは枝《えだ》をドラゴンへ向《む》け飛《と》ばした。

枝《えだ》はドラゴンの背中《せなか》にまっすぐに当《あ》たったが、うろこに弾《はじ》きかえされ、すぐに下《した》に落《お》ちた。ドラゴンはむっとした顔《かお》で振《ふ》りかえると、薄《うす》っぺらい翼《つばさ》を腹立《はらだ》たしげにはためかせた。

オーロラ・ローズは枝《えだ》を飛《と》ばしつづけた。枝《えだ》は大《おお》きな鋭《するど》い矢《や》のように空《くう》を切《き》り、次々《つぎつぎ》とドラゴンにあたっていく。

ついにドラゴンがわめき声《ごえ》をあげ、醜《みにく》い足《あし》をばたつかせながらオーロラ・ローズに突進《とっしん》してきた。飛《と》んでくる枝《えだ》などものともしない。枝《えだ》では効果《こうか》がないので、幹《みき》を飛《と》ばしたが真《ま》っぷたつに裂《さ》けてしまう。何《なに》を飛《と》ばしてもよろいのように硬《かた》いうろこにあたって弾《はじ》きとばされるだけだ。

また頭《あたま》のなかで、マレフィセントの声《こえ》が響《ひび》く。

——小枝《こえだ》や木《こ》の葉《は》なんかでわたしを殺《ころ》せるわけがないだろう、この愚《おろ》かな娘《むすめ》め！

フィリップがドラゴンのあとを追《お》い、注意《ちゅうい》を引《ひ》こうと尾《お》に切《き》りつけた。

ドラゴンは驚《おどろ》くほどすばやく振《ふ》りかえるや、フィリップめがけて緑《みどり》の炎《ほのお》をゴーッと吹《ふ》いた。

オーロラ・ローズが悲鳴《ひめい》をあげた。フィリップのいたあたりに、おぞましい黒《くろ》い煙《けむり》がシューっと立《た》ちのぼる。煙《けむり》は幽霊《ゆうれい》のように、石《いし》やがれきの上《うえ》を流《なが》れていく。

ドラゴンは頭《あたま》をのけぞらせ、すさまじい笑《わら》い声《ごえ》をあげた。

そして、ゆっくりとオーロラ・ローズのほうを向《む》いた。

オーロラ・ローズは泣《な》くのをぐっとがまんした。何百人《なんびゃくにん》もの民《たみ》のことを考《かんが》えなければ。わたしが勝《か》って生《い》き残《のこ》り、目覚《めざ》めなければ、彼《かれ》らだって目覚《めざ》められない。

ドラゴンを殺《ころ》すにはどうしたらいい？

「考《かんが》えるのよ、オーロラ・ローズ」思《おも》わず声《こえ》に出《で》た。「何《なに》を使《つか》えばドラゴンを殺《ころ》せる？　フィリップは……」

フィリップは魔《ま》法《ほう》の剣《つるぎ》を使《つか》った……。

オーロラ・ローズは数十本《すうじっぽん》の剣《つるぎ》を一度《いちど》に思《おも》いうかべた。空《そら》から鉄《てつ》の滴《しずく》のように剣《つるぎ》が落《お》ちてきて、ドラゴンのうろこにあたり硬《かた》い音《おと》を立《た》てる。剣《つるぎ》があたるたびに、ドラゴンは顔《かお》をしかめ身《み》ぶるいをする。盾《たて》ほどもある大《おお》きなうろこが何枚《なんまい》かはがれ落《お》ちたが、血《ち》は流《なが》れない。

──人間《にんげん》の武器《ぶき》ではわたしを殺《ころ》すことはできぬ！　わたしはもはやただの妖精《ようせい》ではない。この世界《せかい》で最《もっと》も偉大《いだい》なるものなのだ！

ドラゴンが三《み》つまたに分《わ》かれた巨大《きょだい》な舌《した》で、舌《した》なめずりをしながらオーロラ・ローズを見据《みす》える。そして、ゆっくりと近《ちか》づいてくると、剣《つるぎ》の二倍《にばい》もある長《なが》くて黒《くろ》いかぎ爪《づめ》を振《ふ》りあげた。

そのとき、突然《とつぜん》、ドラゴンが首《くび》をのけぞらせた。痛《いた》みのあまり悲鳴《ひめい》をあげる。恐《おそ》ろしい叫《さけ》び声《ごえ》があたりに響《ひび》きわたる。

ドラゴンの足《あし》もとに、意《い》を決《けっ》したような表情《ひょうじょう》を浮《う》かべたリアンナが立《た》っていた。ドラゴンのくるぶしに突《つ》き刺《さ》した短剣《たんけん》を、ぐりぐりと回《まわ》している。

「けれど、地獄《じごく》の武器《ぶき》ならば、地獄《じごく》へ連《つ》れもどすことができるわ」

リアンナの口《くち》もとには、かすかだけれど、はっきりと笑《え》みが浮《う》かんでいた。リアンナは短剣《たんけん》を引《ひ》き抜《ぬ》くと、今度《こんど》はドラゴンの足《あし》の甲《こう》に突《つ》き刺《さ》した。

ドラゴンは怒《いか》りのこもったうなり声《ごえ》をあげ、ぶるぶるとふるえながら足《あし》を振《ふ》りまわす。だが短《たん》剣《けん》は突《つ》き刺《さ》さったままだ。

ドラゴンがリアンナのほうを向《む》き、かぎ爪《づめ》を振《ふ》りあげた。

そのとき、突然《とつぜん》、大《おお》きな岩《いわ》の陰《かげ》からフィリップが現《あらわ》れた。フィリップはあっという間《ま》にリアンナに駆《か》けよると、ラグビーの試合《しあい》でボールを抱《かか》えるように、リアンナの腰《こし》をつかんで逃《に》げだした。

ドラゴンが棍棒《こんぼう》のように尾《お》を振《ふ》りおろす。尾《お》の先《さき》がわき腹《ばら》にあたり、フィリップが激《はげ》しく地面《じめん》に倒《たお》れこむ。リアンナがフィリップの手《て》から離《はな》れ、ころがった。

ドラゴンはフィリップを飛《と》びこえ、リアンナにおそいかかった。

「やめて！」

オーロラ・ローズはリアンナとドラゴンのあいだに峡谷《きょうこく》をつくろうとした。

だが、間《ま》にあわなかった。

ドラゴンは前足《まえあし》のかぎ爪《づめ》でリアンナの顔《かお》と体《からだ》をずたずたに引《ひ》き裂《さ》いた。

やり終《お》えると、ドラゴンはオーロラ・ローズとフィリップのほうを向《む》いた。

「リアンナ！」

オーロラ・ローズが叫《さけ》んだ。

「ごめんなさい……」

リアンナが苦《くる》しそうにあえぎながら言《い》った。

そして、黒《くろ》い瞳《ひとみ》が一点《いってん》を見《み》つめたまま動《うご》かなくなった。

そのとき、どこからともなく、時《とき》を知《し》らせる鐘《かね》の音《ね》が聞《き》こえてきた。

フィリップとオーロラ・ローズ、そしてドラゴンまでが戸惑《とまど》いの表情《ひょうじょう》を浮《う》かべて動《うご》きを止《と》める。

城《しろ》にはもう何《なに》も残《のこ》っていない。まわりに森《もり》が見《み》えるだけで、あたりには城《しろ》の残骸《ざんがい》が荒涼《こうりょう》と広《ひろ》がるばかりだ。でも、これは鐘《かね》の音《ね》だ。間違《まちが》いない。不気味《ぶきみ》な鐘《かね》の音《ね》が荒《あ》れた野《の》に響《ひび》きわたる。

オーロラ・ローズは背筋《せすじ》が寒《さむ》くなるような恐怖《きょうふ》におそわれた。

ドラゴンがうしろ足《あし》で立《た》ちあがった。左足《ひだりあし》には短剣《たんけん》がぶざまに突《つ》き刺《さ》さったままだ。声《こえ》をあげて笑《わら》う。

「オーロラよ！　夜中《よなか》の十二時《じゅうにじ》の鐘《かね》が鳴《な》り、おまえの十六歳《じゅうろくさい》の誕生日《たんじょうび》が終《お》わるとき、おまえは死《し》に、わたしはふたたび生《い》きかえるのだ！」

オーロラ・ローズは必死《ひっし》に考《かんが》えた。どうすればいい？　何《なに》もかもすべては呪《のろ》いのせいなのだ。

わたしが針《はり》に指《ゆび》を突《つ》き刺《さ》したせいで……。

そうか！　わかったわ。

あれを見《み》たのは現実《げんじつ》の世界《せかい》で一度《いちど》きりだ。でも、はっきりと思《おも》い出《だ》すことができる。

糸車《いとぐるま》。

崩《くず》れた城《しろ》の残骸《ざんがい》が宙《ちゅう》を飛《と》んでくる。椅子《いす》やテーブルや梁《はり》や木《き》の破片《はへん》がぐるぐると回《まわ》りながら磁石《じしゃく》に引《ひ》きよせられるようにくっついていく。オーロラ・ローズは眉間《みけん》に力《ちから》を込《こ》め、いびつな形《かたち》のもの同士《どうし》がうまくつながるよう意識《いしき》を集中《しゅうちゅう》した。

そしてついに、不格好《ぶかっこう》ながらも大《おお》きな糸車《いとぐるま》が完成《かんせい》した。

だが、ドラゴンが高笑《たかわら》いをし、緑《みどり》の炎《ほのお》をゴーッと吐《は》いた。糸車《いとぐるま》はあっという間《ま》に燃《も》えおちたが、先《さき》のとがった、きらりと輝《かがや》く黒《くろ》い針《はり》だけは残《のこ》った。

オーロラ・ローズは糸車《いとぐるま》の針《はり》をドラゴンの心臓《しんぞう》に力《ちから》いっぱい突《つ》き刺《さ》した。

ドラゴンがすさまじいうめき声《ごえ》をあげる。

ふたたび炎《ほのお》を吐《は》きだしたが、それは血《ち》のような赤《あか》と、気味《きみ》の悪《わる》い黒《くろ》と、地獄《じごく》の炎《ほのお》のような黄色《きいろ》が混《ま》ざったおぞましい色《いろ》だった。

紫《むらさき》と赤《あか》と黒《くろ》の血《ち》のような液体《えきたい》が、ドラゴンの傷《きず》からどくどくと流《なが》れでる。

ドラゴンがかぎ爪《づめ》で傷《きず》を引《ひ》っかいた。針《はり》を抜《ぬ》こうとしているのだろうが、うろこや肉《にく》がぼろぼろとむしりとられるだけだ。

ついに、ドラゴンがばったりと倒《たお》れた。その衝撃《しょうげき》で地面《じめん》が激《はげ》しくゆれ、オーロラ・ローズがよろめく。

ドラゴンは身《み》もだえしながら地面《じめん》をはいずりまわっている。苦《くる》しそうに息《いき》を吐《は》き、体《からだ》をびくびくとふるわせる。翼《つばさ》と脚《あし》とうろこと尾《お》が大《おお》きくうねり、ぶるぶるとふるえたかと思《おも》うと、やがて縮《ちぢ》んでいき、ぼろぼろの薄《うす》っぺらい布《ぬの》のようになった。それもどんどん小《ちい》さくちぎれていき、ひらひらと舞《ま》い落《お》ちた。巨大《きょだい》なドラゴンの体《からだ》はもう跡形《あとかた》もなかった。

地面《じめん》には、黒《くろ》と紫《むらさき》と黄色《きいろ》の布《ぬの》の切《き》れ端《はし》がしみのように広《ひろ》がり、死《し》にかけている蝶《ちょう》のようにひらひらとはためいているだけだった。

これでみんな目覚《めざ》めるはずだわ、とオーロラ・ローズは思《おも》った。

33　目覚《めざ》め

「あれ、まだここにいるなあ」フィリップが言《い》った。フィリップが汚《よご》れたふさふさの髪《かみ》をかきあげると、焦《こ》げた髪《かみ》の毛《け》がぱらぱらと落《お》ちた。「つまり、まだぼくは眠《ねむ》ってるってことだよね」

オーロラ・ローズはマレフィセントの残骸《ざんがい》に目《め》をやった。薄《うす》っぺらい布《ぬの》のようなものの切《き》れ端《はし》のなかに、きらりと光《ひか》るものが見《み》える。糸車《いとぐるま》の鋭《するど》くとがった針《はり》だ。

城《しろ》はめちゃくちゃになってしまったけれど、王国《おうこく》の民《たみ》は森《もり》の安全《あんぜん》な場所《ばしょ》に隠《かく》れて無事《ぶじ》なのだ。

フィリップが続《つづ》けた。

「妖精《ようせい》たちは王族《おうぞく》の血《ち》が流《なが》れたら呪《のろ》いが解《と》けるって言《い》ってたと思《おも》うんだけど。きみが邪悪《じゃあく》な女王《じょおう》を倒《たお》したっていうのに……いったい、どうなってるんだ？」

オーロラ・ローズは深《ふか》く息《いき》を吸《す》った。肋骨《あばらぼね》や胸《むね》が痛《いた》み、思《おも》わず眉《まゆ》をしかめる。

「あれを見《み》て！」

フィリップががれきの山《やま》のなかでひときわ目立《めだ》つものを指《ゆび》さした。宙《ちゅう》に浮《う》く楕円形《だえんけい》の鏡《かがみ》のようなものだ。そこには現実《げんじつ》の世界《せかい》のオーロラがベッドで眠《ねむ》る姿《すがた》が映《うつ》っている。フィリップはそれに近《ちか》づき、扉《とびら》を抜《ぬ》けるように足《あし》を踏《ふ》みこませてみた。でも、ただ空気《くうき》を押《お》しのけるような感覚《かんかく》があるだけで、足《あし》はそのうしろ側《がわ》に突《つ》き抜《ぬ》けた。

そのとき、眠《ねむ》っているオーロラがかすかに動《うご》いた。オーロラ・ローズの胸《むね》に希望《きぼう》がわきあがる。

でも、眠《ねむ》っているオーロラはベッドから腕《うで》を垂《た》らしただけだった。人《ひと》さし指《ゆび》の先《さき》の糸車《いとぐるま》の針《はり》に刺《さ》した傷《きず》から、真《ま》っ赤《か》な血《ち》が一滴落《いってきお》ちた。

「王族《おうぞく》の血《ち》」

オーロラ・ローズがつぶやいた。王族《おうぞく》の血《ち》。そうか、そういうことか。

オーロラ・ローズは胸《むね》を張《は》り、頭《あたま》を高《たか》く持《も》ちあげた。そして、糸車《いとぐるま》の針《はり》のほうへ向《む》きなおる。

「ローズ、いったい何《なに》をするつもりなんだ……」

フィリップが不安《ふあん》げに言《い》った。

オーロラ・ローズはフィリップの言葉《ことば》を無視《むし》した。

「ローズ、やめろ！」

オーロラ・ローズが黒《くろ》いとがった針《はり》に手《て》を伸《の》ばしたとき、フィリップは思《おも》わず跳《と》びあがった。

でも、オーロラ・ローズは針《はり》の先《さき》に指《ゆび》を触《ふ》れただけだった。

フィリップがほっとしてため息《いき》をつく。

オーロラ・ローズは、はっと体《からだ》をこわばらせた。体《からだ》じゅうに痛《いた》みが走《はし》る。まるで火《ひ》が血管《けっかん》を駆《か》けめぐり、耳《みみ》や口《くち》や鼻《はな》から飛《と》びだすかのように激《はげ》しい痛《いた》みだった。

オーロラ・ローズは歯《は》を食《く》いしばり、痛《いた》みに耐《た》えた。

血《ち》の流《なが》れる指先《ゆびさき》をもう片方《かたほう》の手《て》でそっと包《つつ》みこみ、オーロラの映像《えいぞう》のほうへゆっくりと歩《ある》いていった。映像《えいぞう》のなかの眠《ねむ》る自分《じぶん》を見《み》つめる。高《たか》い頬骨《ほおぼね》、美《うつく》しい髪《かみ》、ほっそりとした首《くび》、しみひとつないドレス。

「なんて愚《おろ》かな娘《むすめ》なんだろう」

オーロラ・ローズはつぶやいた。この眠《ねむ》っている娘《むすめ》は、嘘《うそ》で塗《ぬ》りかためられた人生《じんせい》から逃《に》げることしか考《かんが》えなかった。死《し》ぬことで望《のぞ》まぬ結婚《けっこん》を避《さ》けようとしたのだ。なんの疑問《ぎもん》も持《も》たずに。

オーロラ・ローズは荒《あ》れ果《は》てた夢《ゆめ》の世界《せかい》を最後《さいご》にもう一度《いちど》、見《み》まわした。この世界《せかい》はすべてわたしの意《い》のままにできる。わたしが望《のぞ》めば楽園《らくえん》にだってなるだろう。

でもオーロラ・ローズは深《ふか》く息《いき》を吸《す》うと、映像《えいぞう》のなかのオーロラの手《て》に自分《じぶん》の手《て》を伸《の》ばし、血《ち》の流《なが》れる指先《ゆびさき》と指先《ゆびさき》を重《かさ》ねた。前《まえ》に糸車《いとぐるま》の針《はり》に指《ゆび》を刺《さ》したときは、永遠《えいえん》の眠《ねむ》りつくためだった。

いまは違《ちが》う。目覚《めざ》め、生《い》きていくためだ。

34　女王誕生《じょおうたんじょう》

オーロラは現実《げんじつ》の世界《せかい》で目《め》を覚《さ》ました。ぴったりと体《からだ》を締《し》めつけるドレスのせいで思《おも》わずむせる。自分《じぶん》の体《からだ》に驚《おどろ》いた。

「夢《ゆめ》のなかのほうが年《とし》をとっていたわ」

無意識《むいしき》に声《こえ》に出《だ》してしまい、自分《じぶん》の声《こえ》にぎょっとする。夢《ゆめ》の世界《せかい》ではマレフィセントと何年《なんねん》か過《す》ごした。でも現実《げんじつ》の世界《せかい》ではまだ十六歳《じゅうろくさい》になったばかりだった。

オーロラは、怪我《けが》をしていない、すべすべした脚《あし》をさっと横《よこ》へ伸《の》ばしてみた。ベッドのわきではフィリップが寝《ね》そべり、伸《の》びをしながらあくびをしている。

オーロラがフィリップの肩《かた》を叩《たた》いた。

「フィリップ、起《お》きて！　やることが山《やま》ほどあるのよ」

ふたりの平和《へいわ》な目覚《めざ》めの時間《じかん》は、あっという間《ま》に終《お》わった。城《しろ》のあちこちから悲鳴《ひめい》があがったのだ。すべての人《ひと》が目覚《めざ》めたわけではない。夢《ゆめ》の世界《せかい》で死《し》んだ人《ひと》たちは、現実《げんじつ》の世界《せかい》でも死《し》んだままだ。覚悟《かくご》していたこととはいえ、悲《かな》しげな声《こえ》を聞《き》くのはつらかった。

赤《あか》と青《あお》と緑《みどり》の小《ちい》さな生《い》き物《もの》が羽音《はおと》を立《た》てながら飛《と》んできて、そばまで来《く》るとぱっと姿《すがた》を変《か》えた。目《め》の前《まえ》に見《み》なれた小柄《こがら》な妖精《ようせい》たちがいる。

「おばさんたち！」

オーロラが声《こえ》をあげた。現実《げんじつ》の世界《せかい》ではほんの数時間前《すうじかんまえ》に、このおばたちに裏切《うらぎ》られたばかり。でも、妖精《ようせい》たちを見《み》てわきあがってきた喜《よろこ》びに自分《じぶん》でも驚《おどろ》いた。妖精《ようせい》たちにぎゅっと抱《だ》きつく。

「ローズ！」

フォーナがうれしそうな声《こえ》で言《い》った。三人《さんにん》とも目《め》に涙《なみだ》を浮《う》かべている。メリーウェザーでさえ。けれど、いまはやるべきことがある。オーロラがフローラの耳《みみ》もとでささやいた。

「あとでゆっくり話《はな》しましょう」

「そうね、でも——」

「王女《おうじょ》さま！」

動《うご》きの機敏《きびん》な、頭《あたま》の切《き》れそうな城《しろ》の衛兵《えいへい》がひとり、部屋《へや》の入《い》り口《ぐち》に現《あらわ》れた。オーロラは、この衛兵《えいへい》を昇進《しょうしん》させるべきかどうか、女王《じょおう》の目《め》でじっくりと観察《かんさつ》した。衛兵《えいへい》はげっそりとやつれた顔《かお》に戸惑《とまど》いの表情《ひょうじょう》を浮《う》かべながら言《い》った。

「国王《こくおう》と王妃《おうひ》が、あなたのご両親《りょうしん》が亡《な》くなられています！　殺《ころ》されて！　ほかにも数《かぞ》えきれないほどの貴族《きぞく》や召《め》し使《つか》いたちが……」衛兵《えいへい》の声《こえ》がだんだんしぼんでいく。眠《ねむ》っていた人《ひと》たちは、マレフィセントが夢《ゆめ》の世界《せかい》をどんな目的《もくてき》で、どんなふうに利用《りよう》していたのか完全《かんぜん》には知《し》らないのだ。頭《あたま》が混乱《こんらん》しておびえるのも無理《むり》はない。

オーロラがおだやかに言《い》った。

「報告《ほうこく》ありがとう。悲《かな》しいことだけれど、こういう状況《じょうきょう》になっていると承知《しょうち》していたわ。すべて、マレフィセントの邪悪《じゃあく》な魔法《まほう》のせいなのよ」

フィリップがようやく体《からだ》を起《お》こした。でも、まだ冒険《ぼうけん》の余韻《よいん》を引《ひ》きずっているのか、ぼうっとしている。

衛兵《えいへい》が王子《おうじ》のほうをちらちら見《み》る。

オーロラが言《い》った。

「衛兵《えいへい》を可能《かのう》なかぎり集《あつ》めて、マレフィセントの手先《てさき》が残《のこ》っていないか城《しろ》のなかをくまなく捜《さが》しなさい。すべて殺《ころ》すのよ。それが済《す》んだら、衛兵隊《えいへいたい》をマレフィセントの魔《ま》の山《やま》の城《しろ》へ送《おく》り、建物《たてもの》も、そのなかのものもすべて焼《や》きつくして。こんなことはもう二度《にど》とくりかえしたくないわ」

「おっしゃるとおりです」衛兵《えいへい》が言《い》った。「しかし、フィリップ王子《おうじ》や、王女《おうじょ》さまのいとこのフエンデレール国《こく》の王子《おうじ》に任《まか》されたほうが――」

「ふたりには捜索《そうさく》に手《て》を貸《か》してもらいましょう」その声《こえ》には怒気《どき》が混《ま》ざっている。「ほかにも剣《けん》の使《つか》える頑強《がんきょう》な男《おとこ》の人《ひと》に手伝《てつだ》ってもらえたら助《たす》かるわね。いえ、そうしてもらいましょう」

オーロラはそう言《い》い放《はな》つと、決然《けつぜん》と部屋《へや》を出《で》ていった。

フォーナがため息《いき》をついた。

「もうすでに立派《りっぱ》な女王《じょおう》だわ」

三人《さんにん》の妖精《ようせい》とフィリップがあわててあとを追《お》いかけた。

微妙《びみょう》に違《ちが》うところはあるとはいえ、こちらの世界《せかい》の城《しろ》も夢《ゆめ》の世界《せかい》のイバラの城《しろ》とほとんど変《か》わらなかった。オーロラはすぐに王座《おうざ》の間《ま》を見《み》つけた。

オーロラは王座《おうざ》の間《ま》の前《まえ》で一瞬《いっしゅん》、足《あし》を止《と》めた。ここは、ついさっき夢《ゆめ》の世界《せかい》で壊《こわ》したばかりの部屋《へや》なのだ。現実《げんじつ》の世界《せかい》の王座《おうざ》の間《ま》を眺《なが》め、オーロラは違和感《いわかん》を覚《おぼ》えた。家具《かぐ》の配置《はいち》が違《ちが》うし、装飾品《そうしょくひん》もとりはらわれている。まるでパーティの準備《じゅんび》をしているかのような……。

そうか、わたしの結婚式《けっこんしき》だわ。オーロラ・ローズは大《おお》きな階段《かいだん》のなかほどで立《た》ち止《ど》まる。この階段《かいだん》をフィリップと腕《うで》を組《く》んでおり、それぞれの両親《りょうしん》にあいさつすることになっていたのね。金《きん》と青《あお》のタペストリーがあちこちにかかっている。細長《ほそなが》い三角旗《さんかくき》がつるしてあるぴかぴかのトランペットが、明《あ》かりを受《う》けて輝《かがや》いていた。

けれど、目《め》の前《まえ》に広《ひろ》がっているのは、音楽家《おんがくか》が演奏《えんそう》の準備《じゅんび》をしている光景《こうけい》ではなかった。美《うつく》しく着飾《きかざ》った女《おんな》の人《ひと》たちが、豪華《ごうか》なドレスを血《ち》の海《うみ》に浸《ひた》して泣《な》いている。男《おとこ》の人《ひと》は女《おんな》の人《ひと》をなぐさめたり、お互《たが》いになぐさめあったり、ひとり涙《なみだ》を流《なが》したりしている。死体《したい》は椅子《いす》や床《ゆか》の上《うえ》で、無《む》残《ざん》な姿《すがた》をさらしていた。

「みなさん」

オーロラが夢《ゆめ》の世界《せかい》で聞《き》いたヒューバート王《おう》の力強《ちからづよ》い呼《よ》びかけをまねして言《い》った。でも、振《ふ》り向《む》いたのは数人《すうにん》だけだった。そのうちのひとりがトランペットの奏者《そうしゃ》だったので、オーロラは演《えん》奏《そう》するよう身《み》ぶりで示《しめ》した。

トランペット奏者《そうしゃ》はすぐに命令《めいれい》にしたがった。

ファンファーレが大《おお》きく鳴《な》りひびいた。

人々《ひとびと》がはっと顔《かお》を上《あ》げた。オーロラに気《き》づき、ざわざわと驚《おどろ》きの声《こえ》を発《はっ》している。彼《かれ》らは夢《ゆめ》の世界《せかい》のオーロラ・ローズのことを覚《おぼ》えていた。オーロラ・ローズがドラゴンと戦《たたか》ったことも。

オーロラが、張《は》りはあるが慎《つつし》み深《ぶか》い声《こえ》で言《い》った。

「王族《おうぞく》、貴族《きぞく》のみなさん、今日《きょう》はわが王国《おうこく》にとって悲《かな》しい日《ひ》です。わたしの心《こころ》は、わたしたちがも、失《うしな》った人《ひと》たち、そして、彼《かれ》らを大切《たいせつ》に思《おも》っていたみなさんを悼《いた》む気持《きも》ちであふれています。でも、どれだけの言葉《ことば》を尽《つ》くしても、みなさんの悲《かな》しみを消《け》しさることはできないでしょう。ですがいま、この王国《おうこく》を立《た》て直《なお》すために、やるべきことが山《やま》ほどあります。緊急《きんきゅう》の助《たす》けを必要《ひつよう》とする人《ひと》をのぞき、自分《じぶん》の部屋《へや》へ戻《もど》ってください。召《め》し使《つか》いが、できるかぎりのお世話《せわ》をいたします。そして……状況《じょうきょう》が整《ととの》い次第《しだい》、召《め》し使《つか》いにみなさんを迎《むか》えに行《い》かせましょう」

不満《ふまん》の声《こえ》をつぶやく人《ひと》も何人《なんにん》かいたが、ほかの人《ひと》はこの場《ば》を去《さ》ることができてほっとしているようだった。

地味《じみ》な黒《くろ》いローブを着《き》て中折《なかお》れ帽《ぼう》をかぶった男《おとこ》が、オーロラのほうへつかつかと歩《あゆ》みよってきた。同《おな》じようなローブを着《き》た男《おとこ》たちがあとに続《つづ》く。彼《かれ》らは、太《ふと》い金《きん》の鎖《くさり》の先《さき》に金《きん》のメダルのついたペンダントを首《くび》からかけていた。メダルには大《おお》きな宝石《ほうせき》がはめこんである。大臣《だいじん》とか次官《じかん》とか王国《おうこく》の役人《やくにん》だろう。

先頭《せんとう》を歩《ある》いてきた男《おとこ》が言《い》った。

「殿下《でんか》、殿下《でんか》の個人的《こじんてき》なご判断《はんだん》で、ご指示《しじ》いただきありがとうございます。ですが、殿下《でんか》はこの王国《おうこく》には不慣《ふな》れでございましょう。なにしろ、このような事態《じたい》に対処《たいしょ》したご経験《けいけん》がない……」

「それに、女性《じょせい》であられますし」別《べつ》の男《おとこ》が口《くち》をはさんだ。

「そう、女性《じょせい》であられますし」最初《さいしょ》の男《おとこ》が続《つづ》けた。「殿下《でんか》の繊細《せんさい》なご神経《しんけい》では、ご両親《りょうしん》との最後《さいご》の対面《たいめん》には耐《た》えられますまい。ましてやこの混乱《こんらん》を収《おさ》めることなど……。つまりわたくしがもうしあげたいのは、王国《おうこく》のことは、殿下《でんか》のお父上《ちちうえ》の顧問《こもん》を務《つと》めたわれわれにお任《まか》せくださいということです。そして、殿下《でんか》の叔父《おじ》であられるジャンドリー王子《おうじ》に」

オーロラはおだやかな表情《ひょうじょう》で男《おとこ》をじっと見《み》つめた。

「あなたたちが森《もり》の安全《あんぜん》な場所《ばしょ》に隠《かく》れているあいだ、わたしが武器《ぶき》も持《も》たずにドラゴンと戦《たたか》ったことを忘《わす》れたわけではないわよね？」

男《おとこ》の顔《かお》が青《あお》ざめた。

「ええ、はい……」

「よかったわ。覚《おぼ》えてるのね。だったらわたしがしたことを、まるでなかったかのようにふるまうのはやめてちょうだい」オーロラ・ローズがきっぱりと言《い》った。「わたしはあんな試練《しれん》を乗《の》りこえたのよ。わたしにはこの王国《おうこく》をまとめていく能力《のうりょく》があるわ。もしわたしのやり方《かた》に意見《いけん》があるなら、あとで会議《かいぎ》のときに言《い》ってちょうだい。わたしに直接《ちょくせつ》ね。それと、今後《こんご》、わたしのことは〝陛下《へいか》〟と呼《よ》ぶように」

「かしこまりました、陛下《へいか》」

男《おとこ》はおどおどしながらほかの男《おとこ》たちにちらりと目《め》をやったが、だれも目《め》を合《あ》わせようとしなかった。

「よろしい。もう下《さ》がって結構《けっこう》よ。会議《かいぎ》で、今後《こんご》のことを議論《ぎろん》するのを楽《たの》しみにしてるわ」

オーロラは毅然《きぜん》とした足《あし》どりで男《おとこ》たちから離《はな》れた。フィリップと妖精《ようせい》たちが、まるでお供《とも》の者《もの》のようにあわててそのあとに続《つづ》く。フィリップは笑《わら》いだしそうになるのを必死《ひっし》にこらえていた。

中年《ちゅうねん》の小柄《こがら》で控《ひか》えめな感《かん》じのウォルター公爵《こうしゃく》を見《み》かけたとき、オーロラは公爵《こうしゃく》がレディ・アストリドの夫《おっと》だとはすぐには気《き》づかなかった。イバラの城《しろ》では、ウォルター公爵《こうしゃく》とはほとんど会話《かいわ》をしたことがなかったのだ。

公爵《こうしゃく》の頬《ほお》は涙《なみだ》で濡《ぬ》れ、目《め》は真《ま》っ赤《か》だ。レディ・アストリドの頭《あたま》を膝《ひざ》の上《うえ》で抱《かか》え、召《め》し使《つか》いたちが連《つ》れていこうとするのを拒《こば》んでいる。

オーロラはひざまずき公爵《こうしゃく》の手《て》を握《にぎ》り、言《い》った。

「残念《ざんねん》だわ」

公爵《こうしゃく》はうなずいたが、オーロラのほうを見《み》ようともしなかった。

オーロラは悲《かな》しみを振《ふ》りはらい、歩《ある》きだした。

若《わか》い気丈《きじょう》なロングボウ侯爵《こうしゃく》と侯爵夫人《こうしゃくふじん》も亡《な》くなっていた。三人《さんにん》の子《こ》どもたちがあとに残《のこ》された。

一番上《いちばんうえ》の十二歳《じゅうにさい》の男《おとこ》の子《こ》は気丈《きじょう》にふるまおうとしていたが、悲《かな》しみをこらえきれず目《め》から涙《なみだ》があふれた。

オーロラは子《こ》どもたちにキスをし、抱《だ》きしめた。いまこの場《ば》でこの子《こ》たちにできることはこれぐらいしかない。

「マレフィセントの犯《おか》した罪《つみ》は、死《し》をもってしても償《つぐな》いきれないわ」

オーロラはつぶやいた。

ついに、オーロラは自分《じぶん》の悲劇《ひげき》に面《めん》と向《む》かった。血《ち》まみれのステファン国王《こくおう》とリア王妃《おうひ》が王座《おうざ》の背《せ》に体《からだ》をもたせかけて座《すわ》っている。召《め》し使《つか》いたちは、だれも国王《こくおう》と王妃《おうひ》に触《ふ》れていなかった。こういうときのしきたりを知《し》らなかったのだ。

オーロラは国王《こくおう》と王妃《おうひ》に体《からだ》を近《ちか》づけ、その顔《かお》をじっと見《み》つめた。

「わたしは、あなたたちを許《ゆる》します」

オーロラはつぶやいた。そして父《ちち》と母《はは》の額《ひたい》にキスをすると、召《め》し使《つか》いに布《ぬの》でおおって運《はこ》ぶよう命《めい》じた。

ヒューバート王《おう》がすぐそばにいる。おそらく国王《こくおう》と王妃《おうひ》の隣《となり》でオーロラの到着《とうちゃく》を待《ま》ちながら話《はなし》をしているときに眠《ねむ》りに落《お》ちたのだろう。ヒューバート王《おう》は涙《なみだ》でびしょぬれの顔《かお》のまま、衛兵《えいへい》や召《め》し使《つか》いや呆然《ぼうぜん》とした貴族《きぞく》たちなど、だれかれかまわず話《はな》しかけていた。

「いまいましい妖精《ようせい》に城《しろ》から追放《ついほう》されたあと、わしは何年《なんねん》ものあいだ、森《もり》をさまよった。あまりの空腹《くうふく》に耐《た》えきれず、毒《どく》キノコかもしれないのにキノコを食《た》べたこともある。だが、わしは死《し》ななかった！　もっと危険《きけん》なものさえ口《くち》にしたこともあるのだ！　ああ、フィリップじゃないか！」

ヒューバート王《おう》の目《め》が、フィリップとオーロラに気《き》づいて輝《かがや》いた。

「わしはおまえたちを森《もり》の小屋《こや》へ案内《あんない》し、王国《おうこく》の民《たみ》を森《もり》の安全《あんぜん》な場所《ばしょ》へ連《つ》れていった。そうだな？　息子《むすこ》よ」

「おっしゃるとおりです、父上《ちちうえ》」

「ところで息子《むすこ》よ。おまえの母《はは》が戻《もど》っておらんようだが」ヒューバート王《おう》は熱心《ねっしん》にあたりを見《み》まわしている。「どこかで迷《まよ》ってしまったのかのう。だがきっと……戻《もど》ってくるよな？」

フィリップは探《さぐ》るような目《め》で父親《ちちおや》の顔《かお》を見《み》つめた。この老《お》いた父親《ちちおや》は、どこかおかしくなってしまったのだろう。

フィリップは父親《ちちおや》を強《つよ》く抱《だ》きしめた。一瞬《いっしゅん》、その目《め》に涙《なみだ》が光《ひか》ったが、きつく目《め》を閉《と》じ涙《なみだ》を閉《と》じこめた。でもやがて、こらえきれずに肩《かた》を大《おお》きくふるわせはじめた。

夢《ゆめ》の世界《せかい》はすべての人《ひと》を変《か》えてしまった。無邪気《むじゃき》な少年《しょうねん》のようだったフィリップさえも。

ヒューバート王《おう》が驚《おどろ》いた顔《かお》で尋《たず》ねた。

「なぜ泣《な》いているのだ、息子《むすこ》よ。こうしてまた会《あ》えたというのに」

「父上《ちちうえ》……」

フィリップの言葉《ことば》は、部屋《へや》の反対側《はんたいがわ》からせっぱつまった声《こえ》でオーロラを呼《よ》ぶ声《こえ》にさえぎられた。

「王女《おうじょ》さま！」

駆《か》けもどってきたのは、マレフィセントの手先《てさき》を捜《さが》すようオーロラに言《い》いわたされた衛兵《えいへい》だった。その顔《かお》は少《すこ》し青《あお》ざめている。

「あの、見《み》つけました……ドラゴンの、いやマレフィセントの手先《てさき》だと思《おも》われます」

衛兵《えいへい》がしどろもどろに言《い》った。

オーロラはぞっとした。思《おも》わず肩《かた》に力《ちから》が入《はい》る。

「案内《あんない》しなさい」

オーロラとフィリップと三人《さんにん》の妖精《ようせい》たちは、護衛《ごえい》として動《うご》きが機敏《きびん》で頭《あたま》の切《き》れそうな衛兵《えいへい》をほかに六人《ろくにん》ほど集《あつ》めると、急《いそ》いで衛兵《えいへい》のあとについていった。この世界《せかい》ではイバラも小《ちい》さく、一面《いちめん》、可憐《かれん》な花《はな》でおおわれている。

城壁《じょうへき》の向《む》こうにはフィリップがドラゴンと戦《たたか》った名残《なごり》がまだ残《のこ》っていた。茂《しげ》みや野《の》には小《ちい》さな火《ひ》がくすぶり、ドラゴンの形《かたち》をした真《ま》っ黒《くろ》なへこみからは湯気《ゆげ》が立《た》ちのぼっている。フィリップの剣《つるぎ》が、地面《じめん》に広《ひろ》がるマレフィセントのぼろぼろのローブに突《つ》き刺《さ》さっていた。

けれど、そこに横《よこ》たわっていたのは、マレフィセントではなくリアンナだった。

現実《げんじつ》の世界《せかい》では、リアンナは人間《にんげん》よりもブタの姿《すがた》に近《ちか》かった。美《うつく》しい黒髪《くろかみ》を生《は》やし、女物《おんなもの》の服《ふく》を身《み》にまとっていたが、口《くち》からは牙《きば》が不格好《ぶかっこう》にはみだし、細《ほそ》い手《て》の先《さき》はかぎ爪《づめ》になっている。

リアンナは、じっとしたままオーロラを見《み》あげ、かすかに笑《え》みを浮《う》かべた。

「生《い》きていたのね」

オーロラがリアンナの横《よこ》にひざまずいた。

リアンナが苦《くる》しそうに鼻《はな》から息《いき》をもらした。

「わたしは……本当《ほんとう》の意味《いみ》では生《い》きていたことはありません。この世界《せかい》でも、夢《ゆめ》の世界《せかい》でも。わたしは……マレフィセントの魂《たましい》の一部《いちぶ》と闇《やみ》の魔法《まほう》で創《つく》られたマレフィセントの分身《ぶんしん》なのです。でも、ある意味《いみ》、わたしは死《し》にかけているとも言《い》えます。マレフィセントの最後《さいご》に残《のこ》った部分《ぶぶん》がわたしとともに死《し》ぬという意味《いみ》では」

オーロラがリアンナのかぎ爪《づめ》の手《て》をとり、ぎゅっと握《にぎ》りしめた。

「どうして……わたしを救《すく》ってくれたの？」

「あなたはわたしの友《とも》だちだからです」

リアンナがぽつりと言《い》った。

オーロラの目《め》に涙《なみだ》があふれた。

リアンナは涙《なみだ》を見《み》たくないかのように、視線《しせん》を空《そら》のほうへ向《む》けた。

「わたしは気《き》づいたのです。あなたがだれかを大切《たいせつ》に思《おも》えることに。そして、だれかに大切《たいせつ》に思《おも》ってもらえることに。マレフィセントも学《まな》ぼうと思《おも》えば学《まな》べたはずです……でも学《まな》ぼうとしなかった。もし学《まな》んでいたら、こんな結末《けつまつ》にはならなかったかもしれないのに」

リアンナの呼吸《こきゅう》が乱《みだ》れ、浅《あさ》くなった。息《いき》が牙《きば》にぶつかってかすれた音《おと》を立《た》てる。リアンナが苦《くる》しそうに身《み》じろぎした。

唇《くちびる》をかみ必死《ひっし》に泣《な》くまいとしながら、オーロラはフィリップに身《み》ぶりで示《しめ》した。フィリップはすぐに理解《りかい》し、自分《じぶん》の着《き》ているマントを脱《ぬ》ぐと、オーロラに手渡《てわた》した。オーロラはマントをたたみ、少《すこ》しでもリアンナが楽《らく》になるように頭《あたま》の下《した》に敷《し》いた。

リアンナの顔《かお》にほっとしたような表情《ひょうじょう》が広《ひろ》がった。

「感謝《かんしゃ》します。マントのことだけでなく……あなたがしてくれたすべてのことに」

だがやがて、夢《ゆめ》の世界《せかい》のときと同《おな》じようにリアンナの瞳《ひとみ》がかすみ、一点《いってん》を見《み》つめたまま動《うご》かなくなった。

オーロラは悲痛《ひつう》な叫《さけ》び声《ごえ》をあげた。自分《じぶん》の無力《むりょく》さと、マレフィセントへの怒《いか》りと、リアンナを失《うしな》った悲《かな》しみを感《かん》じながら。フィリップがオーロラに腕《うで》を回《まわ》し、力強《ちからづよ》く抱《だ》きしめた。

「見《み》てごらん」

フィリップがつぶやくように言《い》った。リアンナの顔《かお》と体《からだ》が溶《と》けはじめていた。でも、マレフィセントのほかの手先《てさき》のようにシューという音《おと》を立《た》てながら黒《くろ》い汚《きたな》い煤《すす》にはならず、別《べつ》のものに変形《へんけい》している。

ふたりの前《まえ》に横《よこ》たわっているのは、もはやブタのような姿《すがた》ではなく、長《なが》いきれいな黒髪《くろかみ》と高《たか》い頬骨《ほおぼね》を持《も》つ、若《わか》く美《うつく》しい女《おんな》だった。頭《あたま》からは黒《くろ》い角《つの》が二本《にほん》生《は》えている。唇《くちびる》にはおだやかな笑《え》みが浮《う》かび、その顔《かお》は安《やす》らかだった。

オーロラがぽつりと言《い》った。

「マレフィセントだわ。これがもともとの姿《すがた》なのよ。あんなふうに変《か》わってしまったけれど」

フィリップが首《くび》を横《よこ》に振《ふ》り、いらだたしげに土《つち》を蹴《け》とばした。

「こんなの、ハッピーエンドって言《い》えるかい？」

35　とりあえず……キスしない？

オーロラは王座《おうざ》の肘《ひじ》かけに優雅《ゆうが》に腕《うで》をのせ、どっしりとしたテーブルの上座《かみざ》に座《すわ》っていた。目《め》の前《まえ》では役人《やくにん》たちが、女王《じょおう》のひとり体制《たいせい》の王国《おうこく》の経済問題《けいざいもんだい》をどう解決《かいけつ》するかについて意見《いけん》を交《か》わしている。オーロラが役人《やくにん》たちを見《み》る目《め》つきは悠然《ゆうぜん》として落《お》ちついていた。

オーロラは意識《いしき》してマレフィセントの女王《じょおう》らしい態度《たいど》をまねていた。敵《てき》であったとしても、いいと思《おも》うものは学《まな》び、どんどんとりいれたほうがいい。

王座《おうざ》のうしろの左側《ひだりがわ》には、フローラとフォーナとメリーウェザーが立《た》っている。右側《みぎがわ》には、フィリップが王国《おうこく》の賓客《ひんきゃく》として座《すわ》っている。でも、テーブルから離《はな》れたところにいて、意見《いけん》を述《の》べたりはしなかった。だれかに話《はな》しかけられたときは、持《も》ち前《まえ》の愛想《あいそ》のよさを発揮《はっき》し、やわらかな物腰《ものごし》で「女王《じょおう》に言《い》うように」と促《うなが》すのだった。

部屋《へや》の入《い》り口《ぐち》のタペストリーが持《も》ちあげられ、信頼《しんらい》のおける執事《しつじ》が入《はい》ってきた。

「陛下《へいか》、スピーチの時間《じかん》でございます。中庭《なかにわ》に、民《たみ》たちが大勢《おおぜい》集まっております」

「ありがとう、クリステル」オーロラは落《お》ちついた口調《くちょう》になるよう意識《いしき》しながら言《い》った。「みなさんもご苦労《くろう》さま。議論《ぎろん》の続《つづ》きは戴冠式《たいかんしき》のあとで再開《さいかい》しましょう」

おだやかな笑《え》みを浮《う》かべたオーロラに言《い》われると、役人《やくにん》たちはまるで自分《じぶん》だけに感謝《かんしゃ》の言葉《ことば》が向《む》けられているような気持《きも》ちになった。でも、不満《ふまん》げな顔《かお》で部屋《へや》を出《で》ていく役人《やくにん》も何人《なんにん》かいた。役人《やくにん》たちが行《い》ってしまうと、オーロラは王座《おうざ》の背《せ》にぐったりともたれ、片手《かたて》で頭《あたま》を押《お》さえた。

ほんの少《すこ》し前《まえ》までは、魔法《まほう》でなんだってできたのだ。

でも、いまさらそんなことを考《かんが》えてもしかたがない。わたしはもう目《め》を覚《さ》ましたのだから。

フォーナがオーロラの肩《かた》に、細《ほそ》くて重《おも》さを感《かん》じさせない手《て》を置《お》いた。

「本当《ほんとう》にすばらしいわ。統治者《とうちしゃ》としてのふるまい方《かた》をすっかり心得《こころえ》ているのね」

フローラが言《い》った。

「まったく、おみごとよ。役人《やくにん》たちをすっかり手《て》なずけているじゃないの」

「なかにはヒキガエルに変《か》えてやりたいやつもいたけどね」

メリーウェザーが小《ちい》さな丸《まる》い顔《かお》をしかめた。

オーロラは妖精《ようせい》たちのほめ言葉《ことば》をできるだけ愛想《あいそ》よく受《う》けとめようと、なんとか笑《え》みを浮《う》かべた。おばさんたちはわたしを大切《たいせつ》に思《おも》ってくれている。それにわたしはもう、おばさんたちの世《せ》話《わ》を必要《ひつよう》としないほど成長《せいちょう》したのだ。

けれど、オーロラはこう言《い》って妖精《ようせい》たちにくぎを刺《さ》した。

「わたしはまだ、おばさんたちがわたしの両親《りょうしん》のことで何年《なんねん》も嘘《うそ》をついてきたことを許《ゆる》したわけではないのよ。お世辞《せじ》を言《い》って、わたしの機嫌《きげん》をとろうとしたってだめよ」

フローラがため息《いき》をついた。

「まさか、機嫌《きげん》をとるだなんて。少《すこ》しはわたしたちの立場《たちば》から物事《ものごと》を見《み》てくれないかしら。わたしたちはここにいるあいだ、あなたの王国《おうこく》の決《き》まりにしばられていなければならないの。そしてローズ、それはあなたを守《まも》るために、あなたの両親《りょうしん》が望《のぞ》んだことなのよ」

「わたしの両親《りょうしん》が望《のぞ》んだこと？　親《おや》らしいことなんて一度《いちど》もしてもらったことないのよ。十六歳《じゅうろくさい》の誕生日《たんじょうび》の夕方《ゆうがた》に、わたしをひとりだけで城《しろ》の寝室《しんしつ》に閉《と》じこめたりする前《まえ》に、どうして両親《りょうしん》に会《あ》わせてくれなかったの？」

フォーナが考《かんが》えこむような顔《かお》であごに指《ゆび》を置《お》いた。

「あのときは、ああするのが一番《いちばん》いいと思《おも》ったのよ」

オーロラは一瞬《いっしゅん》、ぽかんとした顔《かお》で妖精《ようせい》たちを見《み》つめた。

「わたしが糸車《いとぐるま》の針《はり》に指《ゆび》を刺《さ》したのは、森《もり》で出会《であ》った若者《わかもの》にもう二度《にど》と会《あ》えないと思《おも》ったからな